萧红

作品精选

永不泯灭的文学经典

萧红 著

长江出版传媒 | 崇文书局

目录

小说

散文

诗歌

书信

萧

萧红作品精选·小说

王阿嫂的死

一

草叶和菜叶都蒙盖上灰白色霜。山上黄了叶子的树，在等候太阳。太阳出来了，又走进朝霞去。野甸上的花花草草，在飘送着秋天零落凄迷的香气。

雾气像云烟一样蒙蔽了野花，小河，草屋，蒙蔽了一切声息，蒙蔽了远近的山岗。

王阿嫂拉着小环每天在太阳将出来的时候，到前村广场上给地主们流着汗；小环虽是七岁，她也学着给地主们流着小孩子的汗。现在春天过了，夏天过了……王阿嫂什么活计都做过，拔苗插秧。秋天一来到，王阿嫂和别的村妇们都坐在茅檐下用麻绳把茄子穿成长串长串的，一直穿着。不管蚊虫把脸和手搔得怎样红肿，也不管孩子们在屋里喊叫妈妈吵断了喉咙。她只是穿啊，穿啊，两只手像纺纱车一样，在旋转着穿。

第二天早晨，茄子就和紫色成串的铃当一样，挂满了王阿嫂的前檐；就连用柳条编成的短墙上也挂满着紫色的铃当。别的村妇也和王阿嫂一样，檐前尽是茄子。

可是过不了几天茄子晒成干菜了！家家都从房檐把茄子解下来，送到地主的收藏室去。王阿嫂到冬天只吃着地主用以喂猪的乱土豆，连一片干菜也不曾进过王阿嫂的嘴。

太阳在东边放射着劳工的眼睛。满山的雾气退去，男人和女人，在田庄上忙碌着。羊群和牛群在野甸子间，在山坡间，践踏并且寻食着秋天半憔悴的野花。

田庄上只是没有王阿嫂的影子，这却不知为了什么？竹三爷每天到广场上替张地主支配工人。现在竹三爷派一个正在拾土豆的小姑娘去找王阿嫂。

工人的头目，愣三抢着说：

“不如我去的好，我是男人走得快。”

得到竹三爷的允许，不到两分钟的工夫，愣三跑到王阿嫂的窗前了：

“王阿嫂，为什么不去做工呢？”

里面接着就是回答声：

“叔叔来得正好，求你到前村把王妹子叫来，我头痛，今天不去做工。”

小环坐在王阿嫂的身边，她哭着，响着鼻子说：“不是呀！我妈妈扯谎，她的肚子太大了！不能做工，昨夜又是整夜的哭，不知是肚子痛还是想我的爸爸。”

王阿嫂的伤心处被小环击打着，猛烈的击打着，眼泪都从眼眶转到嗓子方面去。她只是用手拍打着小环，她急性的，意思是不叫小环再说下去。

李愣三是王阿嫂男人的表弟。听了小环的话，像动了亲属情感似的，跑到前村去了。

小环爬上窗台，用她不会梳头的小手，在给自己梳着毛蓬蓬的小辫。邻家的小猫跳上窗台，蹲踞在小环的腿上，猫像取暖似的迟缓的把眼睛睁开，又合拢来。

远处的山反映着种种样的朝霞的彩色。山坡上的羊群，牛群，就像小黑点似的，在云霞里爬走。

小环不管这些，只是在梳自己毛蓬蓬的小辫。

二

在村里，王妹子，愣三，竹三爷，这都是公共的名称。是凡佣工阶级都是这样简单，而不变化的名字。这就是工人阶级一个天然的标识。

王妹子坐在王阿嫂的身边，炕里蹲着小环，三个人寂寞着。后山上不知是什么虫子，一到中午，就吵叫出一种不可忍耐的幽默和凄怨的情绪来。

小环虽是七岁，但是就和一个少女般的会忧愁，会思量。她听着秋虫吵叫的声音，只是用她的小嘴在学着大人叹气。这个孩子也许因为母亲死得太早的缘故？

小环的父亲是一个雇工，在她还未生下来的时候，她的父亲就死了！在她五岁的时候她的母亲又死了。她的母亲是被张地主的大儿子张胡琦强奸而后气愤死了的。

五岁的小环，开始做个小流浪者了！从她贫苦的姑家，又转到更贫苦的姨家。结果为了贫苦，不能养育她，最后她在张地主家过了一年煎熬的生活。竹三爷看不惯小环被虐待的苦处。当一天王阿嫂到张家去取米，小环正被张家的孩子们将鼻子打破，满脸是血，王阿嫂把米袋子丢落在院心，她走近小环，给她擦着眼泪和血。小环哭着，王阿嫂也哭了！

有竹三爷做主，小环从那天起，就叫王阿嫂做妈妈了！那天小环是扯着王阿嫂的衣襟来到王阿嫂的家里。

后山的虫子，不间断的，不曾间断的在叫。王阿嫂拧着鼻涕，两腮抽动，若不是肚子突出，她简直瘦得像一条龙。她的手也正和爪子一样，为了拔苗割草而骨节突出。她的悲哀像沉淀了的淀粉似的，浓重并且不可分解。她在说着她自己的话：

"王妹子，你想我还能再活下去吗？昨天在田庄上张地主是踢了我一脚。那个野兽，踢得我简直发昏了，你猜他为什么踢我呢？早晨太阳一出就做工，好身子倒没妨碍，我只是再也带不动我的肚子了！又是个正午时候，我坐在地梢的一端喘两口气，他就来踢了我一脚。"

拧一拧鼻涕又说下去：

"眼看着他爸爸死了三个月了！那是刚过了五月节的时候，那时仅四个月，现在这个孩子快生下来了！咳！什么孩子，就是冤家，他爸爸的性命是丧在张地主的手里，我也非死在他们的手里不可，我想谁也逃不出地主们的手去。"

王妹子扶她一下，把身子翻动一下：

"哟！可难为你了！肚子这样你可怎么在田庄上爬走啊？"

王阿嫂的肩头抽动得加速起来。王妹子的心跳着，她在悔恨的跳着，她开始在悔恨：

"自己太不会说话，在人家最悲哀的时节，怎能用得着十分体贴的话语来激动人家悲哀的感情呢?”

王妹子又转过话头来：

“人一辈子就是这样，都是你忙我忙，结果谁也不是一个死吗？早死晚死不是一样吗?”

说着她用手巾给王阿嫂擦着眼泪，揩着她一生流不尽的眼泪：

“嫂子你别太想不开呀！身子这种样，一劲忧愁，并且你看着小环也该宽心。那个孩子太知好歹了！你忧愁，你哭，孩子也跟着忧愁，跟着哭。倒是让我做点饭给你吃，看外边的日影快晌午了!”

王妹子心里这样相信着：

“她的肚子被踢得胎儿活动了！危险……死……”

她打开米桶，米桶是空着。

王妹子打算到张地主家去取米，从桶盖上拿下个小盆。王阿嫂叹息着说：

“不要去呀！我不愿看他家那种脸色，叫小环到后山竹三爷家去借点吧!”

小环捧着瓦盆爬上坡，小辫在脖子上摔搭摔搭的走向山后去了！山上的虫子在憔悴的野花间，叫着憔悴的声音啊!

三

王大哥在三个月前给张地主赶着起粪的车，因为马腿给石头折断，张地主扣留他一年的工钱。王大哥气愤之极，整天醉酒，夜里不回家，睡在人家的草堆。后来他简直是疯了！看着小孩也打，狗也打，并且在田庄上乱跑，乱骂。张地主趁他睡在草堆的时候，遣人偷着把草堆点着了！王大哥在火焰里翻滚，在张地主的火焰里翻滚；他的舌头伸在嘴唇以外，他嚎叫出不是人的声音来。

有谁来救他呢？穷人连妻子都不是自己的。王阿嫂只是在前村田庄上拾土豆，她的男人却在后村给人家烧死了。

当王阿嫂奔到火堆旁边，王大哥的骨头已经烧断了！四肢脱落，脑壳直和半个破葫芦一样，火虽熄灭，但王大哥的气味却在全村漂漾。

四围看热闹的人群们，有的擦着眼睛说：

“死得太可怜！”

也有的说：

“死了倒好，不然我们的孩子要被这个疯子打死呢！”

王阿嫂拾起王大哥的骨头来，裹在衣襟里，她紧紧的抱着，她发出啕天的哭声来。她这凄惨泌血的声音，遮过草原，穿过树林的老树，直到远处的山间，发出回响来。

每个看热闹的女人，都被这个滴着血的声音诱惑得哭了！每个在哭的妇人都在生着错觉，就像自己的男人被烧死一样。

别的女人把王阿嫂的怀里紧抱着的骨头，强迫的丢开，并且劝说着：

“王阿嫂你不要这样啊！你抱着骨头又有什么用呢？要想后事。”

王阿嫂不听别人，她看不见别人，她只有自己。把骨头又抢着疯狂的包在衣襟下，她不知道这骨头没灵魂，也没有肉体，一切她都不能辨明。她在王大哥死尸被烧的气味里打滚，她向不可解脱的悲痛里用尽了她的全力的攒呵！

满是眼泪小环的脸转向王阿嫂说：

“妈妈，你不要哭疯了啊！爸爸不是因为疯才被人烧死的吗？”

王阿嫂，她不听到小环的话，鼓着肚子，涨开肺叶般的哭。她的手撕着衣裳，她的牙齿在咬嘴唇。她和一匹吼叫的狮子一样。

后来张地主手提着苍蝇拂，和一只阴毒的老鹰一样，振动着翅膀，眼睛突出，鼻子向里勾曲调着他那有尺寸的阶级的步调从前村走来，用他压迫的口腔来劝说王阿嫂：

“天快黑了！还一劲哭什么！一个疯子死就死了吧！他的骨头有什么值钱。你回家做你以后的打算好了！现在我遣人把他埋到西岗子去。”

说着他向四周的男人们下个口令：

“这种气味……越快越好！”

妇人们的集团在低语：

“总是张老爷子，有多么慈心，什么事情，张老爷子都是帮忙的。”

王大哥是张老爷子烧死的，这事情妇人们不知道，一点不知道。田庄上的麦草打起流水样的波纹，烟筒里吐出来的炊烟，在人家的房顶上旋卷。

苍蝇拂子摆动着吸人血的姿势，张地主走回前村去。

穷汉们，和王大哥同类的穷汉们，摇煽着阔大的肩膀，王大哥的骨头被运到西岗上了！

四

三天过了！五天过了！田庄上不见王阿嫂的影子，拾土豆和割草的妇人们嘴里念道这样的话：

“她太艰苦了！肚子那么大，真是不能做工了！”

“那天张地主踢了她一脚，五天没到田庄上来。大概是孩子生了，我晚上去看看。”

“王大哥被烧死以后，我看王阿嫂就没心思过日子了！一天东哭一场，西哭一场的，最近更利害了！那天不是一面拾土豆，一面流着眼泪？”

又一个妇人皱起眉毛来说：

“真的，她流的眼泪比土豆还多。”

另一个又接着说：

“可不是吗？王阿嫂拾得的土豆，是用眼泪换得的。”

在激动着热情，一个抱着孩子拾土豆的妇人说：

“今天晚上我们都该到王阿嫂家去看看，她是我们的同类呀！”

田庄上十几个妇人用响亮的嗓子在表示赞同。

张地主走来了！她们都低下头去工作着。张地主走开，她们又都抬起头来；就像被风刮倒的麦草一样，风一过去，草梢又都伸立起来；她们说着方才的话：

“她怎能不伤心呢？王大哥死时，什么也没给她留下。眼看又来到冬天，我们虽是有男人，怕是棉衣也预备不齐。她又怎么办呢？小孩子若生下来她可怎么养活呢？我算知道，有钱人的儿女是儿女，穷人的儿女，分明就是孽障。”

“谁不说呢？听说王阿嫂有过三个孩子都死了！”

其中有两个死去男人，一个是年轻的，一个是老太婆。她们在想起自己的事，老太婆想着自己男人被车轧死的事，年轻的妇人想着自己的男人吐血而死的事，只有这俩妇人什么也不说。

张地主来了！她们的头就和向日葵般在田庄上弯弯的垂下去。

小环的叫喊声在田庄上，在妇人们的头上，响起来：

“快……快来呀！我妈妈不……不能，不会说话了！”

小环是一个被大风吹着的蝴蝶，不知方向，她惊恐的翅膀痉挛在振动。她的眼泪在眼眶里急得和水银似的不定形的滚转。手在捉住自己的小辫，跺着脚破着声音喊：

“我妈……妈怎么了？……她不说话呀……不会呀！”

五

等到村妇挤进王阿嫂屋门的时候，王阿嫂自己在炕上发出她最后沉重的嚎声，她的身子是被自己的血浸染着，同时在血泊里也有一个小的、新的动物在挣扎。

王阿嫂的眼睛像一个大块的亮珠，虽然闪光而不能活动。她的嘴张得怕人，像猿猴一样，牙齿拼命的向外突出。

村妇们有的哭着，也有的躲到窗外去，屋子里散散乱乱，扫帚水壶，破鞋，满地乱摆。邻家的小猫蹲缩在窗台上。小环低垂着头在墙角间站着，她哭，她是没有声音的在哭。

王阿嫂就这样的死了！新生下来的小孩，不到五分钟也死了！

六

月亮穿透树林的时节，棺材带着哭声向西岗子移动。村妇们都来相送，拖拖落落，穿着种种样样擦满油泥的衣服，这正表示和王阿嫂同一个阶级。

竹三爷手携着小环，走在前面。村狗在远处受惊的在叫。小环并不哭，她依持别人，她的悲哀似乎分给大家担负似的，她只是随了竹三爷踏着贴在地上的树影走。

王阿嫂的棺材被抬到西岗子树林里。男人们在地面上掘坑。

小环，这个小幽灵，坐在树根下睡了！林间的月光细碎的飘落在小环的脸上。她两手扣在膝盖间，头搭在手上，小辫在脖子上给风吹动着，她是个天然的小流浪者。

棺材合着月光埋到土里了！像完成一件工作似的，人们扰攘着。

竹三爷走到树根下摸动小环的头发：

“醒醒吧！孩子！回家了。”

小环闭着眼睛说：

“妈妈，我冷呀！”

竹三爷说：

“回家吧！你那里还有妈妈？可怜的孩子别说梦话！”

醒过来了！小环才明白妈妈今天是不再搂着她睡了！她在树林里，月光下，妈妈的坟前，打着滚哭啊！……

“妈妈！……你不要……我了！让我跟跟跟谁睡……睡觉呀？”

“我……还要回到……张……张张地主家去挨打吗？”她咬住嘴唇哭。

“妈妈！跟……跟我回……回家吧！……”

远近处颤动这小姑娘的哭声，树叶和小环的哭声一样交接的在响，竹三爷同别的人一样在擦揉眼睛。

林中睡着王大哥和王阿嫂的坟墓。

村狗在远近的人家吠叫着断续的声音……

一九三三，五，二一

看 风 筝

一

拖着鞋，头上没有帽子，鼻涕在胡须上结起网罗似的冰条来，纵横的网罗着胡须。在夜间，在冰雪闪着光芒的时候，老人依着街头电线杆，他的黑色影子缠住电杆。他在想着这样的事：

“穷人活着没有用，不如死了！”

老人的女儿三天前死了，死在工厂里。

老人希望得几个赡养费，他奔波了三天了！拖着鞋奔波，夜间也是奔波，他到工厂，从工厂又要到工厂主家去。他三天没有吃饭，实在不能再走了！他不觉得冷，因为他整个的灵魂在缠住他的女儿，已死了的女儿。

半夜了！老人才一步一挨的把自己运到家门，这是一件多么不容易的事：胡须颤抖，他走起路来谁看着都要联想起被大风吹摇就要坍塌的土墙，或是房屋。眼望砖瓦四下分离的游动起来。老人在冰天雪地里，在夜间没人走的道路上筛着他的胡须，筛着全身在游离的筋肉。他走着，他的灵魂也像解了体的房屋一样，一面在走，一面摊落。

老人自己把身子再运到炕上，然后他喘着牛马似的呼吸，他全身的肉体摊落尽了，为了他的女儿而摊落尽的，因为在他女儿的背后埋着这样的事：

“女儿死了！自己不能作工，赡养费没有，儿子出外三年不见回来。”

老人哭了！他想着他的女儿哭，但哭的却不是他的女儿，是哭着他女儿死了以后的事。

屋子里没有灯火，黑暗是一个大轮廓，没有线条，也没有颜色的大轮廓。老人的眼泪在他有皱纹的脸上爬，横顺的在黑暗里爬，他的眼泪变成了无数的爬虫了，个个从老人的内心出发。

外面的风在嚎叫夹着冬天枯树的声音。风卷起地上的积雪，扑向窗纸打来，刷刷的响。

二

刘成在他父亲给人做雇农的时候，他在中学里读过书，不到毕业他就混进某个团体了！他到农村去过。不知他潜伏着什么作用，他也曾进过工厂。后来他没有踪影了！三年没有踪影。关于他妹妹的死，他不知道，关于他父亲的流浪，他不知道，同时他父亲也不知道他的流浪。

刘成下狱的第三个年头被释放出来，他依然是一个没有感情的人，他的脸色还是和从前一样，冷静、沉着。他内心从没有念及他父亲一次过。不是没念及，因为他有无数的父亲，一切受难者的父亲他都当作他的父亲，他一想到这些父亲，只有走向一条路，一条根本的路。

他明白他自己的感情，他有一个定义：热情一到用得着的时候，就非冷静不可，所以冷静是有用的热情。

这是他被释放的第三天了！看起来只是额际的皱纹算是入狱的痕迹，别的没有两样。当他在农村和农民们谈话的时候，比从前似乎更有力，更坚决，他的手高举起来又落下去，这大概是表示压榨的意思，也有时把手从低处用着猛力抬到高处，这大概是表示不受压迫的意思。

每个字从他的嘴里跳出来，就和石子一样坚实并且钢硬，这石子也一个一个投进农民的脑袋里，也是永久不化的石子。

坐在马棚旁边开着衣钮的老农妇，她发起从没有这样愉快的笑，她触了他的男人李福一下，用着例外的声音边说边笑：

“我做了一辈子牛马，哈哈！那时候可该做人了！我做牛马做够了！”

老农妇在说末尾这句话时，也许她是想起了生在农村最痛苦的事。她顿时脸色都跟着不笑了！冷落下去。

别的人都大笑一阵，带着奚落的意思大笑，妇人们借着机会似的向老农妇奚落去：

“老婆婆从来是规矩的，笑话我们年轻多嘴，老婆婆这是为了什么呢？”

过了一个时间安静下去。刘成还是把手一举一落的说下去，马在马棚里吃草的声音，夹杂着鼻子声在响，其余都在安静里浸沉着。只是刘成的谈话沉重的字眼连绵的从他齿间往外挤。不知什么话把农民们击打着了！男人们在抹眼睛，女人们却响着鼻子。和在马棚里吃草的马一样。

人们散去了，院子里的蚊虫四下的飞，结团的飞，天空有圆圆的月，这是一个夏天的夜，这是刘成出狱三天在乡村的第一夜。

三

刘成当夜是住在农妇王大婶的家里，王大婶的男人和刘成谈着话，桌上的油灯暗得昏黄，坐在炕沿他们说着，不绝的在说，直到最后才停止，直到王大婶的男人说出这样的话来：

“啊！刘成这个名字。东村住着孤独的老人常提到这个名字，你可认识吗？”

刘成他不回答，也不问下去，只是眼光和不会转弯的箭一样，对准什么东西似的在放射，在一分钟内他的脸色转变了又转！

王大婶抱着孩子，在考察刘成的脸色，她在下断语：

“一定是他爹爹，我听老人坐在树荫常提到这个名字，并且每当他提到的时候，他是伤着心。”

王大婶男人的袖子在摇振，院心蚊虫的群给他冲散了！圆月在天空随着他跑。他跑向一家脊背弯曲的草房去，在没有纸的窗棂上鼓打，急剧的鼓打。睡在月光里整个东村的夜被他惊醒了！睡在篱笆下的狗，和鸡雀吵叫。

老人睡在土炕的一端，把自己的帽子包着破鞋当作枕头，身下铺着的是一条麻袋。满炕是干稻草，这就是老人的财产，其余什么是不属于他的。他照顾自己，保护自己。月光映满了窗棂，人的枕头上，胡须上……

睡在土炕的另一端也是一个老人，他俩是同一阶级，因为他也是枕着破鞋睡，他们在朦胧的月影中，直和两捆干草或是两个粪堆一样，他们睡着，在梦中他们的灵魂是彼此看守着。窗棂上残破的窗纸在作响。

其中的一个老人的神经被鼓打醒了！他坐起来，抖擞着他满身的月光，抖擞着满身的窗棂，他不睁眼睛，把胡须抬得高高的盲目的问：

“什么够当？”

“刘成不是你的儿吗？他今夜住在我家。”老人听了这话，他的胡须在蹀躞。三年前离家的儿子，在眼前飞转。他心里生了无数的蝴蝶，白色的空中翻着金色闪着光的翅膀在空中飘着飞。此刻凡是在他耳边的空气，都变成大的小的音波，他能看见这音波，又能听见这音波。平日不会动的村庄和草堆现在都在活动，沿着旁边的大树，他在梦中走着。向着王大婶的家里，向着他儿子方向走。老人像一个要会见妈妈的小孩子一样，被一种感情追逐在大路上跑，但他不是孩子，他蹀躞着胡须，他的腿笨重，他有满脸的皱纹。

老人又联想到女儿死的事情，工厂怎样的不给恤金，他怎样的飘流到乡间，乡间更艰苦，他想到饿和冻的滋味。他需要躺在他妈妈怀里哭诉。可是他去会见儿子。

老人像拾得意外的东西，珍珠似的东西，一种极度的欣欢使他恐惧。他体验着惊险，走在去会见儿子的路上。

王大婶的男人在老人旁边走，看着自家的短墙处有个人的影像，模糊不清，走近一点只见那里有人在摆手。再走近点，知道是王大婶在那里摆手。

老人追着他希望的梦，抬举他兴奋的腿，一心要去会见儿子，其余的什么，他不能觉察。王大婶的男人跑了几步，王大婶对他皱竖眼眉低声慌张的说：

“那个人走了！抢着走了！”

老人还是追着他的梦向前走，向王大婶的篱笆走，老人带着一颗充血的心来会见他的儿子。

四

刘成抢着走了！还不待他父亲走来他先跑了！他父亲充了血的心给他摔碎

了！他是一个野兽，是一条狼，一条没有心肠的狼。

刘成不管他父亲，他怕他父亲，为的是把整个的心，整个的身体献给众人。他没有家，什么也没有，他为着农人，工人，为着这样的阶级而下过狱。

五

半年过后，大领袖被捕的消息传来了！也就是刘成被捕的消息传来了！乡间也传来了！那是一个初春正月的早晨，乡村里的土场上，小孩子们群集着，天空里飘起颜色鲜明的风筝来，三个五个，近处飘着大的风筝远处飘着小的风筝，孩子们在拍手，在笑。老人——刘成的父亲也在土场上依着拐杖同孩子们看风筝。就是这个时候消息传来了！

刘成被捕的消息传到老人的耳边了！

一九三三，六，九

该篇首刊于1933年6月30日《哈尔滨公报》副刊《公田》。署名悄吟。

夜　风

一

老祖母几夜没有安睡，现在又是抖着她的小棉袄了。小棉袄一拿在祖母的手里，就怪形的在作恐吓相。仿佛小棉袄会说出祖母所不敢说出的话似的，外面风声又起了！——唰——唰……

祖母变得那样可怜，小棉袄在手里总是那样拿着。窗纸也响了。没有什么，是远村的狗吠，身影在壁间摇摇，祖母灭下烛，睡了。她的小棉袄又放在被边，可是这也没有什么，祖母几夜都是这样睡的。

屋中并不黑沉，虽是祖母熄了烛。披着衣裳的五婶娘，从里间走出来，这时阴惨的月光照在五婶娘的脸上，她站在地心用微而颤的声音说：

“妈妈！远处许是来了马队，听！有马蹄响呢！”

老祖母还没忘掉做婆婆特有的口语向五婶娘说：

“可恶的×××又在寻死。不碍事，睡觉吧。”

五婶娘回到自己的房里，想唤醒她的丈夫，可是又不敢。因为她的丈夫从来英勇在村中著名的，而不怕过什么人。枪放得好，马骑得好。前夜五婶娘吵着×××是挨了丈夫的骂。

不碍事，这话正是碍事，祖母的小棉袄又在手中颠倒了！她把袖子当作领来穿。没有燃烛，斜歪着站起来。可是又坐下了。这时，已经把壁间落满着灰尘的铅弹枪取下来，在装子弹。她想走出去上炮台望一下，其实她的腿早已不中用了，她并不敢放枪。

远村的狗吠得更甚了，像人马一般的风声也上来了。院中的几个炮手，还有老婆婆的七个儿子通起来了。她最小的儿子还没上炮台，在他自己的房中抱着他新生的小宝宝。

老祖母骂着：

“呵！太不懂事务了！这是什么时候？还没有急性呀！”

这个儿子，平常从没挨过骂，现在也骂了。接着小宝宝哭叫起来。别的房中，别的宝宝，也哭叫起来。

可不是吗？马蹄响近了，风声更恶，站在炮台上的男人们持着枪杆，伏在地下的女人们抱着孩子。不管那一个房中都不敢点灯，听说×××是找光明的。

大院子里的马棚和牛棚，安静着，像等候恶运似的。可是不然了！鸡，狗，和鸭鹅们，都闹起，就连放羊的童子也在院中乱跑。

马，认清是马形了！人，却分不清是什么人。天空是月，满山白雪，风在回旋着，白色的山无止境的牵连着。在浩荡的天空下，南山坡口，游动着马队，蛇般的爬来了。二叔叔在炮台里看见这个，他想灾难算是临头了！一定是来攻村子的。他跑向下房去，每个雇农给一支枪，雇农们欢喜着，他们想：

“地主多么好呵！张二叔叔多么仁慈！老早就把我们当作家人看待的。现在我们共同来御敌吧！”

往日地主苛待他们，就连他们最反对的减工资，现在也不恨了！只有御敌是当前要做的。不管厨夫，也不管是别的役人，都喜欢着提起枪跑进炮台去。因为枪是主人从不放松给他们拿在手里。尤其欢喜的是牧羊的那个童子——长青，他想，我有一支枪了，我也和地主的儿子们一样的拿着枪了，长青的衣裳太破，裤子上的一个小孔，在抢着上炮台时裂了个大洞。

人马近了！大道上飘着白烟，白色的山和远天相结，天空的月澈底的照着，马像跑在空中似的。这也许是开了火吧！——砰！砰……。炮手们看得清是几个探兵作的枪声。

长青在炮台的一角，把住他的枪，也许是不会放，站起来，把枪嘴伸出去，朝着前边的马队。这马队就是地主的敌人。他想这是机会了！二叔叔在后面止住他：

“不要！——等近些放！”

绕路去了！数不尽的马的尾巴渐渐消失在月夜中了！墙外的马响着鼻子，马棚里的马听了也在响鼻子。这时老祖母欢喜的喊着孙儿们：

“不要尽在冷风里，你们要进屋来暖暖，喝杯热茶。”

她的孙儿们强健的回答：

“奶奶！我们全穿皮袄，我们在看守着，怕贼东西们再转回来。”

炮台里的人稀疏了！是凡地主和他们的儿子都转回屋去，可是长青仍蹲在那里，作一个小炮手的模样，枪嘴向前伸着，但棉裤后身作了个大洞，他冷得几乎是不能耐，要想回房去睡。没有当真那么作，因为想起了张二叔叔——地主平常对他的训话了：“为人要忠。你没看古来有忠臣孝子吗？忍饿受寒，生死不怕，真是可佩服的。”

长青觉得这正是尽忠也是尽孝的时候，恐怕错了机会似的，他在捧着枪，也在作一个可佩服的模样。裤子在屁股间一个大洞裂着。

二

这人是谁呢？头发蓬着，脸没有轮廓，下垂的头遮盖住，暗色的房间破乱得正像地主们的马棚。那人在啼着，好像失丈夫的乌鸦一般。屋里的灯灭了！窗上的影子飘忽失去。

两棵立在门前的大树，光着身子在嚎叫已失去的它的生命。风止了！篱笆也不响了！整个的村庄，默得不能再默。儿子，长青。回来了。

在屋里啼哭着，穷困的妈妈听得外面有踏雪声，她想这是她的儿子吧！可是她又想，儿子十五天才可以回一次家，现在才十天，并且脚步也不对，她想这是一个过路人。

柴门开了！柴门又关了！篱笆上的积雪，被振动落下来，发响。

妈妈出去像往日一样，把儿子接进来，长青腿软得支不住自己的身子，他是斜歪着走回来，所以脚步差错得使妈妈不能听出。现在是躺在炕上，脸儿青青的流着鼻涕；妈妈不晓得是发生了什么事。

心痛的妈妈急问：

“儿呀！你又牧失了羊吗？主人打了你吗？”

长青闭着眼睛摇头，妈妈又问：

“那是发生了什么事？来对妈妈说吧！”

长青是前夜看守炮台冻病了的，他说：

“妈妈！前夜你没听着马队走过吗？张二叔叔说×××是万恶之极的，又说专来杀小户人家。我举着枪在炮台里站了半夜。”

“站了半夜又怎么样呢？张二叔叔打了你吗？”

“妈妈，没有，人家都称我们是小户人家，我怕马队要来杀妈妈，所以我在等候着打他们。”

“我的孩子，你说吧！你怎么会弄得这样呢？”

“我的裤子不知怎么弄破了！于是我病了！”

妈妈的心好像是碎了！她想丈夫死去三年，家里从没买过一尺布，和一斤棉。于是她把儿子的棉袄脱了下来，面着灯照了照，一块很厚的，另一块是透着亮。

长青抽着鼻子哭，也许想起了爸爸。妈妈放下了棉袄，把儿子抱过来。

豆油灯像在打寒颤似的火苗哆嗦着，唉，穷妈妈抱着病孩子。

三

张老太太又在抖着她的小棉袄了！因为她的儿子们不知辛苦了多少年，才做了个地主；几次没把财产破坏在土匪、叛兵的手里，现在又闹×军，她当然要抖她的小棉袄罗！

张二叔叔走过来，看着妈妈抖得怪可怜的，他安慰着：

“妈妈！这算不了什么，您想，我们的炮手都很能干呢！并且恶霸们有天理来昭张，妈妈您睡下吧！不要起来，没有什么事！”

“可是我不能呢？我不放心。”

张老太太说着外面枪响了！全家的人，像上次一样，男的提着枪，女的抱着孩子。风声似乎更紧，树林在啸。

这是一次虚惊，前村捉着个小偷。一阵风云又过了！在乡间这样的风云是常常闹的。老祖母的惊慌似乎成了癖。全家的人，管谁都在暗笑她的小棉袄。结果就是什么事没发生，但，她的小棉袄仍是不留意的拿在手里，虽是她只穿着件睡觉的单衫。

张二叔叔同他所有的弟兄们坐在老太太的炕沿，老六开始说：

“长青那个孩子，怕不行，可以给他结账的，有病不能干活计的孩子，活着又有什么用?”

说着把烟卷放在嘴里，抱起他三年前就患着瘫病的儿子走回自己的房子去了。

张老太说：

“长青那是我叫他来的，多做活少做活的不说，就算我们行善，给他碗饭吃，他那样贫寒。”

大媳妇含着烟袋，她是四十多岁的婆子。二媳妇是个独腿人，坐在她自己的房里。三媳妇也含着烟袋在喊，三叔叔回房去睡觉。老四，老五，以至于老七这许多儿媳妇都向老太太问了晚安才退去。老太太也觉得困了似的，合起眼睛抽她的长烟袋。

长青的妈妈——洗衣裳的婆子来打门，温声的说：

“老太太，上次给我吃的咳嗽药再给我点吃吧!”

张老太太也是温和着说：

“给你这片吃了！今夜不会咳嗽的，可是再给你一片吧!”

洗衣裳的婆子暗自非常感谢张老太太，退回那间靠近草棚的黑屋子去睡了!

第二天是个天将黑的时候，在大院里的绳子上，挂满了黑色的白色的，地主的小孩的衣裳，以及女人的裤子。就是这个时候吧！晒在绳子上的衣服有浓霜透出来，冻得挺硬，风刮得有铿锵声。洗衣裳的婆子咳嗽着，她实不能再洗了！于是走到张老太的房里：

“张老太真是废物呢！穷人又生病。”

一面说一面咳嗽：

“过几天我一定来把所有余下的衣服洗完。”

她到地心那个桌子下，取她的包袱，里面是张老太给她的破毡鞋；二婶子，和别的婶子给她的一些碎棉花，和裤子之类。这时张老太在炕里，含着她的长烟袋。

洗衣裳的婆子有个破落而无光的家屋，穿的是张老太穿剩的破毡鞋。可是张老太有着明亮的镶着玻璃的温暖的家，穿的是从城市里新买回来的毡鞋。这两个老婆婆比在一起，是非常有趣的。很巧，牧羊的长青走进来，张二叔叔也走进来。老婆婆是这样两个不同形的，生出来的儿子也当然两样，一个是掷着鞭子的牧人，一个是把着算盘的地主。

张老太扭着她不是心思的嘴角问：

“我说，老李，你一定要回去吗？明天不能再洗一天吗？”

用她努力的眼睛望着老李，老李：

“老太太，不要怪我，我实在做不下去了！”

“穷人的骨头想不到这样值钱，我想你的儿子，不知是谁的力量才在这里呆得住。也好。那么，昨夜给你那药片，为着今夜你咳嗽来吃它。现在你可以回家去养着去了！把药片给我，那是很贵呢！不要白废了！”

老李把深藏在包袱里那片预备今夜回家吃的药拿出来。

老李每月要来给张地主洗五次衣服，每次都是给她一些萝卜，或土豆，这次都没给。

老婆子夹着几件地主的媳妇们给她的一些破衣服。这也就是她的工银。

老李走在有月光的大道上，冰雪闪着寂寂的光，她寡妇的脚踏在雪地上，就像一只单身雁在哽咽着她孤飞的寞寞。这树为着空的枝干，没有鸟雀。什么人全睡了！尽树儿的那端有她的家屋出现。

打开了柴门，连个狗儿也没有，谁出来迎接她呢?!

四

两天过后风声又紧了！真的×军要杀小户人家吗？怎么都潜进破落村户去？李婆子家也曾住过那样的人。

长青真的结了账了！背着自己的小行李走在风雪的路上。好像一个流浪的，丧失了家的小狗，一进家屋他就哭着。他觉得绝望。吃饭妈妈是没有米的，他不用妈妈问他就自己诉说怎样结了账，怎样赶他出来，他越想越没路可走，哭到委屈的时候，脚在炕上跳，用哀惨的声音呼着他的妈妈：

“妈妈，我们吊死在爹爹坟前的树上吧！”

可是这次，出乎意料的，妈妈没有哭，没有同情他，只是说：

“孩子，不要胡说了，我们有办法的。”

长青拉着妈妈的手，奇怪的，怎么妈妈会变了呢？怎么变得和男人一样有主意呢？

五

前村的消息传来的时候，张二叔叔的家里还没吃早饭。

整个的前村和×军混成一团了！有的说是在宣传，有的说是在焚房屋，屠杀贫农。

张二叔叔放探出去，两个炮手背上大枪，小枪，用鞭子打着马，刺面的严冬的风夺面而过，可是他们没有走到地点，就回来了；报告是这样：

“不可知这是什么埋伏？村民安静着，鸡犬不惊的不知在作些什么？”

张二叔叔问：“那末你们看见些什么呢？”

“我们是站在山坡往下看的，没有马槽，把草摊在院心，马匹在急吃着草，那些恶棍们和家人一样在院心搭着炉，自己做饭。”

全家的人，挤在老祖母的门里门外，眼睛瞪着。全家好像窒息了似的。张二叔叔点着他的头：“唔！——你们去吧！”

这话除了他自己别人似乎没有听见。关闭的大门外面有重车轮轴轧轧经过的声音。

可不是吗？敌人来了！方才吓得像木雕一般的张老太也扭走起来。

张二叔叔和一群小地主们捧着枪不放，希望着马队可以绕道过去。马队是过去了一半，这次比上次的马匹更多。使张二叔叔纳闷的是后半部的马队也夹杂着爬犁小车！并且车上也像有妇女们坐着？更近了！二叔叔是千真万真看见了一些雇农，李三，刘福，小秃……一些熟识的佃农。二叔叔气得仍要动起他地主的怒来大骂。

兵们从东墙回转来，把张二叔叔的房合包围了！开了枪。

这不是夜，没有风，这是光明的朝阳下，张二叔叔是第一个倒地。在他一秒钟清明的时候，他看见了长青和他的妈妈——李婆子也坐在爬犁上，在挥动着拳头……

一九三三，八，二七

该篇首刊于1933年9月24日—10月8日《大同报》周刊《夜哨》（长春）第七至九期。署名悄吟。

叶　子

园中开着艳艳的花，有蝴蝶儿飞，也有鸟儿叫。小姑娘——叶子，唱着歌，在打旋风舞。为了捕蝴蝶把裙子扯破。妈妈站在门口：

“叶子，你这样孩子。”

可是她什么都不听见，花枝一排一排的倒在脚下，把蝴蝶捉在手里。

太阳把雪照成水了，从房檐滴到了满阶。后来树枝发青，树叶成荫了。后园里又飞着去年的蝴蝶。五月来到，后园和去年一样，蝴蝶戏着小姑娘们玩，蝴蝶被捕着。可是叶子，她不捕蝴蝶了，尽坐在那儿幽思，望着天上多形的云，望着插向云中的树枝，一会用扇子遮住她幽思的眼。

妈妈站在门口。

“叶子，你为什么总坐在那儿想啊，脸儿怕瘦了？”

她常常在园里静思，暑假慢慢的来到，表哥——莺，回来了。以后花园里，又是旋风舞，捕蝴蝶。叶子的歌声天天在后园里鲜明着。莺哥和叶子坐在树下，树叶有时落在腿上，后来树叶绕着腿飞。

暑假过去，莺哥回学校了，园里飞发树叶。只因没有花儿，鸟雀回巢，蝴蝶飞过墙东不再回来，一切被莺哥带了去似的。叶子倒在床上有病，脸儿渐渐黄，爸妈着慌，医生来了一个又一个，药瓶子摆在床头，脸儿更黄更瘦。

外面飘起白白的雪，妈妈问：

“为什么病呢？对妈妈说。”

叶子只是默默的等着寒假，常常翻着日历，十号，十一号……，十五号了，她想莺哥哥是近着她了，穿得干净的衣服，坐在窗里望。真的有人在叫门，叶子心跳着。妈妈去开了门，穿着青制服，青呢帽，踏着雪响，莺哥微笑着。他问：“叶子呢？”

说话时他看着叶子在窗里向他笑了笑。妈妈说着关于叶子的话走进客厅了。妈妈又说：

“叶子，半年是闹着病，只见黄瘦。”

莺哥慌忙着去见叶子，可是他走进内室了，衣上带着冷气。走近叶子的床，向她问：

“病了吗？很弱。”

她感到茫然了，眼睛无力的瞅着床，没有答话，把头低下。他没有再问，心痛着走进内室去。妈妈在客厅里说着叶子的病时，叶子在屋里听着哭了，面向着飞雪的窗外。

在东房莺哥常常发闷，有时整夜不灭灯，后来咳嗽，都说孩子大了应该定亲。他的叔叔来，说谁家的女子好，问他：

“你愿意不？我想你的学费都是舅家供给，又是住在舅家，不能信意吧？”他的叔叔又指着叶子的爸爸和妈妈说：

“并且舅父和舅母也同意。”

就是那夜，他整夜寻思着。第二天他的爸爸载着没有耳朵的帽子背着包袱来了，没有进客厅，简直到东房去。唉，莺哥怎不难过呢。妈妈死了，爸爸上山去打柴，自己住在舅家。于是他哭了，爸爸也哭了。

叶子走进东房，火炉在地心，没生火窗上全是冰霜。她招呼别人，把炉子生火，又到自己房里拿了厚的被子给莺哥。妈妈骂了她：

“什么事都用得着你！”

穷人没有亲戚。到晚间，他的爸爸又载着没有耳朵的帽子走了，去经风霜。

叶子在莺哥的房里，可是莺哥一天比一天病重。叶子常常挨骂，可是莺哥的病只有沉重。妈妈说：

“不要以为你还是小孩子，你是十四五岁啦，莺哥都该娶媳妇了，不可以总在一块。”妈妈又接着说：

“自己该明白吧，他那样穷，并且亲已订妥。”

莺哥八天不能起床，可怜的莺哥，连叶子也不能多见。

在那间空洞的房里，只有爸爸陪着他。起先舅母拿钱给请医生，现在不给他请医生了。于是可怜的莺哥走在死路上。

每天夜里，别人都睡了的时候，那个管家——王四要给东房送书，这是叶子背着妈妈叫送的。

昨夜特别的，莺哥总是不睡，想说的话，又像不愿意说似的。肺痛得也像轻了些，但是他的眼睛想哭。

“爸爸，叶子怎么总不过来呢？我还拿她几本书，怎么还不来取呀？又病了吗？爸爸叫叶子来，呵，叶子一定要来。”他说时把眼泪滴到枕头上。

爸爸只得答应了去找叶子：

“好吧，不要为难，你再睡一会，亮了天我去叫她。”

天是大亮了，还不去叫叶子，让老头子怎样去找叶子呢？住在别人家里，自己的儿子有病。怎敢扰乱别人呢？

还不到中午，莺哥被装进棺材里。

送棺材的人们站到大门口，只有莺哥的爸爸和棺材往东下去。

蝶儿飞着，鸟儿叫着，又到五月了，叶子坐在后园冥想，莺哥的爸爸担着柴草经过后门了。

九，二十

该篇首刊于1933年10月15日《大同报》副刊《夜哨》（长春）第十期。署名悄吟。

桥

夏天和秋天，桥下的积水和水沟一般平了。

“黄良子，黄良子……孩子哭啦！”

也许是夜晚，也许是早晨，桥头上喊着这样的声音。久了！住在桥头的人家都听惯了，听熟了。

“黄良子，孩子要吃奶啦！黄良子……黄良……子。”

尤其是在雨夜或刮风的早晨，静穆里的这声音受着桥下的水的共鸣或者借助于风声，也送进远处的人家去。

“黄……良子。黄……良……子……”听来和歌声一般了。

月亮完全沉没下去，只有天西最后的一颗星还在挂着。从桥东的空场上黄良子走了出来。

黄良是她男人的名字，从她做了乳娘那天起，不知是谁把“黄良”的末尾加上个“子”字，就算她的名字。

“啊？这么早就饿了吗？昨晚上吃得那么晚！”

开始的几天，她是要跑到桥边去，她向着桥西来唤她的人颤一颤那古旧的桥栏，她的声音也就仿佛在桥下的水上打着回旋：

“这么早吗！……啊?”

现在她完全不再那样做。“黄良子”，这字眼好像号码一般，只要一触到她，她就紧跟着这字眼去了。

在初醒的朦胧中，她的呼吸还不能够平稳，她走着，她差不多是跑着，顺着水沟向北面跑去。停在桥西第一个大门楼下面，用手盘卷着松落下来的头发。

——怎么！门还关着？……怎么！

“开门呀！开门呀！”她弯下腰去，几乎是把脸伏在地面。从门槛下面的缝际看进去，大白狗还睡在那里。

因为头部过度下垂，院子里的房屋似乎旋转了一阵，门和窗子也都旋转着；向天的方向旋转着："开门呀！开门来——"

——怎么！鬼喊了，我来吗？不，……有人喊的，我听得清清楚楚吗……一定，那一定……

但是，她只得回来，桥西和桥东一个人也没有遇到。她感到潮湿的背脊凉下去。

——这不就是百八十步……多说二百步……可是必得绕出去一里多！

起初她试验过，要想扶着桥栏爬过去。但是，那桥完全没有底了，只剩两条栏杆还没有被偷儿拔走。假若连栏杆也不见了，那她会安心些，她会相信那水沟是天然的水沟，她会相信人没有办法把水沟消灭。

……不是吗？搭上两块木头就能走人的……就差两块木头……这桥，这桥，就隔一道桥……

她在桥边站了一会儿，想了一会儿：

——往南去，往北去呢？都一样，往北吧！

她家的草屋正对着这桥，她看见门上的纸片被风吹动。在她理想中，好像一伸手她就能摸到那小土丘上面去似的。

当她顺着沟沿往北走时，她滑过那小土丘去，远了，到半里路远的地方——水沟的尽头——再折回来。

——谁还在喊我？那一方面喊我？

她的头发又散落下来，她一面走着一面挽卷着。

"黄良子，黄良子……"她仍然好像听到有人在喊她。

"黄……瓜茄……子……黄……瓜茄……子……"菜担子迎着黄良子走来了。

"黄瓜茄子，黄……瓜茄子……"

黄良子笑了！她向着那个卖菜的人笑了。

主人家的墙头上的狗尾草肥壮起来了，桥东黄良子的孩子哭声也大起来了！那孩子的哭声会飞到桥西来。

“走——走——推着宝宝上桥头，

“桥头捉住个大蝴蝶，

“妈妈坐下来歇一歇，

“走——走——推着宝宝上桥头。”

黄良子再不像夏天那样在榆树下扶着小车打瞌睡，虽然阳光仍是暖暖的，虽然这秋天的天空比夏天更好。

小主人睡在小车里面，轮子呱啦呱啦的响着，那白嫩的圆面孔，眉毛上面齐着和霜一样白的帽边，满身穿着洁净的可爱的衣裳。

黄良子感到不安了，她的心开始像铃铛似的摇了起来：

“喜欢哭吗？不要哭啦……爹爹抱着跳一跳，跑一跑……”

爹爹抱着，隔着桥站着的，自己那个孩子，黄瘦，眼圈发一点蓝，脖子略微长一些，看起来很像一条枯了的树枝。但是黄良子总觉得比车里的孩子更可爱一点，那里可爱呢？他的笑也和哭差不多。他哭的时候也从不滚着发亮的肥大的泪珠，并且他对着隔着桥的妈妈一点也不亲热，他看着她也并不拍一下手。托在爹爹手上的脚连跳也不跳。

但她总觉得比车里的孩子更可爱些，那里可爱呢？她自己不知道。

“走——走，推着宝宝上桥头，

走——走，推着宝宝上桥头。”

她对小主人说的话，已经缺少了一句：

“——桥头捉住个大蝴蝶，妈妈坐下歇一歇。”

在这句子里边感不到什么灵魂的契合，不必要了。

“走——走——上桥头，上桥头……”

她的歌词渐渐的干枯了，她没有注意到这样的几个字孩子喜欢听不喜欢听。同时在车轮呱啦呱啦的离开桥头时，她同样唱着：

“上桥头，上桥头……”

后来连小主人躺在床上睡觉的时候，她还是哼着：“上桥头，上桥头……”

“啊？你给他擦一擦呀……那鼻涕流过嘴啦……怎么！看不见吗？唉唉……”

黄良子，她简直忘记了她是站在桥这边，她有些暴躁了。当她的手隔着桥伸出去的时候，那差不多要使她流眼泪了！她的脸为着急完全是涨红的。

“爹，爹是不行的呀……到底不中用！可是这桥，这桥……若不有这桥隔着……”借着桥下的水的反应，黄良子响出来的声音很空洞，并且横在桥下面的影子有些震撼：“你抱他过来呀！就这么看着他哭！绕一点路，男人的腿算什么？我……我是推着车的呀！”

桥下面的水上浮着三个人影和一辆小车。但分不出站在桥东和站在桥西的。

从这一天起，“桥”好像把黄良子的生命缩短了。但她又感到太阳挂在空中整天也没有落下去似的……究竟日长了，短了？她也不知道，天气寒了，暖了？她也不能够识别。虽然她也换上了夹衣，对于衣裳的增加似乎别人增加起来，她也就增加起来。

沿街扫着落叶的时候，她仍推着那辆呱啦呱啦的小车。

主人家墙头上的狗尾草，一些水分也没有了，全枯了，只有很少数的还站在风里面摇着；桥东孩子的哭声一点也没有瘦弱，随着风声送到桥头的人家去，特别是送进黄良子的耳里，那声音扩大起来，显微镜下面苍蝇翅膀似的……

她把馒头，饼干，有时就连那包着馅，发着油香不知名的点心，也从桥西抛到桥东去。

——只隔一道桥，若不……这不是随时可以吃得到东西吗？这小穷鬼，你的命上该有一道桥啊！

每次她抛的东西若落下水的时候，她就向着桥东的孩子说：

“小穷鬼，你的命上该有一道桥啊！”

向桥东抛着这些东西，主人一次也没有看到过。可是当水面上闪着一条线的时候，她总是害怕的，好像她的心上已经照着一面镜子了。

——这明明是啊……这是偷的东西……老天爷也知道的。

因为在水面上反映着蓝天，反映着白云，并且这蓝天和她很接近，就在她抛着东西的手底下。

有一天，她得到无数东西，月饼，梨子，还有早饭剩下的饺子。这都不是公开的，这都是主人不看见她才包起来的。

她推着车，站在桥头了，那东西放在车箱里孩子摆着玩物的地方。

“他爹爹……他爹爹……黄良，黄良！”

但是什么人也没有，土丘的后面闹着两只野狗。门关着，好像是正在睡觉。

她决心到桥东去，推着车子跑得快时，车里面孩子的头都颠起来，她最怕车轮响。

——到那里去啦？推着车子跑……这是干么推着车子跑……跑什么？……跑什么？往那里跑？

就像女主人在她的后面喊起来：

——站住，站住——她自己把她自己吓得出了汗，心脏快要跑到喉咙边来。

孩子被颠得要哭，她就说：

“老虎！老虎！”

她亲手把睡在炕上的孩子唤醒起来，她亲眼看着孩子去动手吃东西。

不知道怎样的愉快从她的心上开始着，当那孩子把梨子举起来的时候，当那孩子一粒一粒把葡萄触破了两三粒的时候。

“呀！这是吃的呀，你这小败家子！暴殄天物……还不懂得是吃的吗？妈，让妈给你放进嘴里去，张嘴，张嘴。嘿……酸哩！看这小样。酸的眼睛像一条缝了……吃这月饼吧！快到一岁的孩子什么都能吃的……吃吧……这都是第一次吃呢……”

她笑着。她总觉得这好哭的连笑也笑不完整的孩子比坐在车里边的孩子更可爱些。

她走回桥西去的时候，心平静极了；顺着水沟向北去，生在水沟旁的紫小菊，被她看到了，她兴致很好，想要伸手去折下来插到头上去。

“小宝宝！哎呀，好不好？”花穗在她的一只手里面摇着，她喊着小宝宝，那是完全从内心喊出来的，只有这样喊着，在她临时的幸福上才能够闪光。心上一点什么隔线也脱掉了，第一次，她感到小土人和自己的孩子一样可爱了！她在他的脸上扭了一下，车轮在那不平坦的道上呱啦呱啦的响……

她偶然看到孩子坐着的车是在水沟里颠乱着，于是她才想到她是来到桥东了。不安起来，车子在水沟里的倒影跑得快了，闪过去了。

——百八十步……可是偏偏要绕一里多路……眼看着桥就过不去……

——黄良子，黄良子！把孩子推到那里去啦！——就像女主人已经喊她了：——你偷了什么东西回家的？我说黄良子！

她自己的名字在她的心上跳着。

她的手没有把握的使着小车在水沟旁乱跑起来，跑得太与水沟接近的时候，要撞进水沟去似的。车轮子两只高了，两只低了，孩子要从里面被颠出来了。

还没有跑到水沟的尽端，车轮脱落了一只，脱落的车轮，像用力抛着一般旋进水沟里去了。

黄良子停下来看一看，桥头的栏杆还模糊的可以看见。

——这桥！不都是这桥吗？

她觉到她应该哭了！但那肺叶在她的胸内颤了两下她又停止住。

——这还算是站在桥东啊！应该快到桥西去。

她推起三个轮子的车来，从水沟的东面，绕到水沟的西面。

——这可怎么说？就说在水旁走走，轮子就掉了；就说抓蝴蝶吧？这时候没有蝴蝶了。就说抓蜻蜓吧……瞎说吧！反正车子站在桥西，可没到桥东去……

“黄良……黄良……”一切忘掉了，在她好像一切都不怕了。

“黄良，黄良……”她推着三个轮子的小车顺着水沟走到桥边去招呼。

当她的手拿到那车轮的时候，黄良子的泥污已经沾满到腰的部分。

推着三个轮子的车走进主人家的大门去，她的头发是挂下来的，在她苍白的脸上划着条痕。

——这不就是这轮子吗？掉了……是掉了的，滚下水沟去的……

她依着大门扇，哭了！

桥头上没有底的桥栏杆，在东边好像看着她哭！

第二年的夏天，桥头仍响着“黄良子，黄良子”的喊声。尤其是在天还未明的时候，简直和鸡啼一样。

第三年，桥头上“黄良子”的喊声没有了，像是同那颤抖的桥栏一同消灭下去。黄良子已经住到主人家里。

在三月里，新桥就开始建造起来。夏天，那桥上已经走着车马和行人。

黄良子一看到那红漆的桥栏，比所有她看到过的在夏天里开着的红花更新鲜。

“跑跑吧！你这孩子！”她每次看到她的孩子从桥东跑过来的时候，无论隔着多远，不管听见听不见，不管她的声音怎样小，她却总要说的：

“跑跑吧！这样宽大的桥啊！”

爹爹抱着他，也许牵着他，每天过桥好几次。桥上面平坦和发着哄声，若在上面跺一下脚，桥会咚咚的响起来。

主人家，墙头上的狗尾草又是肥壮的，墙根下面有的地方也长着同样的狗尾草，墙根下也长着别样的草：野罂粟和洋雀草，还有不知名的草。

黄良子拔着洋雀草做起哨子来，给瘦孩子一个，给胖孩子一个。他们两个都到墙根的地方去拔草，拔得过量的多，她的膝盖上尽是些草了。于是他们也拔着野罂粟。

“嗞嗞，嗞嗞！”在院子的榆树下闹着，笑着和响着哨子。

桥头上孩子的哭声，不复出现了。在妈妈的膝头前，变成了欢笑和歌声。

黄良子，两个孩子都觉得可爱，她的两个膝头前一边站着一个，有时候，他们两个装着哭，就一边膝头上伏着一个。

黄良子把“桥”渐渐的遗忘了，虽然她有时走在桥上，但她不记起还是一条桥，和走在大道上一般平常，一点也没有两样。

有一天，黄良子发现她的孩子的手上画着两条血痕。

“去吧！去跟爹爹回家睡一觉再来……”有时候，她也亲手把他牵过桥去。

以后，那孩子在她膝盖前就不怎样活泼了，并且常常哭，并且脸上也发现着伤痕。

“不许这样打的呀！这是干什么……干什么？”在墙外，或是在道口，总之，在没有人的地方，黄良子才把小主人的木枪夺下来。

小主人立刻倒在地上，哭和骂，有时候立刻就去打着黄良子，用玩物，或者用街上的泥块。

“妈！我也要那个……”

小主人吃着肉包子的样子，一只手上抓着一个，有油流出来了，小手上面发着光。并且那肉包子的香味，不管站得怎样远也像绕着小良子的鼻管似的：

“妈……我也要……要……”

“你要什么？小良子！不该要呀……羞不羞？馋嘴巴！没有脸皮了？”

当小主人吃着水果的时候，那是歪着头，很圆的黑眼睛，慢慢的转着。

小良子看到别人吃，他拾了一片树叶舐一舐，或者把树枝放在舌头上，用舌头卷着，用舌尖吮着。

小主人吃杏的时候，很快的把杏核吐在地上，又另吃第二个。他围裙的口袋里边，装着满满的黄色的大杏。

“好孩子！给小良子一个……有多好呢……”黄良子伸手去摸他的口袋，那孩子摆脱开，跑到很远的地方把两个杏子抛到地上。

“吞吧！小良子，小鬼头……”黄良子的眼睛弯曲的看到小良子的身上。

小良子吃杏，把杏核使嘴和牙齿相撞着，撞得发响，并且他很久很久的吮着这杏核。后来他在地上拾起那胖孩子吐出来的杏核。

有一天，黄良子看到她的孩子把手插进一个泥洼子里摸着。

妈妈第一次打他，那孩子倒下来，把两只手都插进泥坑去时，他喊着：

“妈！杏核呀……摸到的杏核丢了……”

黄良子常常送她的孩子过桥：

“黄良！黄良……把孩子叫回去……黄良！不再叫他跑过桥来……”

也许是黄昏，也许是晌午，桥头上黄良的名字开始送进人家去。两年前人们听惯了的“黄良子”这歌好像又复活了。

“黄良，黄良，把这小死鬼绑起来吧！他又跑过桥来啦……”

小良子把小主人的嘴唇打破的那天早晨，桥头上闹着黄良的全家。

黄良子喊着，小良子跑着叫着：

“爹爹呀……爹爹呀……呵……呵……”

到晚间，终于小良子的嘴也流着血了，在他原有的，小主人给他打破的伤痕上又流着血了。这次却是妈妈给打破的。

小主人给打破的伤口，是妈妈给揩干的；给妈妈打破的伤口，爹爹也不去揩干它。

黄良子带着东西，从桥西走回来了。

她家好像生了病一样，静下去了，哑了，几乎门扇整日都没有开动，屋顶上也好像不曾冒烟。

这寂寞也波及到桥头，桥头附近的人家，在这个六月里失去了他们的音乐。

“黄良，黄良，小良子……”这声音再也听不到了。

桥下面的水，静静的流着。

桥上和桥下再没有黄良子的影子和声音了。

黄良子重新被主人唤回去上工的时候，那是秋末，也许是初冬，总之，道路上的雨水已经开始结集着闪光的冰花。但水沟还没有结冰，桥上的栏杆还是照样的红。她停在桥头，横在面前的水沟，伸到南面去的没有延展，伸到北面去的也不见得缩短。桥西，人家的房顶，照旧发着灰色。门楼，院墙。墙头的萎黄狗尾草也和去年秋末一样的在风里摇动。

只有桥，她忽然感到高了！使她踏不上去似的。一种软弱和怕惧贯穿着她。

——还是没有这桥吧！若没有这桥，小良子不就是跑不到桥西来了吗？算是没有挡他腿的啦！这桥，不都这桥吗？

她怀念起旧桥来，同时，她用怨恨过旧桥的情感再建设起旧桥来。

小良子一次也没有踏过桥西去，爹爹在桥头上张开两支胳膊。笑着，哭着，小良子在桥边一直被阻挡下来，他流着过量的鼻涕的时候，爹爹把他抱了起来，用手掌给暖一暖他冻得很凉的耳朵的轮边。于是桥东的空场上有个很长的人影在踱着。

也许是黄昏了，也许是孩子终于睡在他的肩上，这时候，这曲背的长的影子不见了。桥东空场上完全空旷下来。

可是空场上的土丘透出了一片灯火，土丘里面有时候也起着燃料的爆炸。

小良子吃晚饭的碗举到嘴边去，同时，桥头上的夜色流来了！深色的天，好像广大的帘子从桥头挂到小良子的门前。

第二天，小良子又是照样向桥头奔跑。

“找妈去……吃……馒头……她有馒头……妈有呵……妈有糖……”一面

奔跑着，一面叫着……头顶上留着的一堆毛发，逆着风，吹得竖起来了。他看到爹爹的大手就跟在他的后面。

桥头上喊着“妈”和哭声……

这哭声借着风声，借着桥下水的共鸣，也送进远处的人家去。

等这桥头安息下来的时候，那是从一年中落着最末的一次雨的那天起。

小良子从此丢失了。

冬天，桥西和桥东都飘着雪，红色的栏杆被雪花遮断了。

桥上面走着行人和车马，到桥东去的，到桥西去的。

那天，黄良子听到她的孩子掉下水沟去，她赶忙奔到了水沟边去。看到那被捞在沟沿上的孩子连呼吸也没有的时候，她站起来，她从那些围观的人们的头上面望到桥的方向去。

那颤抖的桥栏，那红色的桥栏，在模糊中她似乎看到了两道桥栏。

于是肺叶在她胸的内面颤动和放大。这次，她真的哭了。

一九三六年

该篇创作于1936年，具体日期不详。

离　去

黎文近两天尽是幻想着海洋；白色的潮呵！惊天的潮呵！拍上红日去了！海船像只大鸟似的行走在浪潮中；海震撼着，滚动着，自己渺小得被埋在海中似的！

黎文他似乎不能再想！他走在路中，他向朋友家走去，朋友家的窗子忽然闪过一个影子。

黎文开门了！黎文进来了！即是不进来，也知道是他来了！因为他每天开门是那种声音，急速而响动。站到门栏，他的面色不如往日。他说话声，更沉埋了。

"昨晚我来，你们不在家，我明天走。"

"决定了吗？"

"决定。"

"集到多少钱？"

"三十块。"

这在朋友的心中非常刺痛，连一元钱路费也不能帮助！他的朋友看一看自己的床，看一看自己的全身，连一件衣服为着行路人也没有。在地板上黎文拿起他行路用的小提包，他检查着：灰色的衬衫，白色的衬衫，再翻一翻，再翻一翻，没有什么了！碎纸和本子在里面。

一件棉外套，领子的皮毛张起着，里面露着棉花，黎文他现在穿一件夹的，他说：

"我拿这件大氅，送回主人去。"

"为什么要送回去？他们是有衣服穿的，把它当了去，或是卖，都好。"

"这太不值钱，连一元钱也卖不到。"

"那么你送回家去好啦！"

"家吗？我不回家。"

黎文的脸为着突然的心跳，而充血，而转白，他的眼睛像是要流泪样，假若谁再多说一句话关于他的家。

昨天黎文回家取衬衣。在街口遇见了小弟弟。小弟弟一看见哥哥回来，就像报喜信似的叫喊着："哥哥回来了！"每次回家，每次是这样，小弟弟颤动着卖烟卷的托盘在胸前，先跑回家去。

妈妈在厨房里问着："事忙吗？怎么五六天不回家？"

因为他近两个月每天回家。妈妈欣喜着儿子找到了职业。黎文的职业被辞退已是一星期，妈妈仍是欣喜着。又问下去：

"你的事忙吗？你的脸色都不很好，太累了吧！"

他愿意快些，找到他的衬衫，他愿快些离开这个家庭。

"你又是想要走吗？这回可不许你走，你走到那，就跟到你那！"

他像个哑人，不回答什么！后来妈妈一面缝着儿子的衣裳一面把眼泪抹到袖边，她是偷偷抹着。

他哄骗着母亲："米快要吃完了吧！过几天我能买回一袋子面。是不是？那够吃多半个月呢？"

妈妈的悲哀像是孩子的悲哀似的，受着骗，岔过去了！

他这次离家是最后的一次离家，将来或者能够再看见妈妈，或者不能够。因为妈妈现在就够衰老的了！就是不衰老，或者会被忧烦压倒。

黎文的心就像被摇着的铃心似的，要把持也不能把持住。任意的摇吧！疯狂的摇吧！他就这样别开家门，弟弟，妈妈并没出来相送，妈妈知道儿子是常常回家的。

黎文他坐在朋友家中，他又幻想着海了！他走在马路上，他仿佛自己的脚是踏在浪上。仿佛自己是一只船浮在马路上。街市一切的声音，好像海的声音。

他向前走着，他惊怕这海洋，同时他愿意早些临近这可惊怕的海洋。

二一，三

该篇创作于1934年2月13日，篇尾标注的日期有误。

牛 车 上

金花菜在三月的末梢就开遍了溪边。我们的车子在朝阳里轧着山下的红绿颜色的小草，走出了外祖父的村梢。

车夫是远族上的舅父，他打着鞭子，但那不是打在牛的背上，只是鞭梢在空中绕来绕去。

“想睡了吗？车刚走出村子呢！喝点梅子汤吧！等过了前面的那道溪水再睡。”外祖父家的女佣人，是到城里去看她的儿子的。

“什么溪水，刚才不是过的吗？”从外祖父家带回来的黄猫也好像要在我的膝头上睡觉了。

“后塘溪。”她说。

“什么后塘溪？”我并没有注意她，因为外祖父家留在我们的后面什么也看不见了，只有村梢上庙堂前的红旗杆还露着两个金顶。

“喝一碗梅子汤吧，提一提精神。”她已经端了一杯深黄色的梅子汤在手里，一边又去盖着瓶口。

“我不提，提什么精神，你自己提吧！”

他们都笑了起来，车夫立刻把鞭子抽响了一下。

“你这姑娘……玩皮，巧舌头……我……我……”他从车辕转过身来，伸手要抓我的头发。

我缩着肩头跑到车尾上去。村里的孩子没有不怕他的，说他当过兵，说他捏人的耳朵也很痛。

五云嫂下车去给我采了这样的花，又采了那样的花，旷野上的风吹得更强些，所以她的头巾好像是在飘着。因为乡村留给我尚没有忘却的记忆，我时时把她的头巾看成乌鸦或是鹊雀。她几乎是跳着，几乎和孩子一样。回到车上，她就唱着各种花朵的名字，我从来没看到过她像这样放肆一般地欢喜。

车夫也在前面哼着低粗的声音，但那分不清是什么词句。那短小的烟管顺着风时时送着烟氛，我们的路途刚一开始，希望和期待都还离得很远。

我终于睡了，不知是过了后塘溪，是什么地方，我醒过一次，模模糊糊的好像那管鸭的孩子仍和我打着招呼，也看到了坐在牛背上的小根和我告别的情景……也好像外祖父拉住我的手又在说：“回家告诉你爷爷，秋凉的时候让他来乡下走走……你就说你老爷腌的鹌鹑和顶好的高粱酒等着他来一块喝呢……你就说我动不了，若不然，这两年，我总也去……”

唤醒我的不是什么人，而是那空空响的车轮。我醒来，第一下看到的是那黄牛自己走在大道上，车夫并不坐在车辕。在我寻找的时候，他被我发现在车尾上，手上的鞭子被他的烟管代替着，左手不住的在擦着下颚，他的眼睛顺着地平线望着辽阔的远方。

我寻找黄猫的时候，黄猫坐到五云嫂的膝头上去了，并且她还抚摸猫的尾巴。我看看她的蓝布头巾已经盖过了眉头，鼻子上显明的皱纹因为挂了尘土，更显明起来。

他们并没有注意到我的醒转。

“到第三年他就不来信啦！你们这当兵的人……”

我就问她：“你丈夫也是当兵的吗？”

赶车的舅舅，抓了我的辫发，把我向后拉了一下。

“那么以后……就总也没有信来？”他问她。

“你听我说呀！八月节刚过……可记不得那一年啦，吃完了早饭，我就在门前喂猪，一边啌啌的敲着槽子，一边嘀唠嘀唠的叫着猪……那里听得着呢？南村王家的二姑娘喊着：‘五云嫂，五云嫂……’一边跑着一边喊：‘我娘说，许是五云哥给你捎来的信！’真是，在我眼前的真是一封信，等我把信拿到手哇！看看……我不知为什么就止不住心酸起来……他还活着吗！他……眼泪就掉在那红签条上，我就用手去擦，一擦这红圈子就印到白的上面去。把猪食就丢在院心……进屋换了件干净衣裳。我就赶紧跑，跑到南村的学房见了学房的先生，我一面笑着就一面流着眼泪……我说：‘是外头人来的信，请先生看看……一年来的没来过一个字。’学房先生接到手里一看，就说不是我的。那信我就丢在学房里跑回来啦……猪也没有喂，鸡也没有上架，我就躺在炕上啦……好几天，我像失了魂似的。”

“从此就没有来信？”

“没有。”她打开了梅子汤的瓶口，喝了一碗，又喝一碗。

“你们这当兵的人，只说三年二载……可是回来……回来个什么呢！回来个魂灵给人看看吧……”

“什么？”车夫说，“莫不是阵亡在外吗……”

“是，就算吧！音信皆无过了一年多。”

“是阵亡？”车夫从车上跳下去，拿了鞭子，在空中抽了两下，似乎是什么爆裂的声音。

“还问什么……这当兵的人真是凶多吉少。”她折皱的嘴唇好像撕裂了的绸片似的，显着轻浮和单薄。

车子一过黄村，太阳就开始斜了下去，青青的麦田上飞着鹊雀。

“五云哥阵亡的时候，你哭吗？”我一面捉弄着黄猫的尾巴，一面看着她。但她没有睬我，自己在整理着头巾。

等车夫颠跳着来在了车尾，扶了车栏，他一跳就坐在了车辕，在他没有抽烟之前，他的厚嘴唇好像关紧了的瓶口似的严密。

五云嫂的说话，好像落着小雨似的，我又顺着车栏睡下了。

等我再醒来，车子停在一个小村头的井口边，牛在饮着水，五云嫂也许是哭过，她陷下的眼睛高起来了，并且眼角的皱纹也张开来。车夫从井口揽了一桶水提到车子旁边：

“不喝点吗？清凉清凉……”

“不喝。”她说。

“喝点吧，不喝就是用凉水洗洗脸也是好的。”他从腰带上取下手巾来，浸了浸水，“揩一揩！尘土迷了眼睛……”

当兵的人，怎么也会替人拿手巾？我感到了惊奇。我知道的当兵的人就会打仗，就会打女人，就会捏孩子们的耳朵。

“那年冬天，我去赶年市……我到城里去卖猪鬃，我在年市上喊着：‘好硬的猪鬃来……好长的猪鬃来……’后一年，我好像把他爹忘下啦……心上也不牵挂……想想那没有个好，这些年，人还会活着！到秋天，我也到田上去割高粱，看我这手，也吃过气力……春天就带着孩子去做长工，两个月三个月的就把家拆了。冬天又把家归拢起来。什么牛毛啦……猪毛啦……还有些收拾来的鸟雀的毛。冬天就在家里收拾，收拾干净啦呀……就选一个暖和的天气进城去卖。若有顺便进城去的车呢！把秃子也就带着……那一次没有带秃子。偏偏天气又不好，天天下清雪，年市上不怎么热闹；没有几捆猪鬃也总卖不完。一早就蹲在市上，一直蹲到太阳偏西。在十字街口，一家大买卖的墙头上贴着一张大纸，人们来来往往的在那里看，像是从一早那张纸就贴出来了！也许是晌午贴的……有的还一边看，一边念出来几句。我不懂得那一套……人们说是：‘告示，告示’，可是告的什么，我也不懂那一套……‘告示’倒知道是官家的事情，与我们做小民的有什么长短！可不知为什么看的人就那么多……听说么，是捉逃兵的‘告示’……又听说么……又听说么……几天就要送到县城来枪毙……”

“那一年？民国十年枪毙逃兵二十多个的那回事吗？”车夫把卷起的衣袖在下意识里把它放下来，又用手扫着下颚。

“我不知道那叫什么年……反正枪毙不枪毙与我何干，反正我的猪鬃卖不完就不走运气……”她把手掌互相擦了一会，猛然，像是拍着蚊虫似的，凭空打了一下：

“有人念着逃兵的名字……我看着那穿黑马褂的人……我就说：‘你再念一遍！’起先猪毛还拿在我的手上……我听到了姜五云姜五云的；好像那名字响了好几遍……我过了一些时候才想要呕吐……喉管里像有什么腥气的东西喷上来，我想咽下去……又咽不下去……眼睛冒着火苗……那些看‘告示’的人往上挤着，我就退在了旁边，我再上前去看看，腿就不做主啦！看‘告示’的人越多，我就退下来了！越退越远啦……”

她的前额和鼻头都流下汗来。

“跟了车，回到乡里，就快半夜了。一下车的时候，我才想起了猪毛……那里还记得起猪毛……耳朵和两张木片似的啦……包头巾也许是掉在路上，也许是掉在城里……”

她把头巾掀起来，两个耳朵的下梢完全丢失了。

“看看，这是当兵的老婆……”

这回她把头巾束得更紧了一些，所以随着她的讲话那头巾的角部也起着小小的跳动。

“五云倒还活着，我就想看看他，也算夫妇一回……

“……二月里，我就背着秃子，今天进城，明天进城……‘告示’听说又贴过了几回，我不去看那玩艺儿，我到衙门去问，他们说：‘这里不管这事。’让我到兵营里去……我从小就怕见官……乡下孩子，没有见过。那些带刀挂枪的，我一看到就发颤……去吧！反正他们也不是见人就杀……后来常常去问，也就不怕了。反正一家三口，已经有一口拿在他们的手心里……他们告诉我，逃兵还没有送过来。我说什么时候才送过来呢？他们说：‘再过一个月吧！’……等我一回到乡下就听说逃兵已从什么县城，那是什么县城？到今天我也记不住那是什么县城……就是听说送过来啦就是啦……都说若不快点去看，人可就没有了。我再背着秃子，再进城……去问问兵营的人说：‘好心急，你还要问个百八十回。不知道，也许就不送过来的。’……有一天，我看着一个大官，坐着马车，叮咚叮咚的响着铃子，从营房走出来了……我把秃子放在地上，我就跑过去，正好马车是向着这边来的，我就跪下了，也不怕马蹄就踏在我的头上。

“‘大老爷，我的丈夫……姜五……’我还没有说出来，就觉得肩膀上很沉重……那赶马车的把我往后面推倒了，好像跌了跤似的我爬在道边去。只看到那赶马车的也戴着兵帽子。

“我站起来，把秃子又背在背上……营房的前边，就是一条河，一个下半天都在河边上看着河水。有些钓鱼的，也有些洗衣裳的。远一点，在那河湾上，那水就深了，看着那浪头一排排的从眼前过去。不知道几百条浪头都坐着看过去了。我想把秃子放到河边上，我一跳就下去吧！留他一条小命，他一哭就会有人把他收了去。

"我拍着那小胸脯，我好像说：'秃儿，睡吧。'我还摸摸那圆圆的耳朵，那孩子的耳朵，真是，长得肥满，和他爹的一模一样，一看到那孩子的耳朵，就看到他爹了。"

她为了赞美而笑了笑。

"我又拍着那小胸脯，我又说：'睡吧！秃儿。'我想起了，我还有几吊钱，也放在孩子的胸脯里吧！正在伸，伸手去放……放的时节……孩子睁开眼睛了……又加上一只风船转过河湾来，船上的孩子喊妈的声音我一听到，我就从沙滩上面……把秃子抱抱在……怀里了……"

她用包头巾像是紧了紧她的喉咙，随着她的手，眼泪就流了下来。

"还是……还是背着他回家吧！那怕讨饭，也是有个亲娘……亲娘的好……"

那蓝色头巾的角部，也随着她的下颚颤抖了起来。

我们车子的前面正过着一堆羊群，放羊的孩子口里响着用柳条做成的叫子，野地在斜过去的太阳里边分不出什么是花，什么是草了！只是混混黄黄的一片。

车夫跟着车子走在旁边，把鞭梢在地上荡起着一条条的烟尘。

"……一直到五月，营房的人才说：'就要来的，就要来的。'

"……五月的末梢，一只大轮船就停在了营房门前的河沿上。不知怎么这样多的人！比七月十五看河灯的人还多……"

她的两只袖子在招摇着。

"逃兵的家属，站在右边……我也站过去，走过一个带兵帽子的人，还每个人给挂了一张牌子……谁知道，我也不认识那字……

“要搭跳板的时候，就来了一群兵队，把我们这些挂牌子的……就圈了起来……‘离开河沿远点，远点……’他们用枪把手把我们赶到离开那轮船有三四丈远……站在我旁边的，一个白胡子的老头，他一只手下提着一个包裹，我问他：‘老伯，为啥还带来这东西?’……‘哼！不！……我有一个儿子和一个侄子……一人一包……回阴朝地府，不穿洁净衣裳是不上高的。……’

“跳板搭起来了……一看跳板搭起来就有哭的……我是不哭，我把脚跟立得稳稳当当的，眼睛往船上看着……可是，总不见出来……过了一会，一个兵官，挎着洋刀，手扶着栏杆说：‘让家属们再往后退退……就要下船……’听着嗃唠一声，那些兵队又用枪把手把我们向后赶了过去，一直赶上了道旁的豆田，我们就站在豆秧上，跳板又呼隆隆的搭起了一块……走下来了，一个兵官领头……那脚镣子，哗啦哗啦的……我还记得，第一个还是个小矮个……走下来五六个啦……没有一个像秃子他爹宽宽肩膀的，是真的，很难看……两条胳臂直伸伸的……我看了半天工夫才看出手上都是带了铐子的。旁边的人越哭，我就格外更安静。我只把眼睛看着那跳板……我要问问他爹‘为啥当兵不好好当，要当逃兵……你看看，你的儿子，对得起吗?’

“二十来个，我不知道那个是他爹，远看都是那么个样儿。一个青年的媳妇……还穿了件绿衣裳，发疯了似的，穿开了兵队抢过去了……当兵的那肯叫她过去……就把她抓回来，她就在地上打滚，她喊：‘当了兵还不到三个月呀……还不到……’两个兵队的人，就把她抬回来，那头发都披散开啦。又过了一袋烟的工夫，才把我们这些挂牌子的人带过去……越走越近了，越近也就越看不清楚那个是秃子他爹……眼睛起了白濛……又加上别人都呜呜啕啕的，哭得我多少也有点心慌……

“还有的嘴上抽着烟卷，还有的骂着……就是笑的也有。当兵的这种人……不怪说，当兵的不惜命……

“我看看，真是没有秃子他爹，哼！这可怪事……我一回身就把一个兵官的皮带抓住：‘姜五云呢?’‘他是你的什么人?’‘是我的丈夫。’我把秃子可就放在地上啦……放在地上那不做美的就哭起来，我拍的一声，给秃子一个嘴巴……接着我就打了那兵官：‘你们把人消灭到什么地方去啦?’

“‘好的……好家伙……够朋友……’那些逃兵们就连起声来跺着脚喊。兵官看看这情形赶快叫当兵的把我拖开啦……他们说：‘不只姜五云一个人，还有两个没有送过来，明后天，下一班船就送来……逃兵里他们三个是头目。’

“我背着孩子就离开了河沿，我就挂着牌子走下去了，我一路走，一路两条腿发颤。奔来看热闹的人满街满道啦……我走过了营房的背后，兵营的墙根下坐着那提着两个包裹的老头，他的包裹只剩了一个。我说：‘老伯，你的儿子也没来吗?’我一问他，他就把背脊弓了起来，用手把胡子放在嘴唇上，咬着胡子就哭啦!

“他还说：‘因为是头目，就当地正法了咧!’当时我还不知道这‘正法’是什么……”

她再说下去，那是完全不相接连的话头。

“又过三年，秃子八岁的那年，把他送进了豆腐房……就是这样：一年我来看他两回。二年回家一趟……回来也就是十天半月的……”

车夫离开车子，在小毛道上走着，两只手放在背后，太阳从横面把他拖成一条长影，他每走一步，那影子就分成了一个叉形。

“我也有家小……”他的话从嘴唇上流了下来似的，好像他对着旷野说的一般。

“哟!”五云嫂把头巾放松了些。

“什么!”她鼻子上的折皱纠动了一些时候，“可是真的……兵不当啦也不回家……”

“哼！回家！就背着两条腿回家?”车夫把肥厚的手揩扭着自己的鼻子笑了。

“这几年，还没多少赚几个?”

“都是想赚几个呀！才当逃兵去啦!”他把腰带更束紧了一些。

我加了一件棉衣，五云嫂披了一张毯子。

“嗯！还有三里路……这若是套的马……嗯！一颠搭就到啦！牛就不行，这牲口性子没紧没慢，上阵打仗，牛就不行……”车夫从草包取出棉袄来，那棉袄顺着风飞着草末，他就穿上了。

黄昏的风，却是和二月里的一样。车夫在车尾上打开了外祖父给祖父带来的酒坛。

“喝吧！半路开酒坛，穷人好赌钱……喝上两杯……”他喝了几杯之后，把胸膛就完全露在外面。他一面啮嚼着肉干，一边嘴上起着泡沫。风从他的嘴边走过时，他唇上的泡沫也宏大了一些。

我们将奔到的那座城，在一种灰色的气候里，只能够辨别那不是旷野，也不是山岗，又不是海边，又不是树林……

车子越往前进，城座看来越退越远。脸孔上和手上，都有一种粘粘的感觉……再往前看。连道路也看不到尽头……

车夫收拾了酒坛，拾起了鞭子……这时候，牛角也模糊了去。

“你从出来就没回过家？家也不来信？”五云嫂的问话，车夫一定没有听到，他打着口哨，招呼着牛。后来他跳下车去，跟着牛在前面走着。

对面走过一辆空车，车辕上挂着红色的灯笼。

“大雾！”

“好大的雾！”车夫彼此招呼着。

“三月里大雾……不是兵灾，就是荒年……”

两个车子又过去了。

一九三六年

该篇创作于1936年8月前后，具体日期不详。

王四的故事

红眼睛的，走路时总爱把下巴抬得很高的王四，只要他一走进院门来，那沿路的草茎或是孩子们丢下来的玩物，就塞满了他的两只手。有时他把拾到了的铜元塞到耳洞里：

“他妈的……是谁的呀？快来拿去！若不快些来，它就要攒到我的耳朵不出来啦……”他一面摇着那尖顶的草帽一边蹲下来。

孩子们抢着铜元的时候，撕痛了他的耳朵。

“啊哈！这些小东西们，他妈的，不拾起来，谁也不要，看成一块烂泥土，拾起来，就都来啦！你也要，他也要……好像一块金宝啦。……”

他仍把下巴抬得很高，走进厨房去。他住在主人家里十年或者也超出了。但在他的感觉上，他一走进这厨房就好像走进他自己的家里那么一种感觉，也好像这厨房在他管理之下不止十年或二十年，已经觉察不出这厨房是被他管理的意思，已经是他的所有了！这厨房，就好像从主人的手里割给了他似的。

……碗橱的二层格上扣着几只碗和几只盘子，三重格上就完全是蓝花的大海碗了。至于最下一层，那些瓦盆，那一个破了一个边，那一个盆底出了一道纹，他都记得清清楚楚。

有时候吃完晚饭在他洗碗的时候，他就把灯灭掉，他说是可以省下一些灯油。别人若问他：

“不能把家具碰碎啦？”

他就说：

“也不就是一个碗橱吗？好大一块事情……碗橱里那个角落爬着个蟑螂，伸手就摸到……那是有方向的，有尺寸的……耳朵一听吗！就知道多远了。”

他的生活就和溪水上的波浪一样：安然，平静，有规律。主人好像在几年前已经不叫他“王四”了。叫他“四先生”，从这以后，他就把自己看成和主人家的人差不多了。

但，在吃饭的时候，总是最末他一个人吃，支取工钱的时候，总是必须拿着手折。有一次他对少主人说：

“我看手折……也用不着了吧！这些年……还用画什么押？都是一家人一样，谁还信不着谁……”

他的提议并没有被人接受。再支工钱时，仍是拿着手折。

“唉……这东西，放放倒不占地方，就是……哼……就是这东西不同别的，是银钱上的……挂心是真的。”

他展开了行李，他看看四面有没有人，他的样子简直像在偷东西。

“哼！好啦！”他自己说，一面用手压住褥子的一角，虽然手折还没有完全放好，但他的习惯是这样，到夜深，再取出来，把它换个地方，常常是塞在枕头里边。十几年他都是这样保护着他的手折。手折也换过了两三个，因为都是画满了押，盖满了图章。

另外一次，他又去支取工钱，少主人说：

“王老四……真是上了年纪……眼睛也花了，你看，你把这押画在什么地方去了呢？画到线外去呢！画到上次支钱的地方去啦。……”

王四拿起手折来，一看到那已经歪到一边去的押号，他就哈哈的张着嘴。“他妈……”他刚想要说，可是想到这是和少主人说话，于是停住了。他站在少主人的一边，想了一些时候，把视线经过了鼻子之后，四面扫了一下，难以确定他是在看什么：“‘王老四’……不是多少年就‘四先生’了吗？怎么又‘王老四’呢？”

他走进厨房去，坐在长桌的一头，一面喝着烧酒，一面想着：“这可不对……”他随手把青辣椒在酱碗里触了触：“他妈的……”好像他骂着的时候顺便就把辣椒吃下去了。

多吃了几盅烧酒的缘故，他觉得碗橱也好像换了地方，米缸……水桶……甚至连房梁上终年挂着的那块腊肉也像变小了一些。他说：“不好……少主人也怕变了心肠……今年一定有变。”于是又看了看手折：

“若把手折丢了，我看事情可就不好办！没有支过来的……那些前几年就没有支清的工钱就要……我看就要算不清。”这次他没有把手折塞进枕头去，就放在腰带上的荷包里了。

王四好像真的老了，院子里的细草，他不看见，下雨时，就在院心孩子们的车子他也不管了。夜里很早他就睡下，早晨又起得很晚。牵牛花的影子，被太阳一个一个的印在纸窗上。他想得很远，他想到了十多年在山上伐木头的时候……他就像又看到那白杨倒下来一样……哗哗的……也好像听到了锯齿的声音。他又想到在渔船上当水手的时候：那桅杆……那标杆上挂着的大鱼……真是银鱼一样，“他妈的……”他伸手去摸，只是手背在眼前划了一下，什么也没有摸到。他又接着想：十五岁离开家的那年……在半路上遇到了野狗的那回事……他摸一摸小腿：“他妈的。这疤……”他确实的感觉到手下的疤了。

他常常检点着自己的东西，应该不要的，就把它丢掉……破毯子和一双破毡鞋他向换破东西的人换了几块糖球来分给孩子们吃了。

他在扫院子时候，遇到了棍棒之类，他就拿在手里试一试结实不结实……有时他竟把棍子扛在肩上试一试挑着行李可够长短？若遇到绳子之类，也总把它挂在腰带上。

他一看那厨房里的东西，总不像原来的位置，他就不愿意再看下去似的。所以闲下来他就坐在井台旁边去，一边结起那些拾得的绳头，就一边算计着手折上面的还存着的工钱的数目。

秋天的晚上，他听到天空一阵阵的乌鸦的叫声，他想：“鸟也是飞来飞去的……人也总是要移动移动……”于是他的下巴抬得很高，视线经过了鼻子之后，看到墙角上去了，正好他的眼睛看到墙角上挂的一张香烟牌子的大画，他把它取了下来，压在行李下面。

王四的眼睛更红了，抬起来的下巴，比从前抬得更高了一些。后来他就总是想着：

“到渔船上去，还是到山上去，到山上去，怕是老伙伴还有呢！渔船，一时可怕找不到熟人，可不知道人家要不要……张帆……要快……”他站在席子上面，作着张帆的样子，全身痉挛一般的振摇着：

“还行吗?”他自己问着自己。

河上涨水的那天，王四好像又感觉自己是变成和主人家的人一样了。

他扛着主人家的包袱，扛着主人家的孩子，把他们送到高岗上去。

“老四先生……真是个力气人……”他恍恍忽忽的听着人们说的就是他，后来他留一留意，那是真的……不只是“四先生”，还说“老四先生”呢！他想：“这是多么被人尊敬啊!”于是他更快的跑着。直到那水涨得比腰还深的时候，他还是在水里面走着。一个下午他也没有停下来。主人们说：

“四先生，那些零碎东西不必着急去拿它，要拿，明天慢慢的拿……”

他说：“那怎么行？一夜不是让人偷光了吗?”他又不停的，来回的跑着。

他的手折不知在什么时候离开了他的荷包沉到水底去了。

他发现了自己的空荷包，他就想：“这算完了。”他就把头顶也淹在水里，那手折是红色的，可是他总也看不到那红色的东西。

他说：“这算完了。”他站起来，向着高岗走过来。水湿的衣服，冰凉的粘住了皮肤，他抖擞着，他感到了异样的寒冷，他看不清那站在高岗上屋前的人们。只听到从那些人们传来的笑声：

“王四摸鱼回来啦!”“王四摸鱼回来啦。”

一九三六年，东京

该篇创作于1936年8月前后，具体日期不详。首刊于1936年9月20日《中流》（上海）第一卷第三期。署名萧红。

朦胧的期待

一年之中三百六十日，
日日在愁苦之中，
还不如那山上的飞鸟，
还不如那田上的蚱虫。

李妈从那天晚上就唱着曲子，就是当她听说金立之也要出发到前方去之后。金立之是主人家的卫兵。这事可并没有人知道，或者那另外的一个卫兵有点知道，但也说不定是李妈自己的神经过敏。

“李妈！李妈……”

当太太的声音从黑黑的树荫下面传来时，李妈就应着回答了两三声。因为她是性急爽快的人，从来是这样，现在仍是这样。可是当她刚一抬脚，为着身旁的一个小竹方凳，差一点没有跌倒，于是她感到自己是流汗了，耳朵热起来，眼前冒了一阵花。她想说：

“倒霉！倒霉！”她一看她旁边站着那个另外的卫兵，她就没有说。

等她从太太那边拿了两个茶杯回来，刚要放在水里边去洗，那姓王的卫兵把头偏着：

“李妈，别心慌，心慌什么，打碎了杯子。”

“你说心慌什么……”她来到嘴边上的话没有说，像是生气的样子，把两个杯子故意的撞出叮当的响声来。

院心的草地上，太太和老爷的纸烟的火光和一朵小花似的忽然开放得红了。忽然又收缩得像一片在萎落下去的花片。萤火虫在树叶上闪飞，看起来就像凭空的毫没有依靠的被风吹着似的那么轻飘。

“今天晚上绝对不会来警报的，……”太太的椅背向后靠着，看着天空。她不大相信这天阴得十分沉重，她想要寻找空中是否还留着一个星子。

“太太，警报不是多少日子夜里不来了么?”李妈站在黑夜里就像被消灭了一样。

“不对，这几天要来的，战事一过九江，武汉空袭就多起来……”

“太太，那么这仗要打到那里？也打到湖北？”

“打到湖北是要打到湖北的，你没看见金立之都要到前方去了吗？”

“到大冶，太太，这大冶是什么地方？多远？”

“没多远，出铁的地方，金立之他们整个的特务连都到那边去。”

李妈又问：“特务连也打仗，也冲锋，就和别的兵一样？特务连不是在长官旁边保卫长官的吗？好比金立之不是保卫太太和老爷的吗？”

“紧急的时候，他们也打仗，和别的兵一样啊！你还没听金立之说在大场他也作战过吗?!”

李妈又问：“到大冶是打仗去!”又隔了一会她又说，“金立之就是作战去?”

“是的，打仗去，保卫我们的国家!”

太太没有十分回答她，她就在太太旁边静静的站了一会，听着太太和老爷谈着她所不大理解的战局，又是田家镇……又是什么镇……

李妈离开了院心经过有灯光的地方，她忽然感到自己是变大了，变得就像和院子一般大，她自己觉得她自己已经赤裸裸的摆在人们的面前。又仿佛自己偷了什么东西被人发觉了一样，她慌忙的躲在了暗处。尤其是那个姓王的卫兵，正站在老爷的门厅旁边，手里拿着个牙刷，像是在刷牙。

“讨厌鬼，天黑了，刷的什么牙……”她在心里骂着，就走进厨房去。

> 一年之中三百六十日，
> 日日在愁苦之中，
> 还不如那山上的飞鸟，
> 还不如那田上的蚱虫。
> 还不如那山上的飞鸟，
> 还不如那田上的蚱虫……

李妈在饭锅旁边这样唱着，在水筒旁边这样唱着，在晒衣服的竹竿子旁边也是这样唱着。从她的粗手指骨节流下来的水滴，把她的裤腿和她的玉蓝麻布的上衣都印着圈子。在她的深红而微黑的嘴唇上闪着一点光，好像一只油亮的甲虫伏在那里。

刺玫树的荫影在太阳下边，好像用布剪的，用笔画出来的一样爬在石阶前的砖柱上。而那葡萄藤，从架子上边倒垂下来的缠绕的枝梢，上面结着和钮扣一般大的微绿色和小琉璃似的圆葡萄，风来的时候，还有些颤抖。

李妈若是前些日子从这边走过，必得用手触一触它们，或者拿在手上，向她旁边的人招呼着：

“要吃得啦……多快呀！长得多快呀……！”

可是现在她就像没有看见它们，来往的拿着竹竿子经过的时候，她不经意的把竹竿子撞了葡萄藤，那浮浮沉沉的摇着的叶子，虽是李妈已经走过，而那荫影还在地上摇了多时。

李妈的忧郁的声音，不但从曲子声发出，就是从勺子，盘子，碗的声音，也都知道李妈是忧郁了，因为这些家具一点也不响亮。往常那响亮的厨房，好像一座音乐室的光荣的日子，只落在回忆之中。

白嫩的豆芽菜，有的还带着很长的须子，她就连须子一同煎炒起来，油菜或是白菜，她把它带着水就放在锅底上，油炸着菜的声音就像水煮的一样。而后浅浅的白色盘子的四边向外流着淡绿色的菜汤。

用围裙揩着汗，在她正对面她平日挂在墙上的那块镜子里边，反映着仿佛是受惊的，仿佛是生病的，仿佛是刚刚被幸福离弃了的年青的山羊那么沉寂。

李妈才二十五岁，头发是黑的，皮肤是坚实的，心脏的跳动也和她的健康成和谐。她的鞋尖常常是破的，因为她走路永远来不及举平她的脚，门坎上，煤堆上，石阶的边沿上，她随时随地的畅快的踢着。而现在反映在镜子里的李妈不是那个原来的李妈，而是另外的李妈了，黑了，沉重了，哑暗了。

把吃饭的家具摆齐之后，她就从桌子边退了去，她说：“不大舒服，头痛。”

她面向着栏栅外的平静的湖水站着，而后荡着。已经爬上了架的倭瓜，在黄色的花上，有蜜蜂在带着粉的花瓣上来来去去。而湖上打成片的肥大的莲花叶子，每一张的中心顶着一个圆圆的水珠，这些水珠和水银的珠子似的向着太阳，淡绿色的莲花苞和挂着红嘴的莲花苞，从肥大的叶子的旁边站了出来。

湖边上有人为着一点点家常的菜蔬除着草，房东的老仆人指着那边竹墙上冒着气一张排着一张的东西向李妈说：

“看吧！这些当兵的都是些可怜人，受了伤，自己不能动手，都是弟兄们在湖里给洗这东西，这大的毯子，不会洗净的。不信，过到那边去看看，又腥又有别的味……”

西边竹墙上晒着军用毯，还有些草绿色的，近乎黄色的军衣。李妈知道那是伤兵医院，从这几天起，她非常厌恶那医院，从医院走出来的用棍子当作腿的伤兵们，现在她一看了就有些害怕。所以那老头指给她看的东西，她只假装着笑笑。隔着湖，在那边湖边上洗衣服的也是兵士，并且在石头上打着洗着的衣裳发出沉重的水声来。……“金立之裹腿上的带子，我不是没给他钉起吗？真是发昏了，他一会不是来取吗？”

等她取了针线又来到湖边，隔湖的马路上，正过着军队，唱着歌的，混着灰尘的行列，金立之不就在那行列里边吗？李妈神经质的，自己也觉得这想头非常可笑。

各种流行的军歌，李妈都会唱，尤其是那句：中华民族到了最危险的时候。她每唱到这一句，她就学着军人的步伐走了几步。她非常喜欢这个歌，因为金立之喜欢。

可是今天她厌恶他们，她把头低下去，用眼角去看他们，而那歌声，就像黄昏时成团在空中飞着的小虫子似的，使她不能躲避。

“李妈……李妈。”姓王的卫兵喊着她，她假装没有听到。

“李妈！金立之来了。”

李妈相信这是骗她的话，她走到院心的草地上去，呆呆的站在那里。王卫兵和太太都看着她：

“李妈没有吃饭吗？”

她手里卷着一半裹腿，她的嘴唇发黑，她的眼睛和钉子一样的坚实，不知道钉在她面前的什么。而另外的一半裹腿，比草的颜色稍微黄一点，长长的拖在草地上，拖在李妈的脚下。

金立之晚上八点多钟来的。红的领章上又多了一点金花，原来是两个，现在是三个。在太太的房里，为着他出发到前方去，太太赏给他一杯柠檬茶。

“我不吃这茶，我只到这里……我只回来看一下。连长和我一同到街上买连里用的东西。我不吃这茶……连长在八点一刻来看老爷的。”他灵敏的看一下袖口的表：“现在八点，连长一来我就得跟连长一同归连……”

接着他就谈些个他出发到前方，到什么地方，做什么职务，特务连的连长是怎样一个好人，又是带兵多么真诚……太太和他热诚的谈着。李妈在旁边又拿太太的纸烟给金立之，她说：

“现在你来是客人了，抽一支吧！”

她又跑去把裹腿拿来，摆在桌子上，又拿在手里又打开，又卷起来……在地板上，她几乎不能停稳，就像有风的水池里走着的一张叶子。

他为什么还不来到厨房里呢？李妈故意先退出来，站在门坎旁边咳嗽了两声，而后又大声和那个王卫兵讲着连她自己也不知道是什么意思的话，她看金立之仍不出来，她又走进房去，她说：

“三个金花了，等从前方回来，大概要五个金花了。金立之今天也换了新衣裳，这衣裳也是新发的吗？”

金立之说：“新发的。”

李妈要的并不是这样的回答。李妈又说：

“现在八点五分了，太太的表准吗？”

太太只向着表看了一下，点一点头，金立之仍旧没有注意。

“这次，我们打仗全是为了国家，连长说，宁做战死鬼，勿做亡国奴，我们为了妻子，家庭，儿女，我们必须抗战到底……。”

金立之站得笔直在和太太讲话。

趁着这工夫，她从太太房子里溜了出来，下了台阶，转了一个弯，她就出了小门，她去买两包烟送给他。听说，战壕里烟最宝贵。她在小巷子里一边跑着，一边想着她所要说的话：“你若回来的时候，可以先找到老爷的官厅，就一定能找到我。太太走到那里，说一定带着我走，”再告诉他，“回来的时候，你可不就忘了我，要做个有心的人，可不能够高升了忘了我……”

她在黑黑的巷子里跑着，她并不知道自己是在发烧。她想起来到夜里就越热了，真是湖北的讨厌的天气。她的背脊完全浸在潮湿里面。

“还得把这块钱给他，我留着这个有什么用呢！下月的工钱又是五元。可是上前线去的，钱是有数的……”她隔着衣裳捏着口袋里一元钱的票子。

等李妈回来，金立之的影子都早消失在小巷子里了，她站在小巷子里喊着：

“金立之……金立之……”

远近都没有回声，她的声音还不如落在山涧里边还能得到一个空虚的反响。

和几年前的事情一样，那就是九江的家乡，她送一个年青的当红军的走了，他说他当完了红军回来娶她，他说那时一切就都好了。临走时还送给她一匹印花布，过去她在家里一看到那印花布她就要啼哭。现在她又送走这个特务连的兵士走了，他说抗战胜利了回来娶她，他说那时一切就都好了。

还得告诉他：“把我的工钱都留着将来安排我们的家。”

但是金立之已经走了，想是连长已经来了，他归连了。

等她拿着纸烟，想起这最末的一句话的时候，她的背脊被凉风拍着，好像浸在凉水里一样，因为她站定了，她停止了，热度离开了她，跳跃和翻腾的情绪离开了她。徘徊，鼓荡着的要破裂的那一刻的人生，只是一刻把其余的人生都带走了。人在静止的时候常常冷的。所以是她不期的打了个激灵的冷战。

李妈回头看一看那黑黑的院子，她不想再走进去，可是在她前面的那黑黑的小巷子，招引着她的更没有方向。

她终归是转回身来，在那显着一点苍白的铺砖的小路上，她摸索着回来了。房间里的灯光和窗帘子的颜色，单调得就像飘在空中的一块布和闪在空中的一道光线。

李妈打开了女仆的房门，坐在她自己的床头上，她觉得虫子今夜都没有叫过，空的，什么都是不着边际的，电灯是无缘无故的悬着，床铺是无缘无故的放着，窗子和门也是无缘无故的设着……总之，一切都没有理由存在，也没有理由消灭。……

李妈最末想起来的那一句话，她不愿意反复，可是她又反复了一遍：

“把我的工钱，都留着将来安排我们的家。”

李妈早早地休息了，这是第一次，在全院子的女仆休息之前她是第一次睡得这样早，两盒红锡包香烟就睡在她枕头的旁边。

湖边上战士们的歌声，虽然是已经黄昏以后，有时候隐约的还可以听到。

夜里她梦见金立之从前线上回来了。“我回来安家来了，从今我们一切都好了。”他打胜了。

而且金立之的头发还和从前一样的黑。

他说：“我们一定得胜利的，我们为什么不胜利呢，没道理！”

李妈在梦中很温顺的笑了。

一九三八，十，三十一

该篇首刊于1938年11月18日《文摘战时旬刊》（重庆）第三十六期。署名萧红。

山 下

清早起，嘉陵江边上的风是凉爽的，带着甜味的朝阳的光辉凉爽得可以摸到的微黄的纸片似的，混着朝露向这个四围都是山而中间这三个小镇蒙下来。

从重庆来的汽船，五颜六色的，好像一只大的花花绿绿的饱满的包裹，慢慢吞吞的从水上就拥来了。林姑娘看到，其实她不用看，她一听到那啌啌啌响声，就喊着她母亲："奶妈，洋船来啦……"她拍着手，她的微笑是甜蜜的，充满着温暖和爱抚。

她是从母亲旁边单独的接受着母亲整个所有的爱而长起来的，她没有姐妹或兄弟。只有一个哥哥，是从别处讨来的，所以不算是兄弟，她的父亲整年不在家，就是顺着这条江坐木船下去，多半天工夫可以到的那么远的一个镇上去做窑工。林姑娘偶然在过节或过年看到父亲回来，还带羞的和见到生人似的，躲到一边去。母亲嘴里的呼唤，从来不呼唤另外的名字，一开口就是林姑娘，再一开口又是林姑娘。母亲的左腿，在儿时受了毛病的，所以她走起路来，永远要用一只手托着膝盖。那怕她洗了衣裳，要想晒在竹杆上，也要喊林姑娘。因为母亲虽然有两只手，其实就和一只手一样。一只手虽然把竹杆子举到房檐那么高，但结在房檐上的那个棕绳的圈套，若不再用一只手拿住它，那就大半天工夫套不进去。等林姑娘一跑到跟前，那一长串衣裳，立刻在房檐下晒着太阳了。母亲烧柴时是坐在一个一尺高的小板凳上，因为是坐着，她的左腿任意可以不必管它，所以她这时候是两只手了，左手拿柴，右手拿着火剪子，她烤的通红的脸。小女孩用不到帮她的忙就到门前去看那从重庆开来的汽船。

那船沉重得可怕了，歪歪着走，机器啌隆啌隆的响，而且船尾巴上冒着那么黑的烟。

"奶妈，洋船来啦。"

她站在门口喊着她的母亲，她甜蜜的对着那汽船微笑。她拍着手，她想要往前跑几步。可是母亲在这时候又在喊着林姑娘。

锅里的水已经烧得翻滚了，母亲招呼她把那盛着麦粉的小泥盆递给她。其实母亲并不是绝对不能用一只手把那小盆拿到锅台上去，因为林姑娘是非常乖的孩子，母亲爱她，她也爱母亲。是凡母亲招呼她时，她没有不听从的。虽然她没能详细的看一看那汽船，她仍是满脸带着笑容。把小泥盆交到母亲手里，她还问母亲：

“要不要别个啦，还要啥子呀？”

那洋船也没有什么好看的，从城中大轰炸时起，天天还不是把洋船载得满满的，和胖得翻不过身来的小猪似的载了一个多月。开初那是多么惊人呀，就连跌腿的妈妈，有时也左手按着那脱了筋的膝盖，右手抓着女儿的肩膀，也一拐一拐的往江边上跑。跑着去看那听说是完全载着下江人的汽船。

传说那下江人（四川以东的，他们皆谓之下江）和他们不同，吃得好，穿得好，钱多得很。包裹和行李就更多，因此这船才挤得风雨不透。又听说下江人到那里，先把房子刷上石灰，黑洞洞的屋子，他们说他们一天也不能住，若是有用人，无缘无故的，就赏钱，三角五角的。一块八角的，都不算什么。听说就隔着一道江的对面……也不是有一个姓什么的，今天给那雇来的婆婆两角钱，说让她买一个草帽戴；明天又给一吊钱，说让她买一双草鞋，下雨天好穿。下江人，这就是下江人哪……站在江边上的，无管谁，林姑娘的妈妈，或是林姑娘的邻居，若一看到汽船来，就都一边指着一边儿喊着。

清早起林姑娘提着篮子，赤着脚走在江边清凉的沙滩上。洋船在这么早，一只也不会来的，就连过河的板船也没有几只。推船的孩子睡在船板上，睡得那么香甜，还把两只手从头顶伸出垂到船外边去，那手像要在水里抓点什么似的。而那每天在水里洗得很干净的小脚，只在脚掌上染着点沙土，那脚在梦中偶尔擦着船板一两下。

过河的人很稀少，好久好久没有一个，板船是左等也不开，右等也不开。有的人看着另外的一只也上了客人，他就跳到那只船上，他以为那只船或者会先开，谁知这样一来，两只船就都不能开了。两只船都弄得人数不够。撑船的人看看老远的江堤上走下一个人来，他们对着那人大声的喊起：

“过河……过河……”

同时每个船客也都把眼睛放在江堤上。

林姑娘就在这冷清的早晨，不是到河上来担水，就是到河上来洗衣裳。她把要洗的衣裳从提兜里取出来，摊在清清凉凉的透明的水里，江水冰凉的带着甜味舐着林姑娘的小黑手。她的衣裳鼓涨得鱼泡似的浮在她的手边，她把两只脚也放在水里，她寻着一块很干净的石头坐在下面。这江平得没有一个波浪，林姑娘一低头，水里还有一个林姑娘。

这江静得除了推船的人喊着过河的声音，就连对岸这三个市镇中最大的一个也还在睡觉呢。

打铁的声音没有，修房子的声音没有，或者一四七赶场的闹嚷嚷的声音，一切都听不到。在那江对面的大沙滩坡上，一漫平的是沙灰色，干净得连一个黑点或一个白点都不存在。偶尔发现那沙滩上走着一个人，那就只和小蚂蚁似的渺小得十分可怜了。

好像翻过这四围的无论那一个山去，也不见得会有人家似的，又像除了这三个小镇，而世界也没有什么别的东西了。

这条江经过这三镇，是从西往东流，看起来没有多远，好像十丈八丈之外（其实是四五里路之外）这江就转弯了。

林姑娘住的这东阳镇在三个镇中最没有名气，是和××镇对面，和×××镇站在一条线上。

这江转弯的地方黑乎乎的是两个山的夹缝。

林姑娘顺着这江，看一看上游，又看一看下游，又低头去洗她的衣裳。她洗衣裳时不用肥皂，也不用四川土产的皂荚。她就和玩似的把衣裳放在水里而后用手牵着一个角，仿佛在牵着一条活的东西似的，从左边游到右边，又从右边游到左边，母亲选了顶容易洗的东西才叫她到河边来洗，所以她很悠闲。她有意把衣裳按到水底去，满衣都擦满了黄宁宁的沙子，她觉得这很好玩，这多有意思呵，她又微笑着赶快把那沙子洗掉了，她又把手伸到水底去，抓起一把沙子来，丢到水皮上，水上立刻起了不少的圆圈，这小圆圈一个压着一个，彼此互相的乱七八糟的切着，很快就都抖擞着破坏了，水面又归于原来那样平静。她又抬起头来向上游看看，向下游看看。

下游江水就在两山夹缝中转弯了，而上游比较开敞，白亮亮的，一看看到很远。但是就在她的旁边有一串横在江中好像大桥似的大石头，水流到这石头旁边，就翻浆似的搅混着。在涨水时江水一流到此地就哇哇地响叫。因为是落了水，那石头记的水上标尺的记号，一个白圈一个白圈的，从石头的顶高处排到水里去，在高处的白圈白得十分漂亮，在低处的，常常受着江水的洗淹，发灰了，看不清了。

林姑娘要回去了，那筐子比提来时重了好几倍，所以她歪着身子走，她的发辫的梢头，一摇一摇的，跟她的筐子总是一个方向，她走过那块大石板石，筐子里衣裳流下来的水，滴了不少水点在大石板上。石板的石缝里是前两天涨水带来的小白鱼，已经死在石缝当中了，她放了筐子，伸手去触它，看看是死了的，拿起筐子来她又走了。

她已走上江堤去了，而那大石板上仍旧留着林姑娘长形提筐的印子，可见清早的风是多么凉快，竟连个小印一时也吹扫不去。

林姑娘的脚掌，踏着冰凉的沙子走上高坡了。经过小镇上的一段石板路，经过江岸边一段包谷林。太阳仍旧稀薄的微弱的向这山中的小镇照着。

林姑娘离家门很远便喊着：

“奶妈，晒衣裳啦。”

奶妈一拐一跌的站到门口等着她。

隔壁王家那丫头比林姑娘高，比林姑娘大两三岁。她招呼着她，她说她要下河去洗被单，请林姑娘陪着她一道去。她问了奶妈一声，就跟着一道又走了。这回是那王丫头领头跑得飞快，一边跑一边笑，致使林姑娘的母亲问她给下江人洗被单好多钱一张，她都没有听到。

河边上有一只板船正要下水，不少的人在推着，呼喊着；而那只船在一阵大喊之后，向前走了一点点，等一接近着水，人们一阵狂喊，船就滑下水去了。连看热闹的人也都欢喜的说：

“下水了，下水了。”

林姑娘她们正走在河边上，她们也拍着手笑了。她们飞跑起来，沿着那前几天才退了水被水洗劫出来的大崖坡跑去了。一边跑着一边模仿着船夫用宽宏的嗓子喊起：

“过河……过河……”

王丫头弯了腰，捡了个圆石子，抛到河心去，林姑娘也同样抛了一个。

林姑娘悠闲的快活的，无所挂碍的在江边上用沙子洗着脚，用淡金色的阳光洗着头发。呼吸着含着露珠的新鲜的空气。远山蓝绿蓝绿的躺着。近处的山带着微黄的绿色，可以看得出那一块是种的田，那一块长的黄桷树。

等林姑娘回到家里母亲早在锅里煮好了麦粑，在等着她。

林姑娘和她母亲的生活，安闲，平静，简单。

麦粑是用整个的麦子连皮也不去磨成粉，用水搅一搅，就放在开水的锅里来煮，不用胡椒，花椒，也不用葱，也不用姜，不用猪油或菜油，连盐也不用。

林姑娘端起碗来吃了一口，吃到一种甜丝丝的香味。母亲说：

“你吃饱吧，盆里还有呢！”

母亲拿了一个带着缺口的蓝花碗，放在灶边上，一只手按住左腿的膝盖，一只手拿了那已经用了好几年的掉了尾巴的木瓢儿为她自己装了一碗。她的腿拐拉拐拉的向床边走，那手上的麦粑汤顺着蓝花碗的缺口往下滴溜着。她刚一挨到炕沿，就告诉林姑娘：

“昨天儿王丫头，一个下半天儿就割了陇多（那样多）柴，那山上不晓得好多呀！等一下吃了饭啦，你也背着背兜去喊王丫头一道……”

她们的烧柴，就烧山上的野草，买起来一吊钱二十五把，一个月烧两角钱的柴，可是两角钱也不能烧，都是林姑娘到山上去自己采，母亲把它在门前晒干，打好了把子藏在屋里。她们住的是一个没有窗子，下雨天就滴水的六尺宽一丈长的黑屋子。三块钱一年的房租，沿着壁根有一串串的老鼠的洞，地土是黑粘的，房顶露着蓝天不知多少处。从亲戚那里借来一个大碗橱，这只碗橱老得不堪再老了，横格子，竖架子通通掉落了，但是过去这碗橱一看就是个很结实的。现在只在柜的底层摆着一个盛水盆子，林姑娘的母亲连水缸也没有买，水盆上也没有盖儿，任意着虫子或是蜘蛛在上边乱爬，想用水时必得先用指甲把浮在水上淹死的小虫挑出去。

当邻居说布匹贵得怎样厉害，买不得了，林姑娘的母亲也说，她就因为盐巴贵，也没有买盐巴。

但这都是十天以前的事了，现在林姑娘晚饭和中饭，都吃的是白米饭，肉丝炒杂菜，鸡丝豌豆汤，虽然还有几样不认识的，但那滋味是特别香。已经有好几天了，那跌脚的母亲也没有在灶口烧一根柴火了，自己什么也没浪费过，完全是现成的。这是多么幸福的生活，林姑娘和母亲不但没有吃过这样的饭，就连见也不常见过。不但林姑娘和母亲是这样，就连邻居们也没看见过这样经常吃着的繁华的饭。所以都非常惊奇。

刘二妹一早起来，毛着头就跑过来问长问短，刘二妹的母亲拿起饭勺子来就在林姑娘刚刚端过来的稀饭上搅了两下，好像要查看一下林姑娘吃的稀饭是不是那米里还夹着沙子似的。午饭王丫头的祖母也过来了，林姑娘的母亲很客气的让着她们，请她们吃点，反正娘儿两个也吃不了的。说着她就把菜碗倒出来一个，就用碗插进饭盆装了一碗饭来，就往王太婆的怀里推。王太婆起初还不肯吃，过了半天才把碗接过来，她点着头，她又摇着头。她老得连眼眉都白了。她说："要得么!"

王丫头也在林姑娘这边吃过饭。有的时候，饭剩下来，林姑娘就端着饭送给王丫头去。中饭吃不完，晚饭又来了，晚饭剩了一大碗在那里，早饭又来了。这些饭，过夜就酸了，虽然酸了，开初几天，母亲还是可惜，也就把酸饭吃下去了。林姑娘和她的母亲都是不常见到米粒的，大半的日子，都是吃麦粑。

林姑娘到河边也不是从前那样悠闲的样子了，她慌慌张张的，脚步走得比从前快，水桶时时有水翻撒出来。王丫头在半路上喊她，她简直不愿意搭理她了。王丫头在门口买了两个小鸭，她喊着让林姑娘来看，林姑娘也没有来。林姑娘并不是帮了下江人就傲慢了，谁也不理了。其实她觉得她自己实在是忙得很。本来那下江人并没有许多事情好作，只是扫一扫地，偶尔让她到东阳镇上去买一点如火柴，灯油之类，再就是每天到那小镇上去取三次饭。因为是在饭馆里边包的伙食。再就是把要洗的衣裳拿给她奶妈洗了再送回来，再就是把余下的饭端到家里去。

但是过了两个钟头，她就自动的来问问：

“有事没有？没有事我回去啦。”

这生活虽然是幸福的，刚一开初还觉得不十分固定，好像不这么生活，仍回到原来的生活也是一样的。母亲一天到晚连一根柴也不烧，还觉得没有依靠，总觉得有些寂寞，到晚上她总是拢起火来，烧一点开水，一方面也让林姑娘洗一洗脚，一方面也留下一点开水来喝，有的时候，她竟多余的把端回来的饭菜又都重热一遍，夏天为什么必得吃滚热的饭呢？就是因为生活忽然想也想不到的就单纯起来，使她反而起了一种没有依靠的感觉。

这生活一直过了半个月，林姑娘的母亲才算熟悉下来。

可是在林姑娘，这时候，已经开始有点骄傲了。她在一群小同伴之中，只有她一个月可以拿到四块钱。连母亲也是吃她的饭。而那一群孩子，飞三小，李二牛，刘二妹……还不仍旧去到山上打柴去，就连那王丫头，已经十五岁了，也不过只给下江人洗一洗衣裳，一个月还不到一块钱。还没有饭吃。

因此林姑娘受了大家的忌妒了。

她发了疟疾不能下河去担水，想找王丫头替她担一担。王丫头却坚决的站在房檐底下，鼓着嘴无论如何她不肯。

王丫头白眼眉的祖母，从房檐头取下晒衣服的杆子来吓着要打她。可是到底她不担，她扯起衣襟来，抬起她的大脚就跑了。那白头发的老太婆急得不得了，回到屋里跟她的儿媳妇说：

“陇格①多的饭，你没吃到！二天林婆婆送过饭来，你不张嘴吃吗？”

王丫头顺着包谷林跑下去了，一边跑着还一边回头张着嘴大笑。

林姑娘睡在帐子里边，正是冷得发抖，牙齿碰着牙齿，她喊她的奶妈，奶妈没有听到，只看着那连跑带笑的王丫头，她感到点羞，于是也就按着那拐腿的膝盖，走回屋来了。

林姑娘这一病，病了五六天。她自己躺在床上十分上火。

她的妈妈东家去找药，西家去问药方。她的热度一来时，她就在床上翻滚着，她几乎是发昏了。但奶妈一从外边回来，她第一声告诉她奶妈的就是：

“奶妈，你到先生家里去看看……是不是喊我？”

奶妈坐在她旁边，拿起她的手来。

“林姑娘，陇格热哟，你喝口水，把这药吃到，吃到就好啦！”

林姑娘把药碗推开了。母亲又端到她嘴上，她就把药推洒了。

“奶妈，你去看看先生来，先生喊我不喊我。”

林姑娘比母亲更像个大人了。

而母亲只有这一次对于疟疾非常忌恨，从前她总是说，打摆子，那个娃儿不打摆子呢？这不算好大事。所以林姑娘一发热冷，母亲就说，打摆子是这样的，说完了她再不说别的了。并不说这孩子多么可怜哪，或是体贴的在她旁边多坐一会。冷和热都是当然的。林姑娘有时一边喊着奶妈一边哭。母亲听了也并不十分感动。她觉得奶妈有什么办法呢？但是这一次病，与以前许多次，或是几十次都不同了。母亲忌恨这疟疾比忌恨别的一切的病都甚，她有一个观念，她觉得非把这顽强东西给扫除不可，怎样能呢，一点点年纪就发这个病，可得发到什么时候为止呢？发了这病人是多么受罪呵！这样折磨使娃儿多么可怜。

① 陇格：四川、重庆方言，“这么”、“这样”之意。

小唇儿烧得发黑，两个眼睛烧得通红，小手滚烫滚烫的。

母亲试想用她的两臂救助这可怜的娃儿，她东边去找药，西边去找偏方。她流着汗。她的腿开初感到沉重，到后来就痛起来了，并且在膝盖那早年跌转了筋的地方，又开始发炎，这腿三十年来就总是这样，一累了就发炎的，一发炎就用红花之类混着白酒涂在腿上，可是这次，她不去涂它。

她把女儿的价值抬高了，高到高过了一切，只不过下意识的把自己的腿不当作怎样值钱了。无形中母亲把林姑娘看成是最优秀的孩子了，是最不可损害的了。所以当她到别人家去讨药时，人家若一问她谁吃呢？她就站在人家的门口，她开始详细的解说。是她的娃儿害了病，打摆子，打得多可怜，嘴都烧黑了呢，眼睛都烧红了呢！

她一点也不提是因为她女儿给下江人帮了工，怕是生病人家辞退了她。但在她的梦中，她梦到过两次，都是那下江人辞了她的女儿了。

母亲早晨一醒来，更着急了，于是又出去找药，又要随时到那下江人的门口去看。

那糊着白纱的窗子，从外边往里看，是什么也看不见。她想要敲一敲门，不知为什么又不敢动手，想要喊一声，又怕惊动了人家，于是她把眼睛触到那纱窗上，她企图从那细密的纱缝中间看到里边的人是睡了还是醒着，若是醒着，她就敲门进去，若睡着，好转身回来。

她把两只手按着窗纱，眼睛黑洞洞的塞在手掌中间，她还没能看到里边，可是里边先看到她了，里边立刻喊着：

“干什么的，去……”

这突然的袭来，把她吓得一闪就闪开了。

主人一看还是她，问她：

“林姑娘好了没有……”

听到这里她知道这算完了，一定要辞她的女儿了。她没有细听下去，她就赶忙说：

“是……是陇格的，……好了点啦，先生们要喊她，下半天就来啦……”

过了一会她才明白了，先生说的是若没有好，想要向××学校的医药处去弄两粒金鸡纳霜来。

于是她开颜的笑了：

“还不好，人烧得滚烫。那个金鸡纳霜，前次去找了两颗，吃到就断到啦。先生去找，谢谢先生。”

她临去时还说，人还不好，人还不好的……

等走在小薄荷田里，她才后悔方才不该把病得那样厉害也说出来。可是不说又怕先生不给找那个金鸡纳霜来。她烦恼了一阵，又一想，说了也就算了。

她一抬头，看见了王丫头飞着大脚从屋里跑出来，那粗壮的手臂腿子，她看了十分羡慕，林姑娘若也像王丫头似的，就这么说吧，王丫头就是自己的女儿吧……那么一个月四块，说不定五六块洋钱好赚到手哩。……

王丫头在她感觉上起了一种亲切的情绪，真像看到了自己的女儿似的，她想喊她一声。

但前天求她担水她不担那带着侮辱的狂笑，她立刻记起了。

于是她没有喊她。就在薄荷田中，她拐拉拐拉的向她自己的房子走去了。

林姑娘病了十天就好了，这次发疟疾给她的焦急超过所有她生病的苦楚。但一好了，那特有的，新鲜的感觉也是每次生病所领料不到的，她看到什么都是新鲜的。竹林里的竹子，山上的野草，还有包谷林里那刚刚冒缨的包谷，那缨穗有的淡黄色，有的微红，一大座粗亮的丝线似的，一个个的独立的卷卷着。林姑娘用手指尖去摸一摸它，用嘴向着它吹一口气，她看见了她的小朋友，她就甜蜜蜜的微笑，好像她心里头有不知多少的快乐，这快乐是秘密的，并不说出来，只有在嘴角的微笑里可以体会得到。她觉得走起路来，连自己的腿也有无限的轻捷，她的女主人给她买了一个大草帽，还说过二天买一件麻布衣料给她。

她天天来回的跑着，从她家到她主人的家，只半里路的一半那么远。这距离的中间种着薄荷田，在她跑来跑去时，她无意的用脚尖去踢着薄荷叶，偶尔也弯下腰来，扯下一枚薄荷叶咬在嘴里。薄荷的气味，小孩子是不大喜欢的，她赶快吐了出来。可是风一吹，嘴里仍旧冒着凉风。她的小朋友们开初对她都怀着敌意。到后来看看她是不可动摇的了，于是也就上赶着和她谈话。说那下江人，就是林姑娘的主人穿的是什么花条子衣服。那衣服林姑娘也没有见过，也叫不上名来。那是什么料子？也不是绸子的，也不是缎子的，当然一定也不是布的。

她们谈着谈着没有结果的纷争了起来。最后还是别个让了林姑娘，别人一声不响的让林姑娘自己说。

开初那王丫头每天早晨和林姑娘吵架，天刚一亮，林姑娘从先生那里扫地回来，她们两个就在门前连吵带骂的，结果大半都是林姑娘哭着跑进屋去。而现在这不同了，王丫头走到那下江人门口，正碰到林姑娘在那里洗着那么白白的茶杯。她就问她：

“林姑娘，你的……你先生买给你的草帽怎么不戴起？”

林姑娘说：

“我不戴，我留着赶场戴。”

王丫头一看她脚上穿的新草鞋，她又问她：

“新草鞋，也是你先生买给你的吗？”

“不是，”林姑娘鼓着嘴，全然否认的样子，“不是，是先生给钱我自己去买的。”

林姑娘一边说着还一边得意的歪着嘴。

王丫头寂寞的绕了一个圈就走开了。

别的孩子也常常跟在后边了，有时竟帮起她的忙来，帮她下河去抬水，抬回来还帮她把主人的水缸洗得干干净净的，但林姑娘有时还多少加一点批判，她说：

“这样怎可以呢？也不揩净，这沙泥多脏。”她拿起揩布来，自己亲手把缸底揩了一遍。

林姑娘会讲下江话了，东西打“乱”了，她随着下江人说打“破”了。她母亲给她梳头时，拉着她的小辫发就说：

“林姑娘，有多乖，她懂得陇多下江话哩。”

邻居对她，也都慢慢尊敬起来了，把她看成所有孩子中的模范。

她母亲也不像从前那样随时随地喊她做这样做那样，母亲喊她担水来洗衣裳，她说：

“我没得空，等一下下吧。”

她看看她先生家没有灯碗，她就把灯碗答应送给她先生了，没有通过她母亲。

俨俨乎她家里，她就是小主人了。

母亲坐在那里不用动，就可以吃三餐饭。她去赶场，很多东西从前没有留心过，而现在都看在眼睛里了，同时也问了问价目。

下个月林姑娘的四块工钱，一定要给她做一件白短衫，林姑娘好几年就没有做一件衣裳了。

她一打听，实在贵，去年六分钱一尺的布，一张嘴就要一角七分。

她又问一下那大红的头绳好多钱一尺。

林姑娘的头绳也实在旧了。但听那价钱，也没有买。她想下个月就都一齐买算了。

四块洋钱，给林姑娘花一块洋钱买东西，还剩三块呢。

那一天她赶场，虽然觉着没有花钱，也已经花了两三角，她买了点敬神的香纸，她说她好几年都因为手里紧没有买香敬神了。

到家里，艾婆婆，王婆婆都走过来看的。并且说她的姑儿会赚钱了，做奶妈的该享福了。

林姑娘的母亲还好像害羞了似的，其实她受人家的赞美，心里边感到十分慰安哩！

总之林姑娘的家常生活，没有几天就都变了，在邻居们之中，她高贵了不知多少倍。洗衣裳不用皂荚了，就拿先生们洗衣裳的白洋碱来洗了。桃子或是玉米时常吃着，都是先生给她的。皮蛋，咸鸭蛋，花生米每天早晨吃稀饭时都有，中饭和晚饭有时那菜连动也没有动过，就整碗的端过来了。方块肉，炸排骨，肉丝炒杂菜，肉片炒木耳，鸡块山芋汤。这些东西经常吃了起来。而且饭一剩得少，先生们就给她钱，让她去买东西去吃。

这钱算起来，不到几天也有半块多了。赶场她母亲花了两三角，就是这个钱。

还没等到第二次赶场，人家就把林姑娘的工钱减了。这个母亲和她都想也想不到。

那下江人家里，不到饭馆去包饭了，自己在家请了个厨子，因为用不到林姑娘到镇上去取饭，就把她的工钱从四元减到二元。

林婆婆一回到家里，艾婆婆，王婆婆，刘婆婆，都说这怎么可以呢？下江人都非常老实的，从下边来的，都是带着钱来的，逃难来，没有钱行吗？不多要两块，不是傻子吗。看人家吃的是什么，穿的是什么。每天大洋钱就和纸片似的往外飘。她们告诉林婆婆为什么眼看着四块钱跑了呢？这可是混乱的年头，千载也遇不到的机会，就是要他五块，他不也得给吗？不看他刚搬来那两天没有水吃，五分钱一担，王丫头不担，八分钱还不担，非要一角钱不可，他没有法子，也就得给一角钱。下江人，他逃难到这里，他啥钱不得花呢。

林姑娘才十一岁的娃儿，会做啥事情，她还能赚到两块钱。若不是这混乱的年头，还不是在家里天天吃她奶妈的饭吗？城里大轰炸，日本飞机天天来，就是官厅不也发下告示来说疏散人口。城里只准搬出不准搬入。

王婆婆指点着一个从前边过去的滑竿（轿子）：

“你不看到吗？林婆婆，那不是下江人戴着眼镜抬着东西不断的往东阳镇搬吗，下江人穿的衣裳，多白，多干净……多用几个洋钱算个什么。”

说着说着，嘉陵江里那花花绿绿的汽船也来了，小汽船那么饱满，几乎喘不出气来，在江心啌啌啌啌的响，而不见向前走。载的东西太多，歪斜的挣扎的，因此那声音特别大，很像发了警报之后日本飞机在头上飞似的。

王丫头喊林姑娘去看洋船，林姑娘听了给她减了工钱心里不乐，那里肯去。

王丫头拉起刘二妹就跑了。王婆婆也拿着她的大芭蕉扇一扑一扑的一边跟艾婆婆交谈些什么喂鸡喂鸭的几句家常事也就走进屋去了。

只有林姑娘和她的奶妈仍坐在石头上，坐了半天工夫，林姑娘才跑进去拿了一穗包谷啃着，她问奶妈吃不吃。

奶妈本想也吃一穗。立刻心里一搅划，也就不吃了。她想：是不是要向那下江人去说，非四块钱不可。

林姑娘的母亲是个很老实的乡下人，经艾婆婆和王婆婆的劝诱，她觉得也有点道理。四块钱一个月到冬天还好给林姑娘做起大棉袍来，棉花一块钱一斤，一斤棉花，做一个厚点的。丈二青蓝布，一尺一角四，丈二是好多钱哩……她自己算了一会可没有算明白。但她只觉得棉花这一打仗，穷人就买不起了，前年棉花是两角五，去年夏天是六角，冬天是九角，腊月天就涨到一块一。今年若买，就早点买，夏天买棉花便宜些……

林姑娘把包谷在尖尖上折了一段递在母亲手里，母亲还吓了一跳。因为她正想这事情到底怎么解决呢？若林姑娘的爸爸在家，也好出个主意。所以那包谷咬在嘴里并不知道是什么味道就下去了。

母亲的心绪很烦乱，想要洗衣裳，懒得动，想把那件破夹袄拿来缝一缝，又懒得动……吃完了包谷，把包谷棒子远远的抛出去之后，还在石头上呆坐了半天，才叫林姑娘把她的针线给拿过来。可是对着针线懒洋洋的，十分不想动手。她呆呆的往远处看着，不知看的什么，林姑娘说："奶妈你不洗衣裳吗？我去担水。"

奶妈点一点头，说："是那个样的。"

林姑娘的小水桶穿过了包谷林下河去了，母亲还呆呆的在那里想。不一会那小水桶就回来了，远看那小水桶好像两个小圆胖胖的小鼓似的。

母亲还是坐在石头上想得发呆。

就是这一夜，母亲一夜没有睡觉，第二天早晨一起来，两个眼眶子就发黑了。她想两块钱就两块钱吧。一个小女儿又不会什么事情，娘儿两个吃人家的饭，若不是先生们好，怎能洗洗衣裳就白白的给两个人白饭吃吃呢，两块钱还不是自得的吗？还去要什么钱。

林婆婆是乡下老实人，她觉得她难以开口了；她自己果断的想把这事情放下去。她拿起瓦盆来，倒一点水自己洗洗脸。洗了脸之后，她想紧接着就要洗衣裳，强烈的生活的欲望和工作的喜悦又在鼓动着她了，于是她一拐一拐的更加严厉的内心批判着昨天想去再要两块钱的不应该。

她把林姑娘唤起来，起来下河去担水。

这女孩正睡得香甜，糊里糊涂的睁开眼睛，用很大的眼珠子看住她的母亲，她说：

"奶妈，先生叫我吗？"

那孩子在梦里觉得有人推她，有人喊她，但她就是醒不来。后来她听先生喊她了，她一翻身起来了。

母亲说：

"先生没喊你。你去担水，担水洗衣裳。"

她担了水来，太阳还出来不很高。这天林姑娘起得又是特别早，邻居们都还一点声音没有的睡着。林姑娘担了第二担水来，王婆婆她们才起来。她们一起来看到林婆婆在那里洗衣裳了，她们就说：

"林婆婆，陇格早洗衣裳，先生们给你好多钱！给八块洋钱吗？"

林婆婆刚刚忘记了这痛苦的思想，又被她们提起了。可不是吗？

林姑娘担水又回来了，那孩子的小肩膀也露在外边，多丑，女娃不比男娃，一天比一天大，大姑娘哩，十一岁也不小了，那孩子又长得那么高。林婆婆看到自己的孩子，那衣服破得连肩膀都遮不住了，于是她又想到那四块钱，四块钱也不多吗，几块钱在下江人算个什么。为什么不去说一下呢？她又取了很多事实证明下江人是很容易欺侮的，她一定会成功的。

比方让王丫头担水那件事吧，本来一担水是三分钱，给她五分钱，她不担，就给她八分钱，并且问她商量着，“八分钱你担不担呢？”她说她不担，到底给她一角钱的。

那能看到钱不要呢，那不是傻子吗？

林姑娘帮着她奶妈把衣裳晒起，就跑到先生那边去，去了就回来了。先生给她一件白麻布的长衫，让她剪短了来穿。母亲一看了心想，下江人真是拿东西不当东西，拿钱不当钱。

这衣裳给她增加了不少的勇气，她把自己坚定起来了，心里非常平静，对于这件事情，连想也不用再想了，就是那么办，还有什么好想的呢？吃了中饭就去见先生。

女儿拿回来的那白麻布长杉，她没有仔细看，顺手就压在床角落里了。等一下就去见先生吧，还有什么呢？

午饭之后，她竟站在先生的门口了，门是开着的，向前边的小花园开着的。

不管这来的一路上心绪是多么翻搅，多么热血向上边冲，多么心跳，还好像害羞似的，耳脸都一齐发烧。怎么开口呢？开口说什么呢？不是连第一个字先说什么都想好吗？怎么都忘了呢？

她越走越近，越近越心跳，心跳把眼睛也跳花了，什么薄荷田，什么豆田，都看不清楚了，只是绿茸茸的一片。

但不管在路上是怎样的昏乱，等她一站在先生门口，她完全清醒了，心里开始感到过分的平静，一刻时间以前那旋转转的一切退去了，烟消火灭了，她把握住她自己了，得到了感情自主那夸耀的心情，使她坦荡荡的，大大方方的变成一个很安定的，内心十分平静的，理直气壮的人，居然这样的平坦，连她自己也想像不到。

她打算开口说了，在开口之前，她把身子先靠住了门框。

“先生，我的腿不好，要找药来吃，没得钱，问先生借两块钱。”

她是这样转弯抹角的把话开了头，说完了这话，她就等着先生拿钱给她。

两块钱拿到手了，她翻动着手上的一张蓝色花的票子，一张红色花的票子。她的内心仍旧是照样的平静，没有忧虑，没有恐惧。折磨了她一天一夜的那强烈的要求，成功或者失败，全然不关重要似的。她把她仍旧要四块一个月的工钱那话说出来了。她还是拿她的腿来开头，她说她的腿不大好，因为日本飞机来轰炸城里，下江人都到乡下来了，她租的房子，房租也抬高了。从前是三块钱一年，现在一个月就要五角钱了。

她说了这番话，当时先生就给她添了五角算做替她出了房钱。

但是她站在门口，她胜利的还不走，她又说林姑娘一点点年纪，下河去担水洗衣裳好不容易……若是给别人担，一担水要好多钱哩……她说着还表示出委屈和冤枉的神气，故意把尾音拉长，慢吞吞的非常沉着的在讲着，她那善良的厚嘴唇，故意拉得往下突出着，眼睛还把白眼珠向旁边一抹一抹的看着，黑眼珠向旁边一滚，白眼珠露出来那么一大半。

先生说：

“你十一岁的小女孩能做什么呢，擦张桌都不会。一个月连房钱两块半，还给你们两个人的饭吃，你想想两个人的饭钱要几块？一个月你算算你给我做些个什么事情？两块半钱行了吧。……”

她听了这话，她觉得这是向她商量，为什么不吓吓他一下，说帮不来呢？她想着想着就照样说出来了。

“两块半钱帮不来的。”

她说完了看一看下江人并不十分坚决，只是说：

“两块半钱不少了，帮得来了。林姑娘帮我们正好是半个月，这半个月的两块钱你已拿去，下半个月再来拿两块。因为我和你讲的是四块，这个月就照四块给你。下月就是两块半了。”

林婆婆站在那里仍是不走，她想王丫头担水，三分不担，问她五分钱担不担，五分钱不担，问她八分钱她担不担，到底是一角钱担的。

她一定不放过去，两块钱不做，两块半钱还不做，就是四块钱才做。

所以她扯长串的慢慢吞吞的从她的腿说起，一直说到照灯的油也贵了，咸盐也贵了，连针带线都贵了。

下江人站起来截住了她：

“不用多说了，两块半钱，你想想，你帮来帮不来。”

“帮不来。”连想也没有想，她是早决心这样说的。

说时她把手上的钞票举得很高的，像是连这钱都不要了，她表示着很坚决的样子。

怎么能够想到呢，那下江人站起来，就说：

“帮不来算啦，晚饭就不要林姑娘来拿饭你们吃了。也不要林姑娘到这边来。半个月的钱我已给你啦。”

所以过了一刻钟之后，林婆婆仍旧站在那门口，她说：

“那个说帮不来的，帮得来的……先生……”

但是那一点用处也没有了，人家连听也不听了。人家关了门，把她关在门外边。

龙头花和石竹子在正午的时候，各自单独的向着火似的太阳开着，蝴蝶煽煽的飞来，在那红色的花上，在那水黄色的花上，在那水红色的花上，从龙头花群飞到石竹子花群，来回的飞着。

石竹子无管是红的是粉的，每一朵上都镶着带有锯齿的白边。晚香玉连一朵也没有开，但都打了苞了。

林姑娘的母亲背转过身来，左手支着自己的膝盖，右手捏着两块钱的纸票。她的脖子如同绛色的猪肝似的，从领口一直红到耳根。

她打算回家了。她一迈步才知道全身一点力量也没有了，就像要瘫倒的房架子似的，松了，散了。她的每个骨节都像失去了筋的联系，很危险的就要倒了下来。但是她没有倒，她相反的想要迈出两个大步去，她恨不能够一步迈到家里，她想要休息，她口渴，她要喝水，她疲乏到极点，好像二三十年的劳苦在这一天才吃不消了，才抵抗不住了。但她并不是单纯的疲劳，她心里羞愧。懊悔打算谋杀了她似的捉住了她，羞愧有意煎熬到她无处可以立足的地步。她自己做了什么大的错事，她自己一点也不知道。但那么深刻的损害着她的信心，这是一点也不可以消磨的，一些些也不会冲淡的。永久存在的，永久不会忘却的。

羞辱是多么难忍的一种感情，但是已经占有了她了，它就不会退去了。

在混扰之中，她重新用左手按住了膝盖，她打算走回家去。

回到家里，女孩正在那儿洗着那用来每日到先生家去拿饭的那个瓢儿。她告诉林姑娘，消夜饭不能到先生家去拿了，她说：

"林姑娘，不要到先生家拿饭了，你上山去打柴吧。"

林姑娘听了觉得很奇怪，她正想要回问，奶妈先说了：

"先生不用你帮他……"

林姑娘听了就傻了，一动不动的站在那里翻着眼睛。手里洗湿的瓢儿，溜明的闪光的抱在胸前。

母亲给她背好了背兜，还嘱咐她要拾干草，绿的草一时点不燃的。

立时晚饭就没有烧的，也没有吃的。

林婆婆靠着门框，看着走去的女儿。她想晚饭吃什么呢？麦子在泥罐子里虽然有些，但因为不吃，也就没有想把它磨成粉，白米是一粒也没有的。就吃老玉米吧。艾婆婆种着不少玉米，拿着几百钱去攀几棵去吧。但是钱怎么可以用呢？从今后有去路没来路了。

她看了自己女儿一眼，那背上的背兜儿还是先生给买的，应该送还回去才对。

女儿走得没有影子了，她也就回到屋里来。她看一看锅儿，上面满都是锈；她翻了翻那柴堆上，还剩几棵草刺。偏偏那柴堆底下也生了毛虫，还把她吓了一下。她想她平生没有这么胆小过，于是她又理智的翻了两下，下面竟有一条蚯蚓，距距练练的在动。她平常本来不怕这个，可以用手拿，还可以用手把它撕成几段。她小的时候帮着她父亲在河上钓鱼尽是这样做，但今天她也并不是害怕它，她是讨厌它，这什么东西，无头无尾的，难看得很，她抬起脚来去踏它，踏了好几下没有踏到，原来她用的是那只残废的左脚，那脚游游动动的不听她使用，等她一回身打开了那盛麦子的泥罐子，那可真的把她吓着了，罐子盖从手上掉下去了。她瞪了眼睛，她张了嘴，这是什么呢？满罐长出来青青的长草，这罐子究竟是装的什么把她吓忘了。她感到这是很不祥，家屋又不是坟墓，怎么会长半尺多高的草呢！

她忍着，她极端憎恶的把那罐子抱到门外。因为是刚刚偏午，大家正睡午觉，所以没有人看到她的麦芽子。

她把麦芽子扭断了，还用一根竹棍向里边挖掘才把罐子里的东西挖出来，没有生芽子的没有多少了，只有罐子底上两寸多厚是一层整粒的麦子。

罐子的东西一倒出来，满地爬着小虫，围绕着她四下窜起。她用手指捩着，她用那只还可以用的脚踩着，平时，她并不伤害这类的小虫，她对于小虫也像对于一个小生命似的，让它们各自的活着。可是今天她用着不可压抑的憎恶，敌视了它们。

她把那个并排摆在灶边的从前有一个时期曾经盛过米的空罐子，也用怀疑的眼光打开来看，那里边积了一罐子底水。她扬起头来看一看房顶，就在头上有一块亮洞洞的白缝。这她才想起是下雨房子漏了。

把她的麦子给发了芽了。

恰巧在木盖边上被耗子啮了一寸大的豁牙。水是从木盖漏进去的。

她去刷锅，锅边上的红锈有马莲叶子那么厚。

她才知道，这半个月来是什么都荒废了。

这时林姑娘正在山坡上，背脊的汗一边湿着一边就干了。她丢开了那小竹粑，她用手像梳子似的梳着那干草，因为干了的草都挂在绿草上。

她对于工作永远那么热情，永远没有厌倦。她从七岁时开始担水，打柴，给哥哥送饭。哥哥和父亲一样的是一个窑工。哥哥烧砖的窑离她家三里远，也是挨着嘉陵江边。晚上送了饭，回来天总是黑了的，一个人顺着江边走时，就总听到江水格棱格棱的向下流，若是跟着别的窑工，就是哥哥的朋友一道回来，路上会听到他们讲的各种故事，所以林姑娘若和大人谈起来，什么她都懂得。关于娃儿们的，关于婆婆的，关于蛇或蚯蚓的，从大肚子的青蛙，她能够讲到和针孔一样小的麦蚊。还有野草和山上长的果子，她也都认得。她把金边兰叫成菖蒲，她天真的用那小黑手摸着下江人种在花盆里的一棵鸡冠花，她喊着："这大线菜，多乖呀……。"她的认识有许多错误，但正因为这样，她才是孩子。关于嘉陵江的涨水，她有不少的神话。关于父亲和哥哥那等窑工们，她知道得别人不能比她再多了。从七岁到十岁这中间，每天到哥哥那窑上去送三次饭。她对于那小砖窑很熟悉，隔得老远的她一看到那窑口上升起了蓝烟，她就感到亲切，多少有点像走到家里那种温暖的滋味。天黑了，她单个人沿着那格棱格棱的江水，把脚踏进沙窝里去，一步步的拔着回来。

林姑娘对于生活没有不满意过，对于工作没有怨言，对于母亲是听从的。她赤着两只小脚，梳了一个一尺多长的辫子，走起路来很规距，说起话来慢吞吞，她的笑总是甜蜜蜜的。

她在山坡上一边抓草，一边还嘟嘟的唱了些什么。

嘉陵江的汽船来了，林姑娘一听了那汽船的哨子，她站起来了，背上背筐就往山下跑。这正是到先生家拿钱到东阳镇买鸡蛋做点心的时候。因为汽船一叫，她就到那边去，已经成为习惯了。她下山下得那么快，几乎是往下滑着。已经快滑到平地，她想起来了，她不能再到先生那里去了。她站在山坡上，她满脸发烧，她想回头来再上山去采柴时，她看着那高坡觉得可怕起来，她觉得自己是上不去了，她累了。一点力量没有了。那高坡就是上也上不去了。她在半山腰又采了一阵。若没有这柴，奶妈用什么烧麦粑，没有麦粑，晚饭吃什么，她心里一急，她觉得眼前一迷花，口一渴。

打摆子不是吗？

于是她更紧急的扒着，无管干的或不干的草。她想这怎么可以呢？用什么来烧麦粑？不是奶妈让我来打柴吗？她只恍恍惚惚的记住这回事，其余的就连自己是在什么地方也不晓得了。奶妈是在那里，她自己的家是在那里，她都不晓得了。

她在山坡上倒下来了。

林姑娘这一病病了一个来月。

病后她完全像个大姑娘了。担着担子下河去担水，寂寞的走了一路。寂寞的去，寂寞的来。低了头，眼睛只是看着脚尖走。河边上的那些沙子石头，她连一眼也不睬。那大石板的石窝落了水之后，生了小鱼没有，这个她更没有注意。虽然是来到了六月天，早起仍是清凉的，但她不爱这个了。似乎颜色，声音，都得不到她的喜欢。大洋船来时，她再不像从前那样到江边上去看了。从前一看洋船来连喊带叫的那记忆，若一记起，就有羞耻的情绪向她袭来，若小同伴们喊她，她用了深宏的海水似的眼光向她们摇头。上山打柴时，她改变了从前的习惯，她喜欢一个人去。奶妈怕山上有狼，让她多约几个同伴，她觉得狼怕什么，狼又有什么可怕。这性情连奶妈也觉得女儿变大了。

奶妈答应给她做的白短衫，为着安慰她生病，虽然是下江人辞了她，但也给她做起了。问她穿不穿，她说："穿它做啥子哟，上山去打柴。"

红头绳也给她买了，她也说她先不缚起。

有一天大家正在乘凉，王丫头傻里傻气的跑来了，一边跑，一边喊着林姑娘。王丫头手里拿着一朵大花。她是来喊林姑娘去看花的。

走在半路上，林姑娘觉得有点不对，先生那里从辞了她连那门口都不经过，她绕着弯走过去，问王丫头在那里那花。王丫头说：

"你没看见吗？不就是那下江人，你先生那里吗？"

林姑娘转回身来就回头走，她脸色苍白的，凄清的，郁郁不乐的在她奶妈的旁边沉默的坐到半夜。

林姑娘变成小大人了，邻居们和她的奶妈都说她。

二八年七月二十日

该篇篇尾标注的日期为中华民国纪年日期，实际创作于1939年7月20日。首刊何处不详。收入上海杂志公司（桂林）1940年3月初版《旷野的呼喊》。

莲　花　池

全屋子都是黄澄澄的。一夜之中那孩子醒了好几次，每天都是这样，他一睁开眼睛，屋子总是黄澄澄的，而爷爷就坐在那黄澄澄的灯光里。爷爷手里拿着一张破布，用那东西在裹着什么，裹得起劲的时候连胳臂都颤抖着，并且胡子也哆嗦起来。有的时候他手里拿一块放着白光的，有的时候是一块放着黄光的，也有小酒壶，也有小铜盆。有一次爷爷摩擦着一个长得可怕的大烟袋，这东西，小豆这孩子从来未见过，他夸张的想像着它和挑水的扁担一样长了。他们屋子的靠着门的那个角上，修着一个小地洞，爷爷在夜里有时爬进去，那洞上盖着一块方板，板上堆着柳条枝和别的柴草，因为锅灶就在柴堆的旁边。从地洞取出来的东西都不很大，都不好看，也一点没有用处，要玩也不好玩。带在女人耳朵上的银耳环，别在老太太头上的方扁簪，铜蜡台，白洋铁香炉碗……可是爷爷却很喜欢这些东西，他半夜三更的擦着它们，往往还擦出声来，沙沙沙地，好像爷爷的手永远是一块大沙纸似的。

小豆糊里糊涂的睁开眼睛看了一下就又睡了。但这都是前半夜，而后半夜，就通通是黑的了，什么也没有了，什么也看不见了。

爷爷到底是去做什么，小豆并不知道这个。

那孩子翻了一个身或是错磨着他小小的牙齿，就又睡着了。

他的夜梦永久是荒凉的窄狭的，多少还有点害怕，他常常梦到白云在他头上飞，有一次还掠走了他的帽子。梦到过一个蝴蝶挂到一个蛛网上，那蛛网是悬在一个小黑洞里。梦到了一群孩子们要打他。梦到过一群狗在后面追着他。有一次他梦到爷爷进了那黑洞就不再出来了。那一次，他全身都出了汗，他的眼睛冒着绿色的火花，他张着嘴，几乎是断了气似的可怕的瘫在那里了。

永久是那样，一个梦接着一个梦，虽然他不愿意再做了，可是非做不可，就像他白天蹲在窗口里，虽然他不愿意蹲了，可是不能出去，就非蹲在那里不可。

湖边上那小莲花池，周围都长起来了小草，毛烘烘的，厚敦敦的，饱满得像是那小草之中浸了水似的。可是风来的时候，那草梢也会随着风卷动，风从南边来，它就一齐向北低了头。一会又顺着风一齐向南把头低下。油亮亮的，绿森森的，在它们来回摆着的时候，迎着太阳的方向，绿色就浅了，背着太阳的方向，绿色就深了。偶尔也可以看到那绿色的草里有一两棵小花，那小花朵受着草丛的拥挤是想站也站不住，想倒也倒不下。完全被青草包围了，完全跟着青草一齐倒来倒去。但看上去，那小花朵就顶在青草的头上似的。

那孩子想：这若伸手去摸摸有多么好呢。

但他知道他一步不能离开他的窗口，他一推开门出去，邻家的孩子就打他。他很瘦弱，很苍白，腿和手都没有邻家孩子那么粗。有一回出去了，围着房子散步了半天，本来他不打算往远处走。在那时候就有一个小黄蝴蝶飘飘的在他前边飞着，他觉得走上前去一两步就可以捉到它。那蝴蝶落在离他家一丈远的土堆上，落在离他家比那土堆更远一点的柳树根底下……又落在这儿，又落在那儿。都离得他很近，落在他的脚尖那里，又飞过他的头顶。可是总不让他捉住。他上火了，他生气了，同时也觉得害羞，他想这蝴蝶一定是在捉弄他。于是他脱下来了衣服，他光着背脊乱追着。一边追，一边小声的喊：

“你站住，你站住。”

这样不知扑了多少时候。他扯着衣裳的领子，把衣裳抡了出去，好像打渔的人撒网一样。可是那小黄蝴蝶越飞越高了。他仰着颈子看它，天空有无数太阳的针刺刺了他的眼睛，致使他看不见那蝴蝶了。他的眼睛翻花了，他的头晕转了一阵，他的腿软了，他觉得一点力量也没有了。他想坐下来。房子和那小莲花池却在旋转，好像瓦盆窑里做瓦盆的人看到瓦盆在架子上旋转一样。就在这时候，黄蝴蝶早就不见了。至于他离开家门多远了呢，他回头一看，他家的敞开着的门口，变得黑洞洞的了，屋里边的什么也看不见了。他赶快往回跑，那些小流氓，那些坏东西，立刻反映在他的头脑里，邻居孩子打他的事情，他想起来了。他手里扯着扑蝴蝶时脱下来的衣裳，衣裳的襟飘在后边，他一跑起来它还可拉可拉的响。他一害怕，心脏就过度的跳，不但胸中觉得非常饱满，就连嘴里边也像含了东西。这东西塞满了他的嘴就和浸进水去的海绵似的。吞也吞不下去，可是也吐不出来。

就是扑蝴蝶的这一天，他又受了伤。邻家的孩子追上他来了，用棍子，用拳头，用脚打了他。他的腿和小狼的腿那么细，被打倒时在膝盖上擦破了很大的一张皮。那些孩子简直是一些小虎，简直是些疯狗，完全没有孩子样，完全是些黑沉沉的影子。他于是被压倒了，被埋没了。他的哭声他知道是没有用处，他昏迷了。

经过这一次，他就再不敢离开他的窗口了，虽然那莲花池边上还长着他看不清楚的富于幻想的漂渺的小花。

他一直在窗口蹲到黄昏以后，和一匹小猫似的，静穆，安闲，但多少带些无聊的蹲着。有一次他竟睡着了，从不大宽的窗台上滚下来了。他没有害怕，只觉得打断了一个很好的梦是不应该，他用手背揉一揉眼睛，而后睁开眼睛看一看，果然方才那是一个梦呢！自已始终是在屋子里面，而不像梦里那样，悠闲的溜荡在蓝色的天空下，而更不敢想是在莲花池边上了。他自已觉得仍旧落到空虚之中，眼前都是空虚的，冷清的，灰色的，伸出手去似乎什么也不会触到，眼睛看上去什么也看不到。空虚的也就是恐怖的，他又回到窗台上蹲着时，他往后缩一缩，把背脊紧紧的靠住窗框，一直靠到背脊骨有些发痛的时候。

小豆一天天的望着莲花池。莲花池里的莲花开了，开得和七月十五盂兰盆会所放的河灯那么红堂堂的了。那不大健康的小豆从未离开过他的窗口到池边去脚踏实地的去看过一次。只让那意想诱惑着他把那莲花池夸大了，相同一个小世界，相同一个小城。那里什么都有：蝴蝶，蜻蜓，蚱蜢……虫子们还笑着，唱着歌。草和花就像听着故事的孩子似的点着头。下雨时莲花叶扇抖得和许多大扇子似的。莲花池上就满都是这些大扇子了。那孩子说：

“爷爷领我去看看那大莲花。……”

他说完了就靠着爷爷的腿，而后抱住爷爷的腿，同时轻轻的摇着。

“要看……那没什么好看的。爷爷明天领你去。”

爷爷总是夜里不在家，白天在家就睡觉。睡醒了就昏头昏脑的抽烟，从黄昏之前就抽起，接着开始烧晚饭。

爷爷的烟袋锅子咕噜咕噜的响，小豆伏在他膝盖上，听得那烟袋锅子更清晰了，懒洋洋的晒在太阳里的小猫似的。又摇了爷爷两下，他还是希望能去到莲花池。但他没有理他。空虚的悲哀很快的袭击了他，因为他自己觉得也没有理由一定坚持要去，内心又觉得非去不可。所以他悲哀了，他闭着眼睛，他的眼泪要从眼角流下来，鼻子又辣又痛，好像刚刚吃过了芥麻。他心里起了一阵憎恨那莲花池的感情：莲花池有什么好看的！一点也不想去看。他离开了爷爷的膝盖，在屋子里来回的好像小马驹撒欢儿似的跑了几趟。他的眼泪被自己欺骗着总算没有流下来。

他很瘦弱，他的眼球白的多黑的少。面色不大好，很容易高兴，也很容易悲哀。高兴时用他歪歪斜斜的小腿跳着舞，并且嘴里也像唱着歌。等他悲哀的时候，他的眼球一转也不转。他向来不哭，他自己想：哭什么呢，哭有什么用呢。但一哭起来，就像永远不会停止，哭声也很大，他故意把周围的什么都要震破似的。一哭起来常常是躺在地上滚着。爷爷呼止不住他，爷爷从来不打他。他一哭起来，爷爷就蹲在他的旁边，用手摸着他的头顶，或者用着腰带子的一端给他揩一揩汗，其余什么也不做，只有看着他。

他的父亲是木匠，在他三岁的时候，父亲就死了。母亲又过两年嫁了人。对于母亲离开他的印象，他模模糊糊的记得一点。母亲是跟了那个大胡子的王木匠走的，王木匠提着母亲的东西，还一拐一拐的，因为王木匠是个三条腿，除了两只真腿之外，还用木头给他自己做了一只假腿。他一想起来他就觉得好笑，为什么一个人还有一条腿不敢落地呢，还要用一个木头腿来帮忙。母亲那天是黄昏时候走的，她好像上街去买东西的一样，可是从那时就没有回来过。

小豆从那一夜起，就睡在祖父旁边了。这孩子没有独立的一张被子，跟父亲睡时就盖父亲的一个被，再跟母亲睡时，母亲就抱着他，这回跟祖父睡了，祖父的被子连他的头都蒙住了。

“你出汗吗？热吗？为什么不盖被呢？”

他刚搬到爷爷旁边那几天，爷爷半夜里总是问他。因为爷爷没有和孩子睡在一起的习惯，用被子整整的把他包住了。他因此不能够喘气，常常从被子里逃到一边，就光着身子睡。

这孩子睡在爷爷的被子里没有多久，爷爷就把整张的被子全部让给他。爷爷在夜里就不见了。他招呼了几声，听听没有回应，他也就盖着那张大被子开始自己单独的睡了。

从那时候起，爷爷就开始了他自己的职业，盗墓子去了。

银白色的夜。瓦灰色的夜。触着什么什么发响的夜。盗墓子的人背了斧子，刀子和必须的小麻绳。另外有几根皮鞭梢。而火柴在盗墓子的人是主宰他们的灵魂的东西。但带着火柴的这件事情，并没有多久，是从清朝开始，在那以前都是带着打火石。他们对于这一件事情很庄严，带着宗教感的崇高的情绪装配了这种随时可以发光的东西在他们身上。

盗墓子的人先打开了火柴盒，划着了一根，再划一根。划到三四根上，证明了这火柴是一些些儿也没有潮湿，每根每根都是保险会划着的。他开始放几棵在内衣的口袋里，还必须塞进帽边里几棵，塞完了还用手捻着，看看是否塞得坚实，是不是会半路脱掉的。

五月的一个夜里，那长胡子的老头，就是小豆的祖父，他在污黑的桌子边上放下了他的烟袋。他把火柴到处放着。还放在裤脚的腿带缝里几棵。把火柴头先插进去，而后用手向里推。他的手涨着不少的血管，他的眉毛像两条小刷子似的，他的一张方形的脸有的地方筋肉突起，有的地方凹下，他的白了一半的头发高丛丛的，从他的前额相同河岸上长着的密草似的直立着。可是他的影子落到墙上就只是个影子了，平滑的，黑灰色的，薄得和纸片似的，消灭了他生活的年代的尊严。不过那影子为着那耸高的头发和拖长的胡子，正好像《伊索寓言》里为山人在河下寻找斧子的大胡子河神。

前一刻那长烟管还丝丝拉拉的叫着。那红色的江石大烟袋嘴，刚一离那老头厚厚的嘴唇，一会工夫就不响了，烟袋锅子也不冒烟了。和睡在炕上的小豆一样，烟袋是睡在桌子边上了。

火柴不但能够点灯，能够吸烟，能够燃起炉灶来，能够在山林里驱走了狼。传说上还能够赶鬼。盗墓子的人他不说带着火柴是为了赶鬼（因为他们怕鬼，所以不那么说。），他说在忌日，就是他们从师父那里学来的，好比信佛教的人吃素一样。他们也有他们的忌日，好比下九和二十三。在这样的日子上若是他们身上不带着发火器具，鬼就追随着他们跟到家里来，和他们的儿孙生活在一起。传说上有一个女鬼，头上带着五把钢叉，就在这忌日的夜晚出来巡行，走一步拔下钢叉来丢一把，一直丢到最末的一把。若是从死人那里回来的人遇到她，她就要叉死那个人，唯有身上带着会发火的东西的，她则不敢。从前多少年代盗墓子的人是带着打火石的，这火石是他们的师父一边念着咒语而传给他们的。他们记得很清晰，师父说过："人是有眼睛的，鬼是没有眼睛的，要给他一个亮，顺着这亮他就走自己的路了。"然而他们不能够打着灯笼。

还必须带着几根皮鞭梢，这是做什么用的，他们自己也没有用过。把皮鞭梢挂在腰带上的右手边，准备用得着它时，方便得随手可以抽下来。但成了装饰品了，都磨得油滑滑的，腻得污黑了。传说上就是那带着五把钢叉的女鬼被一个骑马的人用马鞭子的鞭梢勒住过一次。

小豆的爷爷挂起皮鞭梢来，就走出去。在月光里那不甚亮的小板门，在外边他扣起来铁门环。那铁门环过于粗大，过于笨重，它规规矩矩的蹲在门上。那房子里想像不到还有一个七八岁的孩子睡在里边。

夜里爷爷不在家，白天他也多半不在家。他拿着从死人那里得来的东西到镇上去卖。在旧货商人那里为了争着价钱常常是回来得很晚的。

"爷爷！"小豆看着爷爷从四五丈远的地方回来了，他向那方向招呼着。

老头走到他的旁边，摸着他的头顶。就像带着一匹小狗一样他把孙儿带到屋子里。一进门小豆就单调的喊着，他虽然坐在窗口等了一下午爷爷才回来，他还是照样的高兴。

“爷爷，这大绿豆青……这大蚂蚱……是从窗洞进来的……”他说着就跳上炕去，破窗框上的纸被他的小手一片一片的撕下来。“这不是，就从这儿跳进来的……我就用这手心一扣就扣住它啦。”他凭空在窗台上扣了一下。“它还跳呢，看吧，这么跳……”

爷爷没有理他。他仍旧问着：

“是不是，爷爷……是不是大绿豆青……”

“是不是这蚂蚱吃的肚子太大了，跳不快，一抓就抓住……”

“爷爷你看，它在我左手上一跳会跳到右手上，还会跳回来。”

“爷爷看哪，爷爷看……爷爷……”

“爷……”

最末后他看出来爷爷早就不理他了。

爷爷坐在离他很远的灶门口的木樽上，满头都是汗珠，手里揉擦着那柔软的帽头。

爷爷的鞋底踏住了一根草棍，还咕噜咕噜的在脚心下滚着。他爷爷的眼睛静静地看着那草棍所打起来的土灰，关于跳在他眼前的绿豆青蚂蚱，他连理也没有理。到太阳落他也不拿起他的老菜刀来劈柴，好像连晚饭都不吃了。窗口照进来的夕阳从白色变成了黄色，再变成金黄，而后简直就是金红的了。爷爷的头并不在这阳光里，只是两只手伸进阳光里去。并且在红澄澄的红得像混着金粉似的光辉里把他的两手翻洗着。太阳一刻一刻的沉下去了，那块红光在墙壁上拉长了，扯歪了，爷爷的手的黑影也随着长了，歪了，慢慢的不成形了，那怪样子的手指长得比手掌还要长了好几倍，爷爷的手指有一尺多长了。

小豆远远的看着爷爷。他坐在东窗的窗口。绿豆青色的大蚂蚱紧紧的握在手心里，像握着几棵草杆似的稍稍还刺痒着他的手心。前一刻那么热烈的情绪，那么富于幻想，他打算从湖边上一看到爷爷的影子他就躲在门后，爷爷进屋时他大叫一声，同时跑出来。跟着把大绿豆青放出来。最好是能放在爷爷的胡子上，让那蚂蚱咬爷爷的嘴唇。他想到这里欢喜得把自己都感动了，为着这奇迹他要笑出眼泪来了，他抑止不住的用小手揉着他自己发酸的鼻头。可是现在他静静的望着那红窗影，望着太阳消逝得那么快，它在面前走过去的一样。红色的影子渐渐缩短，缩短，而最后的那一条条，消逝得更快，好比用揩布一下子就把它揩抹了去了。

爷爷一声也不咳嗽，一点要站起来活动的意思也没有。

天色从黄昏渐渐变到昏黑。小豆感到爷爷的模样也随着天色可怕起来，像一只蹲着的老虎，像一个瞎话里的大魔鬼。

“小豆。”爷爷忽然在那边叫了他一声。

这声音把他吓得跳了一下，因为他很久很久的不知不觉的思想集中在想着一些什么。他放下了大蚂蚱，他回应了一声：

“爷爷！”

那声音在他的前边已经跑到爷爷的身边去，而后他才离开了窗台。同时顽皮的用手拍了一下大蚂蚱的后腿，使它自动的跳开去。他才慢斯斯的一边回头看那蚂蚱一边走转向了祖父的面前去。

这孩子本来是一向不热情的，脸色永久是苍白的，笑的时节只露出两颗小牙齿，哭的时节，眼泪也并不怎样多，走路和小老人一样。虽然方才他兴奋了一阵，但现在他仍旧回复了原样。一步一步的斯斯稳稳的向着祖父那边走过去。

祖父拉了他一把，那苍白的小脸什么也没有表示的望着祖父的眼睛看了一下。他一点也想不到会有什么变化会发生。从他有了记忆那天起，他们的小房里没有来过一个生人，没有发生过一件新鲜事。甚至于连一顶新的帽子也没有买过。炕上的那张席子原来可是新的，现在已有了个大洞，但那已经记不得是什么时候开始破的，就像是一开始就破了这么大一个洞，还有房顶空的蛛丝，连那蛛丝上挂的尘土也没有多，也没有少，其中长的蛛丝长得和湖边上倒垂的柳丝似的有十多挂，那短的罗罗索索的在胶糊着墙角。这一切都是有这个房子就有这些东西，什么也没有变更过，什么也没有多过，什么也没有少过。这一切都是从存在那一天起便是今天这个老样子。家里没有请过客人，吃饭的时候桌上永久是摆着两双筷子。屋子里是凡有一些些声音就没有不是单调的。总之是单调惯了，很难说他们的生活过得单调不单调，或寂寞不寂寞，说话的声音反应在墙上而后那回响也是清清朗朗的，譬如爷爷喊着小豆，在小豆没有答应之前，他自己就先听到了自己音波的共震。在他烧饭时偶尔把铁勺子掉到锅底上去，那响声会把小豆震得好像睡觉时做了一个恶梦那样的跳起。可见他家只站着四座墙了。也可见他家屋子是很大的，本来儿子活着时这屋子住着一家五个人的。墙上仍旧挂着那从前装过很多筷子的筷子笼，现在虽然变样了，但仍旧挂着。因为早就不用了，那筷子笼发霉了，几乎看不出来那是用柳条编的或是用的藤子，因为被油烟和尘土的粘腻已经变得绒毛毛的黑绿色的海藻似的了。但那里边依然装着一大把旧时用过的筷子。筷子已经脏得不像样子，看不出来那还是筷子了。但总算没有动过气，让一年接一年的跟着过去。

连爷爷的胡子也一向就那么长，也一向就那么密重重的一堆。到现在仍旧是密得好像用人工栽上去的一样。

小豆抬起手来，触了一下爷爷的胡子梢，爷爷也就温柔的用胡子梢触了一下小豆头顶心的缨缨发。他想爷爷张嘴了，爷爷说什么话了吧，可是不然，爷爷只把嘴唇上下的吻合着吮了一下。小豆似乎听到爷爷在咂舌了。

有什么变更了呢，小豆连想也不往这边想。他没看到过什么变更过，祖父夜里出去和白天睡，还照着老样子，他自己蹲在窗台上，一天蹲到晚，也是一惯的老样子。变更了什么，到底是变更了什么。那孩子关于这个连一些些儿预感也没有。

爷爷招呼他来，并不吩咐他什么。他对于这个，他完全习惯的，他不能明白的，他从来也不问。他不懂得的就让他不懂得。他能够看见的，他就看，看不见的也就算了，比方他总想去到那莲花池，他为着这个也是很久很久的和别的一般的孩子的脾气似的，对于他要求的达不到目的就放不下。但最后不去也就算了。他的问题都是在没提出之前在他自己心里搅闹得很不舒服，一提出来之后，也就马马虎虎的算了。他多半猜得到他要求的事情就没有一件成功的。所以关于爷爷招呼他来并不吩咐他这事，他并不去追问。他自己悠闲的闪着他不大明亮的小眼睛在四外的看着，他看到了墙上爬着一个多脚虫，还爬得萨拉萨拉的响。他一仰头又看到个小黑蜘蛛缀在它自己的网上。

天就要全黑，窗外的蓝天，开初是蓝得明蓝，透蓝。再就是蓝得蓝缎子似的，显出天空有无限的深远。而现在这一刻，天气宁静了，像要凝结了似的，蓝得黑呼呼的了。

爷爷把他的手骨节一个一个的捏过，发出了脆骨折断了似的响声。爷爷仍旧什么也不说，只把头仰起看一看房顶空，小豆也跟着看了看。

那蜘蛛沉重得和一块饱满的铅锤似的，时时有从网上掉落下来的可能。和蛛网平行的是一条房梁上挂下来的绳头，模糊中还看得出绳头还结着一个圈。同时还有墙角上的木格子，那木格子上从前摆着斧子摆着墨斗，墨尺和墨线……那是儿子做木匠时亲手做起来的。老头子忽然想起了他死去的儿子，那不是他学徒满期回来的第二天就开头做了个木格子吗？他不是说做手艺人，家伙要紧，怕是耗子给他咬了才做了这木格子。他想起了房梁上那垂着的绳子也是儿子结的。五月初一媳妇出去采了一大堆艾蒿，儿子亲手把它挂在房梁上，想起来这事情都在眼前，像是还可以嗅到那艾蒿的气味。可是房梁上的绳子却污黑了，好像生了锈的沉重的锁链，垂在那里哀慕的一动也不动。老头子又看了那绳头子一眼，他的心脏立刻翻了一个面，脸开始发烧，接着就冒凉风。儿子死去也三四年了，从来没有像今天这样捉心的难过。

从前他自信，他有把握，他想他拼掉了自己最后的力量，孙儿是不会饿死的。只要爷爷多活几年，孙儿是下会饿死的。媳妇再嫁了，他想那也好的，年青的人，让她也过这样的日子有什么意思，缺柴少米，家里又没有人手。但这都是他过去的想头，现在一切都悬了空。此后怎么能吃饭呢，他不知道了，孙儿到底是能够眼看着他长大或是不能，他都不能十分确定，一些过去的感伤的场面，一段连着一段，他的思路和海上遇了风那翻花的波浪似的。从前无管怎样忧愁时也没有这样困疲过他的，现在来了。他昏迷，他心跳，他的血管暴涨，他的耳朵发热，他的喉咙发干。他摸自己两手的骨节，那骨节又开始噼拍的发响。他觉得这骨节也像变大了，变得突出而讨厌了。他要站起来走动一下，摆脱了这一切。但像有什么东西锤着他使他站不起来。

“这是干么?”

在他痛苦得不能支持，不能再任着那回想折磨下去时，他自己叫了这一个口号，同时站起身来。

“小豆，醒醒，爷爷煮绿豆粥给你吃。”他想借着和孩子的谈话把自己平伏一下，“小豆，快别迷迷糊糊的……看跌倒了……你的大蝴蝶飞了没有?”

“爷爷，你说错啦，那里是大蝴蝶，是大蚂蚱。”小豆离开了爷爷的膝盖，努力睁开眼睛。抬起腿来就想要跑，想把那大绿豆青拿给爷爷看看。

原来爷爷连看也没有看那大绿豆青一眼，所以把蚂蚱当作蝴蝶了。他伸出手去拉住了要跑开的小豆：

“吃了饭爷爷再看。”

他伸手在自己的腰怀里取出一个小包包来，正在他取出来时，那纸包被撕破而漏了，扑拉拉的往地上落着豆粒。跟着绿豆的滚落，小豆就伏下身去，在地上拾着绿豆粒。那小手掌连掌心都和地上的灰土扣得伏贴贴的。地上好像有无数滚圆的小石子。那孩子一边拾着还一边玩着，他用手心按住许多豆粒在地上咕噜着。

爷爷看了这样的情景，心上来了一阵激动的欢喜：

“这孩子怎样能够饿死，知道吃的中用了。”

爷爷心上又来了一阵酸楚，他想到这可怜的孩子，他父亲死的时候，他才刚刚会走路，虽然那时他已四岁了，但因身体特别衰弱，外边若多少下一点雨，只怕几步路也要背在爷爷的背上。三天或五日就要生一次病。看他病的样子，实在可怜，他不哼，不叫，也不吃东西，也不要什么，只是隔了一会工夫便叫一声“爷”。问他要水吗?

“不要。”

要吃的吗？

“不要。”

眼睛半开不开的又昏昏沉沉的睡了。

睡了三五天，起来了，好了。看见什么都表示欢喜。可是过不了几天就又病了。

“病没有病死，还能饿死吗？”为了这个，晚上熄了灯之后，爷爷还是烦扰着。

过去的事情又一件一件的向他涌来，他想媳妇出嫁的那天晚上，那个开着盖的描金柜……媳妇临出门时的那哭声。在他回想起来，比在当时还感动了他。他自己也奇怪，都是些过去的，想它干么。但接着又想到他死去的儿子。

一切房里的和外边的都黑掉了，莲花池也黑沉沉的看不见了，消磨得用手去摸也摸不到，用脚去踏也踏不到似的。莲花池也和那些平凡的大地一般平凡。

大绿豆青蚂蚱也早被孩子忘记了。那孩子睡得很平稳。和一条卷着的小虫似的了。

但醒在他旁边的爷爷，从小豆的鼻孔里隔一会可以听到一声受了什么委屈似的叹息。

老头子从儿子死了之后，他就开始偷盗死人。这职业起初他不愿意干，不肯干。他想也袭用着儿子的斧子和锯，也去做一个木匠。他还可笑的在家里练习了三两天，但是毫无成绩。他利用了一块厚板片，做了一个小方凳，但那是多么滑稽，四条腿一个比一个短。他想这也没有关系，用锯锯齐了就是了。在他锯时那锯齿无论怎样也不合用，锯了半天，把凳腿都锯乱了，可是还没有锯下来。更出乎他意料之外的，他眼看着他自己做的凳开始被锯得散花了。他知道木匠是当不成了，所以把儿子的家具该卖掉的都卖掉了。还有几样东西，他就用来盗墓子了。

从死人那里得来的，顶值钱的他盗得一对银杯，两副银耳环，一副带大头的，一副光圈。还有一个包金的戒指。还有铜水烟袋一个，锡花瓶一个，银扁簪一个，其余都是些不值钱的东西，衣裳鞋帽，或是陪葬的小花玻璃杯，铜方孔钱之类。还有铜烟袋嘴，铜烟袋锅，檀香木的大扇子，也都是不值钱的东西。

夜里他出去挖掘，白天便到小镇上旧货商人那里去兜卖。从日本人一来，他的货色常常被日本人扣劫，昨天晚上就是被检查了回来的。白天有日本宪兵把守着从村子到镇上的去路，夜里有侦探穿着便衣在镇上走着，行路随时都要被检查。问那老头怀里是什么东西，那东西从那里来的。他说不出是从那里来的了。问他什么职业，他说不出他是什么职业。他的东西被没收了两三次，他并没有害怕，昨天他在街上看到了一大队中国人被日本人拉去当兵。又听说没有职业的人，日本人都要拉的。

旧货商人告诉他，若想不让拉去当兵，那就赶快顺了日本人。他若愿意顺了日本，那旧货商人就带着他去。昨天就把他送到了一个地方，也见过了日本人。

为着这个事，昨天晚上，他通夜没有睡，因为是盗墓子的人，夜里工作惯了，所以今天一起来精神并不特别坏，他又下到小地窖里去。他出来时，脸上划着一条一条的灰尘。

小豆站在墙角上静静的看着爷爷。

那老头把几张小铜片塞在帽头的顶上，把一些碎铁钉包在腰带头上，仓仓惶惶的拿着一条针在缝着，而后不知把什么发亮的小片片放在手心恍了几下。小豆没有看清楚这东西到底是放在什么地方。爷爷简直像变戏法一样神秘了。一根银牙签捏了半天才插进袖边里去。他一抬头看见小豆溜圆的眼睛和小钉子似的盯着他。

“你看什么，你看爷爷吗？”

小豆没敢答言，兜着小嘴羞惭惭的回过头去了。

爷爷也红了脸，推开了独板门，又到旧货商人那里去了。

有这么一天，爷爷忽然喊着小豆，那喊声非常平静，平静到了哑的地步。

“孩子，来吧，跟爷爷去。……”

他用手指尖搔着小豆头顶上的那座毛毛发，搔了半天工夫。

那天他给孩子穿上那双青竹布的夹鞋。鞋后跟上钉着一条窄小的分带。祖父低下头去，用着粗大的呼吸给孙儿结了起来。

“爷爷，去看莲花池?”小豆和小绵羊似的站到爷爷的旁边。

“走吧，跟爷爷去……”

这一天爷爷并不带上他的刀子剪子，并不像夜里出去的那样。也不走进小地窖去，也不去找他那些铜片和碎铁。只听爷爷说了好几次：

“走吧，跟爷爷去。……”

跟爷爷到那里去呢？小豆也就不问了，他一条小绵羊似的站到爷爷的旁边。

“就只这一回了，就再不去了……”

爷爷自己说着这样的话，小豆听着没有什么意思。或者是带他去看外祖母吗？或者是去看姑母吗？或者去进庙会吗？小豆根本就不往这边想，他没有出门去看过一位亲戚，在他小的时候，外祖母是到他家里来看过他的，那时他还不记事，所以他不知道。镇上赶集的日子，他没有去过，正月十五看花灯，他没看过。八月节他连月饼都没有吃过。那好吃的东西，他连认识都不认识。他没有见过的东西非常多，等一会走到小镇上，爷爷买给他粽子时，他就不晓得怎样剥开吃。他没有看过驴皮影，他没看过社戏。这回他将到那里去呢？将看到一些什么，他无法想象了，他只打算跟着就走。越快越好，立刻就出发他更满意。

他觉得爷爷那是麻烦得很，给他穿上这个，穿上那个，还要给他戴一顶大帽子，说是怕太阳晒着头，那帽子太大了，爷爷还教给他，说风来时，就用手先去拉住帽沿。给他洗了脸，又给他洗了手。洗脸时他才看到孙子的颈子是那么黑了，面巾打上去，立刻就起了和菜棵上黑色的一堆一堆的腻虫似的泥滚。正在擦着耳朵，耳洞里就掉出一些白色的碎沫来。看看手指甲也像鸟爪那么长了。爷爷还想给剪一剪，因为找剪刀而没有找到，他想从街上回来再好好的连头也得剪一剪。

小豆等得实在不耐烦了，爷爷找不到剪刀，他就嚷嚷着：

“爷爷，你不是前天把剪子和……和……把剪子撇到腰带里出去的吗？”

老头子感到很大的羞辱，立刻红了脸。他想：这孩子可怎么看见的呢？我一切不都是背着他吗？于是他招呼着：

“走吧！”

他们就出了门。

天是晴的，耀眼的。空气发散着从野草里边蒸腾出来的甜味。地平线的四边都是绿色，绿得那么新鲜，碎绿，湛绿，油亮亮的绿。地平线边沿上的绿，绿得冒烟了，绿得是那边下着小雨似的。而近处，就在半里路之内，都绿得完全像玻璃。

好像有什么在迷了小豆的眼睛，对于这样大的太阳，他昏花了，这样清楚的天气，他想要看的什么都看不清了。比方那幻想了好久的莲花池，就一时找不到了。他好像土播鼠被带到太阳下那样瞎了自己的眼睛。小豆实在是个小土播鼠，他不但眼睛花，而腿也站不住，就像他只配永久蹲在土洞里。

“小豆，小豆。”爷爷在后边喊他。

“裤子露屁股了，快回去，换上再来。”爷爷已经转回身去向着家的方面。等他想起小豆只有一条裤子，他就又同孩子一同往前走了。

镇上是赶集的日子，爷爷就是带了孙儿来看看热闹，同时一会就有钱了，可以给他买点什么。

“小豆要买什么，什么他喜欢，带他自己来，让他选一选。”祖父一边走着一边想着。可是必得扯几尺布，做一条裤子给他。

绕过了莲花湖，顺着那条从湖边延展开去的小道，他们向前走去。现在小豆的眼睛也不花了，腿也充满了力量。那孩子在蓝色的天空里好像是唱着优美的歌似的。他一路走一路向着草地给草起了各种的名字。他周围的一切在他看来，也都是喧闹的带着各种的声息在等候他的呼应。由于他心脏比平时加快的跳跃，他的嘴唇也像一朵小花似的微微在他脸上突起了一点，还变了一点淡红色。他随处弯着腰，随处把小手指抚压到各种野草上。刚一开头时，他是选他喜欢的小花把它摘在手里。开初都是些颜色鲜明的，到后来他就越摘越多，无管什么大的小的黄的紫的或白的……就连野生的大麻果的小黄花，他也摘在手里，可是这条小路是很短的。一走出了小路就是一条黄色飞着灰尘的街道。

“爷爷到那儿去呢?”小豆抬起他苍白的小脸。

“跟着爷爷走吧。”

往下他也就不问了，好像一条小狗似的跟在爷爷的后边。

市镇的声音，闹嚷嚷，在五百步外听到人声哄哄得就有些震耳了。祖父心情是烦忧的而也是宁静的。他把他自己沉在一种庄严的喜悦里，他对孙儿这是第一次想要花费，想要开销一笔钱。他的心上时时活动着一种温暖，很快的这温暖变成了一种体贴，当他看到小豆今天格外快活的样子，他幸福的从眼梢上开启着微笑。小豆的不大健康可爱的小腿，一跳一跳的做出伶俐的姿态来。爷爷几次想要跟他说几句话，但是为了内心的喜爱，他张不开嘴，他不愿意凭空的惊动了那可爱的小羊。等小豆真正的走到市镇上来，小镇的两旁，都是些卖吃食东西的，红山楂片，压得扁扁的墨枣，香色的橄榄。再过去也是卖吃食东西的，在小豆看来这小镇上，全都是可吃的了。他并没有向爷爷要什么，也不表示他对这吃的很留意，他表面上很平淡的样子就在人缝里往前挤，但心里头，或是嘴里边，随时感到一种例外的从来所未有的感觉。尤其是那卖酸梅汤的，敲着铜茶托发出来那清凉的声音。他越听那声音越凉快，虽然不能够端起一碗来就喝下去，但总觉得一看就凉快。可是他又不好意思停下来多看一会，因为平常没有这习惯，他一刻也不敢单独的随心所欲的停在那里多停一刻，他总怕有人要打他。但这是在市镇上并非在家里，这里的人多得很，怎能够有人打他呢？这个连他自己也不想得十分彻底，是一种下意识的存在。所以紧跟着爷爷，走到人多的地方，他竟伸出手来拉着爷爷。卖豌豆的，卖大圆白菜的，卖青辣椒的……这些他都没有看见。有一个女人举着一个长杆，杆子头上挂着各种颜色的棉线。小豆竟被这棉线挂住了颈子。他神经质的十分恐怖的喊了一声，爷爷把线从他颈子上取下来，他看到孙儿的眼睛里呈现着一种清明的可爱的过于怜人的景色。于是小豆听到了爷爷的嘴里吐出来一种带香味的声音：

“你要吃点什么吗？这粽子，你喜欢吗？”

小豆不知道那是什么东西，也许五六年前他父亲活着时他吃过，那早就忘掉了。

爷爷从那瓦盆里提出来一个，是三角的，或者是六角的，总之在小豆看着这生疏的东西，带着很多尖尖。爷爷问他，指着瓦盆子旁边在翻开着的锅。

“你要吃热的吗？”

小豆忘了，那时候是点点头，还是摇摇头。总之他手里已经提着一个尖尖的小玩艺了。

爷爷想要买的东西，都不能买，反正一会回来买，所以他带的钱只有几个铜板，但是他并不觉得怎样少，他很自满地向前走着。

小豆的裤子正在屁股上破了一大块，他每向前抬一下腿，那屁股就有一块微黄色的皮肤透露了一下。这更使祖父对他起着怜惜。

“这孩子，和三月的小葱似的，只要沾着一点点雨水就马上会肥起来的……”一想到这里，他就快走了几步，因为过了这市镇前边是他取钱的地方。

小豆提着粽子还没有打开吃，虽然他在卖粽子的地方，看过了别人都是剥了皮吃的，但他到底不能确定，不剥皮是否也可以吃。最后他用牙齿撕破了一个大角，他吃着，吸着，还用两只手来帮着忙开始吃了。

他那采了满手的野花丢在市镇上被几百几十的人踏着，而他和爷爷走出市镇了。

走了很多弯路，爷爷把他带到一个好像小兵营的门口。

孩子四外看一看，想不出这是什么地方。门口站着穿大靴子的兵士，头上戴着好像小铁盆似的帽子。他想问爷爷：这是日本兵吗？因为爷爷推着他，让他在前边走，他也就算了。

日本兵刚来到镇上时，小豆常听舅父说“汉奸”，他不大明白，不大知道舅父所说的是什么话。可是日本兵的样子和舅父所说的一点也不差，他一看了就害怕。但因为爷爷推着他往前走，他也就进去了。

正是里边吃午饭的时候，日本人也给了他一个饭盒子，他胆怯的站在门边把那一尺来长三寸多宽的盒子接在手里，爷爷替他打开了，白饭上还有两片火腿这东西，油亮亮的特别香。他从来没见过。因为爷爷也吃，他也就把饭吃完了。

他想问爷爷，这是在什么地方，在人多的地方，他更不敢说话，所以也就算了。但这个地方总不大对，过了不大一会工夫，那边来一个不戴铁帽子也不穿大靴子的平常人把爷爷招呼着走了。他立时就跟上去，但是被门岗挡住了，他喊：

“爷爷，爷爷。”他的小头盖上冒了汗珠，好像喊着救命似的那么喊着。

等他也跟着走上了审堂时，他就站在爷爷的背后，还用手在后边紧紧的勾住爷爷的腰带。

这间房子的墙上挂着马鞭，挂着木棍，还有绳子和长杆，还有皮条。地当心还架着两根木头架子，和秋千架子似的环着两个大铁环，环子上系着用来把牛缚在犁杖上那么粗的大绳子。

他听爷爷说“中国”又说“日本”。

问爷爷的人一边还拍着桌了，他看出来爷爷也有点害怕的样子，他就在后边拉着爷爷的腰带，他说：

“爷爷，回家吧。”

“回什么家，小混蛋，他妈的，你家在那里。”那拍桌子的人就向他拍了一下。

正是这时候，从门口推进大厅来一个和爷爷差不多的老头，戴铁帽子的腰上挂着小刀子的（即刺刀），还有些穿着平常人的衣裳的。这一群都推着那个老头，老头一边叫着就一边被那些人用绳子吊了上去，就吊在那木头架子上。那老头的脚一边打着旋转，一边就停在空中了。小豆眼看着日本兵从墙上摘下了鞭子。

那孩子并没有听到爷爷说了什么，他好像从舅父那里听来的，中国人到日本人家里就是“汉奸”。于是他喊着：

“汉奸，汉奸……爷爷回家吧……”

说着躺在地上就大哭起来。因为他拉爷爷，爷爷不动的缘故，他又发了他大哭的脾气。

还没等到爷爷回过头来，小豆被日本兵一脚踢到一丈多远的墙根上去，嘴和鼻子立刻流了血，和被损害了的小猫似的，不能证明他还在呼吸或没有，可是喊叫的声音一点也没有了。

爷爷站起来，就要去抱他的孙儿。

“混蛋，不能动，你绝不是好东西。……”

审问的中国人变了脸色的缘故，脸上的阴影，特别的黑了起来，从鼻子的另一面全然变成铁青了。而后说着日本话，那老头虽然听了许多天了也一句不懂。只听说“带斯内……带斯内……。”日本兵就到墙上去摘鞭子。

那边悬起来的那个人，已开始用鞭子打了。

小豆的爷爷也同样的昏了过去。他的全身没有一点痛的地方。他发了一阵热，又发了一阵冷，就达到了这样一种沉沉静静的境地。一秒钟以前那难以忍受的火剌剌的感觉，完全消逝了，只这么快就忘得干干净净。孩儿怎样了，死了还是活着，他不能记起，他好像走到了另一个世界，没有痛苦，没有恐怖，没有变动，是一种永恒的。这样他不知过了多久，像海边的岩石他不能被世界晓得它是睡在波浪上多久一样。

他刚一明白了过来，全身疲乏得好像刚刚到远处去旅行了一次，口渴，想睡觉，想伸一伸腰。但不知为什么伸不开，想睁开眼睛看一看，但也睁不开。他站了好几次，也站不起来。等他的眼睛可能看到他的孙儿，他向着他的方向爬去了。他一点没有怀疑他的孙儿是死了还是活着，他抱起他来，他把孙儿软条条的横在爷爷的膝盖上。

这景况和他昏迷过去的那景况完全不同，挂起来的那老头没有了，那一些周围的沉沉的面孔也都没有了，屋子里安静得连尘土都在他的眼前飞，光线一条条的从窗橱跌进来，尘土在光线里边变得白花花的。他的耳朵里边，起着幽幽的鸣叫。鸣叫声似乎离得很远，又似乎听也听不见了。一切是静的，静得使他想要回忆点什么也不可能。若不是厅堂外边那些日本兵的大靴子叮当的响，他真的不能分辨他是处在什么地方了。

孙儿因为病没有病死，还能够让他饿死吗？来时经过那小市镇，祖父是这样想着打算回来时，一定要扯几尺布给他先做一条裤子。

现在小豆和爷爷从那里来时走过的市镇上回来了。小豆的鞋子和一棵硬壳似的为着一根带子的连系尚且挂在那细小的腿上，他的屁股露在爷爷的手上。嘴和鼻子上的血尚且没有揩。爷爷的膝盖每向前走一步那孩子的胳臂和腿也跟着游荡一下。祖父把孩子拖长的摊展在他的两手上。仿佛在端着什么液体的可以流走的东西，时时在担心他会自然的掉落，可见那孩子绵软到什么程度了。简直和面条一样了。

祖父第一个感觉知道孙儿还活着的时候，那是回到家里，已经摆在炕上，他用手掌贴住了孩子的心窝，那心窝是热的，是跳的，比别的身上其余的部分带着活的意思。

这孩子若是死了好像是应该的，活着使祖父反而把眼睛瞪圆了。他望着房顶，他捏着自己的胡子，他和白痴似的，完全像个呆子了。他怎样也想不明白。

“这孩子还活着吗？唉呀，还有气吗？”

他又伸出手来，触到了那是热的，并且在跳，他稍微用一点力，那跳就加速了。

他怕他活转来似的，用一种格外沉重的忌恨的眼光看住他。

直到小豆的嘴唇自动的张合了几下，他才承认孙儿是活了。

他感谢天，感谢佛爷，感谢神鬼。他伏在孙儿的耳朵上，他把嘴压住了那还在冰凉的耳朵。

“小豆小豆小豆小豆小……”

他一连串和珠子落了般地叫着孙儿。

那孩子并不能答应。只像苍蝇咬了他的耳朵一下似的使他轻轻地动弹一下。

他又连着串叫：

“小豆，看看爷爷，看……看爷一眼。”

小豆刚把眼睛睁开一道小缝，爷爷立刻扑了过去。

“爷……”那孩子很小的声音叫了一声。

这声音多么乖巧，多么顺从，多么柔软。它打动了爷爷的心窝了。爷爷的眼泪经过了胡子往下滚，没有声音的，和一个老牛哭了的时候一样。

并且爷爷的眼睛特别大，两张小窗户似的。通过了那玻璃般的眼泪而能看得很深远。

那孩子若看到了爷爷这样大的眼睛，一定害怕而要哭起来的。但他只把眼开了个缝而又平平坦坦的昏昏沉沉的睡了。

他是活着的，那小嘴，那小眼睛，小鼻子……

爷爷的血流又开始为着孙儿而活跃。他想起来了，应该把那嘴上的血揩掉，应该放一张凉水浸过的手巾在孙儿的头上。

他开始忙着这个，他心里是有计划的，而他做起来还颠三倒四，他找不到他自己的水缸，他似乎不认识他已经取在水盆里的是水。他对什么都加以思量的样子，他对什么都像是犹疑不决。他的举动说明着他是个多心的十分有规律的做一件事的人。其实，他都不是，而且正相反，他是为了过度的喜欢使他把周围的一切都掩没了，都看不见了，而也看不清，他失掉了记忆。恍恍惚惚的他自己也不知道他自己是怎么着了。

可笑的，他的手里拿着水盆还在四面的找水盆。

他从小地窖里取出一点碎布片来，那是他盗墓子时拾得的死人的零碎的衣裳。他点了一把火，在灶口把它烧成了灰。把灰拾起来放在饭碗里，再浇上一点冷水，而后用手指捏着摊放在小豆的心口上。

传说这样可以救命。

左近一切人家都睡了的时候,祖父仍在小灶腔里燃着火,仍旧煮着绿豆汤……

他把木板碗橱拆开来烧火，他举起斧子来。听到炕上有哼声他就把斧子抬得很高很高的举着而不落。

“他不能死吧。”他想。

斧子的响声脆快得很，一声声的在劈着黑沉沉的夜。

“爷……”

里边的孩子又叫了爷爷一声。

爷爷走进去，低低的答应着。

过一会又喊着，爷爷又走进去低低的答应着，接着他就翻了个身喊了一声，那声音是急促的，微弱的。接着又喊了几声，那声音越来越弱。声音松散的，几乎听不出来喊的是爷爷。不过在爷爷听来就是喊着他了。

鸡鸣是报晓了。

莲花池的小虫子们仍旧唧唧的叫着……间或有青蛙叫了一阵。

无定向的，天边上打着露水闪。

那孩子的性命，谁知道会继续下去，还是会断绝的。

露水闪不十分明亮，但天上的云也被它分得远近和种种的层次来，而那莲花池上小豆所最喜欢的大绿豆青蚂蚱，也一闪一闪的在闪光里出现在莲花叶上。

小豆死了。……

爷爷以为他是死了，不呼吸，也不叫，……没有哼声，不睁眼睛，一动也不动。

爷爷劈柴的斧子，在门外举起来而落不下去了。他把斧子和木板一齐安安然然的放在地上。静悄悄的靠住门框他站着了。

他的眼光看到了墙上活动着的蜘蛛，看到了沉静的蛛网。又看到了地上三条腿的板凳，看到了掉了底的碗橱，看到了儿子亲手结的挂艾蒿的悬在房梁上的绳子，看到了灶腔里跳着的火。

他的眼睛是从低处往高处看，看了一圈，而后还落到低处。但他就不见他的孙儿。

而后他把眼睛闭起来了，他好似怕那闪闪耀耀的火光会迷了他的眼睛，他闭了眼睛是表示他对了火关了门。他看不到火了，他就以为火也看不到他了。

可是火仍看得到他，把他的脸炫耀得通红，接着他就把通红的脸埋没到自己阔大的胸前，而后用两只袖子包围起来。

然而他的胡子梢仍没有包围住，就在他一会高涨，一会低抽的胸前骚动……他喉管里像吞住一颗过大的珠子，时上时下的而咕噜咕噜的在鸣。而且喉管也和泪线一样起着暴痛。

这时候莲花池仍旧是莲花池。露水闪仍旧不断的闪合。鸡鸣远近都有了。

但在莲花池的旁边，那灶口生着火的小房子门口，却划着一个黑大的人影。

那就是小豆的祖父。

一九三九年五月十六日嘉陵江居

该篇首刊于1939年9月16日《妇女生活》（重庆）第八卷第一期。署名萧红。

哑 老 人

孙女——小岚大概是回来了吧，门响了下。秋晨的风洁静得有些空凉，老人没有在意，他的烟管燃着，可是烟纹不再作环形了，他知道这又是风刮开了门。他面向外转，从门口看到了荒凉的街道。

他睡在地板的草帘上，也许麻袋就是他的被褥吧，堆在他的左近，他是前月才患着半身肢体不能运动的病，他更可怜了。满窗碎纸都在鸣叫，老人好像睡在坟墓里似的，任意野甸上是春光也好，秋光也好，但他并不在意，抽着他的烟管。

秋凉毁灭着一切，老人的烟管转走出来的烟纹也被秋凉毁灭着。

这就是小岚吧，她沿着破落的街走，一边扭着她的肩头，走到门口，她想为什么门开着，——可是她进来了，没有惊疑。

老人的烟管没烟纹走出，也像老人一样的睡了。小岚站在老人的背后，沉思了一刻，好像在打主意——唤醒祖父呢——还是让他睡着。

地上两张草帘是别的两个老乞丐的铺位，可是空闲着。小岚在空虚的地板上绕走，她想着工厂的事吧。

非常沉重的老人的鼾声停住了，他衰老的灵魂震动了一下。那是门声，门又被风刮开了，老人真的以为是孙女回来给他送饭。他歪起头来望一望，孙女跟着他的眼睛走过来了。

小岚看着爷爷震颤的胡须，她美丽，凄凉的眼笑了，说：

“好了些吧？右半身活动得更自由了些吗？”

这话是用眼睛问的，并没有声音。只有她的祖父，别人不会明白或懂得这无声的话，因为哑老人的耳朵也随着他的喉咙有些哑了，小岚把手递过去，抬动老人的右臂。

老人哑着——卡……卡……哇……

老人的右臂仍是不大自由，有些痛，他开始寻望小岚的周身。小岚自愧的火热般的心跳了，她只为思索工厂要裁她的事，从街上带回来的包子被忘弃着，冰凉了。

包子交给爷爷："爷爷，饿了吧！"

其实，她的心一看到包子早已惭愧着，恼恨着，可是不会意想到的，老人就拿着这冰冷的包子已经在笑了。

可爱的包子倒惹他生气，老人关于他自己吃包子，感觉十分有些不必需。他开始作手势：扁扁的，长圆的，大树叶样的；他头摇着，他的手不意的，困难而费力的在比作。

小岚在习惯上她是明白。这是一定要她给买大饼子（玉米饼）。小岚也作手势，她的手向着天，比作月亮大小的圆环，又把手指张开作一个西瓜形，送到嘴边去假吃。她说：

"爷爷，今天是过八月节啦，所以爷爷要吃包子的。"

这时老人的胡须荡动着，包子已经是吞掉了两个。

也许是为着过节，小岚要到街上去倒壶开水来。他知道自家是没有水壶，老人有病，罐子也摆在窗沿，好像是休息，小岚提着罐子去倒水。

窗纸在自然的鸣叫，老人点起他的烟管了。

这是十分难能的事，五个包子却留下一个。小岚把水罐放在老人的身边，老人用烟管指给她，……卡……哇……

小岚看着白白的小小的包子，用她凄怆的眼睛，快乐的笑了，又惘然的哭了，她为这个包子伟大的爱，唤起了她内心脆弱得差不多彻底的悲哀。

小岚的哭惊慌的停止。这时老人哑着的嗓子更哑了，头伏在枕上摇摇，或者他的眼泪没有流下来，胡须震荡着，窗纸鸣得更响了。

"岚姐，我来找你。"

一个女孩子，小岚工厂的同伴，进门来，她接着说：

"你不知道工厂要裁你吗？我抢着跑来找你。"

小岚回转头向门口作手势，怕祖父听了这话，平常她知道祖父是听不清的，可是现在她神经质了，她过于神经质了。

可是那个女孩子还在说：

“岚姐，女工头说你夜工做得不好，并且每天要回家两次。女工头说，小岚不是没有父母吗？她到工厂来，不说她是个孤儿么？所以才留下了她。——也许不会裁了你！你快走吧。”

老人的眼睛看着什么似的那样自揣着，他只当又是邻家姑娘来同小岚上工去。

使老人生疑的是小岚临行时对他的摇手，为什么她今天不作手势，也不说一句话呢？老人又在自解——也许是工厂太忙。

老人的烟管是点起来的，幽闲的他望着烟纹，也望着空虚的天花板。凉澹的秋的气味像侵袭似的，老人把麻袋盖了盖，他一天的工作只有等孙女。孙女走了，再就是他的烟管。现在他又像是睡了，又像等候他孙女晚上回来似的睡了。

当别的两个老乞丐在草帘上吃着饭类东西的时候，不管他们的铁罐搬得怎样响，老人仍是睡着，直到别的老乞丐去取那个盛热水的罐时，他算是醒了。可是打了个招呼，他又睡了。

“他是有福气的，他有孙女来养活他，假若是我患着半身不遂的病，老早就该死在阴沟了。”

“我也是一样。”

两个老乞丐说着，也要点着他们的烟管，可是没有烟了，要去取哑老人的。

忽然一个包子被发现了，拿过来，说给另一个听：

“三哥，给你吃吧，这一定是他剩下来的。”

回答着：“我不要，你吃吧。”

可是另一个在说“我不要”这三个字以前，包子已经落进他的嘴里，好像他让三哥吃的话是含着包子说的。

他们谈着关于哑老人的话：

“在一月以前，那时你还不是没住在这里吗，他讨要过活，和我们一样。

那时孙女缝穷，后来孙女入了工厂，工厂为了做夜工是不许女工回家的，记得老人一夜没有回来。第二天早晨，我到街头看他，已睡在墙根，差不多和死尸一样了。我把他拖回房里，可是他已经不省人事了。后来他的孙女每天回来看护他，从那时起，他是患着病了。”

“他没有家人么?”

“他的儿子死啦，媳妇嫁了人。”

两个老乞丐也睡在草帘上，止住了他们的讲话，直到哑老人睡得够了，他们凑到一起讲说着，哑老人虽然不能说话，但也笑着。

这是怎么样呢？天快黑了，小岚该到回来的时候了。老人觉到饿，可是只得等着。那两个又出去寻食，他们临出去的时候，罐子撞到门框发响，可是哑老人只得等着。

一夜在思量，第二个早晨，哑老人的烟管不间断的燃着，望望门口，听听风声，都好像他孙女回来的声音。秋风竟忍心欺骗哑老人，不把孙女带给他。

又燃着了烟管，望着天花板，他咳嗽着。这咳嗽声经过空冷的地板，就像一块铜掷到冰山上一样，响出透亮而凌寒的声来。当老人一想到孙女为了工厂忙，虽然他是怎样的饿，也就耐心的望着烟纹在等。

窗纸也像同情老人似的，耐心的鸣着。

小岚死了，遭了女工厂头的毒打而死，老人却不知道他的希望已经断了路。他后来自已扶着自己颤颤的身子，把经日讨饭的家伙，从窗沿取来，挂了满身，那些会活动的罐子，配着他直挺的身体，在作出痛心的可笑的模样。他又向门口走了两步，架了长杖，他年老而踝蹉的身子上有几只罐子在凑趣般的摇动着，那更可笑了，可笑得会更痛心。

蓦然地，他的两个老伙伴开门了，这是一个奇异的表情，似一朵鲜红的花突然飞到落了叶的枯枝上去。走进来的两个老乞丐正是这样，他们悲惨而酸心的脸上，突然作笑。他们说：

“老哥，不要到街上去，小岚是为了工厂忙，你的病还没好，你是七十多岁的人了，这里有我们三个人的饭呢，坐下来先吃吧，小岚会回来的。”

讲这些话的声音，有些特别。并且嘴唇是不自然的起落，哑老人听不清他们究竟说的是什么，就坐下来吃。

哑老人算是吃饱了，其余的两个，是假装着吃，知道饭是不够的。他不能走路，他颤颤着腿，像爬似的走回他的铺位。

“女工头太狠了。”

“那样的被打死，太可怜，太惨。”

哑老人还没睡着的时候，他们的议论好像在提醒他。他支住腰身坐起来，皱着眉想——死……谁死了呢？

哑老人的动作呆得笑人，仿佛是个笨拙的侦探，在侦查一个难解的案件。眉皱着，眼瞪着，心却糊涂着。

那两个老乞丐，蹑着脚，拿着烟管想走。

依旧是破落的家屋，地板有洞，三张草帘仍在地板上，可是都空着，窗户用麻袋或是破衣塞堵着，有阴风在屋里飘走。终年没有阳光，终年黑灰着，哑老人就在这洞中过他残老的生活。

现在冬天，孙女死了，冬天比较更寒冷起来。

门开处，老人幽灵般的出现在门口了。他是爬着，手脚一起落地的在爬着，正像个大爬虫一样。他的手插进雪地去，而且大雪仍然是飘飘落着，这是怎样一个悲惨的夜呀，天空挂着寒月。

并没有什么吃的，他的罐子空着，什么也没讨到。

别的两个老乞丐，同样是这洞里爬虫的一分子，回来了说：“不要出去呀，我们讨回来的东西只管吃，这么大的年纪。”

哑老人没有回答，用呵气来温暖他的手，自己肿得萝卜似的手。饭是给哑老人吃了，别人只得又出去。

屋子和从前一样破落，阴沉的老人也和从前一样吸着他的烟管。可是老人他只剩烟管了，他更孤独了。

从草帘下取出一张照片来，不敢看似的他哭了，他绝望的哭，把躯体偎作个绝望的一团。

当窗纸不作鸣的时候，他又在抽烟。

只要抡动一次胳臂，在他全像搬转一只铁钟似的，要费几分钟。

在他漠忽中，烟火坠到草帘上，火烧到胡须时，他还没有觉查。

他的孙女死了，伙伴没在身边，他又哑，又聋，又患病，无处不是充备给火烧死的条件。就这样子，窗纸不作鸣声，老人滚着，他的胡须在烟里飞着，白白的。

一九三三，八，二七

该篇首刊于1933年8月27日—9月3日长春《大同报》周刊《夜哨》第三至四期。署名悄吟。

马房之夜

等他看见了马颈上的那串铜铃，他的眼睛就早已昏盲了，已经分辨不出那坐在马背上的就是他少年的同伴。

冯山——十年前他还算是老猎人。可是现在他只坐在马房里细心的剥着山兔的皮毛……鹿和狍子是近年来不常有的兽类，所以只有这山兔每天不断的翻转在他的手里。他常常把刀子放下，向着身边的翻看着山兔：

“这样的射法，还能算个打猎的！这正是肉厚的地方就是一枪……这叫打猎？打什么猎呢！这叫开后堵……照着屁股就是一枪……”

“会打山兔的是打腿……杨老三，那真是……真是独手……连点血都不染……这可倒好……打个牢实，跑不了……”他一说到杨老三，就不立刻接下去。

“我也是差一点呢！怎样好的打手也怕犯事。杨老三去当胡子那年，我才二十三岁，真是差一芝麻粒，若不是五东家，我也到不了今天。三翻四覆的想要去……五东家劝我：还是就这样干吧！吃劳金，别看捞钱少。年青青的……当胡子是逃不了那最后的一条路。若不是五东家就可真干了，年青的那一伙人，到现在怕是只有五东家和我了。那时候，他开烧锅……见一见，三十多年没有见面。老兄弟……从小就在一块……”他越说越没有力量，手下剥着的山兔皮，用小刀在肚子上划开了，他开始撕着：“这他妈的还算回事！去吧！没有这好的心肠剥你们了……”拉着凳子，他坐到门外去抽烟。

飞着清雪的黄昏，什么也看不见，他一只手摸着自己的长统毡靴，另一只手举着他的烟袋。

从他身边经过的拉柴的老头向他说：

“老冯，你在喝西北风吗？”

帮助厨夫烧火的冻破了脚的孩子向他说：

“冯二爷，这冷的天，你摸你的胡子都上霜啦。”

冯山的肩头很宽，个子很高，他站起来几乎是触到了房檐。在马房里他仍然是坐在原来的地方，他的左边有一条板凳，摆着已经剥好了的山兔；右边靠墙的钉子上挂着一排一排的毛皮。这次他再动手工作就什么也不讲了，一直到天黑，一直到夜里，他困在炕上。假若有人问他："冯二爷，你喝酒吗?"这时候，他也是把头摇摇，连一个"不"字也不想再说。并且在他摇头的时候，看得出他的牙齿在嘴里边一定咬得很紧。

在鸡鸣以前，那些猎犬被人们挂了颈铃，霜唧唧的走上了旷野。那铃子的声音好像隔着村子，隔着树林，隔着山坡那样遥远了去。

冯山捋着胡子，使头和枕头离开一点，他听听：

"半里路以外啦……"他点燃了烟袋，那铃声还没有完全消失。

"嗯……许家村过去啦！嗯……也许停在白河口上，嗯！嗯……白河……"他感受到了颤索，于是把两臂缩进被子里边。烟袋就自由的横在枕头旁边。冒着烟，发着小红的火光。为着多日不洗刷的烟管，吱吱的，像是鸣唱似的叫着。在他用力吸着的时候，烟管就好像蹲在房脊上的鸽子在睡觉似的……咕……咕……咕……

假若在人们准备着出发的时候他醒来，他就说："慢慢的，不要忘记了干粮，人还多少能挨住一会，狗可不行……一饿它就随时要吃，不管野鸡，不管兔子。也说不定，人若肚子空了，那就更糟，走几步，就满身是汗，再走几步，那就不行了……怕是遇到了狼也逃不脱啦……"

假若他醒，只看到被人们换下来的毡靴，连铃子也听不到的时候，他就越感受到孤独，好像被人们遗弃了似的。

今夜，虽然不是完全没有听到一点铃声，但是孤独的感觉却无缘无故的被响亮的旷野上的铃子所唤起……在冯山的心上经过的是：远方，山，河……树林……枪声……他想到了杨老三，想到了年青时的那一群伙伴：

"就只剩五东家了……见一见……"

他换了一袋烟的时间，铃声完全断绝下去。

"嗯！说不定过了白河啦……"因为他想不出昏沉的旷野上猎犬们跑着的踪迹。

“四十来年没再见到，怕是不认识了……”他无意识的又捋了一下胡子，摸摸鼻头和眼睛。

烟管伴着他那遥远的幻想，嗞嗞的鸣叫，时时要断落下来。于是他下唇和棉绒一般的白胡子也就紧靠住了被边。

三月里的早晨，冯山一推开马房的门扇，就撞掉了几颗挂在檐头的冰溜。

他看一看猎犬们完全没有上锁，任意跑在前面的平原上，孩子们也咆哮在平原上。

他拖着毡靴向平原奔去。他想在那里问问孩子们，五东家要来是不是真事？马倌这野孩子是不是扯谎？

白河在前边横着了。他在河面上几次都是要跪了下去。那些冰排，那些发着响的，灰色的，亮晶晶的被他踏碎了的一块一块的冰泡，使他疑心到：“不会被这河葬埋了吧？”

他跑到平原，随意抓到一个结着辫子的孩子，他们在融解掉白雪的冰地上丢着铜钱。

“小五子是要来吗？多少时候来？马倌不扯谎？”小五子是五东家年青的时候留给他的称呼。

“干什么呀？冯二爷……你给人家踏破了界线！”小姑娘推开了他，用一只脚跳着去取她的铜钱。

“回家去问问你娘，五东家要来吗？多少时候来？你爹是赶车的，他是来回跑北荒的，他准知道。”

他从平原上回来的时候，连自己也不知道为什么一路上总是向北方看去，那一层一层的小山岭，山后面被云彩所弥漫着，山后面的远方，他是想看也看不到的，因为有山隔着。就是没有山，他的眼睛也不能看得那么远了。于是他想着通到北荒去的大道，多年了……几十年……从和小五子分开，就没再到北荒去。那道路……嗯……恐怕也改变啦……手里拿着四耳帽子，膝盖向前一弓一弓的过了白河，河冰在下面格吱的呻叫。

他自己说：“雁要来了，白河也要开了。”

大风的下午，冯山看着那黄澄澄的天色。

马倌联着几匹马在檐下遇到了他：

“你还不信吗？你到院里去问问，五东家明天晌午不到，晚饭的时候一定到……”在马身上他高抬着右手，恰巧大门洞里走进去一匹骑马，又加上马倌那摆摆的袖子，冯山感到有什么在心上爆裂了一阵。

“扯谎的小东西，你不骗我？你这小鬼头，你的话，我总是信一半，疑一半……”冯山向大门洞的方向走去，已经走了一丈路他还说，“你这小子，扯谎的毛头……五东家，他就能来啦！也是六十岁的人了……出门不容易……”他回头去看看马倌坐在马背上连头也不回的跑去了。

冯山也跑了起来：“可是真的？明天就来！”他越跑，大风就好像潮水似的越阻止着他的膝盖。

第一个，他问的少东家，少东家说：“是，来的。”

他又去问倒脏水的老头，他也说：“是。”

可是他总有点不相信：“这是和我开玩笑的圈套吧？”于是他又去问赶马扒犁的马夫：“李山东，我说……北荒的五东家明天来？可是真的？你听见老太太也是说吗？”

“俺山东不知道这个。”他用宽大的扫帚，扫着扒犁上的草末绞着风，扑上了人脸。

冯山想：“这扒犁也许就是进城的吧？”但是他离了他，他想去问问井口正在饮马的闹嚷嚷的一群人。他向马群里去的时候，他听到冯厨子在什么地方招呼他：“冯二爷，冯二爷……你的老老朋友明明天天就来到啦！”

他反过身来，从马群撞出来，他看到马群也好像有几百匹似的在阻拦着他。

"这是真的了，冯厨子！那么报信的已经来啦！"

"来啦！在在，在在大上房里吃吃饭！"

冯山在厨房的门口打着转，烟袋插在烟口袋里去，他要给冯厨子吃一袋烟。冯厨子的络腮胡子在他看来也比平日更庄严了些。

"这真是正经人，不瞎开玩笑……"他点燃一根火柴，又燃了一根火柴。

在他们旁边的窗子空匡的摔落下来。这时候他们走进厨房去，坐在那靠墙壁的小凳上。他正要打听冯厨子关于五东家今夜是停在河西还是河东？这时候，他听到上房门口有人为着那报信的人而唤着：

"冯厨子，来热一热酒！"

冯山，他总想站到一群孩子的前面，右手齐到眉头的地方，向远方照着。虽然他是颤抖着胡子，但那看，却和孩子们的一样。

中午的时候，连东家里的太太们也都来到了高岗，高岗下面就临着大路。只要车子或是马匹一转过那个山腰，用不了半里路，就可以跑到人们的脚下。人们都望着那山腰发白的道路。冯山也望着山腰也望着太阳，眼睛终于有些花了起来，他一抬头好像那高处的太阳就变成了无数个。眼睛起了金花，好像那山腰的大道也再看不见了。太阳快要靠近了山边的时候，就更红了起来，并且也大了，好像大盆一样停在山头上。他一看那山腰，他就看到了那大红的太阳，连山腰也不能再看了。于是低下头去，扯着腰间的蓝布腰带的一端揩着眼睛。

孩子们说："冯二爷哭啦！冯二爷哭哩……"

他连忙把腰带放下去，为的是给孩子们看看："那里哭……把眼睛看花啦……"

山腰上出现了两辆车子和一匹骑马。

"来啦！来啦……黑骑马……"

"正正是，去接的不就是两辆车子吗？"

“是……是……”

孩子们，有的下了高岗顺着大道跑去了。冯山的白胡子像是混杂了金丝似的闪光，他扶了孩子们的肩头，好像要把自己来伸高一点：“来到什么地方了呢？来到……”有人说：“过了太平沟的桥啦！”有人说：“不对……那不是有一排小树吗？树后面不就是井家岗吗？井家岗，是在桥这边。”

“井家岗也不过就是两袋烟的工夫。”

看得见骑黑马的人是戴着土黄色的风帽，并且骑马渐渐离开车子而走在前边，并且那马串铃的声响也听得到了。

冯山的两只手都一齐的遮上了眉头，等他看见了马颈上的那串铜铃，他的眼睛就早已昏盲了，已经分辨不出那坐在马背上的就是他少年时的同伴。

他走了一步，他再走了一步，已经走下了高岗。他过去，他扒住了那马的辔头，他说：“老五……”他就再什么也不说了。

太阳在西边，在山顶上，只划着半个盆边的形状，扯扯拖拖的，冯山伴着一些孩子们和五东家走进了上房。

在吃酒的时候他和五东家是对面坐着，他们说着杨老三是那年死的，单明德是那年死的……还有张国光……这一些都是他们年青时的同伴。酒喝得多了一些的时候，冯山想要告诉他，某年某年他还勾搭了一个寡妇。但他看看周围站着的东家的太太们或姑娘们，他又感觉得这是不方便说了。

五东家走了的那天夜晚，他好像只记住了那红色的鞍，那土黄色的风帽。他送他过了太平沟的时候，他才看到站在桥上的都是五东家的家族……他后悔自己就没有一个家族。

马房里的特有的气味，一到春天就渐渐的恢复起来。那夜又是刮着狂风的夜，所有的近处的旷野都在发着啸……他又像被人们遗忘了，又好像年青的时候出去打猎在旷野上迷失了。

他好像听到送马匹的人不知在什么地方喊着：“啊喔呼……长冬来在白河

口……啊噢……长冬来在白河口……”

马倌喂马的时候，他喊着马倌：“给老冯来烫两盅酒。”

等他端起酒杯来，他又不想喝了，从那深陷下去的眼巢里，却安详的逃出两条寂寞的泪流。

五月六日

该篇创作于1936年5月6日，首刊于1936年5月15日《作家》（上海）第一卷第二号。署名萧红。

两 朋 友

金珠才十三岁，穿一双水红色的袜子，在院心和华子拍皮球。华子是个没有亲母亲的孩子。

生疏的金珠被母亲带着来到华子家里才是第二天。

“你念几年书了？”

“四年，你呢？”

“我没上过学——”金珠把皮球在地上丢了一下又抓住。

“你怎么不念书呢？十三岁了，还不上学？我十岁就上学的……”

金珠说：“我不是没有爹吗！妈说：等她积下钱让我念书。”

于是又拍着皮球，金珠和华子差不多一般高，可是华子叫她金珠姐。

华子一放学回来，把书包丢在箱子上或是炕上，就跑出去和金珠姐拍皮球。夜里就挨着睡，白天就一道玩。

金珠把被褥搬到里屋去睡了！从那天起她不和华子交谈一句话；叫她：“金珠姐，金珠姐。”她把嘴唇突起来不应声。华子伤心的，她不知道新来的小朋友怎么会这样对她。

再过几天华子就挨骂起来——孩崽子，什么玩意儿呢！——金珠走在地板上，华子丢了一下皮球撞了她，她也是这样骂。连华子的弟弟金珠也骂他。

那孩子叫她：“金珠子，小金珠子！”

“小，我比你小多少？孩崽子！”

小弟弟说完了，跑到爷爷身边去，他怕金珠要打他。

夏天晚上，太阳刚落下去，在太阳下蒸热的地面还没有消灭了热。全家就坐在开着窗子的窗台，或坐在门前的木凳上。

“不要弄跌了啊！慢慢推……慢慢推！”祖父招呼小珂。

金珠跑过来，小母鸡一般地，把小车夺过去，小珂被夺着，哭着。祖父叫他：“来吧！别哭，小珂听话，不要那个。”

为这事，华子和金珠吵起来了：

“这也不是你家的，你管得着？不要脸！”

“什么东西，硬装不错。”

“我看你也是硬装不错，‘帮虎吃食’。”

“我怎么‘帮虎吃食’？我怎么‘帮虎吃食’？”

华子的后母亲和金珠是一道战线，她气得只是重复着一句话：

“小华子，我也没见你这样孩子，你爹你妈是虎？是野兽？我可没见过你这样孩子。”

“是‘帮虎吃食’，是‘帮虎吃食’。”华子不住说。

后母亲和金珠完全是一道战线，她叫着她：

“金珠，进来关上窗子睡觉吧！别理那小疯狗。”

“小疯狗，看也不知谁是小疯狗，不讲理才是小疯狗。”

妈妈的权威吵满了院子：

“你爸爸回来，我要不告诉你爸爸才怪的呢？还了得啦！骂她妈是‘小疯狗’。我管不了你，我也不是你亲娘，你还有亲爹哩！叫你亲爹来管你。你早没把我看到眼里。骂吧！也不怕伤天理！”

小珂和祖父都进屋去睡了！祖父叫华子也进来睡吧！可是华子始终依着门呆想。夜在她的眼前，蚊子在她的耳边。

第二天金珠更大胆，故意借着事由来屈服华子，她觉得她必定胜利。她做着鬼脸：

“小华子，看谁丢人，看谁挨骂？你爸爸要打你呢！我先告诉你一声，你好预备着点！”

“别不要脸！”

“骂谁不要脸？我怎么不要脸？把你美的？你个小老婆，我告诉你爹爹去，走，你敢跟我去……”

金珠的母亲，那个胖老太太说金珠：

“都是一般大，好好玩，别打架。干什么金珠？不好那样！”

华子被扯住肩膀：“走就走，我不怕你，还怕你个小穷鬼！都穷不起了，才跑到别人家来，混饭吃还不够，还瞎厉害。”

金珠感到羞辱了，软弱了，眼泪流了满脸：

“娘，我们走吧！不住她家，再不住……”

金珠的母亲也和金珠一样哭。

“金珠，把孩子抱去玩玩。”她应着这呼声，每日肩上抱着孩子。

华子每日上学，放学就拍皮球。

金珠的母亲，是个寡妇母亲，来到亲戚家里，是来做帮工。华子和金珠吵架，并没有人伤心，就连华子的母亲也不把这事放在心上，华子的祖父和小珂也不把这事记在心上。一到傍晚又都到院子去乘凉，吸着烟，用扇子扑着蚊虫……看一看多星的天幕。

华子一经过金珠面前，金珠的母亲的心就跳了。她心跳谁也不晓得，孩子们吵架是平常事，如像鸡和鸡们斗架一般。

正午时候，人影落在地面那样短，狗睡到墙根去了！炎夏在午间只听到蜂子飞，只听到狗在墙根喘。

金珠和华子从正门冲出来，两匹狗似的，两匹小狼似的，太阳晒在头上不觉到热；一个跑着，一个追着。华子停下来斗一阵再跑，一直跑到柴栏里去，拾起高粱茎打着。金珠狂笑，但那是变样的狂笑。脸嘴已经不是平日的脸嘴了，嘴抖着，脸是青色的，但仍在狂笑。

谁也没有流血，只是头发上贴住一些高粱叶子。已经累了！双方面都不愿意再打，都没有力量再打。

“进屋去吧，怎么样？”华子问。

“进屋！不打死你这小鬼头对不住你。”金珠又分开两腿，两臂抱住肩头。

“好，让你打死我。”一条木板落到金珠的腿上去。

金珠的母亲完全颤栗，她全身颤栗，当金珠去夺她正在手中切菜的菜刀时，眼看打得要动起刀来。

做帮工也怕做不长的。

金珠的母亲，洗尿布、切菜、洗碗、洗衣裳，因为是小脚，一天到晚，到晚间，脚就疼了。

“娘，你脚疼吗?”金珠就去打一盆水为她洗脚。

娘起先是恨金珠的，为什么这样不听话？为什么这样不知好歹？和华子一天打到晚。可是她一看到女儿打一盆水给她，她就不恨金珠而自己伤心。若有金珠的爹爹活着那能这样？自己不是也有家吗？

金珠的母亲失眠了一夜，蚊子成群的在她的耳边飞；飞着，叫着，她坐起来搔一搔又倒下去，终夜她没有睡着，玻璃窗子发着白了！这时候她才一粒一粒的流着眼泪。十年前就是这个天刚亮的时候，金珠的爹爹从炕上抬到床上，那白色的脸，连一句话也没说而死去的人……十年前了！在外面帮工，住亲戚也是十年了！

她把枕头和眼角相接近，使眼泪流到枕头上去，而不去擦它一下，天色更白了！这是金珠爹爹抬进木棺的时候。那打开的木棺，可怕的，一点感情也没有的早晨又要到来似的……她带泪的眼睛合起来，紧紧的压在枕头上。

起床时，金珠问：

“娘，你的眼睛怎么肿了呢!”

“不怎的。”

“告诉我！娘!”

“告诉你什么！都是你不听说，和华子打仗气得我……”

金珠两天没和华子打仗，到第三天她也并不想立刻打仗，因为华子的母亲翻着箱子，一面找些旧衣裳给金珠，一面告诉金珠：

“你和那丫头打仗，就狠点打，我给你作主，不会出乱子的，那丫头最能气人没有的啦！我有衣裳也不能给她穿，这都给你。跟你娘到别处去受气，到我家我可不能让你受气，多可怜哪！从小就没有了爹……”

金珠把一些衣裳送给娘去，以后金珠在这一家中比谁都可靠，把锁柜箱的钥匙也交给了她。她常常就在华子和小珂面前随便吃梨子，可是华子和小珂不能吃。小珂去找祖父，祖父说：

“你是没有娘的孩子，少吃一口吧！”

小珂哭起来了！

在一家中，华子和母亲起着冲突，爷爷也和母亲起着冲突。

被华子的母亲追使着，金珠又和华子吵了几回架。居然，有这么一天，金耳环挂上了金珠的耳朵了。

金珠受人这样同情，比爹爹活转来或者更幸运，饱饱满满的过着日子。

“你多可怜哪！从小就没有了爹！……”金珠常常被同情着。

华子每天上学，放学就拍皮球。金珠每天背着孩子，几乎连一点玩的工夫也没有了。

秋天，附近小学里开了一个平民教育班。

“我也上‘平民学校’去吧！一天两点钟，四个月读四本书。”

华子的母亲没有答应金珠，说认字不认字都没有用，认字也吃饭，不认字也吃饭。

邻居的小姑娘和妇人们都去进“平民学校”，只有金珠没能去，只有金珠剩在家中抱着孩子。

金珠就很忧愁了，她想和华子交谈几句，她想借华子的书来看一下，她想让华子替她抱一下小孩，她拍几下皮球，但这都没有做，她多少有一点自尊心存在。

有一天家中只剩华子、金珠、金珠的母亲。孩子睡觉了。

“华子，把你的铅笔借给我写两个字，我会写我的姓。”金珠说完话，很不好意思，嘴唇没有立刻就合起来。

华子把皮球向地面丢了一下，掉过头来，把眼睛斜着从金珠的脚下一直打量到她的头顶。

为着这事金珠把眼睛哭肿。

“娘，我们走吧，不再住她家。”

金珠想要进“平民学校”进不得，想要和华子玩玩，又玩不得，虽然是耳朵上挂着金圈，金圈也并不带来同情给她。

她患着眼病了！最厉害的时候，饭都吃不下。

“金珠啊！抱抱孩子，我吃饭。”华子的后母亲叫她。

眼睛疼得厉害的时候，可怎样抱孩子？华子就去抱。

“金珠啊！打盆脸水。”

华子就去打。

金珠的眼睛还没好，她和华子的感情可好起来。她们两个从朋友变成仇人，又从仇人变成朋友了！又搬到一个房间去睡，被子接着被子。在睡觉时金珠说：“我把耳环还给她吧！我不要这东西！”她已不爱那样闪光的耳环。

没等金珠把耳环摘掉，那边已经向她要了：

“小金珠，把耳环摘下来吧！我告诉你说吧，一个人若没有良心，那可真算个人！我说，小金珠子，我对得起你，我给你多少衣裳？我给你金耳环，你不和我一个心眼，我告诉你吧！你后悔的日子在后头呢！眼看你就要带上手镯了！可是我不能给你买了……”

金珠的母亲听到这些话，比看到金珠和华子打架更难过，帮工是帮不成的啦！

华子放学回来，她就抱着孩子等在大门外，笑迷迷的，永久是那个样子，后来连晚饭也不吃，等华子一起吃。若买一件东西，华子同意她就同意。比方买一个扣发的针啦，或是一块小手帕啦！若金珠同意华子也同意。夜里华子为着学校忙着编织物，她也伴着她不睡，华子也教她识字。

金珠不像从前可以任意吃着水果，现在她和小珂，华子同样，依在门外嗅一些水果香。华子的母亲和父亲骂华子，骂小珂，也同样骂着金珠。

终久又有这样的一天，金珠和母亲被驱着走了。

两个朋友，哭着分开。

该篇创作日期不详，首刊于1937年5月10日《新少年》（上海）第三卷第九期。署名悄吟。

后 花 园

后花园五月里就开花的，六月里就结果子，黄爪，茄子，玉蜀黍，大芸豆，冬瓜，西瓜，西红柿，还有爬着蔓子的矮瓜，这矮瓜秧往往会爬到墙头上去，而后从墙头它出去了，出到院子外边去了，就向着大街，这矮瓜蔓上开了一朵大黄花。

正临着这热闹闹的后花园，有一座冷清清的黑洞洞的磨房，磨房的后窗子就向着花园。刚巧沿着窗外的一排种的是黄瓜。这黄瓜虽然不是矮瓜，但同样会爬蔓子的，于是就在磨房的窗棂上开了花，而且巧妙的结了果子。

在朝露里那样嫩弱的须蔓的梢头，好像淡绿色的玻璃抽成的，不敢去触，一触非断不可的样子。同时一边结着果，一边攀着窗棂往高处伸张，好像它们彼此学着样，一个跟着一个都爬上窗子来了。到六月窗子就被封满了，而且就在窗棂上挂着滴滴都都的大黄瓜，小黄瓜，瘦黄瓜，胖黄瓜，还有最小的小黄瓜妞儿，头顶上还正在顶着一朵黄花还没有落呢。

于是随着磨房里打着铜筛罗的震抖，而这些黄瓜也就在窗子上摇摆起来了。铜罗在磨夫的脚下东踏一下它就“咚”，西踏一下它就“咚”。这些黄瓜也就在窗子上滴滴都都的跟着东边“咚”，西边“咚”。

六月里后花园更热闹起来了，蝴蝶飞，蜻蜓飞，螳螂跳，蚂蚱跳。大红的外国柿子都红了，茄子青的青，紫的紫，溜明湛亮，又肥又胖，每一棵茄秧上结着三四个，四五个。玉蜀黍的缨子刚刚才茁芽，就各色不同，好比女人绣花的丝线夹子打开了，红的绿的，深的浅的，干净得过分了，简直不知道它为什么那样干净，不知怎样它才那样干净的，不知怎样才做到那样的，或者说它是刚刚用水洗过，或者说它是用膏油涂过。但是又都不像，那简直是干净得连手都没有上过。

然而这样漂亮的缨子并不发出什么香气，所以蜂子，蝴蝶永久不在它上边搔一搔，或是吮一吮。

却是那些蝴蝶乱纷纷的在那些正开着的花上闹着。

后花园沿着主人住屋的一方面，种着一大片花草。因为这园主并非怎样精细的人，而是一位厚敦敦的老头。所以他的花园多半变成菜园了。其余种花的部分也没有什么好花，比如马蛇菜，爬山虎，胭粉豆，小龙豆……这都是些草本植物，没有什么高贵的。到冬天就都埋在大雪里边，它们就都死去了。春天打扫干净了这个地盘，再重种起来。有的甚或不用下种，它就自己出来了，好比大菽茨，那就是每年也不用种它就自己出来的。

它自己的种子，今年落在地上没有人去拾它，明年它就出来了。明年落了子，又没有人去采它，它就又自己出来了。

这样年年代代，这花园无处不长着大花，墙根上，花架边，人行道的两旁，有的竟长在矮瓜或者黄瓜一块去了。那讨厌的矮瓜的丝蔓竟缠绕在它的身上，缠得多了，把它拉倒了。

可是它就倒在地上仍旧开着花。

铲地的人一遇到它，总是把它拔了，可是越拔它越生得快，那第一班开过的花子落下，落在地上，不久它就生出新的来。所以铲也铲不尽，拔也拔不尽，简直成了一种讨厌的东西了。还有那些被矮瓜缠住了的，若想拔它，把矮瓜也拔掉了。所以只得让它横躺竖卧的在地上也不能不开花。

长得非常之高，五六尺高，和玉蜀黍差不多一般高，比人还高了一点。红辣辣的开满了一片。

人们并不把它当作花看待，要折就折，要断就断，要连根拔也都随便。到这园子里来玩的孩子随便折了一堆去，女人折了插满了一头。

这花园从园主一直到来游园的人，没有一个人是爱护这花的。这些花从来不浇水，任着风吹，任着太阳晒，可是却越开越红，越开越旺盛，把园子煊耀得闪眼，把六月夸奖得和水滚着那么热。

胭粉豆，金荷叶，马蛇菜都开得像火一般。

其中尤其是马蛇菜，红得鲜明晃眼，红得它自己随时要破裂流下红色汁液来。

从磨房看这园子，这园子更不知鲜明了多少倍，简直是金属的了，简直像在火里边烧着那么热烈。

可是磨房里的磨官是寂寞的。

他终天没有朋友来访他，他也不去访别人，他记忆中的那些生活也模糊下去了，新的一样也没有。他三十多岁了，尚未结过婚，可是他的头发白了许多，牙齿脱落了好几个，看起来像是个青年的老头。阴天下雨，他不晓得。春夏秋冬，在他都是一样。和他同院的住些什么人，他不去留心；他的邻居和他住得很久了，他没有记得；住的是什么人，他没有记得。

他什么都忘了，他什么都记不得，因为他觉得没有一件事情是新鲜了的。人间在他是全呆板的了。他只知道他自己是个磨官，磨官就是拉磨，拉磨之外的事情都与他毫无关系。

所以邻家的女儿，他好像没有见过，见过是见过的，因为他没有印象，就像没有见过差不多。

磨房里一匹小驴子围着一盘青白的圆石转着。磨道下面，被驴子经年的踢踏，已经陷下去一圈小洼槽。小驴的眼睛是戴了眼罩的，所以它什么也看不见，只是绕着圈瞎走。嘴也给戴上了笼头，怕它偷吃磨盘上的麦子。

小驴知道，一上了磨道就该开始转了，所以走起来一声不响，两个耳朵尖尖的竖得笔直。

磨官坐在罗架上，身子有点向前探着。他的面前竖了一支木架，架上横着一个用木做成的乐器，那乐器的名字叫“梆子”。

每一个磨官都用一个，也就是每一个磨房都有一个。旧的磨官走了，新的磨官来了仍然打着原来的梆子。梆子渐渐变成个元宝的形状，两端高而中间陷下，所发出来的音响也就不好听了，不响亮，不脆快，而且“踏踏”的沉闷的调子。

冯二成子的梆子正是已经旧了的。他自己说：

“这梆子有什么用，打在这梆子上就像打在老牛身上一样。”

他尽管如此说，梆子他仍旧是打的。

磨眼上的麦子没有了，他去添一添。从磨漏下来的麦粉满了一磨盘，他过去扫了扫，小驴的眼罩松了，他替它紧一紧。若是麦粉磨得太多了，应该上风车子了，他就把风车添满，摇着风车的大手轮，吹了起来，把麦皮都从风车的后部吹了出去。那风车是很大的，好像大象那么大。尤其是当那手轮摇起来的时候，呼呼的作响，麦皮混着冷风从洞口喷出来。这风车摇起来是很好看的，同时很好听。可是风车并不常吹，一天或两天才吹一次。

除了这一点点工作，冯二成子多半是站在罗架上，身子向前探着，他的左脚踏一下，右脚踏一下，罗底盖着罗床，那力量是很大的，连地皮都抖动了，和盖新房子时打地基的工夫差不多的，又沉重，又闷气，使人听了要睡觉的样子。

所有磨房里的设备都说过了，只不过还有一件东西没有说，那就是冯二成子的小炕了。那小炕没有什么好记载的。总之这磨房是简单，寂静，呆板。看那小驴竖着两个尖尖的耳朵，好像也不吃草也不喝水，只晓得拉磨的样子。冯二成子一看就看到小驴那两个直竖竖的耳朵，再看就看到墙下跑出的耗子，那滴溜溜亮的眼睛好像两盏小油灯似的。再看也看不见别的，仍旧是小驴的耳朵。

所以他不能不打梆子，从午间打起，一打打个通宵。

花儿和鸟儿睡着了，太阳回去了。大地变得清凉了好些。从后花园透进来的热气，凉爽爽的，风也不吹了，树也不摇了。窗外虫子的鸣叫，远处狗的夜吠，和冯二成子的梆子混在一起，好像三种乐器似的。

磨房的小油灯忽闪闪的燃着（那油灯是在墙壁中间的，好像古墓里边站的长明灯似的），像有风吹着它似的。这磨房只有一扇窗子，还被挂满了黄瓜，把窗子遮得风雨不透。可是从那里来的风？小驴也在响着鼻子抖擞着毛，好像小驴也着了寒了。

每天是如此：东方快启明的时候，朝露就先下来了，伴随着朝露而来的，是一种阴森森的冷气，这冷气冒着白烟似的沉重重的压到地面上来了。

落到屋瓦上，屋瓦从浅灰变到深灰色，落到茅屋上，那本来是浅黄的草，就变成黄的了。因为露珠把它们打湿了，它们吸收了露珠的缘故。

惟有落到花上，草上，叶子上，那露珠是原形不变，并且由小聚大。大叶子上聚着大露珠，小叶子上聚着小露珠。

玉蜀黍的缨穗挂上了霜似的，毛绒绒的。

矮瓜花的中心抱着一颗大水晶球。

剑形草是又细又长的一种野草，这野草顶不住太大的露珠，所以它的遍身都是一点点的小粒。

等到太阳一出来时，那亮晶晶的后花园无异于昨夜洒了银水了。

冯二成子看一看墙上的灯碗，在灯芯上结了一个红澄澄的大灯花。他又伸手去摸一摸那生长在窗棂上的黄瓜，黄瓜跟水洗的一样。

他知道天快亮了，露水已经下来了。

这时候正是人们睡得正熟的时候，而冯二成子就像更焕发了起来。他的梆子就更响了，他拼命的打，他用了全身的力量，使那梆子响得爆豆似的。不但如此，那磨房唱了起来了，他大声急呼的。好像他是照着民间所流传的，他是招了鬼了。他有意要把远近的人家都惊动起来，他竟乱打起来，他不把梆子打断了，他不甘心停止似的。

有一天下雨了。

雨下得很大，青蛙跳进磨房来好几个，有些蛾子就不断的往小油灯上扑，扑了几下之后，被烧坏了翅膀就掉在油碗里溺死了，而且不久蛾子就把油灯碗给掉满了，所以油灯渐渐的不亮下去，几乎连小驴的耳朵都看不清楚。

冯二成子想要添些灯油，但是灯油在上房里，在主人的屋里。

他推开门一看，雨真是大得不得了，瓢泼的一样，而且上房里也怕是睡下了，灯光不很大，只是影影绰绰的。也许是因为下雨上了风窗的关系，才那样黑混混的。

“十步八步跑过去，拿了灯油就跑回来。”冯二成子想。

但雨也是太大了，衣裳非都湿了不可，湿了衣裳不要紧，湿了鞋子可得什么时候干。

他推开门看了好几次，也都是把门关上了没有跑过去。

可是墙上的灯又一会一会的要灭了，小驴的耳朵简直看不见了。他又打开门向上房看看，上房灭了灯了，院子里什么也看不见，只有隔壁赵老太太那屋还亮通通的。窗里还有格格的笑声。

那笑的是赵老太太的女儿，冯二成子不知为什么心里好不平静，他赶快关了门，赶快去拨灯碗，赶快走到磨架上，开始很慌张的打动着筛罗。可是无论如何那窗里的笑声好像还在那儿笑。

冯二成子打起梆子来，打了不几下，很自然的就会停住，又好像很愿意再听到那笑声似的。

“这可奇怪了，怎么像第一天那边住着人。”他自己想。

第二天早晨雨过天晴了。

冯二成子在院子里晒他的那双湿得透透的鞋子时，偶一抬头见了赵老太太的女儿，跟他站了个对面。

冯二成子从来没和女人接近过，他赶快低下头去。

那邻家女儿是从井边来，提了满满的一桶水，走得非常慢，等她完全走过去了，冯二成子才抬起头来。

她那向日葵花似的大眼睛，似笑非笑的样子，冯二成子一想起来就无缘无故的心跳。

有一天冯二成子用一个大盆在院子里洗他自己的衣裳，洗着洗着一不小心，大盆从木凳滑落而打碎了。

赵老太太也在窗下缝着针线，连忙就喊她的女儿，把自家的大盆搬出来，借给他用。

冯二成子接过那大盆时，他连看都没看赵姑娘一眼，连抬头都没敢抬头，但是赵姑娘的眼睛像向日葵花那么大，在想像之中他比看见来得清晰。于是他的手好像抖着似的把大盆接过来了。他又重新打了点水，没有打很多的，只打了一大盆底。

恍恍惚惚的衣裳也没有洗干净，他就晒起来了。

从那之后，他也并不常见赵姑娘。但他觉得好像天天见面的一样，尤其是到夜深，他常常听到隔壁的笑声。

有一天，他打了一夜梆子。天亮了，他的全身都酸了。他把小驴子解下来，拉到下过朝露的潮湿的院子里，看着那小驴打了几个滚，而后把小驴拴到槽子上去吃草。他也该睡觉的时候了。

他刚躺下就听到隔壁女孩的笑声，他赶快抓住被边把耳朵掩盖起来。

但那笑声仍旧在笑。

他翻了一个身，把背脊向着墙壁，可是仍旧不能睡。

他和那女孩相邻的住了两年多了，好像他听到她的笑还是最近的事情。他自己也奇怪起来。

那边虽是笑声停止了，但是又有别的声音了，刷锅，劈柴烧火的声音，件件样样都听得清清晰晰。而后吃早饭的声音他都感觉得到了。

这一天，他实在睡不着，他躺在那里心中十分悲哀，他把这两年来的生活都回想了一遍……

刚来的那年，母亲来看过他一次。从乡下给他带来一筐子黄米豆包。母亲临走的时候还流了眼泪说："孩儿，你在外边好好给东家做事，东家错待不了你的……你老娘这两年身子不大硬实。一旦有个一口气不来，只让你哥哥把老娘埋起来就算了事。人死如灯灭，你就是跑到家又能怎样，……可千万要听娘的话，人家拉磨，一天拉好多麦子，是一定的，耽误不得，可要记住老娘的话。……"

那时冯二成子已经三十六岁了，他仍很小似的，听了那话就哭了。他抬起头看看母亲，母亲确是瘦得厉害，而且也咳嗽得厉害。

"不要这样傻气，你老娘说是这样说，那就真会离开了你们的。你和你哥哥都是三十多岁了，还没成家，你老娘还要看到你们……”

冯二成子想到“成家”两个字，脸红了一阵。

母亲回到乡下去，不久就死了。

他没有照着母亲的话做，他回去了，他和哥哥亲自送的葬。

是八月里辣椒红了的时候。送葬回来，沿路还摘了许多红辣椒炒着吃了。

以后再想一想，就想不起什么来了。拉磨的小驴子仍旧是原来的小驴子。磨房也一点没有改变，风车也是和他刚来时一样，黑洞洞的站在那里，连个方向也没改换。筛罗子一踏起来它就“咚咚”响。他向筛罗子看了一眼，宛如他不踏它，它也在响的样子。

一切都习惯了，一切都照着老样子。他想来想去什么也没有变。什么也没有多，什么也没有少。这两年是怎样生活的呢？他自己也不知道，好像他没有活过的一样。他伸出自己的手来，看看也没有什么变化，捏一捏手指的骨节，骨节也是原来的样子，尖锐而突出。

他又回想到他更远的幼小的时候去，在沙滩上煎着小鱼，在河里脱光了衣裳洗澡。冬天堆了雪人，用绿豆给雪人做了眼睛，用红豆做了嘴唇。下雨的天气，妈妈打来了，就往水洼中跑……妈妈因此而打不着他。

再想又想不起什么来，这时候他昏昏沉沉的要睡了去。

刚要睡着，他又被惊醒了，好几次都是这样，也许是炕下的耗子，也许是院子里什么人说话。

但他每次睁开眼睛，都觉得是邻家女儿惊动了他。他在梦中羞怯怯的红了好几次脸。

从这以后，他早晨睡觉时，他先站在地中心听一听，邻家是否有了声音。若是有了声音，他就到院子里拿着一把马刷子刷那小驴。

但是巧得很，那女孩子一清早就到院子来走动，一会出来拿一捆柴，一会出来泼一瓢水。总之，他与她从这以后，好像天天相见。

这一天八月十五，冯二成子穿了崭新的衣裳，刚刚理过头发回来，上房就嚷着：

“喝酒了，喝酒啦……”

因为过节是和东家同桌吃的饭，什么腊肉，什么松花蛋，样样皆有。其中下酒最好的要算凉拌粉皮，粉皮上外加着一束黄瓜丝，还有辣椒油洒在上面。

冯二成子喝足了酒，退出来了，连饭也没有吃，他打算到磨房去睡一觉，常年也不喝酒，喝了酒头有些昏。他从上房走出来，走到院子里碰到了赵老太太，她手里拿着一包月饼，正要到亲戚家去。她一见了冯二成子，她连忙喊着女儿说：

“你快拿月饼给老冯吃。过节了，在外边的跑腿人，不要客气。”

说完了赵老太太就走了。

冯二成子接过月饼在手里，他看那姑娘满身都穿了新衣裳，脸上涂着胭脂和香粉。因为他怕难为情，他想说一声谢谢也没有说出来，回身就进了磨房。

磨房比平日更冷清了，小驴也没有拉磨，磨盘上供着一块黄色的牌位，上面写着“白虎神之位”，燃了两根红蜡烛，烧着三炷香。

冯二成子迷迷昏昏吃完了月饼，靠着罗架站着，眼睛望着窗外的花园。他一无所思的往外看着，正这时又有了女人的笑声，并且这笑声是熟悉的，但不知这笑声是从那方面来的，后花园还是隔壁？

他一回身就看见了邻家的女儿站在大开着的门口。

她的嘴是红的，她的眼睛是黑的，她的周身发着光辉，带着吸力。

他怕了，低了头不敢再看。

那姑娘自言自语的说：

“这儿还供着白虎神呢！”

说着她的一个小同伴招呼着她就跑了。

冯二成子几乎要昏倒了，他坚持着自己，他睁大了眼睛，看一看自己的周遭，看一看是否在做梦。

这那里是在做梦，小驴站在院子里吃草，上房还没有喝完酒的划拳的吵闹声仍还没有完结。他站到磨房外边，向着远处都看了一遍。远处的人家，有的在树林中，有的在白云中露着屋角，而附近的人家，就是同院子住着的也都恬静的在节日里边升腾着一种看不见的欢喜，流荡着一种听不见的笑声。

但冯二成子看着什么都是空虚的。寂寞的秋空的游丝，飞了他满脸，挂住了他的鼻子，绕住了他的头发。他用手把游丝揉擦断了，他还是往前看去。

他的眼睛充满了亮晶晶的眼泪，他的心中起了一阵莫名其妙的悲哀。

他羡慕在他左右跳着的活泼的麻雀，他妒恨房脊上咕咕叫的悠闲的鸽子。

他的感情软弱得像要瘫了的蜡烛似的。他心里想：鸽子你为什么叫？叫得人心慌！你不能不叫吗？游丝你为什么绕了我满脸？你多可恨！

恍恍惚惚他又听到那女孩子的笑声。

而且和闪电一般，那女孩子来到他的面前了，从他面前跑过去了，一转眼跑得无影无踪的。

冯二成子仿佛被卷在旋风里似的，迷迷离离的被卷了半天，而后旋风把他丢弃了。旋风自己跑去了，他仍旧是站在磨房外边。

从这以后，可怜的冯二成子害了相思病，脸色灰白，眼圈发紫，茶也不想吃，饭也咽不下，他一心一意的想着那邻家的姑娘。

读者们，你们读到这里，一定以为那磨房里的磨官必得要和邻家女儿发生一点关系。其实不然的。后来是另外的一位寡妇。

世界上竟有这样谦卑的人，他爱了她，他又怕自己的身份太低，怕毁坏了她。他偷着对她寄托一种心思，好像他在信仰一种宗教一样。邻家女儿根本不晓得有这么一回事。

不久邻家女儿来了说媒的，不久那女儿就出嫁了。

婆家来娶新媳妇的那天，抬着花轿子，打着锣鼓，吹着喇叭，就在磨房的窗外连吹带打的热闹了起来。

冯二成子把头伏在梆子上，他闭了眼睛，他一动也不动。

那边姑娘穿了大红的衣裳，搽了胭脂粉，满手抓着铜钱，被人抱上了轿子。放了一阵爆仗，敲了一阵铜锣，抬起轿子来走了。

走得很远很远了，走出了街去，那打锣声只能嗞嗞拉听到一点。

冯二成子仍旧没有把头抬起，一直到那轿子走出几里路之外。就连被娶亲惊醒了的狗叫也都平静下去时，他才抬起头来。

那小驴蒙着眼罩静静的一圈一圈的在拉着空磨。

他看一看磨眼上一点麦子也没有了，白花花的麦粉流了满地。

那女儿出嫁以后，冯二成子常常和赵老太太攀谈，有的时候还到老太太的屋里坐一坐。他不知为什么总把那老太太当作一位近亲来看待，早晚相见时，总是彼此笑笑。

这样也就算了，他觉得那女儿出嫁了反而随便了些。

可是这样过了没多久，赵老太太也要搬家了，搬到女儿家去。

冯二成子帮着去收拾东西。在他收拾着东西时，他看见针线篓里有一个细小的白骨顶针，他想：这可不是她的？那姑娘又活跃跃的来在他的眼前。他看见了好几样东西，都是那姑娘的。刺花的围裙卷放在小柜门里，一团扎过了的红头绳子，洗得干干净净的用一块纸包着。他在许多乱东西里拾到这纸包，他打开一看，他问赵老太太，这头绳要放在那里，老太太说：

“放在小梳头匣子里吧，我好给她带去。”

冯二成子打开了小梳头匣，他看见几根扣发针和一个假烧蓝翠的戒指仍放在里边。他嗅到一种梳头油的香气。他想这一定是那姑娘的，他把梳头匣关了。

他帮着老太太把东西收拾好，装上了车，还牵着拉车的大黑骡子上前去送了一程。

送到郊外，迎面的菜花都开了，满野飘着香气。老太太催他回来，他说他再送一程。他好像对着旷野要高歌的样子，他的胸怀像飞鸟似的张着，他面向着前面，放着大步，好像他一去就不回来的样子。

可是冯二成子回来的时候，太阳还正晌午。虽然是秋天了，没有夏天那么鲜艳，但是到处飘着香气。高粱成熟了，大豆黄了秧子，野地上仍旧是红的红，绿的绿。冯二成子沿着原路往回走，走了一程他还转回身去向着赵老太太走去的远方望一望。但是连一点影子也看不见了。

蓝天凝静得那么严酷，连一些皱折也没有，简直像是用蓝色纸剪成的。他用了他所有的目力，探究着蓝色的天边处，是否还存在着一点点黑点，若是还有一个黑点，那就是赵老太太的车子了。可是连一个黑点也没有，实在是没有的，只有一条白亮亮的大路，向着蓝天那边爬去，爬到蓝天的尽头，这大路只剩了窄狭的一条。

赵老太太这一去什么时候再能够见到，没有和她约定时间，也没有和她约定地方。他想顺着大路跑去，跑到赵老太太的车子前面，拉住了大黑骡子，他要向她说：

“不要忘记了你的邻居，上城里来的时候可来看我一次。”

但那车子一点影也没有了，追也追不上了。

他转回身来，仍走他的归途，他觉得这回来的路，比去的时候不知远了多少倍。

他不知为什么这次送赵老太太，比送他自己的亲娘还更难过。他想：人活着为什么要分别？既然永远分别，当初又何必认识！人与人之间又是谁给造了这个机会？既然造了机会，又是谁把机会给取消了！

他越走他的脚越沉重，他的心越空虚，就在一个有树阴的地方坐下来。他往四方左右望一望。他望到的，都是在劳动着的，都是在活着的，赶车的赶车，拉马的拉马。割高粱的人，满头流着大汗。还有的手被高粱杆扎破了，或是脚被扎破了，还浸浸的沁着血，而仍是不停的在割。他看了一看，他不能明白这都是在做什么；他不明白这都是为着什么。他想：你们那些手拿着的，脚踏着的，到了终归，你们是什么也没有的。你们没有了母亲，你们的父亲早早死了，你们该娶的时候，娶不到你们所想的；你们到老的时候，看不到你们的子女成人，你们就先累死了。

冯二成子看一看自己的鞋子掉底了，于是脱下鞋子用手提鞋子，站起来光着脚走，他越走越奇怪，本来是往回走，可是心越走越往远处飞。究竟飞到那里去了，他自己也把捉不定。总之他越往回走，他就越觉得空虚，路上他遇到了一些推手车的，挑担的，他都用了奇怪的眼光看了他们一下：你们什么也不知道，你们只知道为你们的老婆孩子当一辈子牛马，你们都白活了，你们自己还不知道。你们要吃的吃不到嘴，要穿的穿不上身，你们为了什么活着，活得那么起劲！

他看几个卖豆腐脑的，搭着白布篷，篷下站着好几个人在吃。有的争着要多加点酱油，而那卖豆腐脑的偏偏给他加上几粒盐。卖豆腐脑的说酱油太贵，多加要赔本的。于是为着点酱油争吵了起来。冯二成子老远的就听他们在嚷嚷。他用斜眼看了那卖豆腐脑的：

“你这个小气人，你为什么那么苛刻，你都是为了老婆孩子。你要白白活这一辈子，你省吃俭用，到头你还不是个穷鬼！”

冯二成子这一路上所看的几乎完全是这一类人。

他用各种眼光批评了他们。

他走了一会转回身去，看看远方，并且站着等了一会，好像远方会有什么东西自动向他飞来，又好像远方有谁在招呼着他。他几次三番的这样停下来，好像他侧着耳朵细听。但只有雀子的叫声从他头上飞过，其余没有别的了。

他又转身向回走，但走得非常迟缓，像走在荆藜的草中，仿佛他走一步，被那荆藜拉住过一次。

终于他全然没有了气力，全身和头脑。他找到一片小树林，他在那里伏在地上哭了一袋烟的工夫。他的眼泪落了一满树根。

他回想着那姑娘束了花围裙的样子，那走路的全身愉快的样子。他再想那姑娘是什么时候搬来的，他连一点印象也没有记住，他后悔他为什么不早点发现她，她的眼睛看过他两三次，他虽不敢直视过去，但他感觉得到，那眼睛是深黑的，含着无限情意的。他想到了那天早晨他与她站了个对面，那眼睛是多么大！那眼光是直逼着他而来的。他一想到这里，他恨不得站起来扑过去。但是现在都完了，都去得无声无息的那么远了，也一点痕迹没有留下，也永久不会重来了。

这样广茫茫的人间，让他走到那方面去呢？是谁让人如此，把人生下来，并不领给他一条路子，就不管他了。

黄昏的时候，他从地面上抓了两把泥土，他昏昏沉沉的站起来，仍旧得走着他的归路。

他好像失了魂魄的样子，回到了磨房。

看一看罗架好好的在那儿站着，磨盘好好的在那儿放着，一切都没有变动。吹来的风依旧是很凉爽的。从风车吹出来的麦皮仍旧在大篓子里盛着，他抓起一把放在手心上擦了擦，这都是昨天磨的麦子，昨天和今天是一点也没有变。他拿了刷子刷了一下磨盘，残余的麦粉冒了一阵白烟。这一切都和昨天一样，什么也没有变。耗子的眼睛仍旧是很亮很亮的跑来跑去。后花园静静的和往日里一样的没有声音。上房里东家的太太抱着孙儿和邻居讲话，讲得仍旧和往常一样热闹。担水的往来在井边有谈有笑的放着大步往来的跑，绞着井绳的转车喀啦喀啦的大大方方的响着。一切都是快乐的，有意思的。就连站在槽子那里的小驴，一看冯二成子回来了，也表示欢迎似的张开大嘴来叫了几声。冯二成子走上前去，摸一摸小驴的耳朵，而后从草包取一点草散在槽子里，而后又领着那小驴到井边去饮水。

他打算再工作起来，把小驴仍旧架到磨上，而他自己还是愿意鼓动着勇气打起梆子来。但是未能做到，他好像丢了什么似的，好像是被人家抢去了什么似的。

他没有拉磨，他走到街上来荡了半夜，二更之后，街上的人稀疏了，都回家去睡觉去了。

他经过靠着缝衣裳来过活的老王那里，看她的灯还未灭，他想进去歇一歇脚也是好的。

老王是一个三十多岁的寡妇，因为生活的忧心，头发白了一半了。

她听了是冯二成子来叫门，就放下了手里的针线来给他开门了。

还没等他坐下，她就把缝好的冯二成子的蓝单衫取出来了，并且说着：

“我这两天就想要给你送去，为着这两天活计多，多做一件，多赚几个，还让你自家来拿……”

她抬头一看冯二成子的脸色是那么冷落，她忙着问：

“你是从街上来的吗？是从那儿来的？”

一边说着一边就让冯二成子坐下。

他不肯坐下，打算立刻就要走，可是老王说：

“有什么不痛快的，跑腿子在外的人，要舒心坦意。”

冯二成子还是没有响。

老王跑出去给冯二成子买了些烧饼来，那烧饼还是又脆又热的，还买了酱肉。老王手里有钱时常常自己喝一点酒，今天也买了酒来。

酒喝到三更，王寡妇说：

“人活着就是这么的，有孩子的为孩子忙，有老婆的为老婆忙，反正做一辈子牛马。年青的时候，谁还不是像一棵小树似的，盼着自己往大了长，好像有多少黄金在前边等着。可是没有几年，体力也消耗完了，头发黑的黑，白的白……”

她给他再斟一盅酒。

她斟酒时，冯二成子看她满手都是筋络，苍老得好像大麻的叶子一样。

但是她说的话，他觉得那是对的。于是他把那盅酒举起来就喝了。

冯二成子把近日的心情告诉了。他说他对什么都是烦躁的，对什么都没有耐性了。他所说的她都理解得很好，接着他的话，她所发的议论也和他的一样。

喝过了三更以后，冯二成子也该回去了。他站起来，抖擞一下他的前襟，他的感情宁静多了，他也清晰得多了，和落过雨后又复见了太阳似的，他还拿起老王在缝着的衣裳看看，问她一件夹袄手工多少钱。

老王说：“那好说，那好说，有夹袄尽管拿来做吧。”

说着她就拿起一个烧饼，把剩下的酱肉通通夹在烧饼里，让冯二成子带着：

“过了半夜，酒要往上返的，吃下去压一压酒。”

冯二成子百般的没有要，开了门，出来了，满天都是星光；中秋以后的风，也有些凉了。

“是个月黑头夜，可怎么走！我这儿也没有灯笼……”

冯二成子说不要不要，就走出来了。

在这时有一条狗往屋里钻，老王骂着那狗：

“还没有到冬天，你就怕冷了，你就往屋里钻！”

因为是夜深了的缘故，这声音很响。

冯二成子看一看附近的人家都睡了。王寡妇也在他的背后闩上了门，适才从门口流出来的那道灯光，在闩门的声音里边，又被收了回去。

冯二成子一边看着天空的北斗星，一边来到小土坡前，那小土坡上长着不少野草，脚踏在上边，绒绒虎虎的。于是他蹲了双腿，试着用指尖搔一搔，是否这地方可以坐一下。

他坐在那里非常宁静，前前后后的事情，他都忘得干干净净，他心里边没有什么骚扰，什么也没有想，好像什么也想不起来了。晌午他送赵老太太走的那回事，似乎是多少年前的事情。现在他觉得人间并没有许多人，所以彼此没有什么妨害，他的心境自由得多了，也宽舒得多了，任着夜风吹着他的衣襟和裤脚。

他看一看远近的人家，差不多都睡觉了，尤其是老王的那一排房子，通通睡了，只有王寡妇的窗子还透着灯光。他看了一会，他又把眼睛转到另外的方向去，有的透着灯光的窗子，眼睛看着看着，窗子忽然就黑了一个，忽然又黑了一个。屋子一灭掉了灯，竟好像沉到深渊里边去的样子立刻消灭了。

而老王的窗子仍旧是亮的，她的四周都黑了，都不存在了，那就更显得她单独的停在那里。

“她还没有睡呢！”他想。

她怎么还不睡，他似乎这样想了一下。是否他还要回到她那边去，他心里很犹疑。

等他不自觉的又回老王的窗下时，他终于敲了她的门。里边应着的声音并没有惊奇，开了门让他进去。

这夜，冯二成子就在王寡妇家里结了婚了。

他并不像世界上所有的人结婚那样：也不跳舞，也不招待宾客，也不到礼拜堂去。而也并不像邻家姑娘那样打着铜锣，敲着大鼓。但是他们庄严得很，因为百感交集，彼此哭了一遍。

第二年夏天，后花园里的花草又是那么热闹，矮瓜淘气的爬上了树了，向日葵开了大花，惹得蜂子成群的闹着，大菽茨，爬山虎，马蛇菜，胭粉豆，样样都开了花。耀眼的耀眼，散着香气的散着香气。年年爬到磨房窗棂上来的黄瓜，今年又照样的爬上来了；年年结果子的，今年又照样的结了果子。

惟有墙上的狗尾草比去年更为茂盛，因为今年雨水多而风少。园子里虽然是花草鲜艳，而很少有人到园子里来，是依然如故。

偶然园主的小孙女跑进来折一朵大菽茨花，听到屋里有人喊着：

“小春，小春……”

她转身就跑回屋去，而后把门又轻轻的闩上了。

算起来就要一年了，赵老太太的女儿就是从这靠着花园的厢房出嫁的。在街上冯二成子碰到那出嫁的女儿一次，她的怀里抱着一个小孩。

可是冯二成子也有了小孩了。磨房里拉起了一张白布帘子来，帘子后边就藏着出生不久的婴孩和孩子的妈妈。

又过了两年，孩子的妈妈死了。

冯二成子坐在罗架上打筛罗时，就把孩子骑在梆子上。夏昼十分热了，冯二成子把头垂在孩子的腿上，打着瞌睡。

不久那孩子也死了。

后花园经过了几度繁华，经过了几次调零，但那大菽茨花它好像世世代代要存在下去的样子，经冬复历春，年年照样的在园子里边开着。

园主人把后花园里的房子都翻了新了，只有这磨房连动也没动，说是磨房用不着好房子的，好房子也让筛罗“咚咚”的震坏了。

所以磨房的屋瓦，为着风吹，为着雨淋，一排一排的都脱了节。每刮一次大风，屋瓦就要随着风在半天空里飞走了几块。

夏昼，冯二成子伏在梆子上，每每要打瞌睡，他瞌睡醒来时，昏昏庸庸的他看见眼前跳跃着无数条光线，他揉一揉眼睛，再仔细看一看，原来是房顶露了天了。

以后两年三年，不知多少年，他仍旧在那磨房里平平静静的活着。

后花园的园主也老死了，后花园也拍卖了，这拍卖只不过给冯二成子换了个主人。这个主人并不是个老头，而是个年青的，爱漂亮，爱说话的，常常穿了很干净的衣裳来磨房的窗外，看那磨官怎样打他的筛罗，怎样摇他的风车。

一九四〇，四

该篇首刊于1940年4月10日至25日《大公报》（香港）副刊《文艺》、《学生界》。署名萧红。

小城三月

一

三月的原野已经绿了，像地衣那样绿，透出在这里，那里。郊原上的草，是必须转折了好几个弯儿才能钻出地面的，草儿头上还顶着那胀破了种粒的壳，发出一寸多高的芽子，欣幸的钻出了土皮。放牛的孩子在掀起了墙脚下面的瓦时，找到了一片草芽了，孩子们回到家里告诉妈妈，说："今天草芽出土了!"妈妈惊喜的说："那一定是向阳的地方!"抢根菜的白色的圆石似的籽儿在地上滚着，野孩子一升一斗的在拾着。蒲公英发芽了，羊咩咩的叫，乌鸦绕着杨树林子飞。天气一天暖似一天，日子一寸一寸的都有意思。杨花满天照的飞，像棉花似的。人们出门都是用手捉着，杨花挂着他了。草和牛粪都横在道上，放散着强烈的气味。远远的有用石子打船的声音。"空空……"的大声传来。

河冰发了，冰块顶着冰块，苦闷的又奔放的向下流。乌鸦站在冰块上寻觅小鱼吃，或者是还在冬眠的青蛙。

天气突然的热起来，说是"二八月，小阳春"，自然冷天气要来的，但是这几天可热了。春带着强烈的呼唤从这头走到那头……

小城里被杨花给装满了，在榆树钱还没变黄之前，大街小巷到处飞着，像纷纷落下的雪块……

春来了。人人像久久等待着一个大暴动，今天夜里就要举行，人人带着犯罪的心情，想参加到解放的尝试……春吹到每个人的心坎，带着呼唤，带着蛊惑……

我有一个姨，和我的堂哥哥大概是恋爱了。

姨母本来是很近的亲属，就是母亲的姊妹。但是我这个姨，她不是我的亲姨，她是我的继母的继母的女儿。那么她可算与我的继母有点血统的关系了，其实也是没有的。因为我这个外祖母是在已经做了寡妇之后才来到我外祖父家，翠姨就是这个外祖母原来在另外一家所生的女儿。

翠姨还有一个妹妹，她的妹妹小她两岁，大概是十七八岁，那么翠姨也就是十八九岁了。

翠姨生得并不是十分漂亮，但是她长得窈窕，走起路来沉静而且漂亮，讲起话来清楚的带着一种平静的感情。她伸手拿樱桃吃的时候，好像她的手指尖对那樱桃十分可怜的样子，她怕把它触坏了似的轻轻的捏着。

假若有人在她的背后唤她一声，她若是正在走路，她就会停下了；若是正在吃饭，就要把饭碗放下，而后把头向着自己的肩膀转过去，而全身并不大转，于是她自觉的闭合着嘴唇，像是有什么要说而一时说不出来似的……

而翠姨的妹妹，忘记了她叫什么名字，反正是一个大说大笑的，不十分修边幅，和她的姐姐全不同。花的绿的，红的紫的，只要是市上流行的，她就不大加以选择，做起一件衣服来赶快就穿在身上。穿上了而后，到亲戚家去串门，人家恭维她的衣料怎样漂亮的时候，她总是说，和这完全一样的，还有一件，她给了她的姐姐了。

我到外祖父家去，外祖父家里没有像我一般大的女孩子陪着我玩，所以每当我去，外祖母总是把翠姨喊来陪我。

翠姨就住在外祖父的后院，隔着一道板墙，一招呼，听见就来了。

外祖父住的院子和翠姨住的院子，虽然只隔一道板墙，但是却没有门可通，所以还得绕到大街上去从正门进来。

因此有时翠姨先来到板墙这里，从板墙缝中和我打了招呼，而后回到屋去装饰了一番，才从大街上绕了个圈来她母亲的家里。

翠姨很喜欢我。因为我在学堂里念书，而她没有，她想什么事我都比她明白。所以，她总是有许多事务同我商量，看看我的意见如何。

到夜里，我住在外祖父家里了，她就陪着我也住下的。

每每睡下就谈，谈过了半夜，不知为什么总是谈不完……

开初谈的是衣服怎么穿，穿什么样的颜色，穿什么样的料子。比如走路应该快或是应该慢。有时，白天里她买了一个别针，到夜里她拿出来看看，问我这别针到底是好看或是不好看。那时候，大概是十五年前的时候，我们不知城外如何装扮一个女子，而在这个城里，几乎个个都有一条宽大的绒绳结的披肩，蓝的紫的，各色的都有，但最多多不过枣红色的。几乎在街上所见的都是枣红色的大披肩了。

那怕红的绿的那么多，但总没有枣红色的最流行。

翠姨的妹妹有一张，翠姨有一张，我的所有的同学，几乎每人都有一张。就连素不考究的外祖母的肩上也披着一张，只不过披的是蓝色的，没有敢用最流行的枣红色的就是了。因为她总算年纪大了一点，对年青人让了一步。

还有那时候都流行穿绒绳鞋，翠姨的妹妹就赶快的买了穿上，因为她那个人很粗心大意，好坏她不管，只是人家有她也有，别人是人穿衣裳，而翠姨的妹妹就好像被衣服所穿了似的，芜芜杂杂。但永远合乎着应有尽有的原则。

翠姨的妹妹的那绒绳鞋，买来了，穿上了。在地板上跑着，不大一会工夫，那每只鞋脸上系着的一只毛球，竟有一个毛球已经离开了鞋子，向上跳着，只还有一根绳连着，不然就要掉下来了。很好玩的，好像一颗大红枣被系到脚上去了。因为她的鞋子也是枣红色的。大家都在嘲笑她的鞋子一买回来就坏了。

翠姨，她没有买，也许她心里边早已经喜欢了，但是看上去她都像反对似的，好像她都不接受。

她必得等到许多人都开始采办了，这时候，看样子她才稍稍有些动心。

好比买绒绳鞋，夜里她和我谈话问过我的意见，我也说是好看的，我有很多的同学她们也都买了绒绳鞋。

第二天翠姨就要求我陪着她上街，先不告诉我去买什么，进了铺子选了半天别的，才问到我绒绳鞋。

走了几家铺子，都没有，都说是已经卖完了。我晓得店铺的人是这样瞎说的，表示他家这店铺平常总是最丰富的，只恰巧你要的这件东西，他就没有了。我劝翠姨说，咱们慢慢的走，别家一定会有的。

我们坐马车从街梢上的外祖父家来到街中心的。

见了第一家铺子，我们就下了马车。不用说，马车我们已经是付过了价钱的。等我们买好了东西回来的时候，会另外叫一辆的，因为我们不知道要等多久。

大概看见什么好，虽然不需要也要买点，或是东西已经买全了，不必要再多留连，也要留连一会，或是买东西的目的，本来只在一双鞋，而结果鞋子没有买到，反而罗里罗嗦的买回来许多用不着的东西。

这一天，我们辞退了马车，进了第一家店铺。

在别的大城市里没有这种情形，而在我家乡里往往是这样，坐了马车，虽然是付过了钱，让他自由去兜揽生意，但他常常还仍旧等候在铺子的门外。等一出来，他仍旧请你坐他的车。

我们走进第一个铺子，一问没有。于是就看了些别的东西，从绸缎看到呢绒，从呢绒再看到绸缎，布匹根本不看的，并不像母亲们进了店铺那样子，这个买去做被单，那个买去做棉袄的，因为我们管不了被单棉袄的事。母亲们一月不进店铺，一进店铺又是这个便宜应该买，那个不贵，也应该买。比方一块在夏天才用得着的花洋布，母亲们冬天里就买起来了，说是趁着便宜多买点，总是用得着的。而我们就不然了，我们是天天进店铺的，天天搜寻些个是好看的，是贵的值钱的，平常时候绝对的用不到想不到的。

那一天我们就买了许多花边回来，钉着光片的，带着琉璃的。说不上要做什么样的衣服才配得着这种花边。也许根本没有想到做衣服，就贸然的把花边买下了。一边买着，一边说好，翠姨说好，我也说好。到了后来，回到家里，当众打开了让大家批判，这个一言，那个一语，让大家说得也有点没有主意了，心里已经五六分空虚了。于是赶快的收拾了起来，或者从别人的手中夺过来，把它包起来，说她们不识货，不让她们看了。

勉强说着：

“我们要做一件红金丝绒的袍子，把这个黑琉璃边镶上。”

或是：

“这红的我们送人去……”

说虽仍旧如此说，心里已经八九分空虚了，大概是这些所心爱的，从此就不会再出头露面的了。

在这小城里，商店究竟没有多少，到后来又加上看不到绒绳鞋，心里着急，也许跑得更快些。不一会工夫，只剩了三两家了。而那三两家，又偏偏是不常去的，铺子小，货物少。想来它那里也是一定不会有的了。

我们走进一个小铺子里去，果然有三四双，非小即大，而且颜色都不好看。

翠姨有意要买，我就觉得奇怪，原来就不十分喜欢，既然没有好的，又为什么要买呢？让我说着，没有买成，回家去了。

过了两天，我把买鞋子这件事情早就忘了。

翠姨忽然又提议要去买。

从此我知道了她的秘密，她早就爱上了那绒绳鞋了，不过她没有说出来就是了。她的恋爱的秘密就是这样子的。她似乎要把它带到坟墓里去，一直不要说出口，好像天底下没有一个人值得听她的告诉……

在外边飞着满天大雪，我和翠姨坐着马车去买绒绳鞋。我们身上围着皮褥子，赶车的车夫高高的坐在车夫台上，摇晃着身子，唱着沙哑的山歌：“喝咧咧……”耳边风呜呜的啸着，从天上倾下来的大雪，迷乱了我们的眼睛，远远的天隐在云雾里，我默默的祝福翠姨快快买到可爱的绒绳鞋，我从心里愿意她得救……

市中心远远的朦朦胧胧的站着，行人很少，全街静悄无声。我们一家挨一家的问着，我比她更急切，我想赶快买到吧，我小心的盘问着那些店员们，我从来不放弃一个细微的机会，我鼓励翠姨，没有忘记一家。使她都有点儿诧异，我为什么忽然这样热心起来。但是我完全不管她的猜疑，我不顾一切的想在这小城里面，找出一双绒绳鞋来。

只有我们的马车，因为载着翠姨的愿望，在街上奔驰得特别的清醒，又特别的快。雪下的更大了，街上什么人都没有了，只有我们两个人，催着车夫，跑来跑去。一直到天都很晚了，鞋子没有买到。翠姨深深的看到我的眼睛说："我的命，不会好的。"我很想装出大人的样子，来安慰她，但是没有等到找出什么适当的话来，泪便流出来了。

二

翠姨以后也常来我家住着，是我的继母把她接来的。

因为她的妹妹订婚了，怕是她一旦的结了婚，忽然会剩下她一个人来，使她难过。因为她的家里并没有多少人，只有她的一个六十多岁的老祖父，再就是一个也是寡妇的伯母，带一个女儿。

堂妹妹本该在一起玩耍解闷的，但是因性格的相差太远，一向是水火不同炉的过着日子。

她的堂妹妹，我见过，永久是穿着深色的衣裳，黑黑的脸。一天到晚陪着母亲坐在屋子里。母亲洗衣裳，她也洗衣裳；母亲哭，她也哭。也许她帮着母亲哭她死去的父亲，也许哭的是她们的家穷。那别人就不晓得了。

本来是一家的女儿，翠姨她们两姊妹却像有钱的人家的小姐，而那个堂妹妹，看上去却像乡下丫头。这一点，使她得到常常到我们家里来住的权利。

她的亲妹妹订婚了，再过一年就出嫁了。在这一年中，妹妹大大的阔气了起来，因为婆家那方面一订了婚就送来了聘礼。这个城里，从前不用大洋票，而用的是广信公司出的帖子，一百吊一千吊的论。她妹妹的聘礼大概是几万吊，所以她忽然不得了起来，今天买这样，明天买那样，花别针一个又一个的，丝头绳一团一团的，带穗的耳坠子，洋手表，样样都有了。每逢上街的时候，她和她姐姐一道，现在总是她付车钱了。她的姐姐要付，她却百般的不肯，有时当着人面，姐姐一定要付，妹妹一定不肯，结果闹得很窘，姐姐无形中觉得一种权利被人剥夺了。

但是关于妹妹的订婚，翠姨一点也没有羡慕的心理。妹妹未来的丈夫，她是看过的，没有什么好看，很高，穿着蓝袍子黑马褂，好像商人，又像一个小土绅士。又加上翠姨太年轻了，想不到什么丈夫，什么结婚。

因此，虽然妹妹在她的旁边一天比一天丰富起来，妹妹是有钱了，但是妹妹为什么有钱的，她没有考查过。

所以当妹妹尚未离开她之前，她绝对的没有重视“订婚”的事。

不过她常常的感到寂寞。她和妹妹出来进去的，因家庭环境孤寂，竟好像一对双生子似的，而今去了一个。不但翠姨自已觉得单调，就是她的祖父也觉得她可怜。

所以自从她的妹妹嫁了人，她就不大回家，总是住在她的母亲的家里。有时我的继母也把她接到我们家里。

翠姨非常聪明，她会弹大正琴①，就是前些年所流行在中国的一种日本琴。她还会吹箫或是会吹笛子。不过弹那琴的时候却很多。住在我家里的时候，我家的伯父，每在晚饭之后必同我们玩这些乐器的。笛子，箫，日本琴，风琴，月琴，还有什么打琴②。真正的西洋的乐器，可一样也没有。

在这种正玩得热闹的时候，翠姨也来参加了。翠姨弹了一个曲子，和我们大家立刻就配合上了。于是大家都觉得在我们那已经天天闹熟了的老调子之中，又多了一个新的花样。于是立刻我们就加倍的努力，正在吹笛子的把笛子吹得特别响，把笛膜震抖得似乎就要爆炸了似的，滋滋的叫着。十岁的弟弟在吹口琴，他摇着头，好像要把那口琴吞下去似的，至于他吹的是什么调子，已经是没有人留意了。在大家忽然来了勇气的时候，似乎只需要这种胡闹。

而那按风琴的人，因为越按越快，到后来也许是已经找不到琴键了，只是那踏脚板越踏越快，踏得呜呜的响，好像有意要毁坏了那风琴，而想把风琴撕

① 大正琴：即“中山琴”。由日本森田吾郎在大正元年（1912 年）发明。中国为纪念孙中山和民国的诞辰，定名为“中山琴”。

② 打琴：即扬琴。击弦乐器。又称洋琴、铜丝琴、蝴蝶琴。

裂了一般的。

大概所奏的曲子是“梅花三弄”，也不知道接连的弹过了多少圈，看大家的意思都不想要停下来。不过到了后来，实在是气力没有了，找不着拍子的找不着拍子，跟不上调的跟不上调，于是在大笑之中，大家停下来了。

不知为什么，在这么快乐的调子里边，大家都有点伤心，也许是乐极生悲了，把我们都笑得流着眼泪，一边还笑。

正在这时候，我们往门窗处一看，我的最小的小弟弟，刚会走路，他也背着一个很大的破手风琴来参加了。

谁都知道，那手风琴从来也不会响的。把大家笑死了。在这回得到了快乐。

我的哥哥（伯父的儿子，钢琴弹得很好）吹箫吹得最好，这时候他放下了箫，对翠姨说：“你来吹吧!”翠姨却没有言语，站起身来，跑到自己的屋子去了，我的哥哥好久好久的看住那帘子。

三

翠姨在我家，和我住一个屋子。月明之夜，屋子照得通亮。翠姨和我谈话，往往谈到鸡叫，觉得也不过刚刚才半夜。

鸡叫了，才说：“快睡吧，天亮了。”

有的时候，一转身，她又问我：

“是不是一个人结婚太早不好，或许是女孩子结婚太早是不好的!”

我们以前谈了很多话，但没有谈到这些。

总是谈什么，衣服怎样穿，鞋子怎样买，颜色怎样配；买了毛线来，这毛线应该打个什么样的花纹；买了帽子来，应该批判这帽子还微微有缺点，这缺点究竟在什么地方，虽然说是不要紧，或者是一点关系也没有，但批评总是要批评的。

有时再谈得远一点，就表姊表妹之类订了婆家，或什么亲戚的女儿出嫁了，或是什么耳闻的，听说的，新娘子和新姑爷闹别扭之类。

那个时候，我们的县里早就有了洋学堂了。小学好几个，大学没有。只有一个男子中学，往往成为谈论的目标。谈论这个，不单是翠姨，外祖母，姑姑，姐姐之类，都愿意讲究这当地中学的学生。因为他们一切洋化，穿着裤子，把裤腿卷起来一寸，一张口，“格得毛宁”外国语，他们彼此一说话就“答答答”，听说这是什么俄国话。而更奇怪的是他们见了女人不怕羞。这一点，大家都批评说是不如从前了。从前的书生，一见了女人脸就红。

我家算是最开通的了。叔叔和哥哥他们都到北京和哈尔滨那些大地方去读书了，他们开了不少的眼界。回到家里来，大讲他们那里都是男孩子和女孩子同学。

这一题目，非常的新奇，开初都认为这是造了反。后来因为叔叔也常和女同学通信，因为叔叔在家庭里是有点地位的人。并且父亲从前也加入过国民党，革过命，所以这个家庭都“咸与维新”① 起来。

因此在我家里，一切都是很随便的，逛公园，正月十五看花灯，都是不分男女，一齐去。

而且我家里设了网球场，一天到晚打网球，亲戚家的男孩子来了，我们也一齐的打。

这都不谈，仍旧来谈翠姨。

翠姨听了很多的故事。关于男学生结婚的事情，就是我们本县里，已经有几件事情不幸的了。有的结婚了，从此就不回家了；有的娶来了太太，把太太放在另一间屋子里住着，而且自己却永久住在书房里。

每逢讲到这些故事时，多半别人都是站在女的一边，说那男子都是念书念坏了，一看了那不识字的又不是女学生之类就生气，觉得处处都不如他。天天

---

① “咸与维新”：语出《书·胤征》，“天吏逸德，烈於猛火，歼厥渠魁，胁从罔治。旧染污俗，咸与维新。”本义为“都给（沾染恶习、旧俗的人）重新做人”，后表示“都参加更新旧制”。

总说婚姻不自由。可是自古至今，都是爹许娘配的，偏偏到了今天，都要自由。看吧，这还没有自由呢，就先来了花头故事了，娶了太太的不回家，或是把太太放在另一个屋子里。这些都是念书念坏了的。

翠姨听了许多别人家的评论。大概她心里边也有些不平，她就问我不读书是不是很坏的，我自然说是很坏的。而且她看了我们家里男孩子，女孩子通通到学堂去念书的。而且我们亲戚家的孩子也都是读书的。

因此她对我很佩服，因为我是读书的。

但是不久，翠姨就订婚了。就是她妹妹出嫁不久的事情。

她的未来的丈夫，我见过，在外祖父的家里。人长得又矮又小，穿一身蓝布棉袍子，黑马褂，头上戴一顶赶大车的人所戴的四耳帽子。

当时翠姨也在的，但她不知道那是她的什么人，她只当是那里来了这样一位乡下的客人。外祖母偷着把我叫过去，特别告诉了我一番，这就是翠姨将来的丈夫。

不久翠姨就很有钱。她的丈夫的家里，比她妹妹丈夫的家里还更有钱得多。婆婆也是个寡妇。守着个独生的儿子。儿子才十七岁，是在乡下的私学馆里读书。

翠姨的母亲常常替翠姨解说，人小点不要紧，岁数还小呢，再长上两三年两个人就一般高了。劝翠姨不要难过，婆家有钱就好的。聘礼的钱十多万都交过来了，而且就由外祖母的手亲自交给了翠姨；而且还有别的条件保障着，那就是说，三年之内绝对不准娶亲，藉着男的一方面年纪太小为辞，翠姨更愿意远远的推着。

翠姨自从订婚之后，是很有钱的了，什么新样子的东西一到，虽说不是一定抢先去买了来，总是过不了多久，箱子里就要有的了。那时候夏天最流行银灰色市布大衫，而翠姨穿起来最好，因为她有好几件，穿过两次不新鲜就不要了，就只在家里穿，而出门就又去做一件新的。

那时候正流行着一种长穗的耳坠子，翠姨就有两对：一对红宝石的，一对绿的。而我的母亲才能有两对，而我才有一对。可见翠姨是顶阔气的了。

还有那时候就已经开始流行高跟鞋了。可是在我们本街上却不大有人穿，只有我的继母早就开始穿，其余就算是翠姨。并不是一定因为我的母亲有钱，也不是因高跟鞋一定贵，只是女人们没有那么摩登的行为，或者说她们不很容易接受新的思想。

翠姨第一天穿起高跟鞋来，走路还很不安定，但到第二天就比较的习惯了。到了第三天，就说以后，她就是跑起来也是很平稳的。而且走路的姿态更加可爱了。

我们有时也去打网球玩玩，球撞到她脸上的时候，她才用球拍遮了一下，否则她半天也打不到一个球。因为她一上了场站在白线上就是白线上，站在格子里就是格子里，她根本不动。有的时候她竟拿着网球拍子站着一边去看风景去了。尤其是大家打完了网球，吃东西的吃东西去了，洗脸的洗脸去了。惟有她一个人站在短篱前面，向着远远的哈尔滨市影痴望着。

有一次我同翠姨一同去做客。我继母的族中娶媳妇。她们是八旗人，也就是满人，满人才讲究场面呢，所有的族中的年青的媳妇都必得到场，而且个个打扮得如花似玉。似乎咱们中国的社会，是没这么繁华的社交的场面的，也许那时候，我是小孩子，把什么都看得特别繁华。就只说女人们的衣服吧，就个个都穿得和现在西洋女人在夜总会里边那么庄严，一律都穿着绣花大袄。而她们是八旗人，大袄的襟下一律的没有开口，而且很长。大袄的颜色枣红的居多，绛色的也有，玫瑰紫色的也有。而那上边绣的花色，有的荷花，有的玫瑰，有的松竹梅，一句话，特别的繁华。

她们的脸上，都擦着白粉，她们的嘴上都染得桃红。

每逢一个客人到了门前，她们是要列着队出来迎接的，她们都是我的舅母，一个一个的上前来问候了我和翠姨。

翠姨早就熟识她们的，有的叫表嫂子，有的叫四嫂子。而在我，她们就都是一样的，好像小孩子的时候，所玩的用花纸剪的纸人，这个和那个都是一样，完全没有分别。都是花缎袍子，都是白白的脸，都是很红的嘴唇。

就是这一次，翠姨出了风头了，她进到屋里，靠着一张大镜子旁坐下了。女人们就忽然都上前来看她，也许她从来没有这么漂亮过，今天把别人都惊住了。

依我看，翠姨还没有她从前漂亮呢，不过她们说翠姨漂亮得像棵新开的腊梅。翠姨从来不搽胭脂的，而那天又穿了一件为着将来做新娘子而准备的蓝色缎子满是金花的夹袍。

翠姨让她们围起看着，难为情了起来，站起来想要逃掉似的，迈着很勇敢的步子，茫然的往里边的房间里闪开了。

谁知那里边就是新房呢，于是许多的嫂嫂就哗然的叫着，说：

“翠姐姐不要急，明年就是个漂亮的新娘子，现在先试试去。”

当天吃饭饮酒的时候，许多客人从别的屋子来呆呆的望着翠姨。翠姨举着筷子，似乎是在思量着，保持着镇静的态度，用温和的眼光看着她们。仿佛她不晓得人们专门在看着她似的。但是别的女人们羡慕了翠姨半天了，脸上又都突然的冷落起来，觉得有什么话要说，又都没有说，然后彼此对望着，笑了一下，吃菜了。

四

有一年冬天，刚过了年，翠姨就来到了我家。

伯父的儿子——我的哥哥，就正在我家里。

我的哥哥，人很漂亮，很直的鼻子，很黑的眼睛，嘴也好看，头发也梳得好看，人很长，走路很爽快。大概在我们所有的家族中，没有这么漂亮的人物。

冬天，学校放了寒假，所以来我们家里休息。大概不久，学校开学就要上学去了。哥哥是在哈尔滨读书。

我们的音乐会，自然要为这新来的角色而开了。翠姨也参加的。

于是非常的热闹，比方我的母亲，她一点也不懂这行，但是她也列了席，她坐在旁边观看。连家里的厨子，女工，都停下了工作来望着我们，似乎他们不是听什么乐器，而是在看人。我们聚满了一客厅。这些乐器的声音，大概很远的邻居都可以听到。

第二天邻居来串门的，就说：

“昨天晚上，你们家又是给谁祝寿？”

我们就说，是欢迎我们的刚到的哥哥。因此，我们家是很好玩的，很有趣的。不久，就来到了正月十五看花灯的时节了。

我们家里自从父亲维新革命，总之在我们家里，兄弟姊妹，一律相待，有好玩的就一齐玩，有好看的就一齐去看。

伯父带着我们，哥哥，弟弟，姨……共八九个人，在大月亮地里往大街里跑去了。那路之滑，滑得不能站脚，而且高低不平。他们男孩子们跑在前面，而我们因为跑得慢就落了后。

于是那在前边的他们回头来嘲笑我们，说我们是小姐，说我们是娘娘。说我们走不动。

我们和翠姨早就连成一排向前冲去，但是，不是我倒，就是她倒，到后来还是哥哥他们一个一个的来扶着我们。说是扶着，未免的太示弱了，也不过就是和他们连成一排向前进着。

不一会到了市里，满路花灯，人山人海。又加上狮子，旱船，龙灯，秧歌，闹得眼也花起来，一时也数不清多少玩艺，那里会来得及看，似乎只是在眼前一晃就过去了。而一会别的又来了，又过去了。其实也不见得繁华得多么不得了，不过觉得世界上是不会比这个再繁华的了。

商店的门前，点着那么大的火把，好像热带的大椰子树似的，一个比一个亮。

我们进了一家商店，那是父亲的朋友开的。他们很好的招待我们，茶，点心，橘子，元宵。我们那里吃得下去，听到门外一打鼓，就心慌了。而外边鼓和喇叭又那么多，一阵来了，一阵还没有去远，一阵又来了。

因为城本来是不大的，有许多熟人也都是来看灯的，都遇到了。其中我们本城里的在哈尔滨念书的几个男学生，他们也来看灯了。哥哥都认识他们。我也认识他们，因为这时候我到哈尔滨念书去了，所以一遇到了我们，他们就和我们在一起。他们出去看灯，看了一会，又回到我们的地方，和伯父谈话，和哥哥谈话。我晓得他们，因我们家比较有势力，他们是很愿和我们讲话的。

所以回家的一路上，又多了两个男孩子。

无管人讨厌不讨厌，他们穿的衣服总算都市化了。个个都穿着西装，戴着呢帽，外套都是到膝盖的地方，脚下很利落清爽。比起我们城里的那种怪样子的外套，好像大棉袍子似的，好看得多了。而且颈间又都束着一条围巾，那围巾自然也是全丝全棉的花纹，似乎一束起那围巾来，人就更显得庄严，漂亮。

翠姨觉得他们个个都很好看。

哥哥也穿的西装，自然哥哥也很好看。因此在路上她直在看哥哥。

翠姨梳头梳得是很慢的，必定梳得一丝不乱，搽粉也要搽了洗掉，洗掉再搽，一直搽到认为满意为止。花灯节的第二天早晨，她就梳得更慢，一边梳头一边在思量。本来按规矩每天吃早饭必得三请两请才能出席，今天必得请到四次，她才来了。

我的伯父当年也是一位英雄，骑马，打枪绝对的好。后来虽然已经五十岁了，但是风采犹存。我们都爱伯父的，伯父从小也就爱我们。诗，词，文章，都是伯父教我们的。翠姨住在我们家里，伯父也很喜欢翠姨。今天早饭已经开好了。催了翠姨几次，翠姨总是不出来。

伯父说了一句："林黛玉……"

于是我们全家的人都笑了起来。

翠姨出来了，看见我们这样的笑，就问我们笑什么。我们没有人肯告诉她。翠姨知道一定是笑的她，她就说：

"你们赶快的告诉我，若不告诉我，今天我就不吃饭了。你们读书识字，我不懂，你们欺侮我……”

闹嚷了很久，是我的哥哥讲给她听了。伯父当着自己的儿子面前到底有些难为情，喝了好些酒，总算是躲过去了。

翠姨从此想到了念书的问题，但是她已经二十岁了，那里去念书？上小学，没有她这样大的学生，上中学，她是一字不识。怎么可以？所以仍旧住在我们家里。

弹琴，吹箫，看纸牌，我们一天到晚的玩着。我们玩的时候全体参加，我的伯父，我的哥哥，我的母亲。

翠姨对我的哥哥没有什么特别的好，我的哥哥对翠姨就像对我们，也是完全的一样。

不过哥哥讲故事的时候，翠姨总比我们留心听些，那是因为她的年龄稍稍比我们大些，当然在理解力上，比我们更接近一些哥哥的了。哥哥对翠姨比对我们稍稍的客气一点。他和翠姨说话的时候，总是“是的”“是的”的，而和我们说话则“对啦”“对啦”。这显然因为翠姨是客人的关系，而且在名分上比他大。

不过有一天晚饭之后，翠姨和哥哥都没有了。每天饭后大概总要开个音乐会的。这一天，也许因为伯父不在家，没有人领导的缘故，大家吃过也就散了，客厅里一个人也没有。我想找弟弟和我下一盘棋，弟弟也不见了。于是我就一个人在客厅里按起风琴来，玩了一下，也觉得没有趣。客厅是静得很的，在我关上了风琴盖子之后，我就听见了在后屋里，或者在我的房子里是有人的。

我想一定是翠姨在屋里。快去看看她，叫她出来张罗着看纸牌。

我跑进去一看，不单是翠姨，还有哥哥陪着她。

看见了我，翠姨就赶快的站起来说：

“我们去玩吧。”

哥哥也说：

“我们下棋去，下棋去。”

他们出来陪我来玩棋，这次哥哥总是输，从前是他回回赢我。我觉得奇怪，但是心里高兴极了。

不久寒假终了，我就回到哈尔滨的学校念书去了。可是哥哥没有同来，因为他上半年生了点病，曾在医院里休养了一些时候，这次伯父主张他再请两个月的假，留在家里。

以后家里的事情，我就不大知道了。都是由哥哥或母亲讲给我听的。我走了以后，翠姨还住在我家里。

后来母亲告诉过，就是在翠姨还没有订婚之前，有过这样一件事情。我的族中有一个小叔叔，和哥哥一般大的年纪，说话口吃，没有风采，也是和哥哥在一个学校里读书。虽然他也到我们家里来过，但怕翠姨没有见过。那时外祖母就主张给翠姨提婚。那族中的祖母一听就拒绝了，说是寡妇的孩子，命不好，也怕没有家教，何况父亲死了，母亲又出嫁了，好女不嫁二夫郎，这种人家的女儿，祖母不要。但是我母亲说，辈分合，他家还有钱，翠姨过门是一品当朝的日子，不会受气的。

这件事情翠姨是晓得的，而今天又见了我的哥哥，她不能不想哥哥大概是那样看她的。她自觉的觉得自己的命运不会好的。现在翠姨自己已经订了婚，是一个人的未婚妻。二则她是出了嫁的寡妇的女儿，她自己一天把这背了不知有多少遍，她记得清清楚楚。

五

翠姨订婚，转眼三年了，正这时，翠姨的婆家，通了消息来，张罗要娶。她的母亲来接她回去整理嫁妆。

翠姨一听就得病了。

但没有几天，她的母亲就带着她到哈尔滨办嫁妆去了。

偏偏那带着她采办嫁妆的向导，又是哥哥介绍来的他的同学。他们住在哈尔滨的秦家岗上，风景绝佳，是洋人最多的地方。那男学生们的宿舍里边，有暖气，洋床。翠姨带着哥哥的介绍信，像一个女同学似的被他们招待着。又加上已经学了俄国人的规矩，处处尊重女子。所以翠姨当然受了他们不少的尊敬，请她吃大菜，请她看电影。坐马车的时候，上车让她先上，下车的时候，人家扶她下来。她每一动别人都为她服务。外套一脱，就接过去了；她刚一表示要穿外套，就给她穿上了。

不用说，买嫁妆她是不痛快的，但那几天，她总算一生中最开心的时候。

她觉得到底是读大学的人好，不野蛮，不会对女人不客气，绝不能像她的妹夫常常打她的妹妹。

经这到哈尔滨去一买嫁妆，翠姨就不愿意出嫁了。她一想那个又丑又小的男人，她就恐怖。

她回来的时候，母亲又接她到我们家来住着，说她的家里又黑，又冷，说她太孤单可怜。我们家是一团和气的。

到了后来，她的母亲发现她对于出嫁太不热心，该剪裁的衣裳，她不去剪裁。有一些零碎还要去买的，她也不去买。做母亲的总是常常要加以督促，后来就要接她回去，接到她的身边，好随时提醒她。她的母亲以为年青的人必定要随时提醒的，不然总是贪玩。而况出嫁的日子又不远了，或者就是二三月。

想不到外祖母来接她的时候，她从心里的不肯回去，她竟很勇敢的提出来她要读书的要求。她说她要念书，她想不到出嫁。

开初外祖母不肯，到后来，她说若是不让她读书，她是不出嫁的。外祖母知道她的心情，而且想起了很多可怕的事情……

外祖母没有办法，依了她。给她在家里请了一位老先生，就在自己家院子的空房子里边摆上了书桌，还有几个邻居家的姑娘，一齐念书。

翠姨白天念书，晚上回到外祖母家。

念了书，不多日子，人就开始咳嗽，而且整天的闷闷不乐。她的母亲问她，有什么不如意？陪嫁的东西买得不顺心吗？或者是想到我们家去玩吗？什么事都问到了。

翠姨摇着头不说什么。

过了一些日子，我的母亲去看翠姨，带着我的哥哥，他们一看见她，第一个印象，就觉得她苍白了不少。而且母亲断言的说，她活不久了。

大家都说是念书累的，外祖母也说是念书累的，没有什么要紧的。要出嫁的女儿们，总是先前瘦的，嫁过去就要胖了。

而翠姨自己则点点头，笑笑，不承认，也不加以否认。还是念书，也不到我们家来了，母亲接了几次，也不来，回说没有工夫。

翠姨越来越瘦了，哥哥去到外祖母家看了她两次，也不过是吃饭，喝酒，应酬了一番，而且说是去看外祖母的。在这里，年青的男子去拜访年轻的女子，是不可以的。哥哥回来也并不带回什么欢喜或是什么新奇的忧郁，还是照样和我们打牌下棋。

翠姨后来支持不了啦，躺下了，她的婆婆听说她病了，就要娶她，因为花了钱，死了不是可惜了吗？这一种消息，翠姨听了病就更加严重。婆家一听她病重，立刻要娶她。因为在迷信中有这样一章：病新娘娶过来一冲，就冲好了。翠姨听了，就只盼望赶快死，拼命的糟蹋自己的身体，想死得越快一点儿越好。

母亲记起了翠姨，叫哥哥去看翠姨。是我的母亲派哥哥去的。母亲拿了一些钱让哥哥给翠姨送去，说是母亲送她在病中随便买点什么吃的。母亲晓得他们年青人是很拘泥的，或者不好意思去看翠姨，也或者翠姨是很想看他的，他们好久不能看见了。同时翠姨不愿意出嫁，母亲很久的就在心里猜疑着他们了。

男子是不好先去专访一位小姐的，这城里没有这样的风俗。母亲给了哥哥一件礼物，哥哥就可去了。

哥哥去的那天，她家里正没有人，只是她家的堂妹妹迎接着这从未见过的生疏的年青的客人。那堂妹妹还没问清客人的来由，就往外跑，说是去找她们的祖父去，请他等一等。大概她想凡是男客就是来会祖父的。

客人只说了自己的名字，那女孩子连听也没有听就跑出了。

哥哥正想，翠姨在什么地方？或者在里屋吗？翠姨大概听出什么人来了，她就在里边说：

“请进来。”

哥哥进去了，坐在翠姨的枕边，他要去摸一摸翠姨的前额，是否发热，他说：

“好了点吗？”

他刚一伸出手去，翠姨就突然的拉住他的手，而且大声的哭起来了，好像一颗心也哭出来了似的。哥哥没有准备，就很害怕，不知道说什么，做什么。他不知道现在该是保护翠姨的地位，还是保护自己的地位。同时听得见外边已经有人来了，就要开门进来了。一定是翠姨的祖父。

翠姨平静的向他笑着，说：

“你来得很好，一定是姐姐，你的婶母（我的母亲）告诉你来的，我心里永远纪念着她。她爱我一场，可惜我不能去看她了……我不能报答她了……不过我总会记起在她家里的日子的……她待我也许没有什么，但是我觉得已经太好了……我永远不会忘记的……我现在也不知道为什么，心里只想死得快一点就好，多活一天也是多余的……人家也许以为我是任性……其实是不对的。不知为什么，那家对我也会是很好的，但是我不愿意。我小时候，就不好，我的脾气总是不从心的事，我不愿意……这个脾气把我折磨到今天了……可是我怎能从心呢……真是笑话……谢谢姐姐她还惦着我……请你告诉她，我并不像她想的那么苦呢，我也很快乐……”翠姨苦笑了一笑，“我的心里安静，而且我求的我都得到了……”

哥哥茫然的不知道说什么。这时祖父进来了。看了翠姨的热度，又感谢了我的母亲，对我哥哥的降临，感到荣幸。他说请我母亲放心吧，翠姨的病马上就会好的，好了就嫁过去。

哥哥看了看翠姨就退出去了，从此再没有看见她。

哥哥后来提起翠姨常常落泪，他不知翠姨为什么死，大家也都心中纳闷。

尾 声

等我到春假回来，母亲还当我说：

“要是翠姨一定不愿意出嫁，那也是可以的，假如他们当我说。”

…………

翠姨坟头的草籽已经发芽了，一掀一掀的和土粘成了一片，坟头显出淡淡的青色，常常会有白色的山羊跑过。

这时城里的街巷，又装满了春天。

暖和的太阳，又转回来了。

街上有的提着筐子卖蒲公英的了，也有卖小根蒜的了。更有些孩子们，他们按着时节去折了那刚发芽的柳条，正好可以拧成哨子，就含在嘴里满街的吹。声音有高有低，因为哨子有粗有细。

大街小巷到处的呜呜呜，呜呜呜。好像春天是从他们的手里招呼回来了似的。但是这为期甚短。一转眼，吹哨子的不见了。

接着杨花飞起来了，榆钱飘满了一地。

在我的家乡那里，春天是快的。五天不出屋，树发芽了，再过五天不看树，树长叶了，再过五天，这树就像绿得使人不认识它了。使人想，这棵树，就是前天的那棵树吗？自己回答自己，当然是的。春天就像跑着似的那么快。好像人能够看见似的，春天从老远的地方跑来了，跑到这个地方，只向人的耳朵吹一句小小的声音：“我来了呵。”而后很快的就跑过去了。

春，好像它不知道多么忙迫，好像无论什么地方都在招呼它。假若它晚到一刻，太阳会变色的，大地会干成石头，尤其是树木，那真是好像再多一刻工夫也不能忍耐。假若春天稍稍在什么地方留连了一下，就会误了不少的生命。

春天为什么它不早一点来，来到我们这城里多住一些日子，而后再慢慢的到另外的一个城里去，在另外一个城里也多住一些日子。

但那是不能的了，春天的命运就是这么短。

年轻的姑娘们，她们三两成双，坐着马车，去选择衣料去了，因为就要换春装了。她们热心的弄着剪刀，打着衣样，想装成自己心中想得出的那么好。她们白天黑夜的忙着，不久春装换起来了，只是不见载着翠姨的马车来。

一九四一，七

该篇首刊于1941年7月1日《时代文学》（香港）第一卷第二期，署名萧红。

生 死 场

一、麦场

一只山羊在大道边啮嚼榆树的根端。

城外一条长长的大道，被榆树打成荫片。走在大道中，像是走进一个荡动遮天的大伞。

山羊嘴嚼榆树皮，黏沫从山羊的胡子流延着。被刮起的这些黏沫，仿佛是胰子的泡沫，又像粗重浮游着的丝条；黏沫挂满羊腿，榆树显然是生了疮疖，榆树带着偌大的疤痕。山羊却睡在荫中，白囊一样的肚皮起起落落……

菜田里一个小孩慢慢地踱走。在草帽的盖伏下，像是一棵大形的菌类。捕蝴蝶吗？捉蚱虫吗？小孩在正午的太阳下。

很短时间以内，跌步的农夫也出现在菜田里。一片白菜的颜色有些相近山羊的颜色。

毗连着菜田的南端生着青穗的高粱的林。小孩钻入高粱之群里，许多穗子被撞着在头顶打坠下来。有时也打在脸上。叶子们交结着响，有时刺痛着皮肤。那里是绿色的甜味的世界，显然凉爽一些。时间不久小孩子争斗着又走出最末的那棵植物。立刻太阳烧着他的头发，机灵的他把帽子扣起来。高空的蓝天，遮覆住菜田上跳跃着的太阳。没有一块行云。一株柳条的短枝，小孩夹在腋下，走路他的两腿膝盖远远的分开，两只脚尖向里勾着，勾得腿在抱着个盆样。跌脚的农夫早已看清是自己的孩子了，他远远地完全用喉音在问着：

“罗圈腿，唉呀！……不能找到?”

这个孩子的名字十分象征着他。他说：“没有。”

菜田的边道，小小的地盘，绣着野菜。经过这条短道，前面就是二里半的房窝，他家门前种着一株杨树，杨树翻摆着自己的叶子。每日二里半走在杨树下，总是听一听杨树的叶子怎样响；看一看杨树的叶子怎样动摆？杨树每天这样……他也每天停脚。今天是他第一次破例，什么他都忘记，只见跌脚跌得更深了！每一步像在踏下一个坑去。

土屋周围，树条编做成墙，杨树一半荫影洒落到院中；麻面婆在荫影中洗濯衣裳。正午田圃间只留着寂静，惟有蝴蝶们为着花，远近的翩飞，不怕太阳烧毁它们的翅膀。一切都回藏起来，一只狗也寻着有荫的地方睡了！虫子们也回藏不鸣！

汗水在麻面婆的脸上，如珠如豆，渐渐浸着每个麻痕而下流。麻面婆不是一只蝴蝶，她生不出磷膀来，只有印就的麻痕。

两只蝴蝶飞戏着闪过麻面婆，她用湿的手把飞着的蝴蝶打下来，一个落到盆中溺死了！她的身子向前继续伏动，汗流到嘴了，她舐尝一点盐的味，汗流到眼睛的时候，那是非常辣，她急切用湿手揩拭一下，但仍不停的洗濯。她的眼睛好像哭过一样，揉擦出脏污可笑的圈子，若远看一点，那正合乎戏台上的丑角；眼睛大得那样可怕，比起牛的眼睛来更大，而且脸上也有不定的花纹。

土房的窗子，门，望去那和洞一样。麻面婆踏进门，她去找另一件要洗的衣服，可是在炕上，她抓到了日影，但是不能拿起，她知道她的眼睛是晕花了！好像在光明中忽然走进灭了灯的夜。她休息下来，感到非常凉爽。过了一会在席子下面她抽出一条自己的裤子。她用裤子抹着头上的汗，一面走回树荫放着盆的地方，她把裤子也浸进泥浆去。

裤子在盆中大概还没有洗完，可是挂到篱墙上了！也许已经洗完？麻面婆做事是一件跟紧一件，有必要时，她放下一件又去做别的。

邻屋的烟筒，浓烟冲出，被风吹散着，布满全院。烟迷着她的眼睛了！她知道家人要回来吃饭，慌张着心弦，她用泥浆浸过的手去墙角拿茅草，她沾了满手的茅草，就那样，她烧饭，她的手从来不用清水洗过。她家的烟筒也走着烟了。过了一会，她又出来取柴，茅草在手中，一半拖在地面，另一半在围裙下，她是摇拥着走。头发飘了满脸，那样，麻面婆是一只母熊了！母熊带着草类进洞。

浓烟遮住太阳，院中一霎明暗，在空中烟和云似的。

篱墙上的衣裳在滴水滴，蒸着污浊的气。全个村庄在火中窒息。午间的太阳权威着一切了！

“他妈的，给人家偷着走了吧？”

二里半跌脚利害的时候，都是把屁股向后面斜着，跌出一定的角度来。他去拍一拍山羊睡觉的草棚，可是羊在那里？

“他妈的，谁偷了羊……混账种子！”

麻面婆听着丈夫骂，她走出来凹着眼睛：

“饭晚啦吗？看你不回来，我就洗些个衣裳。”

让麻面婆说话，就像让猪说话一样，也许她喉咙组织法和猪相同，她总是发着猪声。

“唉呀！羊丢啦！我骂你那个傻老婆干什么？”

听说羊丢，她去扬翻柴堆，她记得有一次羊是钻过柴堆。但，那在冬天，羊为着取暖。她没有想一想，六月天气，只有和她一样傻的羊才要钻柴堆取暖。她翻着，她没有想。全头发洒着一些细草，她丈夫想止住她，问她什么理由，她始终不说。她为着要作出一点奇迹，为着从这奇迹，今后要人看重她。表明她不傻，表明她的智慧是在必要的时节出现，于是像狗在柴堆上耍得疲乏了！手在扒着发间的草秆，她坐下来。她意外的感到自己的聪明不够用，她意外的向自己失望。

过了一会邻人们在太阳底下四面出发，四面寻羊；麻面婆的饭锅冒着气，但，她也跟在后面。

二里半走出家门不远，遇见罗圈腿，孩子说：

“爸爸，我饿！”

二里半说：“回家去吃饭吧！”

可是二里半转身时老婆和一捆稻草似的跟在后面。

“你这老婆，来干什么？领他回家去吃饭。”

他说着不停的向前跌走。

黄色的，近黄色的，麦地只留下短短的根苗。远看来麦地使人悲伤。在麦地尽端，井边什么人在汲水。二里半一只手遮在眉上，东西眺望，他忽然决定到那井的地方，在井沿看下去，什么也没有，用井上汲水的桶子向水底深深的探试，什么也没有，最后，绞上水桶，他伏身到井边喝水，水在喉中有声，像是马在喝。

老王婆在门前草场上休息：

“麦子打得怎样啦？我的羊丢了！”

二里半青色的面孔为了丢羊更青色了！

咩……咩……羊叫，不是羊叫，寻羊的人叫。

林荫一排砖车经过，车夫们哗闹着。山羊的午睡醒转过来，它迷茫着用犄角在周身剔毛。为着树叶绿色的反映，山羊变成浅黄。卖瓜的人在道旁自己吃瓜。那一排砖车扬起浪般的灰尘，从林荫走上进城的大道。

山羊寂寞着，山羊完成了它的午睡，完成了它的树皮餐，而归家去了。山羊没有归家，它经过每棵高树，也听遍了每张叶子的刷鸣，山羊也要进城吗！它奔向进城的大道。

咩……咩，羊叫，不是羊叫，寻羊的人叫，二里半比别人叫出来更大声，那不像是羊叫，像是一条牛了！

最后，二里半和地邻动打，那样，他的帽子，像断了线的风筝，飘摇着下降，从他头上飘摇到远处。

“你踏碎了俺的白菜！你……你……”

那个红脸长人，像是魔王一样，二里半被打得眼睛晕花起来，他去抽拔身边的一棵小树，小树无由的被害了，那家的女人出来，送出一支搅酱缸的耙子，耙子滴着酱。

他看见耙子来了，拔着一棵小树跑回家去，草帽是那般孤独的丢在井边，草帽他不知戴过了多少年头。

二里半骂着妻子：“混蛋，谁吃你的焦饭！”

他的面孔和马脸一样长。麻面婆惊惶着，带着愚蠢的举动，她知道山羊一定没能寻到。

过了一会，她到饭盆那里哭了！“我的……羊，我一天一天喂喂……大的，我抚摸着长起来的！”

麻面婆的性情不会抱怨。她一遇到不快时，或是丈夫骂了她，或是邻人与她拌嘴，就连小孩子们扰烦她时，她都是像一摊蜡消融下来。她的性情不好反抗，不好争斗，她的心像永远贮藏着悲哀似的，她的心永远像一块衰弱的白棉。她哭抽着，任意走到外面把晒干的衣裳搭进来，但她绝对没有心思注意到羊。

可是会旅行的山羊在草棚不断的搔痒，弄得板房的门扇快要掉落下来，门扇摔摆的响着。

下午了，二里半仍在炕上坐着。

“妈的，羊丢了就丢了吧！留着它不是好兆相。”

但是妻子不晓得养羊会有什么不好的兆相，她说：

“哼！那么白白地丢了？我一会去找，我想一定在高粱地里。”

“你还去找？你别找啦！丢就丢了吧！”

“我能找到它呢！”

“唉呀，找羊会出别的事哩！”

他脑中回旋着挨打的时候：——草帽像断了线的风筝飘摇着下落，酱耙子滴着酱。快抓住小树，快抓住小树。……二里半心中翻着这不好的兆相。

他的妻不知道这事。她朝向高粱地去了：蝴蝶和别的虫子热闹着，田地上有人工作了。她不和田上的妇女们搭话，经过留着根的麦地时，她像微点的爬虫在那里。阳光比正午钝了些，虫鸣渐多了；渐飞渐多了！

老王婆工作剩余的时间，尽是，述说她无穷的命运。她的牙齿为着述说常常切得发响，那样她表示她的愤恨和潜怒。在星光下，她的脸纹绿了些，眼睛发青，她的眼睛是大的圆形。有时她讲到兴奋的话句，她发着嘎而没有曲折的直声。邻居的孩子们会说她是一头“猫头鹰”，她常常为着小孩子们说她“猫头鹰”而愤激，她想自己怎么会成个那样的怪物呢？像碎着一件什么东西似的，她开始吐痰。

孩子们的妈妈打了他们，孩子跑到一边去哭了！这时王婆她该终止她的讲说，她从窗洞爬进屋去过夜。但有时她并不注意孩子们哭，她不听见似的，她仍说着那一年麦子好；她多买了一条牛，牛又生了小牛，小牛后来又怎样？……她的讲话总是有起有落；关于一条牛，她能有无量的言词：牛是什么颜色？每天要吃多少水草？甚至要说到牛睡觉是怎样的姿势。

但是今夜院中一个讨厌的孩子也没有，王婆领着两个邻妇，坐在一条喂猪的槽子上，她们的故事便流水一般地在夜空里延展开。

天空一些云忙走，月亮陷进云围时，云和烟样，和煤山样，快要燃烧似的。再过一会，月亮埋进云山，四面听不见蛙鸣，只是萤虫闪闪着。

屋里，像是洞里，响起鼾声来，布遍了的声波旋走了满院。天边小的闪光不住的在闪合。王婆的故事对比着天空的云：

“……一个孩子三岁了，我把她摔死了，要小孩子我会成了个废物。……那天早晨……我想一想！……是早晨，我把她坐在草堆上，我去喂牛；草堆是在房后。等我想起孩子来，我跑去抱她，我看见草堆上没有孩子；我看见草堆下有铁犁的时候，我知道，这是恶兆，偏偏孩子跌在铁犁一起，我以为她还活着呀！等我抱起来的时候……啊呀！”

一条闪光裂开来，看得清王婆是一个兴奋的幽灵。全麦田，高粱地，菜圃，都在闪光下出现。妇人们被惶憾着，像是有什么冷的东西，扑向她们的脸去。闪光一过，王婆的话声又连续下去：

“……啊呀！……我把她丢到草堆上，血尽是向草堆上流呀！她的小手颤颤着，血在冒着汽从鼻子流出，从嘴里流出，好像喉管被切断了。我听一听她的肚子还有响；那和一条小狗给车轮辘死一样。我也亲眼看过小狗被车轮轧死，我什么都看过。这庄上的谁家养小孩，一遇到孩子不能养下来，我就去拿着钩子，也许用那个掘菜的刀子，把孩子从娘的肚里硬搅出来。孩子死，不算一回事，你们以为我会暴跳着哭吧？我会嚎叫吧？起先我心也觉得发颤，可是我一看见麦田在我眼前时，我一点都不后悔，我一滴眼泪都没淌下。以后麦子收成很好，麦子是我割倒的，在场上一粒一粒我把麦子拾起来，就是那年我整个秋天没有停脚，没讲闲话，像连口气也没得喘似的，冬天就来了！到冬天我和邻人比着麦粒，我的麦粒是那样大呀！到冬天我的背曲得有些利害，在手里拿着大的麦粒。可是，邻人的孩子却长起来了！……到那时候，我好像忽然才想起我的小钟。”

王婆推一推邻妇，荡一荡头：

“我的孩子小名叫小钟呀！……我接连着煞苦了几夜没能睡，什么麦粒？从那时起，我连麦粒也不怎样看重了！就是如今，我也不把什么看重。那时我才二十几岁。”

闪光相连起来，能言的幽灵默默坐在闪光中。邻妇互望着，感到有些寒冷。

狗在麦场张狂着咬过来，多云的夜什么也不能告诉人们。忽然一道闪光，看见的黄狗卷着尾巴向二里半叫去，闪光一过，黄狗又回到麦堆，草茎折动出细微的声音。

“三哥不在家里？”

“他睡着哩！”王婆又回到她的默默中，她的答话像是从一个空瓶子或是从什么空的东西发出。猪槽上她一个人化石一般地留着。

“三哥！你又和三嫂闹嘴吗？你常常和她闹嘴，那会败坏了平安的日子的。”

二里半，能宽容妻子，以他的感觉去衡量别人。

赵三点起烟火来，他红色的脸笑了笑：“我没和谁闹嘴哩！”

二里半他从腰间解下烟袋，从容着说：

“我的羊丢了！你不知道吧？它又走了回来。要替我说出买主去，这条羊留着不是什么好兆相。”

赵三用粗嘎的声音大笑，大手和红色脸在闪光中伸现出来：

“哈……哈，倒不错，听说你的帽子飞到井边团团转呢！”

忽然二里半又看见身边长着一棵小树，快抓住小树，快抓住小树。他幻想终了，他知道被打的消息是传布出来，他捻一捻烟火，解辩着说：

“那家子不通人情，那有丢了羊不许找的勾当？他硬说踏了他的白菜，你看，我不能和他动打。”

摇一摇头，受着辱一般的冷没下去，他吸烟管，切心地感到羊不是好兆相，羊会伤着自己的脸面。

来了一道闪光，大手的高大的赵三，从炕沿站起，用手掌擦着眼睛。他忽然响叫：

“怕是要落雨吧！——坏啦！麦子还没打完，在场上堆着！”

赵三感到养牛和种地不足，必须到城里去发展。他每日进城，他渐渐不注意麦子，他梦想着另一桩有望的事业。

“那老婆，怎不去看麦子？麦子一定要给水冲走呢？”

赵三习惯的总以为她会坐在院心，闪光更来了！雷响，风声。一切翻动着黑夜的庄村。

“我在这里呀！到草棚拿席子来，把麦子盖起吧！”

喊声在有闪光的麦场响出，声音像碰着什么似的，好像在水上响出，王婆又震动着喉咙：“快些，没有用的，睡觉睡昏啦！你是摸不到门啦！”

赵三为着未来的大雨所恐吓，没有同她拌嘴。

高粱地像要倒折，地端的榆树吹啸起来，有点像金属的声音，为着闪的原故，全庄忽然裸现，忽然又沉埋下去。全庄像是海上浮着的泡沫。邻家和距离远一点的邻家有孩子的哭声，大人在嚷吵，什么酱缸没有盖啦！驱赶着鸡雏啦！种麦田的人家嚷着麦子还没有打完啦！农家好比鸡笼，向着鸡笼投下火去，鸡们会翻腾着。

黄狗在草堆开始做窝，用腿扒草，用嘴扯草。王婆一边颤动，一边手里拿着耙子：

"该死的，麦子今天就应该打完，你进城就不见回来，麦子算是可惜啦！"

二里半在电光中走近家门，有雨点打下来，在植物的叶子上稀疏的响着。雨点打在他的头上时，他摸一下头顶而没有了草帽。关于草帽，二里半一边走路一边怨恨山羊。

早晨了，雨还没有落下。东边一道长虹悬起来；感到湿的气味的云掠过人头，东边高粱头上，太阳走在云后，那过于艳明，像红色的水晶，像红色的梦。远看高粱和小树林一般森严着；村家在早晨趁着气候的凉爽，各自在田间忙。

赵三门前，麦场上小孩子牵着马，因为是一条年轻的马，它跳着荡着尾巴跟它的小主人走上场来。小马欢喜用嘴撞一撞停在场上的"石磙"，它的前腿在平滑的地上蹀打几下，接着它必然像索求什么似的叫起不很好听的声来。

王婆穿的宽袖的短袄，走上平场。她的头发毛乱而且绞卷着，朝晨的红光照着她，她的头发恰像田上成熟的玉米的缨穗，红色并且蔫卷。

马儿把主人呼唤出来，它等待给它装置"石磙"，"石磙"装好的时候，小马摇着尾巴，不断的摇着尾巴，它十分驯顺和愉快。

王婆摸一摸席子潮湿一点，席子被拉在一边了；孩子跑过去，帮助她，麦穗布满平场，王婆拿着耙子站到一边。小孩欢跑着立到场子中央，马儿开始转跑。小孩在中心地点也是转着。好像画圆周时用的圆规一样，无论马儿怎样跑，孩子总在圆心的位置。因为小马发疯着。飘扬着跑它和孩子一般地贪玩，弄得麦穗溅出场外。王婆用耙子打着马，可是走了一会它游戏够了，就和断耍着的小狗需要休息一样，休息下来。王婆着了疯一般地又挥着耙子，马暴跳起来，它跑了两个圈子，把"石磙"带着离开铺着麦穗的平场；并且嘴里咬嚼一些麦穗。系住马勒带的孩子挨骂着：

“呵！你总偷着把它拉上场，你看这样的马能打麦子吗？死了去吧！别烦我吧！”

小孩子拉马走出平场的门；到马槽子那里，去拉那个老马。把小马束好在杆子间。老马差不多完全脱了毛，小孩子不爱它，用勒带打着它走，可是它仍和一块石头或是一棵生了根的植物那样不容搬运。老马是小马的妈妈，它停下来，用鼻头偎着小马肚皮间破裂的流着血的伤口。小孩子看见他爱的小马流血，心中惨惨的眼泪要落出来，但是他没能晓得母子之情，因为他还没能看见妈妈：他是私生子。脱着光毛的老动物，催逼着离开小马，鼻头染着一些血，走上麦场。

村前火车经过河桥，看不见火车，听见隆隆的声响。王婆注意着旋上天空的黑烟。前村的人家，驱着白菜车去进城，走过王婆的场子时，从车上抛下几个柿子来，一面说：“你们是不种柿子的，这是贱东西，不值钱的东西，麦子是发财之道呀！”驱着车子的青年结实的汉子过去了；鞭子甩响着。

老马看着墙外的马不叫一声，也不响鼻子。小孩去拿柿子吃，柿子还不十分成熟，半青色的柿子，永远被人们摘取下来。

马静静地停在那里，连尾巴也不甩摆一下。也不去用嘴触一触石磙；就连眼睛它也不远看一下，同时它也不怕什么工作，工作来的时候，它就安心去开始；一些绳锁束上身时，它就跟住主人的鞭子。主人的鞭子很少落到它的皮骨，有时它过分疲惫而不能支持，行走过分缓慢，主人打了它，用鞭子，或是用别的什么，但是它并不暴跳，因为一切过去的年代规定了它。

麦穗在场上渐渐不成形了！

“来呀！在这儿拉一会马呀！平儿！”

“我不愿意和老马在一块，老马整天像睡着。”

平儿囊中带着柿子走到一边去吃，王婆怨怒着：

“好孩子呀！我管不好你，你还有爹哩！”

平儿没有理谁，走出场子，向着东边种着花的地端走去。他看着红花，吃着柿子走。

灰色的老幽灵暴怒了："我去唤你的爹爹来管教你呀！"

她像一只灰色的大鸟走出场去。

清早的叶子们！树的叶子们，花的叶子们，闪着银珠了！太阳不着边际地轮圆在高粱棵的上端，左近的家屋在预备早饭了。

老马自己在滚压麦穗，勒带在嘴下拖着，它不偷食麦粒，它不走脱了轨，转过一个圈，再转过一个，绳子和皮条有次序的向它光皮的身子磨擦，老动物自己无声的动在那里。

种麦的人家，麦草堆得高涨起来了！福发家的草堆也涨过墙头。福发的女人吸起烟管。她是健壮而短小，烟管随意冒着烟；手中的耙子，不住的耙在平场。

侄儿打着鞭子经行在前面的林荫，静静悄悄地他唱着寞默的歌声；她为歌声感动了！耙子快要停下来，歌声仍起在林端：

"昨晨落着毛毛雨，……小姑娘，披蓑衣……小姑娘，……去打鱼。"

二、菜圃

菜圃上寂寞的大红的西红柿，红着了。小姑娘们摘取着柿子，大红大红的柿子，盛满她们的筐篮；也有的在拔青萝卜、红萝卜。

金枝听着鞭子响，听着口哨响，她猛然站起来，提好她的筐子惊惊怕怕的走出菜圃。在菜田东边，柳条墙的那个地方停下，她听一听口笛渐渐远了！鞭子的响声与她隔离着了！她忍耐着等了一会，口笛婉转地从背后的方向透过来；她又将与他接近着了！菜田上一些女人望见她，远远的呼唤：

"你不来摘柿子，干什么站到那儿？"

她摇一摇她成双的辫子，她大声摆着手说："我要回家了！"

姑娘假装着回家，绕过人家的篱墙，躲避一切菜田上的眼睛，朝向河湾去了。筐子挂在腕上，摇摇搭搭。口笛不住的在远方催逼她，仿佛她是一块被引的铁跟住了磁石。

静静的河湾有水湿的气味，男人等在那里。

五分钟过后，姑娘仍和小鸡一般，被野兽压在那里。男人着了疯了！他的大手敌意一般地捉紧另一块肉体，想要吞食那块肉体，想要破坏那块热的肉。尽量的充涨了血管，仿佛他是在一条白的死尸上面跳动，女人赤白的圆形的腿子，不能盘结住他。于是一切音响从两个贪婪着的怪物身上创作出来。

迷迷荡荡的一些花穗颤在那里，背后的长茎草倒折了！不远的地方打柴的老人在割野草。他们受着惊扰了！发育完强的青年的汉子，带着姑娘，像猎犬带着捕捉物似的，又走下高粱地去。他的手是在姑娘的衣裳下面展开着走。

吹口哨，响着鞭子，他觉得人间是温存而愉快。他的灵魂和肉体完全充实着，婶婶远远的望见他，走近一点婶婶说：

“你和那个姑娘又遇见吗？她真是个好姑娘。……唉……唉！”

婶婶像是烦躁一般紧紧靠住篱墙。侄儿向她说：

“婶娘你唉唉什么呢？我要娶她哩！”

“唉……唉……”

婶婶完全悲伤下去，她说：

“等你娶过来，她会变样，她不和原来一样，她的脸是青白色；你也再不把她放在心上，你会打骂她呀！男人们心上放着女人，也就是你这样的年纪吧！”

婶婶表示出她的伤感，用手按住胸膛，她防止着心脏起什么变化，她又说：

“那姑娘我想该有了孩子吧？你要娶她，就快些娶她。”

侄儿回答：“她娘还不知道哩！要寻一个做媒的人。”

牵着一条牛，福发回来。婶婶望见了，她急旋着走回院中，假意收拾柴栏。叔叔到井边给牛喝水，他又拉着牛走了！婶婶好像小鼠一般又抬起头来，又和侄儿讲话：

“成业，我对你告诉吧！年青的时候，姑娘的时候，我也到河边去钓鱼，九月里落着毛毛雨的早晨，我披着蓑衣坐在河沿，没有想到，我也不愿意那样；我知道给男人做老婆是坏事，可是你叔叔，他从河沿把我拉到马房去，在马房里，我什么都完啦！可是我心也不害怕，我欢喜给你叔叔做老婆。这时节你看：我怕男人，男人和石块一般硬，叫我不敢触一触他。”

“你总是唱什么落着毛毛雨，披蓑衣去打鱼……我再也不愿听这曲子，年青人什么也不可靠，你叔叔也唱这曲子哩！这时他再也不想从前了！那和死过的树一样不能再活。”

年青的男人不愿意听婶婶的话，转走到屋里，去喝一点酒。他为着酒，大胆把一切告诉了叔叔。福发起初只是摇头，后来慢慢的问着：

“那姑娘是十七岁吗？你是廿岁。小姑娘到咱们家里，会做什么活计？”

争夺着一般的，成业说：

“她长得好看哩！她有一双亮油油的黑辫子。什么活计她也能做，很有气力呢！”

成业的一些话，叔叔觉得他是喝醉了，往下叔叔没有说什么，坐在那里沉思过一会，他笑着望着他的女人：

“啊呀……我们从前也是这样哩！你忘记吗？那些事情，你忘记了吧！……哈……哈，有趣的呢，回想年青真有趣的哩。”

女人过去拉着福发的臂，去抚媚他。但是没有动，她感到男人的笑脸不是从前的笑脸，她心中被他无数生气的面孔充塞住，她没有动，她笑一下赶忙又把笑脸收了回去。她怕笑得时间长，会要挨骂。男人叫把酒杯拿过去，女人听了这话，听了命令一般把杯子拿给他。于是丈夫也昏沉的睡在炕上。

女人悄悄地蹑脚着走出了停在门边，她听着纸窗在耳边鸣，她完全无力，完全灰色下去。场院前，蜻蜓们闹着向日葵的花。但这与年青的妇人绝对隔碍着。

纸窗渐渐的发白，渐渐可以分辨出窗棂来了！进过高粱地的姑娘一边幻想着一边哭，她是那样的低声，还不如窗纸的鸣响。

她的母亲翻转身时，哼着，有时也挫响牙齿。金枝怕要挨打，连在黑暗中把眼泪也拭得干净。老鼠一般地整夜好像睡在猫的尾巴下。通夜都是这样，每次母亲翻动时，像爆裂一般地，向自己的女孩的枕头的地方骂了一句：

"该死的！"

接着她便要吐痰，通夜是这样，她吐痰，可是她并不把痰吐到地上；她愿意把痰吐到女儿的脸上。这次转身她什么也没有吐，也没骂。

可是清早，当女儿梳好头辫，要走上田的时候，她疯着一般夺下她的筐子：

"你还想摘柿子吗？金枝，你不像摘柿子吧？你把筐子都丢啦！我看你好像一点心肠也没有，打柴的人幸好是朱大爷，若是别人拾去还能找出来吗？若是别人拾得了筐子，名声也不能好听哩！福发的媳妇，不就是在河沿坏的事吗？全村就连孩子们也是传说。唉！……那是怎样的人呀？以后婆家也找不出去。她有了孩子，没法做了福发的老婆，她娘为这事羞死了似的，在村子里见人，都不能抬起头来。"

母亲看着金枝的脸色马上苍白起来，脸色变成那样脆弱。母亲以为女儿可怜了，但是她没晓得女儿的手从她自己的衣裳里边偷偷的按着肚子，金枝感到自己有了孩子一般恐怖。母亲说：

"你去吧！你可再别和小姑娘们到河沿去玩，记住，不许到河边去。"

母亲在门外看着姑娘走，她没立刻转回去，她停住在门前许多时间，姑娘眼望着加入田间的人群，母亲回到屋中一边烧饭，一边叹气，她体内像染着什么病患似的。

农家每天从田间回来才能吃早饭。金枝走回来时，母亲看见她手在按着肚子：

“你肚子疼吗？”

她被惊着了，手从衣裳里边抽出来，连忙摇着头：“肚子不疼。”

“有病吗？”

“没有病。”

于是她们吃饭。金枝什么也没有吃下去，只吃过粥饭就离开饭桌了！母亲自己收拾了桌子说：

“连一片白菜叶也没吃呢！你是病了吧？”

等金枝出门时，母亲呼唤着：

“回来，再多穿一件夹袄，你一定是着了寒，才肚子疼。”

母亲加一件衣服给她，并且又说：

“你不要上地吧？我去吧！”

金枝一面摇着头走了！披在肩上的母亲的小袄没有扣钮子，被风吹飘着。

金枝家的一片柿地，和一个院宇那样大的一片。走进柿地嗅到辣的气味，刺人而说不定是什么气味。柿秧最高的有两尺高，在枝间挂着金红色的果实。每棵，每棵挂着许多，也挂着绿色或是半绿色的一些。除了另一块柿地和金枝家的柿地接连着，左近全是菜田了！八月里人们忙着扒“土豆”；也有的砍着白菜，装好车子进城去卖。

二里半就是种菜田的人。麻面婆来回的搬着大头菜，送到地端的车子上。罗圈腿也是来回向地端跑着，有时他抱了两棵大形的圆白菜，走起来两臂像是架着两块石头样。

麻面婆看见身旁别人家的倭瓜红了。她看一下，近处没有人，起始把靠菜地长着的四个大倭瓜都摘落下来了。两个和小西瓜一样大的，她叫孩子抱着。罗圈腿脸累得涨红和倭瓜一般红，他不能再抱动了！两臂像要被什么压掉一般。还没能到地端，刚走过金枝身旁，他大声求救似的：

“爹呀，西……西瓜快要摔啦，快要摔碎啦！”

他着忙把倭瓜叫西瓜。菜田许多人，看见这个孩子都笑了！凤姐望着金枝说：

“你看这个孩子，把倭瓜叫成西瓜。”

金枝看了一下，用面孔无心的笑了一下。二里半走过来，踢了孩子一脚；两个大的果实坠地了！孩子没有哭，发愣地站到一边。二里半骂他：

“混蛋，狗娘养的，叫你抱白菜，谁叫你摘倭瓜啦？……”

麻面婆在后面走着，她看到儿子遇了事，她巧妙的弯下身去，把两个更大的倭瓜丢进柿秧中。谁都看见她做这种事，只是她自己感到巧妙。二里半问她：

“你干的吗？胡突虫！错非你……”

麻面婆哆嗦了一下，口齿比平常更不清楚了：“……我没……”

孩子站在一边尖锐地嚷着：“不是你摘下来叫我抱着送上车去吗？不认账！”

麻面婆她使着眼神，她急得要说出口来：“我是偷的呢！该死的……别嚷叫啦，要被人抓住啦！”

平常最没有心肠看热闹的，不管田上发生了什么事，也沉埋在那里的人们，现在也来围住他们了！这里好像唱着武戏，戏台上耍着他们一家三人。二里半骂着孩子：

“他妈的混账，不能干活，就能败坏，谁叫你摘倭瓜？”

罗圈腿那个孩子，一点也不服气的跑过去，从柿秧中把倭瓜滚弄出来了！大家都笑了，笑声超过人头。可是金枝好像患着传染病的小鸡一般，霎着眼睛蹲在柿秧下，她什么也没有理会，她逃出了眼前的世界。

二里半气愤得几乎不能呼吸，等他说出“倭瓜”是自家种的，为着留种子时候，麻面婆站在那里才松了一口气，她以为这没有什么过错，偷摘自己的倭瓜。她仰起头来向大家表白：“你们看，我不知道，实在不知道倭瓜是自家的呢！”

麻面婆不管自己说话好笑不好笑，挤过人围，结果把倭瓜抱到车子那里。于是车子走向进城的大道，弯腿的孩子拐歪着跑在后面。马，车，人渐渐消失在道口了！

田间不断的讲着偷菜棵的事。关于金枝也起着流言：

“那个丫头也算完啦！”

“我早看她起了邪心，看她摘一个柿子要半天工夫；昨天把柿筐都忘在河沿！”

“河沿不是好人去的地方。”

凤姐身后，两个中年的妇人坐在那里扒胡萝卜。可是议论着，有时也说出一些淫污的话，使凤姐不大明白。

金枝的心总是悸动着，时间和苍蝇缕着丝线那样绵长；心境坏到极点。金枝脸色脆弱朦胧得像罩着一块面纱。她听一听口哨还没有响。辽阔的可以看到福发家的围墙，可是她心中的哥儿却永不见出来。她又继续摘柿子，无论青色的柿子她也摘下。她没能注意到柿子的颜色，并且筐子也满着了！她不把柿子送回家去，一些杂色的柿子，被她散乱的铺了满地。那边又有女人故意大声议论她：

“上河沿去跟男人，没羞的，男人扯开她的裤子？……”

金枝关于眼前的一切景物和声音，她忽略过去；她把肚子按得那样紧，仿佛肚子里面跳动了！忽然口哨传来了！她站起来，一个柿子被踏碎，像是被踏碎的蛤蟆一样，发出水声。她被跌倒了，口哨也跟着消灭了！以后无论她怎样听，口哨也不再响了。

金枝和男人接触过三次；第一次还是在两个月以前，可是那时母亲什么也不知道，直到昨天筐子落到打柴人手里，母亲算是渺渺茫茫的猜度着一些。

金枝过于痛苦了，觉得肚子变成个可怕的怪物，觉得里面有一块硬的地方，手按得紧些，硬的地方更明显。等她确信肚子有了孩子的时候，她的心立刻发呕一般颤索起来，她被恐怖把握着了。奇怪的，两个蝴蝶叠落着贴落在她的膝头。金枝看着这邪恶的一对虫子而不拂去它。金枝仿佛是米田上的稻草人。

母亲来了，母亲的心远远就系在女儿的身上。可是她安静的走来，远看她的身体几乎呈出一个完整的方形，渐渐可以辨得出她尖形的脚在袋口一般的衣襟下起伏的动作。在全村的老妇人中什么是她的特征呢？她发怒和笑着一般，眼角集着愉悦的多形的纹皱。嘴角也完全愉快着，只是上唇有些差别，在她真正愉快的时候，她的上唇短了一些。在她生气的时候，上唇特别长，而且唇的中央那一小部分尖尖的，完全像鸟雀的嘴。

母亲停住了。她的嘴是显着她的特征，——全脸笑着，只是嘴和鸟雀的嘴一般。因为无数青色的柿子惹怒她了！金枝在沉想的深渊中被母亲踢打了：

"你发傻了吗？啊……你失掉了魂啦？我撕掉你的辫子……"

金枝没有挣扎，倒了下来：母亲和老虎一般捕住自己的女儿。金枝的鼻子立刻流血。

她小声骂她，大怒的时候她的脸色更畅快笑着，慢慢的掀着尖唇，眼角的线条更加多的组织起来。

"小老婆，你真能败毁。摘青柿子。昨夜我骂了你，不服气吗？"

母亲一向是这样，很爱护女儿，可是当女儿败坏了菜棵，母亲便去爱护菜棵了。农家无论是菜棵，或是一株茅草也要超过人的价值。

该睡觉的时候了！火绳从门边挂手巾的铁丝线上倒垂下来，屋中听不着一个蚊虫飞了！夏夜每家挂着火绳。那绳子缓慢而绵长的燃着。惯常了，那像庙堂中燃着的香火，沉沉的一切使人无所听闻，渐渐催人入睡。艾蒿的气味渐渐织入一些疲乏的梦魂去。蚊虫被艾蒿烟驱走。金枝同母亲还没有睡的时候，有人来在窗外，轻慢的咳嗽着。

母亲忙点灯火，门响开了！是二里半来了。无论怎样母亲不能把灯点着，灯心处，着水的炸响，母亲手中举着一枝火柴，把小灯列得和眉头一般高，她说：

“一点点油也没有了呢！”

金枝到外房去倒油。这个期间，他们谈说一些突然的事情。母亲关于这事惊恐似的，坚决的，感到羞辱一般的荡着头：

“那是不行，我的女儿不能配到那家子人家。”

二里半听着姑娘在外房盖好油罐子的声音，他往下没有说什么。金枝站在门限向妈妈问：“豆油没有了，装一点水吧？”

金枝把小灯装好，摆在炕沿，燃着了！可是二里半到她家来的意义是为着她，她一点不知道。二里半为着烟袋向倒悬的火绳取火。

母亲，手在按住枕头，她像是想什么，两条直眉几乎相连起来。女儿在她身边向着小灯垂下头。二里半的烟火每当他吸过了一口便红了一阵。艾蒿烟混加着烟叶的气味，使小屋变做地下的窖子一样黑重！二里半作窘一般的咳嗽了几声。金枝把流血的鼻子换上另一块棉花。因为没有言语，每个人起着微小的潜意识的动作。

就这样坐着，灯火又响了。水上的浮油烧尽的时候，小灯又要灭，二里半沉闷着走了！二里半为人说媒被拒绝，羞辱一般的走了。

中秋节过去，田间变成残败的田间；太阳的光线渐渐从高空忧郁下来，阴湿的气息在田间到处撩走。南部的高粱完全睡倒下来，接接连连的望去，黄豆秧和揉乱的头发一样蓬蓬在地面，也有的地面完全拔秃着的。

早晨和晚间都是一样，田间憔悴起来。只见车子，牛车和马车轮轮滚滚的载满高粱的穗头，和大豆的秆秧。牛们流着口涎愚直的挂下着，发出响动的车子前进。

福发的侄子驱着一条青色的牛，向自家的场院载拖高粱。他故意绕走一条曲道，那里是金枝的家门，她心胀裂一般的惊慌，鞭子于是响来了。

金枝放下手中红色的辣椒，向母亲说：

“我去一趟茅屋。”

于是老太太自己串辣椒，她串辣椒和纺织一般快。

金枝的辫子毛毛着，脸是完全充了血。但是她患着病的现象，把她变成和纸人似的，像被风飘着似的出现房后的围墙。

你害病吗？倒是为什么呢？但是成业是乡村长大的孩子，他什么也不懂得问。他丢下鞭子，从围墙宛如飞鸟落过墙头，用腕力掳住病的姑娘；把她压在墙角的灰堆上，那样他不是想要接吻她，也不是想要热情的讲些情话，他只是被本能支使着想要动作一切。金枝打断着一般的说：

“不行啦！娘也许知道啦，怎么媒人还不见来？”

男人回答：

“嗳，李大叔不是来过吗？你一点不知道！他说你娘不愿意。明天他和我叔叔一道来。”

金枝按着肚子给他看，一面摇头：“不是呀！……不是呀！你看到这个样子啦！”

男人完全不关心，他小声响起：“管他妈的，活该愿意不愿意，反正是干啦！”

他的眼光又失常了，男人仍被本能不停的要求着。

母亲的咳嗽声，轻轻的从薄墙透出来。墙外青牛的角上挂着秋空的游丝。

母亲和女儿在吃晚饭，金枝呕吐起来，母亲问她：“你吃了苍蝇吗？”

她摇头，母亲又问：“是着了寒吧！怎么你总有病呢？你连饭都咽不下去。不是有痨病啦?!”

母亲说着去按女儿的腹部，手在夹衣上来回的摸了阵。手指四张着在肚子上思索了又思索：

“你有了痨病吧？肚子里有一块硬呢！有痨病人的肚子才是硬一块。”

女儿的眼泪要垂流一般的挂到眼毛的边缘。最后滚动着从眼毛走下来了！就是在夜里，金枝也起来到外边去呕吐，母亲迷蒙中听着叫娘的声音。窗上的月光差不多和白昼一般明，看得清金枝的半身拖在炕下，另半身是弯在枕上。头发完全埋没着脸面。等母亲拉她手的时候，她抽扭着说起：

“娘……把女儿嫁给福发的侄子吧！我肚里不是……病，是……”

到这样时节母亲更要打骂女儿了吧？可不是那样，母亲好像本身有了罪恶，听了这话，立刻麻木着了，很长的时间她像不存在一样。过了一刻母亲用她从不用过温和的声调说：

“你要嫁过去吗？二里半那天来说媒，我是顶走他的，到如今这事怎么办呢？”

母亲似乎是平息了一下她又想说，但是泪水塞住了她的嗓子，像是女儿窒息了她的生命似的，好像女儿把她羞辱死了！

三、老马走进屠场

老马走上进城的大道，“私宰场”就在城门的东边。那里的屠刀正张着，在等待这个残老的动物。

老王婆不牵着她的马儿，在后面用一条短枝驱着它前进。

大树林子里有黄叶回旋着，那是些呼叫着的黄叶。望向林子的那端，全林的树棵，仿佛是关落下来的大伞。凄沉的阳光，晒着所有的秃树。田间望遍了远近的人家。深秋的田地好像没有感觉的光了毛的皮革远近平铺着。夏季埋在植物里的家屋，现在明显的好像突出地面一般，好像新从地面突出。

深秋带来的黄叶，赶走了夏季的蝴蝶。一张叶子落到王婆的头上，叶子是安静的伏贴在那里。王婆驱着她的老马，头上顶着飘落的黄叶；老马，老人，配着一张老的叶子，他们走在进城的大道。

道口渐渐看见人影，渐渐看见那个人吸烟，二里半迎面来了。他长形的脸孔配起摆动的身子来，有点像一个驯顺的猿猴。他说：“唉呀！起得太早啦！进城去有事吗？怎么驱着马进城，不装车粮拉着？”

振一振袖子，把耳边的头发向后抚弄一下，王婆的手颤抖着说了：“到日子了呢！下汤锅去吧！”王婆什么心情也没有，她看着马在吃道旁的叶子，她用短枝驱着又前进了。

二里半感到非常悲痛。他痉挛着了。过了一个时刻转过身来，他赶上去说：“下汤锅是下不得的，……下汤锅是下不得……”但是怎样办呢？二里半连半句语言也没有了！他扭歪着身子跨到前面，用手摸一摸马儿的鬃发。老马立刻响着鼻子了！它的眼睛哭着一般，湿润而模糊。悲伤立刻掠过王婆的心孔。哑着嗓子，王婆说：“算了吧！算了吧！不下汤锅，还不是等着饿死吗？”

深秋秃叶的树，为了惨厉的风变，脱去了灵魂一般吹啸着。马行在前面，王婆随在后面，一步一步屠场近着了；一步一步风声送着老马归去。

王婆她自己想着：一个人怎么变得这样利害？年青的时候，不是常常为着送老马或是老牛进过屠场吗？她颤寒起来，幻想着屠刀要像穿过自己的背脊，于是，手中的短枝脱落了！她茫然晕昏地停在道旁，头发舞着好像个鬼魂样。等她重新拾起短枝来，老马不见了！它到前面小水沟的地方喝水去了！这是它最末一次饮水吧！老马需要饮水，它也需要休息，在水沟旁倒卧下了！它慢慢呼吸着。王婆用低音，慈和的音调呼唤着：“起来吧！走进城去吧，有什么法子呢？”马仍然仰卧着。王婆看一看日午了，还要赶回去烧午饭，但，任她怎样拉缰绳，马仍是没有移动。

王婆恼怒着了！她用短枝打着它起来。虽是起来，老马仍然贪恋着小水沟。王婆因为苦痛的人生，使她易于暴怒，树枝在马儿的脊骨上断成条块。

又安然走在大道上了！经过一些荒凉的家屋，经过几座颓败的小庙。一个小庙前躺着个死了的小孩，那是用一捆谷草束扎着的。孩子小小的头顶露在外面，可怜的小脚从草梢直伸出来；他是谁家的孩子睡在这旷野的小庙前？

屠场近着了，城门就在眼前，王婆的心更翻着不停了。

五年前它也是一匹年青的马，为了耕种，伤害得只有毛皮蒙遮着骨架。现在它是老了！秋末了！收割完了！无有用处了！只为一张马皮，主人忍心把它送进屠场。就是一张马皮的价值，地主又要从王婆的手里夺去。

王婆的心自己感觉得好像悬起来；好像要掉落一般，当她看见板墙钉着一张牛皮的时候。那一条小街尽是一些要摊落的房屋；女人啦，孩子啦，散集在两旁。地面踏起的灰粉，污没着鞋子；冲上人的鼻孔。孩子们拾起土块，或是垃圾团打击着马儿，王婆骂道：

“该死的呀！你们这该死的一群。”

这是一条短短的街。就在短街的尽头，张开两张黑色的门扇。再走近一点，可以发见门扇斑斑点点的血印。被血痕所恐吓的老太婆好像自己踏在刑场了！她努力镇压着自己，不让一些年青时所见到刑场上的回忆翻动。但，那回忆却连续的开始织张：——一个小伙子倒下来了，一个老头也倒下来了！挥刀的人又向第三个人作着式子。

仿佛是箭，又像火刺烧着王婆，她看不见那一群孩子在打马，她忘记怎样去骂那一群顽皮的孩子。走着，走着，立在院心了。四面板墙钉住无数张毛皮。靠近房檐立了两条高杆，高杆中央横着横梁；马蹄或是牛蹄折下来用麻绳把两只蹄端扎连在一起，做一个叉形挂在上面，一团一团的肠子也搅在上面；肠子因为日久了，干成黑色不动而僵直的片状的绳索。并且那些折断的腿骨，有的从折断处涔滴着血。

在南面靠墙的地方也立着高杆，杆头晒着在蒸气的肠索。这是说，那个动物是被杀死不久哩！肠子还热着呀！

满院在蒸发腥气，在这腥味的人间，王婆快要变做一块铅了！沉重而没有感觉了！

老马——棕色的马，它孤独的站在板墙下，它借助那张钉好的毛皮在搔痒。此刻它仍是马，过一会它将也是一张皮了！

一个大眼睛的恶面孔跑出来。裂着胸襟。说话时，可见他胸膛在起伏：

“牵来了吗？啊！价钱好说，我好来看一下。”

王婆说：“给几个钱我就走了！不要麻烦啦。”

那个人打一打马的尾巴，用脚踢一踢马蹄；这是怎样难忍的一刻呀！

王婆得到三张票子，这可以充纳一亩地租。看着钱比较自慰些，她低着头向大门出去，她想还余下一点钱到酒店去买一点酒带回去，她已经跨出大门，后面发着响声：

“不行，不行，……马走啦！”

王婆回过头来，马又走在后面；马什么也不知道，仍想回家。屠场中出来一些男人，那些恶面孔们，想要把马抬回去，终于马躺在道旁了！像树根盘结在地中。无法，王婆又走回院中，马也跟回院中。她给马搔着头顶，它渐渐卧在地面了！渐渐想睡着了！忽然王婆站起来向大门奔走。在道口听见一阵关门声。

她那有心肠买酒？她哭着回家，两只袖子完全湿透。那好像是送葬归来一般。

家中地主的使人早等在门前，地主们就连一块铜板也从不舍弃在贫农们的身上，那个使人取了钱走去。

王婆半日的痛苦没有代价了！王婆一生的痛苦也都是没有代价。

四、荒山

冬天，女人们像松树子那样容易结聚，在王婆家里满炕坐着女人。五姑姑在编麻鞋，她为着笑，弄得一条针丢在席缝里，她寻找针的时候，做出可笑的姿势来，她像一个灵活的小鸽子站起来在炕上跳着走，她说：

“谁偷了我的针？小狗偷了我的针？”

“不是呀！小姑爷偷了你的针！”

新娶来的菱芝嫂嫂，总是爱说这一类的话。五姑姑走过去要打她。

“莫要打，打人将要找一个麻面的姑爷。”

王婆在厨房里这样搭起声来；王婆永久是一阵忧默，一阵欢喜，与乡村中别的老妇们不同。她的声音又从厨房打来：

“五姑姑编成几双麻鞋了？给小丈夫要多多编几双呀！”

五姑姑坐在那里做出表情来，她说：

“那里有你这样的老太婆，快五十岁了，还说这样话!”

王婆又庄严点说：

“你们都年青，那里懂得什么，多多编几双吧！小丈夫才会稀罕哩。”

大家哗笑着了！但五姑姑不敢笑，心里笑，垂下头去，假装在席上找针。等菱芝嫂把针还给五姑姑的时候，屋子安然下来，厨房里王婆用刀刮着鱼鳞的声响，和窗外雪擦着窗纸的声响，混杂在一起了。

王婆用冷水洗着冻冰的鱼，两只手像个胡萝卜样。她走到炕沿，在火盆边烘手。生着斑点在鼻子上新死去丈夫的妇人放下那张小破布，在一堆乱布里去寻更小的一块；她速速的穿补。她的面孔有点像王婆，腮骨很高，眼睛和琉璃一般深嵌在好像小洞似的眼眶里。并且也和王婆一样，眉峰是突出的。那个女人不喜欢听一些妖艳的词句，她开始追问王婆：

“你的第一家那个丈夫还活着吗?”

两只在烘着的手，有点腥气；一颗鱼鳞掉下去，小小发出响声，微微上腾着烟。她用盆边的灰把烟埋住，她慢慢摇着头，没有回答那个问话。鱼鳞烧的烟有点难耐，每个人皱一下鼻头，或是用手揉一揉鼻头。生着斑点的寡妇，有点后悔，觉得不应该问这话。墙角坐着五姑姑的姐姐，她用麻绳穿着鞋底的沙音单调地起落着。

厨房的门，因为结了冰，破裂一般地鸣叫。

“呀！怎么买这些黑鱼?”

大家都知道是打鱼村的李二婶子来了。听了声音，就可以想象她梢长的身子。

“真是快过年了？真有钱买这些鱼?”

在冷空气中，音波响得很脆；刚踏进里屋，她就看见炕上坐满着人：“都在这儿聚堆呢！小老婆们!”

她生得这般瘦，腰，临风就要折断似的；她的奶子那样高，好像两个对立的小岭。斜面看她的肚子似乎有些不平起来。靠着墙给孩子吃奶的中年妇人，望察着而后问：

“二婶子，不是又有了呵？”

二婶子看一看自己的腰身说：

“像你们呢！怀里抱着，肚子里还装着……”

她故意在讲骗话，过了一会她坦白地告诉大家：

“那是三个月了呢？你们还看不出？”

菱芝嫂在她肚皮上摸了一下，她邪昵地浅浅地笑了：

“真没出息，整夜尽搂着男人睡吧？”

“谁说？你们新媳妇，才那样。”

“新媳妇……哼！倒不见得！”

“像我们都老了！那不算一回事啦，你们年青，那才了不得哪！小丈夫才会新鲜哩！”

每个人为了言词的引诱，都在幻想着自己，每个人都有些心跳；或是每个人的脸发烧。就连没出嫁的五姑姑都感着神秘而不安了！她羞羞迷迷地经过厨房回家去了！只留下妇人们在一起，她们言调更无边际了！王婆也加入这一群妇人的队伍，她却不说什么，只是帮助着笑。

在乡村永久不晓得，永久体验不到灵魂，只有物质来充实她们。

李二婶子小声问菱芝嫂；其实小声人们听得更清！

“一夜几回呢？”

菱芝嫂她毕竟是新嫁娘，她猛然羞着了！不能开口。李二婶子的奶子颤动着，用手去推动菱芝嫂：

“说呀！你们年青，每夜要有那事吧？”

在这样的当儿二里半的婆子进来了！二婶子推撞菱芝嫂一下：

“你快问问她！”

“你们一夜几回？”

那个傻婆娘一向说话是有头无尾：

“十多回。”

全屋人都笑得流着眼泪了！孩子从母亲的怀中起来，大声的哭号。

李二婶子静默一会，她站起来说：

“月英要吃咸黄瓜，我还忘了，我是来拿黄瓜。”

李二婶子，拿了黄瓜走了，王婆去烧晚饭，别人也陆续着回家了。王婆自己在厨房里炸鱼。为了烟，房中也不觉得寂寞。

鱼摆在桌子上，平儿也不回来，平儿的爹爹也不回来，暗色的光中王婆自己吃饭，热气作伴着她。

月英是打鱼村最美丽的女人。她家也最贫穷，和李二婶子隔壁住着。她是如此温和，从不听她高声笑过，或是高声吵嚷。生就的一对多情的眼睛，每个人接触她的眼光，好比落到绵绒中那样愉快和温暖。

可是现在那完全消失了！每夜李二婶子听到隔壁惨厉的哭声；十二月严寒的夜，隔壁的哼声愈见浓重了！

山上的雪被风吹着像要埋蔽这傍山的小房似的。大树号叫，风雪向小房遮蒙下来。一株山边斜歪着的大树，倒折下来。寒月怕被一切声音扑碎似的，退缩到天边去了！这时候隔壁透出来的声音，更哀楚。

“你……你给我一点水吧！我渴死了！”

声音弱得柔惨欲断似的：

“嘴干死了！……把水碗给我呀！”

一个短时间内仍没有回应，于是那孱弱哀楚的小响不再作了！啜泣着哼着，隔壁像是听到她流泪一般，滴滴点点地。

日间孩子们集聚在山坡，缘着树枝爬上去，顺着结冰的小道滑下来，他们有各样不同的姿势：——倒滚着下来，两腿分张着下来，也有冒险的孩子，把头向下，脚伸向空中溜下来。常常他们要跌破流血回家。冬天，对于村中的孩子们，和对于花果同样暴虐。他们每人的耳朵春天要脓胀起来，手或是脚都裂开条口，乡村的母亲们对于孩子们永远和对敌人一般。当孩子把爹爹的棉帽偷着戴起跑出去的时候，妈妈追在后面打骂着夺回来，妈妈们摧残孩子永久疯狂着。

王婆约会五姑姑来探望月英。正走过山坡，平儿在那里。平儿偷穿着爹爹的大毡靴子；他从山坡逃奔了！靴子好像两只大熊掌样挂在那个孩子的脚上。平儿蹒跚着了！从上坡滚落着了！可怜的孩子带着那样黑大不相称的脚，球一般滚转下来，跌在山根的大树杆上。王婆宛如一阵风落到平儿的身上；那样好像山间的野兽要猎食小兽一般凶暴。终于王婆提了靴子，平儿赤着脚回家，使平儿走在雪上，好像使他走在火上一般不能停留。任孩子走得怎样远，王婆仍是说着：

“一双靴子要穿过三冬，踏破了那里有钱买？你爹进城去都没穿哩！”

月英看见王婆还不及说话，她先哑了嗓子，王婆把靴子放在炕下，手在抹擦鼻涕：

“你好了一点？脸孔有一点血色了！”

月英把被子推动一下，但被子仍然伏盖在肩上，她说：

“我算完了，你看我连被子都拿不动了！”

月英坐在炕的当心。那幽黑的屋子好像佛龛，月英好像佛龛中坐着的女佛。用枕头四面围住她，就这样过了一年。一年月英没能倒下睡过。她患着瘫病，起初她的丈夫替她请神，烧香，也跑到土地庙前索药。后来就连城里的庙也去烧香；但是奇怪的是月英的病并不为这些香烟和神鬼所治好。以后做丈夫的觉得责任尽到了，并且月英一个月比一个月加病，做丈夫的感着伤心！他嘴里骂：

“娶了你这样老婆，真算不走运气！好像娶家个小祖宗来，供奉着你吧！”

起初因为她和他分辩，他还打她。现在不然了，绝望了！晚间他从城里卖完青柴回来，烧饭自己吃，吃完便睡下，一夜睡到天明；坐在一边那个受罪的女人一夜呼唤到天明。宛如一个人和一个鬼安放在一起，彼此不相关联。

月英说话只有舌尖在转动。王婆靠近她，同时那一种难忍的气味更强烈了！更强烈的从那一堆污浊的东西，发散出来。月英指点身后说：

“你们看看，这是那死鬼给我弄来的砖，他说我快死了！用不着被子了！用砖依住我，我全身一点肉都瘦空。那个没有天良的，他想法折磨我呀！”

五姑姑觉得男人太残忍，把砖块完全抛下炕去，月英的声音欲断一般又说：

“我不行啦！我怎么能行，我快死啦！”

她的眼睛，白眼珠完全变绿，整齐的一排前齿也完全变绿，她的头发烧焦了似的，紧贴住头皮。她像一头患病的猫儿，孤独而无望。

王婆给月英围好一张被子在腰间，月英说：

“看看我的身下，脏污死啦！”

王婆下地用条枝拢了盆火，火盆腾着烟放在月英身后。王婆打开她的被子时，看见那一些排泄物淹浸了那座小小的骨盆。五姑姑扶住月英的腰，但是她仍然使人心楚的在呼唤！

“唉哟，我的娘！……唉哟疼呀！”

她的腿像一双白色的竹竿平行着伸在前面。她的骨架在炕上正确的做成一个直角，这完全用线条组成的人形，只有头阔大些，头在身子上仿佛是一个灯笼挂在杆头。

王婆用麦草揩着她的身子，最后用一块湿布为她擦着。五姑姑在背后把她抱起来，当擦臀部下时，王婆觉得有小小白色的东西落到手上，会蠕行似的。借着火盆边的火光去细看，知道那是一些小蛆虫，也知道月英的臀下是腐了，小虫在那里活跃。月英的身体将变成小虫们的洞穴！王婆问月英：

“你的腿觉得有点痛没有？”

月英摇头。王婆用冷水洗她的腿骨，但她没有感觉，整个下体在那个瘫人像是外接的，是另外的一件物体。当给她一杯水喝的时候，王婆问：

“牙怎么绿了?”

终于五姑姑到隔壁借一面镜子来，同时她看了镜子，悲痛沁人心魂地她大哭起来。但面孔上不见一点泪珠，仿佛是猫忽然被斩轧，她难忍的声音，没有温情的声音，开始低嘎。

她说：“我是个鬼啦！快些死了吧！活埋了我吧!”

她用手来撕头发，脊骨摇扭着。一个长久的时间她忙乱的不停。现在停下了，她是那样无力，头是歪地横在肩上；她又那样微微的睡去。

王婆提了靴子走出这个傍山的小房。荒寂的山上有行人走在天边，她昏旋了！为着强的光线，为着瘫人的气味，为着生，老，病，死的烦恼，她的思路被一些烦恼的波所遮拦。

五姑姑当走进大门时向王婆打了个招呼。留下一段更长的路途，给那个经验过多样人生的老太婆去走吧!

王婆束紧头上的蓝布巾，加快了速度，雪在脚下也相伴而狂速地呼叫。

三天以后，月英的棺材抬着横过荒山而奔着埋葬去，葬在荒山下。

死人死了！活人计算着怎样活下去。冬天女人们预备夏季的衣裳，男人们计虑着怎样开始明年的耕种。

那天赵三进城回来，他披着两张羊皮回家。王婆问他：

“那里来的羊皮？——你买的吗？……那来的钱呢……”

赵三有什么事在心中似的，他什么也没言语。摇闪的经过炉灶，通红的火光立刻鲜明着他，走出去了。

夜深的时候他还没有回来。王婆命令平儿去找他。平儿的脚已是难于行动，于是王婆就到二里半家去，他不在二里半家。他到打鱼村去了。赵三阔大的喉咙从李青山家的窗纸透出，王婆知道他又是喝过了酒。当她推门的时候她就说：

“什么时候了？还不回家去睡？”

这样立刻全屋别的男人们也把嘴角合起来。王婆感到不能意料了。青山的女人也没在家，孩子也不见。赵三说：

“你来干么？回去睡吧！我就去……去……”

王婆看一看赵三的脸神，看一看周围也没有可坐的地方，她转身出来，她的心徘徊着：

——青山的媳妇怎么不在家呢？这些人是在做什么？

又是一个晚间。赵三穿好新制成的羊皮小袄出去。夜半才回来。披着月亮敲门。王婆知道他又是喝过了酒，但他睡的时候，王婆一点酒味也没嗅到。那么出去做些什么呢？总是愤怒的归来。

李二婶子拖了她的孩子来了，她问。

“是地租加了价吗？”

王婆说：“我还没听说。”

李二婶子做出一个确定的表情：

“是的呀！你还不知道吗？三哥天天到我家去和他爹商量这事。我看这种情形非出事不可，他们天天夜晚计算着，就连我，他们也躲着。昨夜我站在窗外才听到他们说哩！‘打死他吧！那是一块恶祸。’你想他们是要打死谁呢？这不是要出人命吗？”

李二婶子抚着孩子的头顶，有一点哀怜的样子：

“你要劝说三哥，他们若是出了事，像我们怎样活？孩子还都小着哩！”

五姑姑和别的村妇们带着她们的小包袱，约会着来的，踏进来的时候，她们是满脸盈笑。可是立刻她们转变了，当她们看见李二婶子和王婆默无言语的时候。

也把事件告诉了她们，她们也立刻忧郁起来，一点闲情也没有！一点笑声也没有，每个人痴呆地想了想，惊恐地探问了几句。五姑姑的姐姐，她是第一个扭着大圆的肚子走出去，就这样一个连着一个寂寞的走去。她们好像群聚的鱼似的，忽然有钓竿投下来，她们四下分行去了！

李二婶子仍没有走，她为的是嘱告王婆怎样破坏这件险事。

赵三这几天常常不在家吃饭；李二婶子一天来过三四次：

“三哥还没回来？他爹爹也没回来。”

一直到第二天下午赵三回来了，当进门的时候，他打了平儿，因为平儿的脚病着，一群孩子集到家来玩。在院心放了一点米，一块长板用短条棍架着，条棍上系着根长绳，绳子从门限拉进去，雀子们去啄食谷粮，孩子们蹲在门限守望，什么时候雀子满集成堆时，那时候，孩子们就抽动绳索。许多饥饿的麻雀丧亡在长板下。厨房里充满了雀毛的气味，孩子们在灶堂里熟食过许多雀子。

赵三焦烦着，他看着一只鸡被孩子们打住。他把板子给踢翻了！他坐在炕沿上燃着小烟袋，王婆把早饭从锅里摆出来。他说：

“我吃过了！”

于是平儿来吃这些残饭。

“你们的事情预备得怎样了？能下手便下手。”

他惊疑。怎么会走漏消息呢？王婆又说：

“我知道的，我还能弄支枪来。”

他无从想象自己的老婆有这样的胆量。王婆真的找来一支老洋炮。可是赵三还从没用过枪。晚上平儿睡了以后王婆教他怎样装火药，怎样上炮子。

赵三对于他的女人慢慢感着可以敬重！但是更秘密一点的事情总不向她说。

忽然从牛棚里发现五个新镰刀。王婆意度这事情是不远了！

李二婶子和别的村妇们挤上门来探听消息的时候，王婆的头沉埋一下，她说：

“没有那回事，他们想到一百里路外去打围，弄得几张兽皮大家分用。”

是在过年的前夜，事情终于发生了！北地端鲜红的血染着雪地；但事情做错了！赵三近些日子有些失常，一条梨木杆打折了小偷的腿骨。他去呼唤二里半，想要把那小偷丢在土坑去，用雪埋起来。二里半说：

“不行，开春时节，土坑发现死尸，传出风声，那是人命哩！”

村中人听着极痛的呼叫，四面出来寻找。赵三拖着独腿人转着弯跑，但他不能把他掩藏起来。在赵三惶恐的心情下，他愿意寻到一个井把他放下去。赵三弄了满手血。

惊动了全村的人，村长进城去报告警所。

于是赵三去坐监狱，李青山他们的“镰刀会”少了赵三也就衰弱了！消灭了！

正月末赵三受了主人的帮忙，把他从监狱提放出来。那时他头发很长，脸也灰白了些，他有点苍老。

为着给那个折腿的小偷做赔偿，他牵了那条仅有的牛上市去卖；小羊皮袄也许是卖了？再不见他穿了！

晚间李青山他们来的时候，赵三忏悔一般地说：

“我做错了！也许是我该招的灾祸：那是一个天将黑的时候，我正喝酒，听着平儿大喊有人丢柴。刘二爷前些日子来说要加地租，我不答应，我说我们联合起来不给他加，于是他走了！过了几天他又来，说：非加不可。再不然叫你们滚蛋！我说好啊！等着你吧！那个管事的，他说：你还要造反？不滚蛋，你们的草堆，就要着火！我只当是那个小子来点着我的柴堆呢！拿着杆子跑出去就把腿给打断了！打断了也甘心，谁想那是一个小偷？哈哈！小偷倒霉了！就是治好，那也是跌子了！”

关于“镰刀会”的事情他像忘记了一般，李青山问他：

“我们应该怎样铲除刘二爷那恶棍？”

是赵三说的话：

“打死他吧！那个恶祸。”

还是从前他说的话，现在他又不那样说了：

“铲除他又能怎样？我招灾祸，刘二爷也向东家（地主）说了不少好话。从前我是错了！也许现在是受了责罚！”

他说话时不像从前那样英气了！脸上有点带着忏悔的意味。羞惭和不安了。王婆坐在一边，听了这话她后脑上的小发卷也像生着气：

“我没见过这样的汉子，起初看来还像一块铁，后来越看越是一堆泥了！”

赵三笑了：“人不能没有良心！”

于是好良心的赵三天天进城，弄一点白菜担着给东家送去，弄一点地豆也给东家送去。为着送这一类菜，王婆同他激烈地吵打，但他绝对保持着他的良心。

有一天少东家出来，站在门阶上像训诲着他一般：

“好险！若不为你说一句话，三年大狱你可怎么蹲呢？那个小偷他算没走好运吧！你看我来着手给你办，用不着给他接腿，让他死了就完啦。你把卖牛的钱也好省下，我们是‘地东’‘地户’那有看着过去的……”

说话的中间，间断了一会，少东家把话尾落到别处去：

“不过今年地租是得加。左近地邻不都是加了价吗？地东地户年头多了，不过得……少加一点。”

过不了几天小偷从医院抬出来，可真的死了就完了！把赵三的牛钱归还一半，另一半少东家说是用做杂费了。

二月了。山上的积雪现出毁灭的色调。但荒山上却有行人来往。渐渐有送粪的人担着担子行过荒凉的山岭。农民们蛰伏的虫子样又醒过来。渐渐送粪的车子也忙着了！只有赵三的车子没有牛挽，平儿冒着汗和爹爹并架着车辕。

地租就这样加成了！

五、羊群

平儿被雇做了牧羊童。他追打群羊跑遍山坡。山顶像是开着小花一般，绿了！而变红了！山顶拾野菜的孩子，平儿不断的戏弄她们，他单独的赶着一只羊去吃她们筐子里拾得的野菜。有时他选一条大身体的羊，像骑马一样的骑着来了！小的女孩们吓得哭着，她们看他像个猴子坐在羊背上。平儿从牧羊时起，他的本领渐渐得以发展。他把羊赶到荒凉的地方去，招集村中所有的孩子练习骑羊。每天那些羊和不喜欢行动的猪一样散遍在旷野。

行在归途上，前面白茫茫的一片，他在最后的一个羊背上，仿佛是大将统治着兵卒一般，他手耍着鞭子，觉得十分得意。

"你吃饱了吗？午饭。"

赵三对儿子温和了许多。从遇事以后他好像是温顺了。

那天平儿正戏耍在羊背上，在进大门的时候，羊疯狂的跑着，使他不能从羊背跳下，那样他像耍着的羊背上张狂的猴子。一个下雨的天气，在羊背上进大门的时候，他把小孩撞倒，主人用拾柴的耙子把他打下羊背来。仍是不停，像打着一块死肉一般。

夜里，平儿不能睡，辗翻着不能睡，爹爹动着他庞大的手掌拍抚他：

"跑了一天！还不困倦，快快睡吧！早早起来好上工！"

平儿在爹爹温顺的手下，感到委屈了！

"我挨打了！屁股疼。"

爹爹起来，在一个纸包里取出一点红色的药粉给他涂擦破口的地方。

爹爹是老了！孩子还那样小，赵三感到人活着没有什么意趣了。第二天平儿去上工被辞退回来，赵三坐在厨房用谷草正织鸡笼，他说：

"好啊！明天跟爹爹去卖鸡笼吧！"

天将明，他叫着孩子：

"起来吧，跟爹爹去卖鸡笼。"

王婆把米饭用手打成坚实的团子，进城的父子装进衣袋去，算做午餐。

第一天卖出去的鸡笼很少，晚间又都背着回来。王婆弄着米缸响：

"我说多留些米吃，你偏要卖出去……又吃什么呢？……又吃什么呢？"

老头子把怀中的铜板给她，她说：

“不是今天没有吃的，是明天呀？”

赵三说：“明天，那好说，明天多卖出几个笼子就有了！”

一个上午，十个鸡笼卖出去了！只剩三个大些的，堆在那里。爹爹手心上数着票子，平儿在吃饭团。

“一百枚还多着，我们该去喝碗豆腐脑来！”

他们就到不远的那个布棚下，蹲在担子旁吃着冒气的食品。是平儿先吃，爹爹的那碗才正在上面倒醋。平儿对于这食品是怎样新鲜呀！一碗豆腐脑是怎样舒畅着平儿的小肠子呀！他的眼睛圆圆地把一碗豆腐脑吞食完了！

那个叫卖人说：“孩子再来一碗吧！”

爹爹惊奇着：“吃完了？”

那个叫卖人把勺子放下锅去说：“再来一碗算半碗的钱吧！”

平儿的眼睛溜着爹爹把碗给过去。他喝豆腐脑作出大大的抽响来。赵三却不那样，他把眼光放在鸡笼的地方，慢慢吃，慢慢吃终于也吃完了！他说：

“平儿，你吃不下吧？倒给我碗点。”

平儿倒给爹爹很少很少。给过钱爹爹去看守鸡笼。平儿仍在那里，孩子贪恋着一点点最末的汤水，头仰向天，把碗扣在脸上一般。

菜市上买菜的人经过，若注意一下鸡笼，赵三就说：

“买吧！仅是十个铜板。”

终于三个鸡笼没有人买，两个分给爹爹，留下的一个，在平儿的背上突起着。经过牛马市，平儿指嚷着：

“爹爹，咱们的青牛在那儿。”

大鸡笼在背上荡动着，孩子去看青牛。赵三笑了，向那个卖牛人说：

“又出卖吗？”

说着这话，赵三无缘的感到酸心。到家他向王婆说：

“方才看见那条青牛在市上。”

“人家的了，就别提了。”王婆整天的不耐烦。

卖鸡笼渐渐的赵三会说价了；慢慢的坐在墙根他会招呼了！也常常给平儿买一两块红绿的糖球吃。后来连饭团也不用带。

他弄些铜板每天交给王婆，可是她总不喜欢，就像无意之中把钱放起来。

二里半又给说妥一家，叫平儿去做小伙计。孩子听了这话，就生气。

“我不去，我不能去，他们好打我呀！”平儿为了卖鸡笼所迷恋：

“我还是跟爹爹进城。”

王婆绝对主张孩子去做小伙计。她说：

“你爹爹卖鸡笼你跟着做什么？”

赵三说：“算了吧，不去不去吧。”

铜板兴奋着赵三，半夜他也是织鸡笼，他向王婆说：

“你就不好也来学学，一种营生呢？还好多织几个。”

但是王婆仍是去睡，就像对于他织鸡笼，怀着不满似的。就像反对他织鸡笼似的。

平儿同情着父亲，他愿意背鸡笼，多背一个。爹爹说：

“不要背了！够了！”

他又背一个，临出门时他又找个小一点的提在手里，爹爹问：

“你能拿动吗？送回两个去吧，卖不完啊！”

有一次从城里割一斤肉回来，吃了一顿像样的晚餐。

村中妇人羡慕王婆：

“三哥真能干哩！把一条牛卖掉，不能再种粮食，可是这比种粮食更好，更能得钱。”

经过二里半门前，平儿把罗圈腿也领进城去。平儿向爹爹要了铜板给小朋友买两片油煎馒头。又走到敲铜锣搭着小棚的地方去挤撞，每人花一个铜板看一看“西洋景”（街头影戏）。那是从一个嵌着小玻璃镜，只容一只眼睛的地方看进去，里面有一张放大的画片活动着。打仗的，拿着枪的，很快又换上一张别样的。耍画片的人一面唱，一面讲：

“这又是一片洋人打仗。你看‘老毛子’夺城，那真是哗啦啦！打死的不知多少……”

罗圈腿嚷着看不清，平儿告诉他：“你把眼睛闭起一个来！”

可是不久这就完了！从热闹的，孩子热爱着的城里把他们又赶出来。平儿又被装进这睡着一般的乡村。原因，小鸡初生卵的时节已经过去。家家把鸡笼全预备好了。

平儿不愿跟着，赵三自己进城，减价出卖。后来折本卖。最后他也不去了。厨房里鸡笼靠墙高摆起来。这些东西从前会使赵三欢喜，现在会使他生气。

平儿又骑在羊背上去牧羊。但是赵三是受了挫伤！

六、刑罚的日子

房后的草堆上，温暖在那里蒸腾起了。全个农村跳跃着泛滥的阳光。小风开始荡漾田禾。夏天又来到人间，叶子上树了！假使树会开花，那么花也上树了！

房后草堆上，狗在那里生产。大狗四肢在颤颤，全身抖擞着。经过一个长时间，小狗生出来。

暖和的季节，全村忙着生产。大猪带着成群的小猪喳喳的跑过，也有的母猪肚子那样大，走路时快要接触着地面，它多数的乳房有什么在充实起来。

那是黄昏时候，五姑姑的姐姐她不能再延迟，她到婆婆屋中去说：

“找个老太太来吧！觉着不好。”

回到房中放下窗帘和幔帐。她开始不能坐稳，她把席子卷起来，就在草上爬行。收生婆来时，她乍望见这房中，她就把头扭着。她说：

“我没见过，像你们这样大户人家，把孩子还要养到草上。‘压柴，压柴，不能发财。’”

家中的婆婆把席下的柴草又都卷起来，土炕上掘起着灰尘。光着身子的女人，和一条鱼似的，她爬在那里。

黄昏以后，屋中起着烛光。那女人是快生产了，她小声叫号了一阵，收生婆和一个邻居的老太婆架扶着她，让她坐起来，在炕上微微的移动。可是罪恶的孩子，总不能生产，闹着夜半过去，外面鸡叫的时候，女人忽然苦痛得脸色灰白，脸色转黄，全家人不能安定。为她开始预备葬衣，在恐怖的烛光里四下翻寻衣裳，全家为了死的黑影所骚动。

赤身的女人，她一点不能爬动，她不能为生死再挣扎最后的一刻。天渐亮了。恐怖仿佛是僵尸，直伸在家屋。

五姑姑知道姐姐的消息，来了，正在探询：

“不喝一口水吗？她从什么时候起？”

一个男人撞进来，看形象是一个酒疯子。他的半面脸，红而肿起，走到幔帐的地方，他吼叫：

“快给我的靴子！”

女人没有应声，他用手撕扯幔帐，动着他厚肿的嘴唇：

“装死吗？我看看你还装死不装死！”

说着他拿起身边的长烟袋来投向那个死尸。母亲过来把他拖出去。每年是这样，一看见妻子生产他便反对。

日间苦痛减轻了些，使她清明了！她流着大汗坐在幔帐中，忽然那个红脸鬼，又撞进来，什么也不讲，只见他怕人的手中举起大水盆向着帐子抛来。最后人们拖出去他。

大肚子的女人，仍涨着肚皮，带着满身冷水无言的坐在那里。她几乎一动不敢动，她仿佛是在父权下的孩子一般怕着她的男人。

她又不能再坐住，她受着折磨，产婆给换下她着水的上衣。门响了她又慌张了，要有神经病似的。一点声音不许她哼叫，受罪的女人，身边若有洞，她将跳进去！身边若有毒药，她将吞下去，她仇视着一切，窗台要被她踢翻。她愿意把自己的腿弄断，宛如进了蒸笼，全身将被热力所撕碎一般呀！

产婆用手推她的肚子：

“你再刚强一点，站起来走走，孩子马上就会下来的，到了时候啦！”

走过一个时间，她的腿颤颤得可怜。患着病的马一般，倒了下来。产婆有些失神色，她说：

“媳妇子怕要闹事，再去找一个老太太来吧！”

五姑姑回家去找妈妈。

这边孩子落产了，孩子当时就死去！用人拖着产妇站起来，立刻孩子掉在炕上，像投一块什么东西在炕上响着。女人横在血光中，用肉体来浸着血。

窗外，阳光晒满窗子，屋内妇人为了生产疲乏着。

田庄上绿色的世界里，人们晒着汗滴。

四月里，鸟雀们也孵雏了！常常看见黄嘴的小雀飞下来，在檐下跳跃着啄食。小猪的队伍逐渐肥起来，只有女人在乡村夏季更贫瘦，和耕种的马一般。

刑罚，眼看降临到金枝的身上，使她短的身材，配着那样大的肚子，十分不相称。金枝还不像个妇人，仍和一个小女孩一般。但是肚子膨胀起了！快做妈妈了，妇人们的刑罚快擒着她。

并且她出嫁还不到四个月，就渐渐会诅咒丈夫，渐渐感到男人是严凉的人类！那正和别的村妇一样。

坐在河边沙滩上，金枝在洗衣服。红日斜照着河水，对岸林子的倒影，随逐着红波模糊下去！

成业在后边，站在远远的地方：

“天黑了呀！你洗衣裳，懒老婆，白天你做什么来？”

天还不明，金枝就摸索着穿起衣裳。在厨房，这大肚子的小女人开始弄得厨房蒸着气。太阳出来，铲地的工人肩着锄头回来。堂屋挤满着黑黑的人头，吞饭，吞汤的声音，无纪律地在响。

中午又烧饭；晚间烧饭，金枝过于疲乏了！腿子痛得折断一般。天黑下来卧倒休息一刻。在她迷茫中她坐起来，知道成业回来了！努力掀起在睡的眼睛，她问：

“才回来？”

过了几分钟，她没有得到答话。只看男人解脱衣裳，她知道又要挨骂了！正相反，没有骂，金枝感到背后温热一些，男人努力低音向她说话：

“……”

金枝被男人朦胧着了！

立刻，那和灾难一般，跟着快乐而痛苦追来了。金枝不能烧饭。村中的产婆来了！她在炕角苦痛着脸色，她在那里受着刑罚，王婆来帮助她把孩子生下来。王婆摇着她多经验的头颅：

“危险，昨夜你们必定是不安着的。年青什么也不晓得，肚子大了，是不许那样的。容易丧掉性命！”

十几天以后金枝又行动在院中了！小金枝在屋中哭唤她。

牛或是马在不知觉中忙着栽培自己的痛苦。夜间乘凉的时候，可以听见马或是牛棚做出异样的声音来。牛也许是为了自己的妻子而角斗，从牛棚撞出来了。木杆被撞掉，狂张着成业去拾了耙子猛打疯牛。于是又安然被赶回棚里。

在乡村，人和动物一起忙着生，忙着死……

二里半的婆子和李二婶子在地端相遇：

“啊呀！你还能弯下腰去？”

“你怎么样？”

“我可不行了呢？”

“你什么时候的日子？”

“就是这几天。”

外面落着毛毛雨。忽然二里半的家屋吵叫起来！傻婆娘一向生孩子是闹惯了的，她大声哭，她怨恨男人：

“我说再不要孩子啦！没有心肝的，这不都是你吗？我算死在你身上！”

惹得老王婆扭着身子闭住嘴笑。过了一会傻婆娘又滚转着高声嚷叫：

“肚子疼死了，拿刀快把我肚子给割开吧！”

吵叫声中看得见孩子的圆头顶。

在这时候，五姑姑变青脸色，走进门来，她似乎不会说话，两手不住的扭绞：

“没有气了！小产了，李二婶子快死了呀！”

王婆就这样丢下麻面婆赶向打鱼村去。另一个产婆来时，麻面婆的孩子已在土炕上哭着。产婆洗着刚会哭的小孩。

等王婆回来时，窗外墙根下，不知谁家的猪也正在生小猪。

七、罪恶的五月节

五月节来临，催逼着两件事情发生：王婆服毒，小金枝惨死。

弯月相同弯刀刺上林端。王婆散开头发，她走向房后柴栏，在那儿她轻开篱门。柴栏外是墨沉沉的静甜的，微风不敢惊动这黑色的夜画；黄瓜爬上架了！玉米响着雄宽的叶子，没有蛙鸣，也少虫声。

王婆披着散发，幽魂一般的，跪在柴草上，手中的杯子放到嘴边。一切涌上心头，一切诱惑她。她平身向草堆倒卧过去。被悲哀汹淘着大哭了。

赵三从睡床上起来，他什么都不清楚，柴栏里，他带点愤怒对待王婆：

“为什么？在发疯！”

他以为她是闷着刺到柴栏去哭。

赵三撞到草中的杯子了，使他立刻停止一切思维。他跑到屋中，灯光下，发现黑色浓重的液体东西在杯底。他先用手拭一拭，再用舌尖拭一拭，那是苦味。

“王婆服毒了！”

次晨村中嚷着这样的新闻。村人凄静的断续的来看她。

赵三不在家，他跑出去，乱坟岗子上，给她寻个位置。

乱坟岗子上活人为死人掘着坑子了，坑子深了些，二里半先跌下去。下层的湿土，翻到坑子旁边，坑子更深了！大了！几个人都跳下去，铲子不住的翻着，坑子埋过人腰。外面的土堆涨过人头。

坟场是死的城廓，没有花香，没有虫鸣，即使有花，即使有虫，那都是唱奏着别离歌，陪伴着说不尽的死者永久的寂寞。

乱坟岗子是地主施舍给贫苦农民们死后的住宅。但活着的农民，常常被地主们驱逐，使他们提着包袱，提着小孩，从破房子再走进更破的房子去。有时被逐着在马棚里借宿。孩子们哭闹着马棚里的妈妈。

赵三去进城，突然的事情打击着他，使他怎样柔弱呵！遇见了打鱼村进城卖菜的车子，那个驱车人麻麻烦烦的讲一些：

“菜价低了，钱帖毛荒。粮食也不值钱。”

那个车夫打着鞭子，他又说：

“只有布匹贵，盐贵。慢慢一家子连咸盐都吃不起啦！地租是增加，还叫老庄活不活呢？”

赵三跳上车，低了头坐在车尾的辕边。两条衰乏的腿子，凄凉的挂下，并且摇荡。车轮在辙道上哐啷的牵响。

城里，大街上拥挤着了！菜市过量的纷嚷。围着肉铺，人们吵架一般。忙乱的叫卖童，手中花色的葫芦随着空气而跳荡，他们为了“五月节”而癫狂。

赵三他什么也没看见，好像街上的人都没有了！好像街是空街。但是一个小孩跟在后面：

“过节了，买回家去，给小孩玩吧！”

赵三不听见这话，那个卖葫芦的孩子，好像自己不是孩子，自己是大人了一般，他追逐。

“过节了！买回家去给小孩玩吧！”

柳条枝上各色花样的葫芦好像一些被系住的蝴蝶跟住赵三在后面跑。

一家棺材铺，红色的，白色的，门口摆了多多少少，他停在那里。孩子也停止追逐。

一切预备好！棺材停在门前，掘坑的铲子停止翻扬了！

窗子打开，使死者见一见最后的阳光。王婆跳突着胸口，微微尚有一点呼吸，明亮的光线照拂着她素净的打扮。已经为她换上一件黑色棉裤和一件浅色短单衫。除了脸是紫色，临死她没有什么怪异的现象，人们吵嚷说：

“抬吧！抬她吧！”

她微微尚有一点呼吸，嘴里吐出一点点的白沫，这时候她已经被抬起来了。外面平儿急叫：

“冯丫头来了！冯丫头！”

母女们相逢太迟了！母女们永远永远不会再相逢了！那个孩子手中提了小包袱，慢慢慢慢走到妈妈面前。她细看一看，她的脸孔快要接触到妈妈脸孔的时候，一阵清脆的暴裂的声浪嘶叫开来。她的小包袱滚滚着落地。

四围的人，眼睛和鼻子感到酸楚和湿浸。谁能止住被这小女孩唤起的难忍的酸痛而不哭呢？不相关联的人混同着女孩哭她的母亲。

其中新死去丈夫的寡妇哭得最利害，也最哀伤。她几乎完全哭着自己的丈夫，她完全幻想是坐在她丈夫的坟前。

男人们嚷叫：“抬呀！该抬了。收拾妥当再哭！”

那个小女孩感到不是自己家，身边没有一个亲人，她不哭了。

服毒的母亲眼睛始终是张着，但她不认识女儿，她什么也不认识了！停在厨房板块上，口吐白沫，她微微心坎尚有一点跳动。

赵三坐在炕沿，点上烟袋。女人们找一条白布给女孩包在头上，平儿把白带束在腰间。

赵三不在屋的时候，女人们便开始问那个女孩：

“你姓冯的那个爹爹多咱死的？”

“死两年多。”

“你亲爹呢?”

“早回山东了!”

“为什么不带你们回去?”

“他打娘，娘领着哥哥和我到了冯叔叔家。”

女人们探问王婆旧日的生活，她们为王婆感动。那个寡妇又说：

“你哥怎不来？回家去找他来看看娘吧!”

包白头的女孩，把头转向墙壁，小脸孔又爬着眼泪了！她努力咬住嘴唇，小嘴唇偏张开，她又张着嘴哭了！接受女人们的温情使她大胆一点，走到娘的近边，紧紧摄住娘的冰寒的手指，又用手给妈妈抹擦唇上的泡沫。小心恐只为母亲所惊扰，她带来的包袱踏在脚下。女人们又说：

“家去找哥哥来看看你娘吧!”

一听说哥哥，她就要大哭，又勉强止住。那个寡妇又问：

“你哥哥不在家吗?”

她终于用白色的包头布拢络住脸孔大哭起来了。借了哭势，她才敢说到哥哥：

“哥哥前天死了呀：官项捉去枪毙的。”

包头布从头上扯掉。孤独的孩子癫痫着一般用头摇着母亲的心窝哭：

“娘呀……娘呀……”

她再什么也不会哭诉，她还小呢!

女人们彼此说：“哥哥多咱死的？怎么没听……”

赵三的烟袋出现在门口，他听清她们议论王婆的儿子。赵三晓得那小子是个“红胡子”。怎样死的，王婆服毒不是听说儿子枪毙才自杀的吗？这只有赵三晓得。他不愿意叫别人知道，老婆自杀还关联着某个匪案，他觉得当土匪无论如何是有些不光明。

摇起他的烟袋来，他僵直的空的声音响起，用烟袋催逼着女孩：

“你走好啦！她已死啦！没有什么看的，你快走回你家去！”

小女孩被爹爹抛弃，哥哥又被枪毙了，带来包袱和妈妈同住，妈妈又死了，妈妈不在，让她和谁生活呢？

她昏迷地忘掉包袱，只顶了一块白布，离开妈妈的门庭。离开妈妈的门庭，那有点像丢开她的心让她远走一般。

赵三因为他年老。他心中裁判着年青人：

“私姘妇人，有钱可以，无钱怎么也去姘？没见过。到过节，那个淫妇无法过节，使他去抢，年青人就这样丧掉性命。”

当他看到也要丧掉性命的自己的老婆的时候，他非常仇恨那个枪毙的小子。当他想起去年冬天，王婆借来老洋炮的那回事，他又佩服人了：

“久当胡子哩！不受欺侮哩！”

妇人们燃柴，锅渐渐冒气。赵三捻着烟袋他来去踱走。过一会他看看王婆仍少少有一点气息，气息仍不断绝。他好像为了她的死等待得不耐烦似的，他困倦了，依着墙瞌睡。

长时间死的恐怖，人们不感到恐怖！人们集聚着吃饭，喝酒，这时候王婆在地下作出声音，看起来，她紫色的脸变成淡紫。人们放下杯子，说她又要活了吧？

不是那样，忽然从她的嘴角流出一些黑血，并且她的嘴唇有点像是起动，终于她大吼两声，人们瞪住眼睛说她就要断气了吧！

许多条视线围着她的时候，她活动着想要起来了！人们惊慌了！女人跑在窗外去了！男人跑去拿挑水的扁担。说她是死尸还魂。

喝过酒的赵三勇猛着：

“若让她起来，她会抱住小孩死去，或是抱住树，就是大人她也有力量抱住。”

赵三用他的大红手贪婪着把扁担压过去。扎实的刀一般的切在王婆的腰间。她的肚子和胸膛突然增涨，像是鱼泡似的。她立刻眼睛圆起来，像发着电光。她的黑嘴角也动了起来，好像说话，可是没有说话，血从口腔直喷，射了赵三的满单衫。赵三命令那个人：

“快轻一点压吧！弄得满身血。”

王婆就算连一点气息也没有了！她被装进等在门口的棺材里。

后村的庙前，两个村中无家可归的老头，一个打着红灯笼，一个手提水壶，领着平儿去报庙。绕庙走了三周，他们顺着毛毛的行人小道回来，老人念一套成谱调的话，红灯笼伴了孩子头上的白布，他们回家去。平儿一点也不哭，他只记住那年妈妈死的时候不也是这样报庙吗？

王婆的女儿却没能同来。

王婆的死信传遍全村，女人们坐在棺材边大大的哭起！扭着鼻涕，号啕着：哭孩子的，哭丈夫的，哭自己命苦的，总之，无管有什么冤屈都到这里来送了！村中一有年岁大的人死，她们，女人之群们，就这样做。

将送棺材上坟场！要钉棺材盖了！

王婆终于没有死，她感到寒凉，感到口渴，她轻轻说：

“我要喝水！”

但她不知道，她是睡在什么地方。

五月节了，家家门上挂起葫芦。二里半那个傻婆子屋里有孩子哭着，她却蹲在门口拿刷马的铁耙子给羊刷毛。

二里半跛着脚。过节，带给他的感觉非常愉快。他在白菜地看见白菜被虫子吃倒几棵。若在平日他会用短句咒骂虫子，或是生气把白菜用脚踢着。但是现在过节了，他一切愉快着，他觉得自己是应该愉快。走在地边他看一看柿子还没有红，他想摘几个青柿子给孩子吃吧！过节了！

全村表示着过节，菜田和麦地，无管什么地方都是静静的，甜美的。虫子们也仿佛比平日会唱了些。

过节渲染着整个二里半的灵魂。他经过家门没有进去，把柿子扔给孩子又走了！他要趁起这样愉快的日子会一会朋友。

左近邻居的门上都挂了纸葫芦，他经过王婆家，那个门上摆荡着的是绿色的葫芦。再走，就是金枝家。金枝家，门外没有葫芦，门里没有人了！二里半张望好久：孩子的尿布在锅灶旁被风吹着，飘飘的在浮游。

小金枝来到人间才够一月，就被爹爹摔死了：婴儿为什么来到这样的人间？使她带了怨悒回去！仅仅是这样短促呀！仅仅是几天的小生命！

小小的孩子睡在许多死人中，他不觉得害怕吗？妈妈走远了！妈妈啜泣听不见了！

天黑了！月亮也不来为孩子做伴。

五月节的前些日子，成业总是进城跑来跑去。家来和妻子吵打。他说：

“米价落了！三月里买的米现在卖出去折本一少半。卖了还债也不足，不卖又怎么能过节？”

并且他渐渐不爱小金枝，当孩子夜里把他吵醒的时候，他说：

“拼命吧！闹死吧！”

过节的前一天，他家什么也没预备，连一斤面粉也没买。烧饭的时候豆油罐子什么也倒流不出。

成业带着怒气回家，看一看还没有烧菜。他厉声嚷叫：

“啊！像我……该饿死啦，连饭也没得吃……我进城……我进城。”

孩子在金枝怀中吃奶。他又说：

“我还有好的日子吗？你们累得我，使我做强盗都没有机会。”

金枝垂了头把饭摆好，孩子在旁边哭。

成业看着桌上的咸菜和粥饭，他想了一刻又不住的说起：

“哭吧！败家鬼，我卖掉你去还债！”

孩子仍哭着，妈妈在厨房里，不知是扫地，还是收拾柴堆。爹爹发火了：

“把你们都一块卖掉，要你们这些吵家鬼有什么用……”

厨房里的妈妈和火柴一般被燃着：

“你像个什么？回来吵打，我不是你的冤家，你会卖掉，看你卖吧！”

爹爹飞着饭碗！妈妈暴跳起来。

“我卖，我摔死她吧！……我卖什么！”

就这样小生命被截止了！

王婆听说金枝的孩子死，她要来看看，可是她只扶了杖子立起又倒卧下来。她的腿骨被毒质所侵还不能行走。

年青的妈妈过了三天她到乱坟岗子去看孩子。但那能看到什么呢？被狗扯得什么也没有。

成业他看到一堆草染了血，他幻想是捆小金枝的草吧！他俩背向着流过眼泪。

乱坟岗子不知晒干多少悲惨的眼泪？永年悲惨的地带，连个乌鸦也不落下。

成业又看见一个坟窟，头骨在那里重见天日。

走出坟场，一些棺材，坟堆，死寂死寂的印象催迫着他们加快着步速。

八、蚊虫繁忙着

她的女儿来了！王婆的女儿来了！

王婆能够拿着鱼竿坐在河沿钓鱼了！她脸上的纹褶没有什么增多或减少。这证明她依然没有什么变动，她还必须活下去。

晚间河边蛙声震耳。蚊子从河边的草丛出发，嗡声喧闹的队伍，迷漫着每个家庭。日间太阳也炎热起来！太阳烧上人们的皮肤，夏天，田庄上人们怨恨太阳和怨恨一个恶毒的暴力者一般。全个田间，一个大火球在那里滚转。

但是王婆永久欢迎夏天。因为夏天有肥绿的叶子，肥的园林，更有夏夜会唤起王婆诗意的心田，她该开始向着夏夜述说故事。今夏她什么也不说了！她偎在窗下和睡了似的，对向幽邃的天空。

蛙鸣震碎人人的寂寞；蚊虫骚扰着不能停息。

这相同平常的六月，这又是去年割麦的时节。王婆家今年没种麦田。她更忧伤而悄默了！当举着钓竿经过作浪的麦田时，她把竿头的绳线缭绕起来，她仰了头，望着高空，就这样睬也不睬的经过麦田。

王婆的性情更恶劣了！她又酗酒起来。她每天钓鱼。全家人的衣服她不补洗，她只每夜烧鱼，吃酒，吃得醉疯疯的，满院，满屋她旋走；她渐渐要到树林里去旋走。

有时在酒杯中她想起从前的丈夫；她痛心看见来在身边孤独的女儿，总之在喝酒以后她更爱烦想。

现在她近于可笑，和石块一般沉在院心，夜里她习惯于院中睡觉。

在院中睡觉被蚊虫迷绕着，正像蚂蚁群拖着已腐的苍蝇。她是再也没有心情了吧！再也没有心情生活！

王婆被蚊虫所食，满脸起着云片，皮肤肿起来。

王婆在酒杯中也回想着女儿初来的那天，女儿横在王婆怀中：

“妈呀！我想你是死了！你的嘴吐着白沫，你的手指都凉了呀！……哥哥死了，妈妈也死了，让我到那里去讨饭吃呀！……他们把我赶出时，带来的包袱都忘下啦，我哭……哭昏啦……妈妈，他们坏心肠，他们不叫我多看你一刻……”

后来孩子从妈妈怀中站起来时，她说出更有意义的话：

“我恨死他们了！若是哥哥活着，我一定告诉哥哥把他打死。”

最后那个女孩，拭干眼泪说：

“我必定要像哥哥，……”

说完她咬一下嘴唇。

王婆思想着女孩怎么会这样烈性呢？或者是个中用的孩子？

王婆忽然停止酗酒，她每夜，开始在林中教训女儿，在静的林里，她严峻的说：

“要报仇。要为哥哥报仇，谁杀死你的哥哥？”

女孩子想：“官项杀死哥哥的。”她又听妈妈说：

“谁杀死哥哥，你要杀死谁，……”

女孩想过十几天以后，她向妈妈踌躇着：

“是谁杀死哥哥？妈妈明天领我去进城，找到那个仇人，等后来什么时候遇见他我好杀死他。”

孩子说了孩子话，使妈妈笑了！使妈妈心痛。

王婆同赵三吵架的那天晚上，南河的河水涨出了河床。南河沿嚷着：

“涨大水啦！涨大水啦！”

人们来往在河边，赵三在家里也嚷着：

“你快叫她走，她不是我家的孩子，你的崽子我不招留。快——”

第二天家家的麦子送上麦场。第一场割麦，人们要吃一顿酒来庆祝。赵三第一年不种麦，他家是静悄悄的。有人来请他，他坐到别人欢说着的酒桌前，看见别人欢说，看见别人收麦，他红色的大手在人前窘迫着了！不住的胡乱的扭搅，可是没有人注意他，种麦人和种麦人彼此谈说。

河水落了却带来众多的蚊虫。夜里蛤蟆的叫声，好像被蚊子的嗡嗡的压住似的。日间蚊群也是忙飞。只有赵三非常哑默。

九、传染病

乱坟岗子，死尸狼藉在那里。无人掩埋，野狗活跃在尸群里。

太阳血一般昏红；从朝至暮蚊虫混同着蒙雾充塞天空。高粱，玉米和一切菜类被人丢弃在田圃，每个家庭是病的家庭。是将要绝灭的家庭。

全村静悄了。植物也没有风摇动它们。一切沉浸在雾中。

赵三坐在南地端出卖五把新镰刀。那是组织“镰刀会”时剩下的。他正看着那伤心的遗留物，村中的老太太来问他：

“我说……天象，这是什么天象？要天崩地陷了。老天爷叫人全死吗？嗳……”

老太婆离去赵三，曲背立即消失在雾中，她的语声也像隔远了似的：

“天要灭人呀！……老天早该灭人啦！人世尽是强盗，打仗，杀害，这是人自己招的罪……”

渐渐远了！远处听见一个驴子在号叫，驴子号叫在山坡吗？驴子号叫在河沟吗？

什么也看不见，只能听闻：那是，二里半的女人作嘎的不愉悦的声音来近赵三。赵三为着镰刀所烦恼，他坐在雾中，他用烦恼的心思在妒恨镰刀，他想：

“青牛是卖掉了！麦田没能种起来。”

那个婆子向他说话，但他没有注意到。那个婆子被脚下的土块跌倒，她起来时慌张着，在雾层中看不清她怎样张惶。她的音波织起了网状的波纹，和老大的蚊音一般：

“三哥，还坐在这里？家怕是有‘鬼子’来了，就连小孩子，‘鬼子’也要给打针，你看我把孩子抱出来，就是孩子病死也甘心，打针可不甘心。”

麻面婆离开赵三去了！抱着她未死的，连哭也不会哭的孩子沉没在雾中。

太阳变成暗红的放大而无光的圆轮，当在人头。昏茫的村庄埋着天然灾难的种子，渐渐种子在滋生。

传染病和放大的太阳一般勃发起来，茂盛起来！

赵三踏着死蛤蟆走路；人们抬着棺材在他身边暂时现露而滑过去！一个歪斜面孔的小脚女人跟在后面，她小小的声音哭着。又听到驴子叫，不一会驴子闪过去，背上驮着一个重病的老人。

西洋人，人们叫他“洋鬼子”，身穿白外套，第二天雾退时，白衣人来到赵三的窗外，他嘴上挂着白囊，说起难懂的中国话：

“你的，病人的有？我的治病好，来。快快的。”

那个老的胖一些的，动一动胡子，眼睛胖得和猪眼一般，把头探着窗子望。

赵三着慌说没有病人，可是终于给平儿打针了！

“老鬼子”向那个“小鬼子”说话，嘴上的白囊一动一动的。管子，药瓶和亮刀从提包倾出，赵三去井边提一壶冷水。那个“鬼子”开始擦他通孔的玻璃管。

平儿被停在窗前的一块板上，用白布给他蒙住眼睛。隔院的人们都来看着，因为要晓得“鬼子”怎样治病，“鬼子”治病究竟怎样可怕。

玻璃管从肚脐下一寸的地方插下，五寸长的玻璃管只有半段在肚皮外闪光。于是人们捉紧孩子，使他仰卧不得摇动。“鬼子”开始一个人提起冷水壶，另一个对准那个长长的橡皮管顶端的漏水器。看起来“鬼子”像修理一架机器。四面围观的人好像有叹气的，好像大家一起在缩肩膀。孩子只是作出“呀！呀”的短叫，很快一壶水灌完了！最后在滚涨的肚子上擦一点黄色药水，用小剪子剪一块白绵贴住破口。就这样白衣“鬼子”提了提包轻便的走了！又到别人家去。

又是一天晴朗的日子，传染病患到绝顶的时候！女人们抱着半死的小孩子，女人们始终惧怕打针，惧怕白衣的“鬼子”用水壶向小孩肚里灌水。她们不忍看那肿涨起来奇怪的肚子。

恶劣的传闻布遍着：

“李家的全家死了！”“城里派人来验查，有病象的都用车子拉进城去，老太婆也拉，孩子也拉，拉去打药针。”

人死了听不见哭声，静悄的抬着草捆或是棺材向着乱坟岗子走去，接接连连的，不断……

过午二里半的婆子把小孩送到乱坟岗子去！她看到别的几个小孩有的头发蒙住白脸，有的被野狗拖断了四肢，也有几个好好的睡在那里。

野狗在远的地方安然的嚼着碎骨发响。狗感到满足，狗不再为着追求食物而疯狂，也不再猎取活人。

平儿整夜呕着黄色的水，绿色的水，白眼珠满织着红色的丝纹。

赵三喃喃着走出家门，虽然全村的人死了不少，虽然庄稼在那里衰败，镰刀他却总想出卖，镰刀放在家里永久刺着他的心。

十、十年

十年前村中的山，山下的小河，而今依旧十年前，河水静静的在流，山坡随着季节而更换衣裳；大片的村庄生死轮回着和十年前一样。

屋顶的麻雀仍是那样繁多。太阳也照样暖和。山下有牧童在唱童谣，那是十年前的旧调：“秋夜长，秋风凉，谁家的孩儿没有娘，谁家的孩儿没有娘，……月亮满西窗。”

什么都和十年前一样，王婆也似没有改变，只是平儿长大了！平儿和罗圈腿都是大人了！

王婆被凉风飞着头发，在篱墙外远听从山坡传来的童谣。

十一、年盘转动了

雪天里，村人们永没见过的旗子飘扬起，升上天空！

全村寂静下去，只有日本旗子在山岗临时军营门前，振荡的响着。

村人们在想：这是什么年月？中华国改了国号吗？

十二、黑色的舌头

宣传“王道”的旗子来了！带着尘烟和骚闹来的。

宽宏的夹树道；汽车闹嚣着了！

田间无际限的浅苗湛着青色。但这不再是静穆的村庄，人们已经失去了心的平衡。草地上汽车突起着飞尘跑过，一些红色绿色的纸片播着种子一般落下来。小茅房屋顶有花色的纸片在起落。附近大道旁的枝头挂住纸片，在飞舞嘶嘎。从城里出发的汽车又追踪着驰来。车上站着威风飘扬的日本人，高丽人，也站着威扬的中国人。车轮突飞的时候，车上每人手中的旗子摆摆有声，车上的人好像生了翅膀齐飞过去。那一些举着日本旗子作出媚笑杂样的人，消失在道口。

那一些“王道”的书篇飞到山腰去，河边去……

王婆立在门前，二里半的山羊下垂它的胡子。老羊轻轻走过正在繁茂的树下。山羊不再寻什么食物，它倦困了！它过于老，全身变成土一般地色毛。它的眼睛模糊好像垂泪似的。山羊完全幽默和可怜起来；拂摆着长胡子走向洼地。

对着前面的洼地，对着山羊，王婆追踪过去痛苦的日子。她想把那些日子捉回，因为今日的日子还不如昨日。洼地没人种，上岗那些往日的麦田荒乱在那里。她在伤心的追想。

日本飞机拖起狂大的嗡鸣飞过，接着天空翻飞着纸片。一张纸片落在王婆头顶的树枝，她取下看了看丢在脚下。飞机又过去时留下更多的纸片。她不再睬理一下那些纸片，丢在脚下来复的乱踏。

过了一会，金枝的母亲经过王婆，她手中捉住两只公鸡，她问王婆说：

“日子算是没法过了！可怎么过？就剩两只鸡，还得快快去卖掉！”

王婆问她：“你进城去卖吗？”

“不进城谁家肯买？全村也没有几只鸡了！”

她向王婆耳语了一阵：

“日本子恶得很！村子里的姑娘都跑空了！年青的媳妇也是一样。我听说王家屯一个十三岁的小丫头叫日本子弄去了！半夜三更弄走的。”

“歇一歇腿再走吧！”王婆说。

她俩坐在树下。大地上的虫子并不鸣叫，只是她俩惨淡而忧伤的谈着。

公鸡在手下不时振动着膀子。太阳有点正中了！树影做成圆形。

村中添设出异样的风光，日本旗子，日本兵。人们开始讲究这一些：“王道”啦！日“满”亲善啦！快有“真龙天子”啦！

在“王道”之下，村中的废田多起来，人们在广场上忧郁着徘徊。

那老婆说到最后：

“我这些年来，都是养鸡，如今连个鸡毛也不能留，连个‘啼明’的公鸡也不让留下。这是什么年头？……”

她震动一下袖子，有点癫狂似的，她立起来，踏过前面一块不耕的废田，废田患着病似的，短草在那婆婆的脚下不愉快的没有弹力的被踏过。

走得很远，仍可辨出两只公鸡是用那个挂下的手提着，另外一只手在面部不住的抹擦。

王婆睡下的时候，她听见远处好像有女人尖叫。打开窗子听一听……

再听一会警笛嚣叫起来，枪鸣起来，远处的人家闯入什么魔鬼了吗？

“你家有人没有？”

当夜日本兵，中国警察搜遍全村。这是搜到王婆家。她回答：

“有什么人？没有。”

他们掩住鼻子在屋中转了一个弯出去了。手电灯发青的光线乱闪着，临走出门栏，一个日本兵在铜帽子下面说中国话：

“也带走她。”

王婆完全听见他说的是什么：

“怎么也带女人吗？”她想，“女人也要捉去枪毙吗？”

“谁稀罕她，一个老婆子！”那个中国警察说。

中国人都笑了！日本人也瞎笑。可是他们不晓得这话是什么意思，别人笑，他们也笑。

真的，不知他们牵了谁家的女人，曲背和猪一般被他们牵走。在稀薄乱动的手电灯绿色的光线里面，分辨不出这女人是谁！

还没走出栏门他们就调笑那个女人。并且王婆看见那个日本“铜帽子”的手在女人的屁股上急忙的爬了一下。

十三、你要死灭吗?

王婆以为又是假装搜查到村中捉女人，于是她不想到什么恶劣的事情上去，安然的睡了！赵三那老头子也非常老了！他回来没有惊动谁也睡了！

过了夜，日本宪兵在门外轻轻敲门，走进来的，看样像个中国人，他的长靴染了湿淋的露水，从口袋取出手巾，摆出泰然的样子坐在炕沿慢慢擦他的靴子，访问就在这时开始：

“你家昨夜没有人来过？不要紧。你要说实话。”

赵三刚起来，意识有点不清，不晓得这是什么事情要发生。于是那个宪兵把手中的帽子用力抖了一下，不是柔和而不在意的态度了：“混蛋！你怎么不知道？等带去你就知道了！”

说了这样话并没带他去。王婆一面在扣衣纽一面抢说：

“问的是什么人？昨夜来过几个‘老总’，搜查没有什么就走了！”

那个军官样的把态度完全是对着王婆，用一种亲昵的声音问：

“老太太请告诉吧！有赏哩！”

王婆的样子仍是没有改变。那人又说：

“我们是捉胡子，有胡子乡民也是同样受害，你没见着昨天汽车来到村子宣传‘王道’吗？‘王道’叫人诚实。老太太说了吧！有赏呢？”

王婆面对着窗子照上来的红日影，她说：

“我不知道这回事。”

那个军官又想大叫，可是停住了，他的嘴唇困难的又动几下：

“‘满洲国’要把害民的胡子扫清，知道胡子不去报告，查出来枪毙！”这时那个长靴人用斜眼神侮辱赵三一下。接着他再不说什么，等待答复，终于他什么也没得到答复。

还不到中午，乱坟岗子多了三个死尸，其中一个是女尸。

人们都知道那个女尸，就是在北村一个寡妇家搜出的那个“女学生”。

赵三听得别人说“女学生”是什么“党”。但是他不晓得什么“党”做什么解释。当夜在喝酒以后把这一切密事告诉了王婆，他也不知道那“女学生”倒有什么密事，到底为什么才死？他只感到不许传说的事情神秘，他也必定要说。

王婆她十分不愿意听，因为这件事发生，她担心她的女儿，她怕是女儿的命运和那个“女学生”一般样。

赵三的胡子白了！也更稀疏，喝过酒，脸更是发红，他任意把自己摊散在炕角。

平儿担了大捆的绿草回来，晒干可以成柴，在院心他把绿草铺平。进屋他不立刻吃饭，透汗的短衫脱在身边，他好像愤怒似的，用力来拍响他多肉的肩头，嘴里长长的吐着呼吸。过了长时间爹爹说：

“你们年青人应该有些胆量。这不是叫人死吗？亡国了！麦地不能种了，鸡犬也要死净。”

老头子说话像吵架一般。王婆给平儿缝汗衫上的大口，她感动了，想到亡国，把汗衫缝错了！她把两个袖口完全缝住。

赵三和一个老牛般样，年青时的气力全都消灭，只回想“镰刀会”，又告诉平儿：

“那时候你还小着哩！我和李青山他们弄了个‘镰刀会’。勇得很！可是我受了打击，那一次使我碰壁了，你娘去借支洋炮来，谁知还没有用洋炮，就是一条棍子出了人命，从那时起就倒霉了！一年不如一年活到如今。”

“狗，到底不是狼，你爹从出事以后，对‘镰刀会’就没趣了！青牛就是那年卖的。”

她这样抢白着，使赵三感到羞耻和愤恨。同时自己为什么当时就那样卑小？心脏发燃了一刻，他说着使自己满意的话。

“这下子东家也不东家了！有日本子，东家也不好干什么！”

他为着充血的轻便的身子，他向树林那面去散步，那儿有树林，林梢在青色的天边图出美调的和舒卷着的云一样的弧线。青的天幕在前面直垂下来，曲卷的树梢花边一般的嵌上天幕。田间往日的蝶儿在飞，一切野花还不曾开。小草房一座一座的摊落着，有的留下残墙在晒阳光，有的也许是被炸弹带走了屋盖。房身整整齐齐地摆在那里。

赵三阔大开胸膛，他呼吸田间透明的空气。他不愿意走了，停脚在一片荒芜的，过去的麦地旁。就这样不多一时，他又感到烦恼，因为他想起往日自己的麦田而今丧尽在炮火下，在日本兵的足下必定不能够再长起来，他带着麦田的忧伤又走过一片瓜田，瓜田也不见了种瓜的人，瓜田尽被一些蒿草充塞。去年看守瓜地小房，依然存在；赵三倒在小房下的短草梢头。他欲睡了！朦胧中看见一些“高丽”人从大树林穿过。视线从地平面直发过去，那一些“高丽”人仿佛是走在天边。

假如没有乱插在地面的家屋，那么赵三他觉得自己是躺在天边了！

阳光迷住他的眼睛，使他不能再远看了！听得见村狗在远方无聊的吠叫。

如此荒凉的旷野，野狗也不到这里巡行。独有酒烧胸膛的赵三到这里巡行，但是他无有目的，任意足尖踏到什么地点，他走过无数秃田，他觉得过于可惜，点一点头，摆一摆手，不住的叹着气走回家去。

村中的寡妇多起来，前面是三个寡妇，其中的一个尚拉着她的孩子走。

红脸的老赵三走近家门又转弯了！他是那样信步而无主的走！忧伤在前面招示他，忽然间一个大凹洞，踏下脚去。他未曾注意这个，好像他一心要完成长途似的，继续前进。那里更有炸弹的洞穴，但不能阻碍他的去路，因为喝酒，壮年的血气鼓动他。

在一间破房子里，一只母猫正在哺乳一群小猫。他不愿看这些，他更走，没有一个熟人与他遇见。直到天西烧红着云彩，他滴血的心，垂泪的眼睛竟来到死去的年青时伙伴们的坟上，不带酒祭奠他们，只是无话坐在朋友们之前。

亡国后的老赵三，蓦然念起那些死去的英勇的伙伴！留下活着的老的，只有悲愤而不能走险了，老赵三不能走险了！

那是个繁星的夜，李青山发着疯了！他的哑喉咙，使他讲话带着神秘而紧张的声色。这是第一次他们大型的集会。在赵三家里，他们像在举行什么盛大的典礼，庄严与静肃。人们感到缺乏空气一般，人们连鼻子也没有一个作响。屋子不燃灯，人们的眼睛和夜里的猫眼一般，闪闪有磷光而发绿。

王婆的尖脚，不住的踏在窗外，她安静的手下提了一只破洋灯罩，她时时准备着把玻璃灯罩摔碎。她是个守夜的老鼠，时时防备猫来。她到篱笆外绕走一趟，站在篱笆外听一听他们的谈论高低，有没有危险性？手中的灯罩她时刻不能忘记。

屋中李青山固执而且浊重的声音继续下去：

"在这半月里，我才真知道人民革命军真是不行，要干人民革命军那就必得倒霉，他们尽是些'洋学生'，上马还得用人抬上去。他们嘴里就会狂喊'退却'。二十八日那夜外面下小雨，我们十个同志正吃饭，饭碗被炸碎了哩！派两个出去寻炸弹的来路。大家来想一想，两个'洋学生'跑出去，唉！丧气，被敌人追着连帽子都跑丢了，'学生'们常常给敌人打死。……"

罗圈腿插嘴了："革命军还不如红胡子有用？"

月光照进窗来太暗了！当时没有人能发见罗圈腿发问时是个什么奇怪的神情。

李青山又在开始：

"革命军纪律可真利害，你们懂吗？什么叫纪律？那就是规矩。规矩太紧，我们也受不了。比方吧：屯子里年青青的姑娘眼望着不准去……哈哈！我吃了一回苦，同志打了我十下枪柄哩！"

他说到这里，自己停下笑起来，但是没敢大声。他继续下去。

二里半对于这些事情始终是缺乏兴致，他在一边瞌睡，老赵三用他的烟袋锅撞一下在睡的缺乏政治思想的二里半，并且赵三大不满意起来：

“听着呀！听着，这是什么年头还睡觉？”

王婆的尖脚乱踏着地面作响一阵，人们听一听，没听到灯罩的响声，知道日本兵没有来，同时人们感到严重的气氛。李青山的计划严重着发表。

李青山是个农人，他尚分不清该怎样把事弄起来，只说着：

“屯子里的小伙子招集起来，起来救国吧！革命军那一群‘学生’是不行。只有红胡子才有胆量。”

老赵三他的烟袋没有燃着，丢在炕上，急快的拍一下手他说：

“对！招集小伙子们，起名也叫革命军。”

其实赵三完全不能明白，因为他还不曾听说什么叫做革命军，他无由得到安慰，他的大手掌快乐的不停的搒着胡子。对于赵三这完全和十年前组织“镰刀会”同样兴致，也是暗室，也是静悄悄的讲话。

老赵三快乐得终夜不能睡觉，大手掌翻了个终夜。

同时站在二里半的墙外可以数清他鼾声的拍子。

乡间，日本人的毒手努力毒化农民，就说要恢复“大清国”，要做“忠臣”，“孝子”，“节妇”。可是另一方面，正相反的势力也增长着。

天一黑下来就有人越墙藏在王婆家中，那个黑胡子的人每夜来，成为王婆的熟人。在王婆家吃夜饭，那人向她说：

“你的女儿能干得很，背着步枪爬山爬得快呢！可是……已经……”

平儿蹲在炕下，他吸爹爹的烟袋。轻微的一点妒嫉横过心面。他有意弄响烟袋在门扇上，他走出去了。外面是阴沉全黑的夜，他在黑色中消灭了自己。等他忧悒着转回来时，王婆已是在垂泪的境况。

那夜老赵三回来得很晚，那是因为他逢人便讲亡国，救国，义勇军，革命军……这一些出奇的字眼，所以弄得回来这样晚。快鸡叫的时候了！赵三的家没有鸡，全村听不见往日的鸡鸣。只有褪色的月光在窗上，“三星”不见了，知道天快明了。

他把儿子从梦中唤醒，他告诉他得意的宣传工作：东村那个寡妇怎样把孩子送回娘家预备去投义勇军。小伙子们怎样准备集合。老头子好像已在衙门里做了官员一样，摇摇摆摆着他讲话时的姿势，摇摇摆摆着他自己的心情，他整个的灵魂在阔步！

稍微沉静一刻，他问平儿：

“那个人来了没有？那个黑胡子的人？”

平儿仍回到睡中，爹爹正鼓动着生力，他却睡了！爹爹的话在他耳边，像蚊虫嗡叫一般的无意义。赵三立刻动怒起来，他觉得他光荣的事业，不能有人承受下去，感到养了这样的儿子没用，他失望。

王婆一点声息也不作出，像是在睡般的。

明朝，黑胡子的人，忽然走来，王婆又问他：

“那孩子死的时候，你到底是亲眼看见她没有？”

他弄着骗术一般：

“老太太你怎么还不明白？不是老早就对你讲么？死了就死了吧！革命就不怕死，那是露脸的死啊……比当日本狗的奴隶活着强得多哪！”

王婆常常听他们这一类人说“死”说“活”……她也想死是应该，于是安静下去，用她昨夜为着泪水所浸蚀的眼睛观察那熟人急转的面孔。终于她接受了！那所有那人从囊中取出来的小本子和小字，充满在上面像黑点一般的零散的纸张，她全接受了！另外还有发亮的小枪一支也递给王婆。那个人急忙着要走，这时王婆又不自禁的问：

“她也是枪打死的吗？”

那人开门急走出去了！因为急走，那人没有注意到王婆。

王婆往日里，她不知恐怖，常常把那一些别人带来的小本子放在厨房里。有时她竟任意丢在席子下面。今天她却减少了胆量，她想那些东西若被搜查着，日本兵的刺刀会通刺了自己。她好像觉着自己的遭遇要和女儿一样似的，尤其是手掌里的小枪。她被恫吓着慢慢颤栗起来。女儿也一定被同样的枪杀死。她终止了想，她知道当前的事开始紧急。

赵三仓皇了脸回来，王婆没有理他走向后面柴堆那儿。柴草不似每年，那是烧空了！在一片平地上稀疏的生着马蛇菜。她开始掘地洞；听村狗在狂咬，她有些心慌意乱，把镰刀头插进土去无力拔出。她好像要倒落一般：全身受着什么压迫要把肉体解散了一般。过了一刻难忍昏迷的时间，她跑去呼唤她的老同伴。可是当走到房门又急转回来，她想起别人的训告：

——重要的事情谁也不能告诉，两口子也不能告诉。

那个黑胡子的人，向她说过的话也使她回想了一遍：

——你不要叫赵三知道，那老头子说不定和小孩子似的。

等她埋好之后，日本兵连续来过十几个。多半只戴了铜帽，连长靴都没穿就来了。人们知道他们又是在弄女人。

王婆什么观察力也失去了！不自觉的退缩在赵三的背后，就连那永久带着笑脸，常来王婆家搜查的日本官长，她也不认识了。临走时那人向王婆说“再见”，她直直迟疑着而不回答一声。

“拔”——“拔”，就是出发的意思，老婆们给男人在搜集衣裳或是鞋袜。

李青山派人到每家去寻个公鸡，没得寻到，有人提议把二里半的老山羊杀了吧！山羊正走在李青山门前，或者是歇凉，或者是它走不动了！它的一只独角塞进篱墙的缝隙，小伙子们去抬它，但是无法把独角弄出。

二里半从门口经过，山羊就跟在后面回家去了！二里半说：

“你们要杀就杀吧！早晚还不是给日本子留着吗！”

李二婶子在一边说：

“日本子可不要它，老得不成样。”

二里半说：“日本子不要它，老也老死了！”

人们宣誓的日子到了！没有寻到公鸡，决定拿老山羊来代替。小伙子们把山羊抬着，在杆上四脚倒挂下去，山羊不住哀叫。二里半可笑的悲哀的形色跟着山羊走来，他的跌脚仿佛是一步一步把地面踏陷。波浪状的行走，愈走愈快！他的老婆疯狂的想把他拖回去，然而不能做到，二里半惶惶的走了一路。山羊被抬过一个山腰的小曲道。山羊被升上院心铺好红布的方桌。

东村的寡妇也来了！她在桌前跪下祷告了一阵，又到桌前点着两支红蜡烛。蜡烛一点着，二里半知道快要杀羊了。

院心除了老赵三那尽是一些年青的小伙子在走转。他们袒露胸臂，强壮而且凶横。

赵三总是向那个东村的寡妇说，他一看见她便宣传她。他一遇见事情，就不像往日那样贪婪吸他的烟袋。说话表示出庄严，连胡子也不动荡一下：

“救国的日子就要来到。有血气的人不肯当亡国奴，甘愿做日本刺刀下的屈死鬼。”

赵三只知道自己是中国人。无论别人给他解讲了多少遍，他总不能明白他在中国人中是站在怎样的阶级。虽然这样，老赵三也是非常进步，他可以代表整个的村人在进步着，那就是他从前不晓得什么叫国家，从前也许忘掉了自己是那国的国民！

他不开言了！静站在院心，等待宏壮悲愤的典礼来临。

来到三十多人，带来重压的大会，可真的触到赵三了！使他的胡子也感到非常重要而不可挫碰一下。

四月里晴朗的天空从山脊流照下来，房周的大树群在正午垂曲的立在太阳下。畅明的天光与人们共同宣誓。

寡妇们和亡家的独身汉在青山喊过口号之后完全用膝头曲倒在天光之下。

羊的脊背流过天光，桌前的大红蜡烛在壮默的人头前面燃烧。李青山的大个子直立在桌前："弟兄们！今天是什么日子！知道吗？今天……我们去敢死……决定了……就是把我们的脑袋挂满了整个村子所有的树梢也情愿，是不是啊？……是不是……弟兄们……"

回声先从寡妇们传出："是呀！千刀万剐也愿意！"

哭声刺心一般痛，哭声方锥一般落进每个人的胸膛。一阵强烈的悲酸掠过低垂的人头，苍苍然蓝天欲坠了！

老赵三立到桌子前面，他不发声，先流泪：

"国……国亡了！我……我也……老了！你们还年青，你们去救国吧！我的老骨头再……再也不中用了！我是个老亡国奴，我不会眼见你们把日本旗撕碎，等着我埋在坟里……也要把中国旗子插在坟顶，我是中国人！……我要中国旗子，我不当亡国奴，生是中国人，死是中国鬼……不……不是亡……亡国奴……"

浓重不可分解的悲酸，使树叶垂头。赵三在红蜡烛前用力鼓了桌子两下，人们一起哭向苍天了！人们一起向苍天哭泣。大群的人起着号啕！

就这样把一支匣枪装好子弹摆在众人前面。每人走到那支枪口就跪倒下去"盟誓"：

"若是心不诚，天杀我，枪杀我，枪子是有灵有圣有眼睛的啊！"

寡妇们也是盟誓。也是把枪口对准心窝说话。只有二里半在人们宣誓之后快要杀羊时他才回来。从什么地方他捉一只公鸡来！只有他没曾宣誓，对于国亡，他似乎没什么伤心，他领着山羊，就回家去。

别人的眼睛，尤其是老赵三的眼睛在骂他：

"你个老跛脚的物，你，你不想活吗？……"

十四、到都市里去

临行的前夜，金枝在水缸沿上磨剪刀，而后用剪刀撕破死去孩子的尿布。

年青的寡妇是住在妈妈家里。

“你明天一定走吗?”

在睡的身边的妈妈被灯光照醒，带着无限怜惜在已决定的命运中求得安慰似的。

“我不走，过两天再走。”金枝答她。

又过了不多时老太太醒来，她再不能睡，当她看见女儿不在身边而在地心洗濯什么的时候，她坐起来问着：

“你是明天走吗？再住三两天不能够吧!”

金枝在夜里收拾东西，母亲知道她是要走。金枝说：

“娘，我走两天，就回来，娘……不要着急!”

老太太像在摸索什么，不再发声音。

太阳很高很高了，金枝尚偎在病母亲的身边，母亲说：

“要走吗？金枝！走就走吧！去赚些钱吧！娘不阻碍你。”母亲的声音有些惨然：

“可是要学好，不许跟着别人学，不许和男人打交道。”

女人们再也不怨恨丈夫。她向娘哭着：

“这不都是小日本子吗？挨千刀的小日本子！不走等死吗?”

金枝听老人讲，女人独自行路要扮个老相，或丑相，束上一条腰带她把油罐子挂在身边，盛米的小桶也挂在腰带上，包着针线和一些碎布的小包袱塞进米桶去，装做讨饭的老婆，用灰尘把脸涂得很脏并有条纹。

临走时妈妈把自己耳上的银环摘下，并且说：

“你把这个带去吧！放在包袱里，别叫人给你抢去，娘一个钱也没有，若饿肚时，你就去卖掉，买个干粮吃吧!”走出门去还听母亲说：“遇见日本子，你快伏在蒿子下。”

金枝走得很远，走下斜坡，但是娘的话仍是那样在耳边反复：“买个干粮吃。”她心中乱乱的幻想，她不知走了多远，她像从家向外逃跑一般，速步而不回头。小道也尽是生着短草，即便是短草也障碍金枝赶路的脚。

日本兵坐着马车，口里吸烟，从大道跑过。金枝有点颤抖了！她想起母亲的话，很快躺在小道旁的蒿子里。日本兵走过，她心跳着站起，她四面惶惶在望：母亲在那里？家乡离开她很远，前面又来到一个生疏的村子，使她感觉到走过无数人间。

红日快要落过天边去，人影横到地面杆子一般瘦长。踏过去一条小河桥，再没有多少路途了！

哈尔滨城渺茫中有工厂的烟囱插入云天。

金枝在河边喝水，她回头望向家乡，家乡遥远而不可见。只是高高的山头，山下分辨不清是烟是树，母亲就在烟树荫中。

她对于家乡的山是那般难舍，心脏在胸中飞起了！金枝感到自己的心已被摘掉不知抛向何处！她不愿走了，强行过河桥又入小道。前面哈尔滨城在招示她，背后家山向她送别。

小道不生蒿草，日本兵来时，让她躲身到地缝中去吗？她四面寻找，为了心脏不能平衡，脸面过量的流汗，她终于被日本兵寻到：

"你的……站住。"

金枝好比中了枪弹，滚下小沟去，日本兵走近，看一看她脏污的样子。他们和肥鸭一般，嘴里发响摆动着身子，没有理她走过去了！他们走了许久许久，她仍没起来，以后她哭着，木桶扬翻在那里，小包袱从木桶滚出。她重新走起时身影在地面越瘦越长起来，和细线似的。

金枝在夜的哈尔滨城，睡在一条小街阴沟板上。那条街是小工人和洋车夫们的街道。有小饭馆，有最下等的妓女，妓女们的大红裤子时时在小土房的门前出现。闲散的人，做出特别姿态，慢慢和大红裤子们说笑，后来走进小房去，过一会又走出来。但没有一个人理会破乱的金枝，她好像一个垃圾桶，好像一个病狗似的堆偎在那里。

这条街连警察也没有，讨饭的老婆和小饭馆的伙计吵架。

满天星火，但那都疏远了！那是与金枝绝缘的物体。半夜过后金枝身边来了一条小狗，也许小狗是个受难的小狗？这流浪的狗它进木桶去睡。金枝醒来仍没出太阳，天空多星充塞着。

许多街头流浪人，尚挤在饭馆门前，等候着最后的施舍。

金枝腿骨断了一般酸痛，不敢站起。最后她也挤进要饭人堆去，等了好久，伙计不见送饭出来，四月里露天宿睡打着透心的寒颤，别人看她的时候，她觉得这个样子难看，忍了饿又来在原处。

夜的街头，这是怎样的人间？金枝小声喊着娘，身体在阴沟板上不住的抽拍。绝望着，哭着，但是她和木桶里在睡的小狗一般同样不被人注意，人间好像没有他们存在。天明，她不觉得饿，只是空虚，她的头脑空空尽尽了！在街树下，一个缝补的婆子，她遇见对面去问：

“我是新来的，新从乡下来的……”

看她作窘的样子那个缝婆没理她，面色在清凉的早晨发着淡白走去。

卷尾的小狗偎依着木桶好像偎依妈妈一般，早晨小狗大约感到太寒。

小饭馆渐渐有人来往。一堆白热的馒头从窗口堆出。

“老婶娘，我新从乡下来，……我跟你去，去赚几个钱吧！”

第二次，金枝成功了，那个婆子领她走，一些搅扰的街道，发出浊气的街道，她们走过。金枝好像才明白，这里不是乡间了，这里只是生疏，隔膜，无情感。一路除了饭馆门前的鸡，鱼，和香味，其余她都没有看见似的，都没有听闻似的。

“你就这样把袜子缝起来。”

在一个挂金牌的“鸦片专卖所”的门前，金枝打开小包，用剪刀剪了块布角，缝补不认识的男人的破袜。那婆子又在教她：

“你要快缝，不管好坏，缝住，就算。”

金枝一点力量也没有，好像愿意赶快死似的，无论怎样努力眼睛也不能张开。一部汽车擦着她的身边驰过，跟着警察来了，指挥她说：

“到那边去！这里也是你们缝穷的地方?”

金枝忙仰头说：“老总，我刚从乡下来，还不懂得规矩。”

在乡下叫惯了老总，她叫警察也是老总，因为她看警察也是庄严的样子，也是腰间佩枪。别人都笑她，那个警察也笑了。老缝婆又教说她：

“不要理他，也不必说话，他说你，你躲后一步就完。”

她，金枝立刻觉得自己发羞，看一看自己的衣裳也不和别人同样，她立刻讨厌从乡下带来的破罐子，用脚踢了罐子一下。

袜子补完，肚子空虚的滋味不见终止，假若得法，她要到无论什么地方去偷一点东西吃。很长时间她停住针，细看那个立在街头吃饼干的孩子，一直孩子把饼干的最末一块送进嘴去，她仍在看。

“你快缝，缝完吃午饭，……可是你吃了早饭没有?”

金枝感到过于亲热，好像要哭出来似的，她想说：

“从昨夜就没吃一点东西，连水也没喝过。”

中午来到，她们和从“鸦片馆”出来那些游魂似的人们同行着。女工店有一种特别不流通的气息，使金枝想到这又不是乡村，但是那一些停滞的眼睛，黄色脸，直到吃过饭，大家用水盆洗脸时她才注意到，全屋五丈多长，没有隔壁，墙的四周涂满了臭虫血，满墙拖长着黑色紫色的血点。一些污秽发酵的包袱围墙堆集着。这些多样的女人，好像每个患着病似的，就在包袱上枕了头讲话：

“我那家子的太太，待我不错，吃饭都是一样吃，那怕吃包子我也一样吃包子。”

别人跟住声音去羡慕她。过了一阵又是谁说她被公馆里的听差扭一下嘴巴。她说她气病了一场，接着还是不断的乱说。这一些烦烦乱乱的话金枝尚不能明白，她正在细想什么叫公馆呢？什么是太太？她用遍了思想而后问一个身边在吸烟的剪发的妇人：

“‘太太’不就是老太太吗?”

那个妇人没答她，丢下烟袋就去呕吐。她说吃饭吃了苍蝇。可是全屋通长的板炕，那一些城市的女人，她们笑得使金枝生厌，她们是前仆后折的笑。她们为着笑这个乡下女人彼此兴奋得拍响着肩膀，笑得过甚的竟流起眼泪来。金枝却静静坐在一边。等夜晚睡觉时，她向初识那个老太太说：

“我看哈尔滨倒不如乡下好，乡下姐妹很和气，你看午间她们笑我拍着掌哩!”

说着她卷紧一点包袱，因为包袱里面藏着赚得的两角钱纸票，金枝枕了包袱，在都市里的臭虫堆中开始睡觉。

金枝赚钱赚得很多了！在裤腰间缝了一个小口袋，把两元钱的票子放进去，而后缝住袋口。女工店向她收费用时她同那人说：

“晚几天给不行吗？我还没赚到钱。”她无法又说：

“晚上给吧！我是新从乡下来的。”

终于那个人不走，她的手摆在金枝眼下。女人们也越集越多，把金枝围起来。她好像在耍把戏一般招来这许多观众，其中有一个三十多岁的胖子，头发完全脱掉，粉红色闪光的头皮，独超出人前，她的脖子装好颤丝一般，使闪光的头颅轻便而随意的在转，在颤，她就向金枝说：

“你快给人家！怎么你没有钱？你把钱放在什么地方我都知道。”

金枝生气，当着大众把口袋撕开，她的票子四分之三觉得是损失了！被人夺走了！她只剩五角钱。她想：

“五角钱怎样送给妈妈？两元要多少日子再赚得？”

她到街上去上工很晚。晚间一些臭虫被打破，发出袭人的臭味，金枝坐起来全身搔痒，直到搔出血来为止。

楼上她听着两个女人骂架，后来又听见女人哭，孩子也哭。

母亲病好了没有？母亲自己拾柴烧吗？下雨房子流水吗？渐渐想得恶化起

来：她若死了不就是自己死在炕上无人知道吗？

金枝正在走路，脚踏车响着铃子驰过她，立刻心脏膨胀起来，好像汽车要轧上身体，她终止一切幻想了。

金枝知道怎样赚钱，她去过几次独身汉的房舍，她替人缝被，男人们问她：

“你丈夫多大岁数咧？”

“死啦！”

“你多大岁数？”

“二十七。”

一个男人拖着拖鞋，散着裤口，用他奇怪的眼睛向金枝扫了一下，奇怪的嘴唇跳动着：

“年轻轻的小寡妇哩！”

她不懂在意这个，缝完，带了钱走了。有一次走出门时有人喊她：

“你回来……你回来。”

给人以奇怪感觉的急切的呼叫，金枝也懂得应该快走，不该回头。晚间睡下时，她向身边的周大娘说：

“为什么缝完，拿钱走时他们叫我？”

周大娘说：“你拿人家多少钱？”

“缝一个被子，给我五角钱。”

“怪不得他们叫你！不然为什么给你那么多钱？普通一张被两角。”

周大娘在倦乏中只告诉她一句：

“缝穷婆谁也逃不了他们的手。”

那个全秃的亮头皮的妇人在对面的长炕上类似尖巧的呼叫，她一面走到金枝头顶，好像要去抽拔金枝的头发。弄着她的胖手指：

“唉呀！我说小寡妇，你的好运气来了！那是又来财又开心。”

别人被吵醒开始骂那个秃头：

“你该死的，有本领的野兽，一百个男人也不怕，一百个男人你也不够。”

女人骂着彼此在交谈，有人在大笑，不知谁在一边重复了好几遍：

“还怕！一百个男人还不够哩！”

好像闹着的蜂群静了下去，女人们一点嗡声也停住了，她们全体到梦中去。

“还怕！一百个男人还不够哩！”不知谁，她的声音没有人接受，空洞的在屋中走了一周，最后声音消灭在白月的窗纸上。

金枝站在一家俄国点心铺的纱窗外。里面格子上各式各样的油黄色的点心，肠子，猪腿，小鸡，这些吃的东西，在那里发出油亮。最后她发现一个整个的肥胖的小猪，竖起耳朵伏在一个长盘里。小猪四周摆了一些小白菜和红辣椒。她要立刻上去连盘子都抱住，抱回家去快给母亲看。不能那样做，她又恨小日本子，若不是小日本子搅闹乡村，自家的母猪不是早生了小猪吗？“布包”在肘间渐渐脱落，她不自觉的在铺门前站不安定，行人道上人多起来，她碰撞着行人。一个漂亮的俄国女人从点心铺出来，金枝连忙注意到她透孔的鞋子下面染红的脚趾甲；女人走得很快，比男人还快，使她不能再看。

人行道上：克——克——的大响，大队的人经过，金枝一看见铜帽子就知道是日本兵，日本兵使她离开点心铺快快跑走。

她遇到周大娘向她说：

“一点活计也没有，我穿这一件短衫，再没有替换的，连买几尺布钱也留不下，十天一交费用，那就是一块五角。又老，眼睛又花，缝的也慢，从没人领我到家里去缝。一个月的饭钱还是欠着，我住得年头多了！若是新来，那就非被赶出去不可。”她走一条横道又说，“新来的一个张婆，她有病都被赶走了。”

经过肉铺，金枝对肉铺也很留恋，她想买一斤肉回家也满足。母亲半年多没尝过肉味。

松花江，江水不住的流，早晨还没有游人，舟子在江沿无聊的彼此骂笑。

周大娘坐在江边。怅然了一刻，接着擦她的眼睛，眼泪是为着她末日的命运在流。江水轻轻拍着江岸。

金枝没被感动，因为她刚来到都市，她还不晓得都市。

金枝为着钱，为着生活，她小心的跟了一个独身汉去到他的房舍。刚踏进门，金枝看见那张床，就害怕，她不坐在床边，坐在椅子上先缝被褥。那个男人开始慢慢和她说话，每一句话使她心跳。可是没有什么，金枝觉得那人很同情她。接着就缝一件夹衣的袖口，夹衣是从那个人身上立刻脱下的，等到袖口缝完时，那男人从腰带间一个小口袋取出一元钱给她，那男人一面把钱送过去，一面用他短胡子的嘴向金枝扭了一下，他说：

“寡妇有谁可怜你?”

金枝是乡下女人，她还看不清那人是假意同情，她轻轻受了“可怜”字眼的感动，她心有些波荡，停在门口，想说一句感谢的话，但是她不懂说什么，终于走了！她听道旁大水壶的笛子在耳边叫，面包作坊门前取面包的车子停在道边，俄国老太太花红的头巾驰过她。

“嗳！回来……你来，还有衣裳要缝。”

那个男人涨红了脖子追在后面。等来到房中，没有事可做，那个男人像猿猴一般，袒露出多毛的胸膛，去用厚手掌闩门去了！而后他开始解他的裤子，最后他叫金枝：

“快来呀……小宝贝。”他看一看金枝吓住了，没动，“我叫你是缝裤子，你怕什么?”

缝完了，那人给她一元票，可是不把票子放到她的手里，把票子摔到床底，让她弯腰去取，又当她取得票子时夺过来让她再取一次。

金枝完全摆在男人怀中，她不是正音嘶叫：

“对不起娘呀！……对不起娘……”

她无助的嘶狂着，圆眼睛望一望锁住的门不能自开，她不能逃走，事情必然要发生。

女工店吃过晚饭，金枝好像踏着泪痕行走，她的头过分的迷昏，心脏落进污水沟中似的，她的腿骨软了，松懈了，爬上炕取她的旧鞋，和一条手巾，她要回乡，马上躺到娘身上去哭。

炕尾一个病婆，垂死时被店主赶走，她们停下那件事不去议论，金枝把她们的趣味都集中来。

“什么勾当？这样着急？”第一个是周大娘问她。

“她一定进财了！”第二个是秃头胖子猜说。

周大娘也一定知道金枝赚到钱了，因为每个新来的第一次“赚钱”都是过分的羞恨。羞恨摧毁她，忽然患着传染病一般。

“惯了就好了！那怕什么！弄钱是真的，我连金耳环都赚到手里。”

秃胖子用好心劝她，并且手在扯着耳朵。别人骂她：

“不要脸，一天就是你不要脸！”

旁边那些女人看见金枝的痛苦，就是自己的痛苦，人们慢慢四散，去睡觉了，对于这件事情并不表示新奇和注意。

金枝勇敢的走进都市，羞恨又把她赶回了乡村，在村头的大树枝上发现人头。一种感觉通过骨髓麻寒她全身的皮肤，那是怎样可怕血浸的人头！

母亲拿着金枝的一元票子，她的牙齿在嘴里埋没不住，完全外露。她一面细看票子上的花纹，一面快乐有点不能自制的说：

“来家住一夜明日就走吧！”

金枝在炕沿捶打酸痛的腿骨；母亲不注意女儿为什么不欢喜，她只跟了一张票子想到另一张，在她想许多票子不都可以到手吗？她必须鼓励女儿：

“你应该洗洗衣裳收拾一下，明天一早必得要行路的，在村子里是没有出头露面之日。”

为了心切她好像责备着女儿一般，简直对于女儿没有热情。

一扇窗子立刻打开，拿着枪的黑脸孔的人竟跳进来，踏了金枝的左腿一下。那个黑人向棚顶望了望，他熟习的爬向棚顶去，王婆也跟着走来，她多日不见金枝而没说一句话，宛如她什么也看不见似的。一直爬上棚顶去。金枝和母亲什么也不晓得，只是爬上去。直到黄昏恶消息仍没传来，他们和爬虫样才从棚顶爬下。王婆说：“哈尔滨一定比乡下好，你再去就在那里不要回来，村子里日本子越来越恶，他们捉大肚女人，破开肚子去破‘红枪会’（义勇军的一种），活鲜鲜的小孩从肚皮流出来。为这事，李青山把两个日本子的脑袋割下挂到树上。”

金枝鼻子作出哼声：

“从前恨男人，现在恨小日本子。”最后她转到伤心的路上去，“我恨中国人呢？除外我什么也不恨。”

王婆的学识有点不如金枝了！

十五、失败的黄色药包

开拔的队伍在南山道转弯时，孩子在母亲怀中向父亲送别。行过大树道，人们滑过河边，他们的衣装和步伐看起来不像一个队伍，但衣服下藏着猛壮的心。这些心把他们带走，他们的心铜一般凝结着出发。最末一刻大山坡还未曾遮没最后的一个人，一个抱在妈妈怀中的小孩他呼叫“爹爹”。孩子的呼叫什么也没得到，父亲连手臂也没摇动一下，孩子好像把声响撞到了岩石。

女人们一进家屋，屋子好像空了！房屋好像修造在天空，素白的阳光在窗上，却不带来一点意义。她们不需要男人回来，只需要好消息。消息来时，是五天过后，老赵三赤着他显露筋骨的脚奔向李二婶子去告诉：

“听说青山他们被打散啦！”显然赵三是手足无措，他的胡子也震惊起来，似乎忙着要从他的嘴巴跳下。

“真的有人回来了吗?”

李二婶子的喉咙变做细长的管道，使声音出来做出多角形。

“真的平儿回来啦!”赵三说。

严重的夜，从天上走下。日本兵围剿打鱼村，白旗屯，和三家子……

平儿正在王寡妇家，他休息在情妇的心怀中。外面狗叫，听到日本人说话，平儿越墙逃走；他埋进一片蒿草中，蛤蟆在脚间跳。

“非拿住这小子不可，怕是他们和义勇军接连。”

在蒿草中他听清这是谁们在说：“走狗们。”

平儿也听清他的情妇被拷打：

“男人那里去啦?——快说，再不说枪毙!”

他们不住骂：“你们这些母狗，猪养的。”

平儿完全赤身，他走了很远。他去扯衣襟拭汗，衣襟没有了，在腿上扒了一下，于是才发现自己的身影落在地面和光身的孩子一般。

二里半的麻婆子被杀。罗圈腿被杀，死了两个人，村中安息两天。第三天又是要死人的日子。日本兵满村窜走，平儿到金枝家棚顶去过夜。金枝说：

“不行呀！棚顶方才也来小鬼子翻过。”

平儿于是在田间跑着，枪弹不住向他放射，平儿的眼睛不会转弯，他听有人近处叫：“拿活的，拿活的。……”

他错觉的听到了一切，他遇见一扇门推进去，一个老头在烧饭，平儿快流眼泪了：

“老伯伯，救命，把我藏起来吧！快救命吧!”

老头子说：“什么事?”

“日本子捉我。”

平儿鼻子流血，好像他说到日本子才流血。他向全屋四面张望，就像连一条缝也没寻到似的，他转身要跑，老人捉住他，出了后门，盛粪的长形的笼子在门旁，掀起粪笼老人说：

“你就爬进去，轻轻喘气。”

老人用粥饭涂上纸条把后门封起来，他到锅边吃饭。粪笼下的平儿听见来人和老人讲话，接着他便听到有人在弄门扇，门就要开了，自己就要被捉了！他想要从笼子跳出来。但，很快那些人，那些魔鬼去了！

平儿从安全的粪笼出来，满脸粪屑，白脸染着红血条，鼻子仍然流血，他的样子已经很可惨。

李青山这次他信任“革命军”有用，逃回村来他不同别人一样带回衰丧的样子，他在王婆家说：

“革命军所好是他不混乱干事，他们有纪律，这回我算相信，红胡子算完蛋：自已纷争，乱撞胡撞。”

这次听众很少，人们不相信青山。村人天生容易失望，每个人容易失望。每个人觉得完了！只有老赵三，他不失望，他说：

“那么再组织起来去当革命军吧！”

王婆觉得赵三说话和孩子一般可笑。但是她没笑他。她的身边坐着戴男人帽子的当过胡子救过国的女英雄说：

“死的就丢下，那么受伤的怎样了？”

“受微伤的不都回来了吗！受重伤那就管不了，死就是啦！”

正这时北村一个老婆婆疯了似的哭着跑来和李青山拼命。她捧住头，像捧住一块石头般的投向墙壁，嘴中发出短句：

“李青山。……仇人……我的儿子让你领走去丧命。”

人们拉开她，她有力挣扎，比一条疯牛更有力：

“就这样不行，你把我给小日本子送去吧！我要死，……到应死的时候了！……”

她就这样不住的捉她的头发，慢慢她倒下来，她换不上气来，她轻轻拍着王婆的膝盖：

“老姐姐，你也许知道我的心，十九岁守寡，守了几十年，守这个儿子；……我那些挨饿的日子呀！我跟孩子到山坡去割毛草，大雨来了，雨从山坡把娘儿两个拍滚下来，我的头，在我想是碎了，谁知道？还没死……早死早完事。”

她的眼泪一阵湿热湿透王婆的膝盖，她开始轻轻哭：

“你说我还守什么？……我死了吧！有日本子等着，菱花那丫头也长不大，死了吧！”

果然死了，房梁上吊死的。三岁孩子菱花小脖颈和祖母并排悬着，高挂起正像两条瘦鱼。

死亡率在村中又在开始快速，但是人们不怎样觉察，患着传染病一般的全村又在昏迷中挣扎。

“爱国军”从三家子经过，张着黄色旗，旗上有红字“爱国军”。人们有的跟着去了！他们不知道怎样爱国，爱国又有什么用处，只是他们没有饭吃啊！

李青山不去，他说那也是胡子编成的。老赵三为着“爱国军”和儿子吵架：

“我看你是应该去，在家若是传出风声去有人捉拿你。跟去混混，到最末就是杀死一个日本鬼子也上算，也出出气。年青气壮，出一口气也是好的。”

老赵三一点见识也没有，他这样盲动的说话使儿子不佩服，平儿同爹爹讲话总是把眼睛绕着圈子斜视一下，或是不调协的抖一两下肩头，这样对待他，他非常不愿意接受，有时老赵三自己想：

“老赵三怎不是个小赵三呢！”

十六、尼姑

金枝要做尼姑去。

尼姑庵红砖房子就在山尾那端。她去开门没能开，成群的麻雀在院心啄食，石阶生满绿色的苔藓，她问一个邻妇，邻妇说：

“尼姑在事变以后，就不见，听说跟造房子的木匠跑走的。”

从铁门栏看进去，房子还未上好窗子，一些长短的木块尚在院心，显然可以看见正房里，凄凉的小泥佛在坐着。

金枝看见那个女人肚子大起来，金枝告诉她说：

“这样大的肚子你还敢出来？你没听说小日本子把大肚女人弄去破‘红枪会’吗？日本子把女人肚子割开，去带着上阵，他们说‘红枪会’什么也不怕，就怕女人；日本子叫‘红枪会’做‘铁孩子’呢！”

那个女人立刻哭起来。

“我说不嫁出去，妈妈不许，她说日本子就要姑娘，看看，这回怎么办？孩子的爹爹走就没见回来，他是去当‘义勇军’。”

有人从庙后爬出来，金枝她们吓着跑。

“你们见了鬼吗？我是鬼吗？……”

往日美丽的年青的小伙子，和死蛇一般爬回来。五姑姑出来看见自己的男人，她想到往日受伤的马，五姑姑问他：“‘义勇军’全散了吗？”

“全散啦！全死啦！就连我也死啦！”他用一只胳膊打着草梢轮回：

“养汉老婆，我弄得这个样子，你就一句亲热的话也没有吗？”

五姑姑垂下头，和睡了的向日葵花一般。大肚子的女人回家去了！金枝又走向那里去？她想出家庙庵早已空了！

十七、不健全的腿

“‘人民革命军’在那里？”二里半突然问起赵三说。这使赵三想：“二里半当了走狗吧？”他没对他告诉。二里半又去问青山。青山说：

“你不要问，再等几天跟着我走好了！”

二里半急迫着好像他就要跑到革命军去。青山长声告诉他：

“革命军在磐石，你去得了吗？我看你一点胆量也没有，杀一只羊都不能够。”接着他故意羞辱他似的：

“你的山羊还好啊？”

二里半为了生气，他的白眼球立刻多过黑眼球，他的热情立刻在心里结成冰。李青山不与他再多说一句，望向窗外天边的树，小声摇着头，他唱起小调来。二里半临出门，青山的女人流汗在厨房向他说：

“李大叔，吃了饭走吧！”

青山看到二里半可怜的样子，他笑说：

“回家做什么，老婆也没有了，吃了饭再说吧！”

他自己没有了家庭，他贪恋别人的家庭。当他拾起筷子时，很快一碗麦饭吃下去了，接连他又吃两大碗，别人还不吃完，他已经在抽烟了！他一点汤也没喝，只吃了饭就去抽烟。

“喝些汤，白菜汤很好。”

“不喝，老婆死了三天，三天没吃干饭哩！”二里半摇着头。

青山忙问：“你的山羊吃了干饭没有？”

二里半吃饱饭，好像一切都有希望。他没生气，照例自己笑起来。他感到满意离开青山家，在小道不断的抽他的烟火，天色茫茫的并不引起他悲哀，蛤蟆在小河边一声声的哇叫。河边的小树随了风在骚闹，他踏着往日自己的菜田，他振动着往日的心波。菜田连棵菜也不生长。

那边的人家老太太和小孩们载起暮色来在田上匍匐。他们相遇在地端，二里半说：

“你们在掘地吗？地下可有宝物？若有我也蹲下掘吧！”

一个很小的孩子发出脆声：“拾麦穗呀！”孩子似乎是快乐，老祖母在那边已叹息了：

“有宝物？……我的老天爷？孩子饿得乱叫，领他们来拾几粒麦穗，回家给他们做干粮吃。”二里半把烟袋给老太太吸，她拿过烟袋，连擦都没有擦，就放进嘴去。显然她是熟习吸烟，并且十分需要。她把肩膀抬得高高，她紧合了眼睛，浓烟不住从嘴冒出，从鼻孔冒出。那样很危险，好像她的鼻子快要着火。

“一个月也多了，没得摸到烟袋。”

她像仍不愿意舍弃烟袋，理智勉强了她。二里半接过去把烟袋在地面响着。

人间已是那般寂寞了！天边的红霞没有鸟儿翻飞，人家的篱墙没有狗儿吠叫。

老太太从腰间慢慢取出一个纸团，纸团慢慢在手下舒展开，而后又折平。

“你回家去看看吧！老婆，孩子都死了！谁能救你，你回家去看看吧！看看就明白啦！”

她指点那张纸，好似指点符咒似的。

天更黑了！黑得和帐幕紧逼住人脸。最小的孩子，走几步，就抱住祖母的大腿，他不住的嚷着：

“奶奶，我的筐满了，我提不动呀！”

祖母为他提筐，拉着他。那几个大一些的孩子卫队似的跑在前面。到家，祖母点灯看时，满筐蒿草，蒿草从筐沿要流出来，而没有麦穗，祖母打着孩子的头笑了：

“这都是你拾得的麦穗吗？”祖母把笑脸转换哀伤的脸，她想：“孩子还不能认识麦穗，难为了孩子！”

五月节，虽然是夏天，却像吹起秋风来。二里半熄了灯，雄壮着从屋檐出现，他提起切菜刀，在墙角，在羊棚，就是院外白树下，他也搜遍。他要使自己无牵无挂，好像非立刻杀死老羊不可。

这是二里半临行的前夜：

老羊鸣叫着回来，胡子间挂了野草，在栏棚处擦得栏栅响。二里半手中的刀，举得比头还高，他朝向栏杆走去。

菜刀飞出去，喳啦的砍倒了小树。

老羊走过来，在他的腿间搔痒。二里半许久许久的摸抚羊头，他十分羞愧：好像耶稣教徒一般向羊祷告。

清早他像对羊说话，在羊棚喃喃了一阵，关好羊栏，羊在栏中吃草。

五月节，晴明的青空。老赵三看这不像个五月节样：麦子没长起来，嗅不到麦香，家家门前没挂纸葫芦。他想这一切是变了！变得这样速！去年的五月节，清清明明的，就在眼前似的，孩子们不是捕蝴蝶吗？他不是喝酒吗？

他坐在门前一棵倒折的树干上，凭吊这已失去的一切。

李青山的身子经过他，他扮成“小工”模样，赤足卷起裤口，他说给赵三：

“我走了！城里有人候着，我就要去……”

青山没提到五月节。

二里半远远跛脚奔来，他青色马一样的脸孔，好像带着笑容。他说：

“你在这里坐着，我看你快要朽在这根木头上，……”

二里半回头看时，被关在栏中的老羊，居然随在身后，立刻他的脸更拖长起来：

“这条老羊……替我养着吧！赵三哥！你活一天替我养一天吧！……”

二里半的手，在羊毛上惜别，他流泪的手，最后一刻摸着羊毛。

他快走，跟上前面李青山去。身后老羊不住哀叫，羊的胡子慢慢在摆动……

二里半不健全的腿颠跌着颠跌着，远了！模糊了！山岗和树林，渐去渐遥。羊声在遥远处伴着老赵三茫然的嘶鸣。

一九三四，九，九

萧红作品精选·散文

广告副手

一

地板上细碎的木屑，油罐，颜料罐子。不流通的空气的味，刺人的散散乱乱的混杂着。

木匠穿着短袖的衬衫，摇着耳朵，胳膊上年老的筋肉，忙碌的突起，又忙碌的落下；头上流下的汗水直浸入他白色的胡子根端去。

另一个在大广告牌上涂抹着红颜料的青年，确定的不希望回答，拉起读小说的声音说：

“这就是大工厂啊！”

屋子的右半部不知是架什么机器哒哒的响。什么声音都给机器切断了！芹的叹息声听不见，老木匠咳嗽声也听不见，只是抖着他那年老快不中用的胳膊！

芹在大牌上涂了一块白色，现在她该用红色了！走到颜料罐子的堆里去寻，肩上披着两条发辫。

“这就是大工厂啊！”

“这就是大工厂啊！”

芹追紧这个反复的声音，望着那个青年正在涂抹的一片红色，她的骨肉被割的在切痛，这片红色捉人心魂的在闪着震撼的光。

“努力抹着自己的血吧！”

她说的话别人没有听见，这却不是被机器切断的，只是她没说出口来。

站在墙壁一般宽大的广告牌前，消遣似的她细数着老木匠喘着呼吸的次数！但别一方她却非消遣，实际的需要的想下去：

“我决不能涂抹自己的血，——……每月二十元。”

“我决不能涂抹自己的血，我不忍心呀！——……二十元。”

“米袋子空了！蓓力每月的五元稿金，现在是提前取出来用掉了！”

“可是怎么办？——……二十元……二十元……二十元……”

她爽快的拉条短凳在坐着。脑壳里的二十元，就像一架压榨机一样，一发动起来，不管自己的血，人家的血，就一起的从她的笔尖滴落到大牌子上面。

那个青年蹲着在大牌子上画。老木匠面向窗口运着他的老而快不中用的胳膊。三个昏黄的影子在墙上在牌子上慌忙的摇晃。

外面广茫的夜在展开着。前楼提琴响着，钢琴也响着。女人的笑声，经过老木匠面向的窗口，声音就终止在这暗淡的灯光里了！木匠带着胡子流着他快不中用的汗水。那个披着发辫的女人登上木凳在涂着血色。那个青年蹲在地板上也在涂着血色。琴声就像破锣似的，在他们听来，不尊贵，没有用。

“这就是大工厂啊！他妈妈的！”

这反复的话，隔一段时间又要反复一遍。好像一盘打字机似的，从那个青年的嘴里一字一字地跳出。

芹摇晃着影子，蓓力在她的心里走……

“他这回不会生气的吧！我是为着职业。”

“他一定会晓得我的。”

门扇打开走进一个鼻子上架着眼镜，手里牵着文明杖，并且上唇生着黑鼻涕似的小胡。他进来了！另一个用手帕掩着嘴的女人，也走来了！旗袍的花边闪动了一下，站在门限。

“唔，我可受不了这种气味，快走吧！”

男人正在鉴赏着大牌子上的颜色。他看着大牌子方才芹弄脏了的红条痕。他的眼眉在眼镜上面皱着，他说：

“这种红色不太显明，不太好看。”

穿旗袍的女人早已挽起他的胳膊，不许再停留一刻。

“医生不是说过吗？你头痛都是常到广告室看广告被油气熏的。以后用不着来看，总之，画不好凭钱不是什么都可以做到吗？画广告的不是和街上乞丐一样多吗？”

门扇没给关上，开着，他们走了！他们渐去渐远的话声，渺茫的可以听到：

“……女人为什么要做这种行道？真是过于拙笨了！……过于想不开了……”

那个青年摇着肩头把门关好，又摇动着肩头在说：“叫你鉴赏着我们的血吧！就快要渲染到你们的身上了……”

他说着，并且用手拍打自己的膝盖。

芹气得喘不上气来，在木凳上痴呆茫然的立着，手里红颜色的笔溜到地板上，颜料罐子倒倾着；在将画就的大牌子上，在她的棉袍上爬着长条的红痕。

青年摇起昏黄的影子向着芹的方面：

“这可怎样办？四张大牌子明天就一起要。现在这张又弄上红色，方才进来的人就是这家影院的经理。那个女人就是他的姨太太。”

芹的影子就像钉在大牌子上似的，一动不动。她在失神的想啊：

“这真是工厂啊！方才走进来的那个小胡的男人不也和工厂主一样吗？别人，在黑暗里涂抹的血，他们却拿到光明的地方去鉴赏，玩味！”

外面广茫的夜在流。前楼又是笑声拍掌声，带着刺般传来，突刺着芹的心。

广告室里机器响着，老木匠流着汗。

老木匠的汗为谁流呢？

二

房门大开着，碗和筷子散散乱乱的摊在炉台上，屋子充满黄昏的颜色。

蓓力到报馆送稿子回来一看着门扇，他脸就带上了惊疑的色彩，他心不平静的在跳：

“腊月天还这样放空气吗？”

他进屋摸索着火柴和蜡烛。他的手惊疑的在颤动。他心假装平静无事的跳。他嘴努力平静着在喊：

“你快出来，我知道你又是藏在门后了！”

“快出来！还等我去门后拉你吗？”

脸上笑着，心里跳着，蜡油滴落了满手。他找过外屋门后没有，又到里屋门后：

“小东西，你快给我爬出来！”

他手按住门后衣挂上的衣服，不是芹。他的脸为了不可止的惊疑而愤怒，而变白。

他又带着希望寻过了床底，小厨房，最后他坐在床沿，无意识的掀着手上的蜡油，心里是这样的想：

“怎么她会带着病去画广告呢？”

蜡油一片一片的落到膝盖上，在他心上翻腾起无数悲哀的波。

拿起帽子一种悲哀勇敢的力量推着他走出房外，他的影子投向黑暗的夜里。

门在开着，墙上摇颤着空虚寂寞的憧影，蜡烛自己站在桌子上燃烧。

三

帽子在手里拿着，耳朵冻得和红辣椒一般，跑到电影院了！太太和小姐们穿着镶边的袍子从他的眼前走过，只像一块肮脏的肉，或是一个里面裹着什么龌龊东西的花包袱，无手无足的在一串串的滚。

但，这是往日的情形，现在不然了。他恨得咬得牙齿作响，他想把这一串串的包袱肚子给踢裂。

电影厂里，拍手声和笑声，从门限射出来。蓓力手里摆着帽子，努力抑止脸上急愤的表情，用着似平和的声音说：

“广告室在什么地方？”

“有什么事？”

“今天来画广告的那个女人，我找她。广告室在什么地方？”

“画广告的人都走了！门关锁了！”

“不能够，你去看看！”

“不信把钥匙给你去看。”

站在门旁那个人到里面，真的把钥匙拿给蓓力看了！钥匙是真的，蓓力到现在，把方才愤怒的方向转变了！方才的愤怒是因为芹带着病画广告，怕累得病重；现在他的愤怒是转向什么方向去了呢？不用说他心内冲着爱和忌妒两种不能混合的波浪。

他走出影院的门来，帽子还是在手里拿着，有不可释的无端的线索向他抛着：

“为什么呢？她不在家，也不在这里？”

满天都是星，各个在闪耀，但没有一个和蓓力接近的。他的耳朵，冻得硬了！他不感觉，又转向影院去，坐在大长椅上。电影厂里扰嚷着噪杂的烦声，来来去去高跟鞋子的脚，板直的男人裤腿，手杖，女人牵着的长毛狗。这一切蓓力今天没有骂他们，只是专心的在等候。他想：

“芹或者到里面看电影去了，工作完了这里看电影是方便的。”

里门开放了！走出来麻雀似的人群吱吱的闹着骚音。蓓力站起来，眼睛花了一阵在寻找芹。

芹在后院广告室里，遥远缥渺的听着这骚音了！蓓力却在前房里寻芹。

门是开着，屋子里的蜡燃烧得不能再燃烧了！尽了！蓓力从影院回来的时候，才发觉自己是忘掉把蜡吹灭就走出去。

屋子给风吹得冰冷就和一个冰窖似的。门虽是关好，门限那儿被风带进来的雪霜凛凛的仍是闪光。仅有的一支蜡烛烧尽了！蓓力只得在黑暗里摸索着想：

“一看着职业什么全忘了！开着门就跑了！”

冷气充满他的全身，充满全室，他耳朵冻得不知道痛，躬着腰，他倒在床间。屋子里黑魆魆的，月光从窗子透进来，但，只是一小条，没有多大帮助。

蓓力用他僵硬的手掠着头发在想。

门口间被风带进来雪的沙群，凛凛的闪着泪水般的光芒："看到职业，什么全忘了！开着门就跑了！可是现在为什么她不在影院呢？到什么地方去了？除开职业之外，还有别的力量躲在背后吗？"

他想到这里，猛然咒骂起自己来了：

"芹是带着病给人家画广告去，不都是为了我们没有饭吃吗？现在我倒是被别的力量扰乱了！男人为什么要生着这样出乎意外怀疑的心呢？"

四

蓓力的心软了，经过这场愤恨，他才知道芹的可爱，芹的伟大处！他又想到影院去寻芹，接她回来，伴随着她，倚着肩头，吻过她，从影院把她接回来。

这不过是一刻的想像，事实上他没那么做。

他又接着烦恼下去，他不知道是爱芹还是恨芹。他手在捶着床，脚也在捶床。乱捶乱打，他心要给烦恼涨碎了！烦恼把一切压倒。

落在门口间地板上的雪，像刀刃一样在闪着凛凛的光。

蓓力蓬着头发，眉梢直竖到伏在额前的发际，慌怔的影子从铁栏栅的大门投射出来，向着路南那个卖食物的小铺去。

五

影院门又是闹着骚音，芹同别的人，同看电影的小姐少爷们，从同一个门口挤出来，她脸色也是红红，别人香粉的气味也传染到她的身上。

她同别人走着一样畅快的步子，她在摇动肩头，谁也不知道她是给看电影的人画广告的女工。街旁没有衣食的老人，他知道凡是看电影的大概都是小姐或太太；所以他开始向着这个女工张着向小姐们索钱的手，摆着向小姐们索钱的姿势。手在颤动，板起脸上可怜的笑容，眼睛含着眼泪，嗓子喑哑，声音在抖颤。

可怜的老人，只好再用他同样的声音，走向别一群太太，小姐，或绅士般装束的人们面前。

在老头子只看芹的脸红着，衣服发散着香气，他却不知道衣服的香味是别人传染过来的。脸红是在广告室里被油气和不流通的空气熏的。

芹心跳，她一看高悬在街上共用的大钟快八点了！她怕蓓力在家又要生气，她慌忙的摇着身子走，她肚子不痛了！什么病也跑开。

她又想蓓力不会生气的，她知道蓓力平时是十分爱她。她兴奋得有些多事起来。往日躲在楼顶的星星，现在都被她发见了！红色的，黄色的，白色的，但在星星的背后似乎埋着这样的意义：

“这回总算不至于没有柈子烧了。米袋子会涨起，我们的肚子也不用忧虑了！屋子可以烧得暖一点，脚也不至于再冻破下去，到月底取钱的时候，可以给蓓力买一件较厚的毛衣。腊月天只穿一件夹外套是不行呢！”

她脚虽是冻短，走路有些歪斜，但，这是往日的情形，现在她理由充足的在摇着肩头走。

在铁栅栏的大门前，蓓力和芹相遇了。蓓力的脸，没有表情，就像没看着芹似的，蓬着头发走向路南小铺去。

芹方才的理由到现在变成了不中用。她脸上也没有表情，跟住蓓力走进小铺去；蓓力从袖口取出玻璃杯来，放在柜台上，并且手指着摆格子上的大玻璃瓶。

芹抢着他的手指说：

“你不要喝酒！”

纯理智的这话没有一点感情。没有感情的话谁肯听呢？

蓓力买了两毛钱酒，两支蜡烛。

一进门，摸着黑，他把酒喝了一半，趁着蓓力点蜡的机会，芹把杯子举起，剩余的一半便吞下她的肚里去。

蓓力坐下，把酒杯高举，喝一口是空杯，他望着芹的脸遥远并隔离的笑了笑！因为酒，他脸变得通红，又因为出去，手拿着帽子，耳朵更红。

蓓力和芹隔着桌子坐着，蜡烛在桌上站立，一个影子落在东墙；一个影子落在西墙，两个影子相隔的摇幌呀。

蓓力没有感情地笑着说：

“你看的是什么影片呀？”

芹恐惶的睁大了眼睛，她的嗓子浸进眼泪去，暗哑着说：

“我什么都不能讲给你，你这话是根据什么来路呢？”

蓓力还用着他同样的笑脸说：

“当我七点钟到影院去寻你，广告室的门都锁了！”

芹的眼泪似乎充满了嗓子，又充满了眼眶，用她暗哑的声音解辩：

“我什么时候看的电影？你想我能把你留家，自己坐在那里看电影吗？我是一直画到现在呀？”

蓓力平时爱芹的心现在没有了！他不管芹的声音暗哑，追根，确定的用手作着绝对的手式说：

“你还有什么可说？锁门的钥匙都拿给我看了！”

芹的理由没有用了！急得像个小孩子似的摇着头，瞪着眼，脸色急得发青，酒力冲上来，脸色发着红。

蓓力还像有话要说似的，但是他肚子里的酒，像要起火似的烧着，酒的力量叫他把衣服脱得一件不留，光着脚在地板上走来走去。一会他又把衣裳，裤子，袜子一件一件的摊在地板上，最后他坐在衣服上，用被风带进来的霜雪擦着他中了酒通红的脚，嘴在唱着说：

“真凉快呀！我爱的芹呀！你不来洗个澡吗？”

他躺在地板上了，手捉抓着前胸，嘴里在唱，同时作呕。

他又歪斜的站起，把屋门打开立时又关上了！他嚷着中国人送灶王爷的声调：

“灶王爷开着门上西天!”

他看看芹也躺在地板上了，在下意识里他爱着芹，把他摊在地板上的衣服，都掀起来给芹盖好。他用手把芹的眼睛张开说：“小妹妹，你睁开眼睛看看，把我的衣服脱得一件不留给你盖上，怕你着凉，你还去画广告吗?”

芹舌头短，不能说话。

蓓力反复的问她，她不能说话，蓓力持着酒气，孩子般的恼了！把衣裳又一件件的从芹的身上取下来，重铺到地板上，和方才一样，用霜雪洗着脚，蜡烛昏黄的影子，和醉了酒的人一致的摇荡。夜深寂静的声音在飘漾着。蓓力被酒醉得用下意识在唱：

“看着职业，开着门就跑了!”

“连我也不要了!”

“连我也不要了！——开着门就跑了……”

六

第二天蓓力病了！冻病了！芹耐着肚子痛从床上起来，蓓力问她：

“你为什么还起得这样早?”

芹回答：

“我去买档子!”

在这话后面，却是躲着别的意思：

“四个大牌子怕是画不出来，要早去点。”

芹肚子痛得不能直腰，走出大门口去，一会档子送来了！她在找钱，蓓力的几个衣袋找遍了！她惊恐的问蓓力：

“昨天的五角钱呢?”

蓓力想起来了：

“昨晚买酒的五角钱都给了小铺了!”

送档子的人在门外等着，芹出去，低着头说：“一时找不到钱，下午或是明天来拿好吗？”

那个人带着不愿意的脸色，捎起梓子来走了！芹是眼看着梓子被人捎走了！

七

正是九钟一刻，蓓力的朋友（画广告的那个青年）来了！他说：“昨夜大牌子上弄的那条红痕被经理看见了！他说芹当广告副手不行，另找来一个别的人。”

该篇创作时间不详，收入五画印刷社（哈尔滨）1933年10月初版《跋涉》。

春意挂上了树梢

三月，花还没有开，人们嗅不到花香，只是马路上融化了积雪的泥泞干起来。天空打起朦胧的多有春意的云彩；暖风和轻纱一般浮动在街道上，院宇里。春末了，关外的人们才知道春来。春是来了，街头的白杨树穿着芽，拖马车的马冒着气，马车夫们的大毡靴也不见了，行人道上外国女人的脚又从长筒套鞋里显现出来。笑声，见面打招呼声，又复活在行人道上。商店为着快快的传播春天的感觉，饰窗里的花已经开了，草也绿了，那是布置着公园的夏景。我看得很凝神的时候有人撞了我一下，是汪林，她也戴着那样小沿的帽子。

“天真暖啦！走路都有点热。”

看着她转过“商市街”，我们才来到另一家店铺，并不是买什么，只是看看，同时晒晒太阳。这样好的行人道，有树，也有椅子，坐在椅子上把眼睛闭起，一切春的梦，春的谜，春的暖力……这一切把自己完全陷进去。

听着，听着吧！春在歌唱……

“大爷大奶奶……帮帮吧……”这是什么歌呢，从背后来的？这不是春天的歌吧！

那个叫化子嘴里吃着个烂梨，一条腿和一只脚肿得把另一只显得好像不存在似的。

“我的腿冻坏啦！大爷帮帮吧！唉唉……！”

有谁还记得冬天？阳光这样暖了！街树穿着芽！

手风琴在隔道唱起来，这也不是春天的调子，只要一看到那个瞎人为着拉琴而扭歪的头，就觉得很残忍。瞎人他摸不到春天，他没有眼睛。坏了腿的人，他走不到春天，他有腿也等于无腿。世界上这一些不幸的人存在着也等于不存在，倒不如赶早把他们消灭掉，免得在春天他们会唱这样难听的歌。

汪林在院心吸着一支烟卷，她又换一套衣裳。那是淡绿色的，和树枝发出的芽一样的颜色。她腋下夹着一封信，看见我们赶忙把信送进衣袋去。

“大概又是情书吧！”郎华随便说着玩笑话。

她跑进屋去了。香烟的烟缕在门外打了一下旋卷才消灭。

夜，春夜，中央大街充满了音乐的夜。流浪人的音乐，日本舞场的音乐，外国饭店的音乐……

七点钟以后。中央大街的中段。在一条横口。那个很响的播音机哇哇的叫起来，这歌声差不多响彻全街。若站在商店的玻璃窗前，会疑心是从玻璃发着震响。一条完全在风雪里寂寞的大街，今天第一次又号叫起来。

外国人！绅士样的，流氓样的，老婆子，少女们，跑了满街……有的连起人排来封闭住商店的窗子，但这只限于年青人。也有的同唱机一样唱起来，但这也只限于年青人。这好像特有的年青人的集会。他们和姑娘们一道说笑，和姑娘们连起排来走。中国人来混在这些卷发人中间少得只有七分之一，或八分之一。但是汪林在其中，我们又遇到她。她和另一个，也和她同样打扮漂亮的，白脸的女人同走……卷发的人用俄国话说她漂亮。她也用俄国话和他们笑了一阵。

中央大街的南端，人渐渐稀疏了。

墙根，转角，都发现着哀哭，老头子，孩子，母亲们……哀哭着的是永久被人间遗弃的人们！

那边，还望得见那边快乐的人群。还听得见那边快乐的声音。

三月。花还没有开，人们嗅不到花香。

夜的街，树枝上嫩绿的芽子看不见，是冬天吧？是秋天吧？但快乐的人们不问四季总是快乐，哀哭的人们不问四季也总是哀哭！

该篇首刊于1936年5月1日《中学生》第六十五期。署名悄吟。

索非亚的愁苦

侨居在哈尔滨的俄国人那样多。从前他们骂着:“穷党,穷党。”

连中国人开着的小酒店或是小食品店都怕穷党进去。谁都知道穷党喝了酒常常付不出钱来。

可是现在那骂着“穷党”的,他们做了“穷党”了:马车夫。街上的浮浪人,叫化子,至于那大胡子的老磨刀匠,至于那去过欧战的独腿人。那拉手风琴在乞讨铜板的,人们叫他街头音乐家的独眼人。

索非亚的父亲就是马车夫。

索非亚是我的俄文教师。

她走路走得很漂亮,像跳舞一样。可是她跳舞跳得怎样呢?那我不知道,因为我还不懂得跳舞。但是我看她转着那样圆的圈子,我喜欢她。

没多久,熟识了之后,我们是常常跳舞的。

“再教我一个新步法!这个,你看我会了。”

桌上的表一过十二点,我们就停止读书。我站起来,走了一点姿式给她看。

“这样可以吗?左边转,右边转,都可以。”

“怎么不可以!”她的中国话讲得比我们初识的时候更好了。

为着一种情感,我从不以为她是一个“穷党”,几乎连那种观念也没有存在。

她唱歌唱得也很好,她又教我唱歌。有一天,她的手指甲染得很红的来了。还没开始读书,我就对她的手很感到趣味,因为没有看到她装饰过。她从不涂过粉,嘴唇也是本来的颜色。

“嗯哼,好看的指甲啊!”我笑着。

“呵!坏的,不好的,涅克拉西为。”可是她没有笑,她一半说着俄国话。‘涅克拉西为’是不美的难看的意思。

我问她:“为什么难看呢?”

“读书,读书,十一点钟了。”她没有回答我。

后来我们再熟识的时候，不仅跳舞，唱歌，我们谈着服装，谈着女人：西洋女人，东洋女人，俄国女人，中国女人。有一天我们正在讲解着文法。窗子上有红光闪了一下，我招呼着：

"快看！漂亮哩！"房东的女儿穿着红缎袍子走过去。

我想，她一定要称赞一句，可是她没有：

"白吃白喝的人们！"

这样合乎文法完整的名词，我不知道为什么她能说出来？当时我只是为着这名词的构造而惊奇。至于这名词的意义好像以后才发现出来。

后来，过了很久，我们谈着思想，我们成了好友了。

"白吃白喝的人们，是什么意思呢？"我已经问过她几次了，但仍常常问她。

她的解说很有意思：

"猪一样的，吃得很好，睡得很好。什么也不做，什么也不想……"

"那么，白吃白喝的人们将来要做'穷党'了吧？"

"是的，要做'穷党'的。不，可是……"她连一丝笑纹也从脸上退走了。

不知多久，没再提到"白吃白喝"这句话。我们又回转到原来友情上的寸度：跳舞，唱歌，连女人也不再说到。我的跳舞步法也和友情一样没有增加，这样一直继续到巴斯哈节①。

节前的几天，索非亚的脸色比平日更惨白些，嘴唇白得几乎和脸色一个样，我也再不要求她跳舞。

就是节前的一日，她说：

"明天过节，我不来，后天来。"

后天，她来的时候，她向我们说着她愁苦，这很意外。友情因为这个好像

---

① 巴斯哈节：犹太教的逾越节，或耶稣教的复活节。该节从每年春分月圆后的第一个星期日开始，至4月25日结束。

又增加起来。

“昨天是什么节呢?”

“巴斯哈节，为死人过的节。染红的鸡子带到坟上去，花圈带到坟上去……”

“什么人都过吗？犹太人也过巴斯哈节吗?”

“犹太人也过，‘穷党’也过，不是‘穷党’也过。”

到现在我想知道索非亚为什么她也是“穷党”，然而我不能问她。

“愁苦，我愁苦……妈妈又生病，要进医院，可是又请不到免费证。”

“要进那个医院?”

“专为俄国人设的医院。”

“请免费证，还要很困难的手续吗?”

“没有什么困难的，只要不是‘穷党’。”

有一天，我只吃着干面包。那天她来得很早，差不多九点半钟她就来了。

“营养不好，人是瘦的，黑的，工作得少，工作得不好。慢慢健康就没有了。”

我说：“不是，只喜欢空吃面包，而不喜欢吃什么菜。”

她笑了：“不是喜欢，我知道为什么。昨天我也是去做客，妹妹也是去做客。爸爸的马车没有赚到钱，爸爸的马也是去做客。”

我笑她：“马怎么也会去做客呢?”

“会的，马到它的朋友家里去，就和它的朋友站在一道吃草。”

俄文读得一年了！索非亚家的大牛生了小牛她也是向我说的，并且当我到她家里去做客，若当老羊生了小羊的时候，我总是要吃羊奶的。并且在她家里我还看到那还不很会走路的小羊。

“吉卜西人①是‘穷党’吗？怎么中国人也叫他们‘穷党’呢?”这样话，

① 吉卜西人：现在多译为吉卜赛人。

好像在友情最高的时候更不能问她。

“吉卜西人也会讲俄国话的，我在街上听到过。”

“会的，犹太人也多半会俄国话!”索非亚的眉毛动弹了一下。

“在街上拉手风琴的，一个眼睛的人，他也是俄国人吗?”

“是俄国人。”

“他为什么不回国呢?”

“回国!那你说我们为什么不回国!”她的眉毛好像在黎明时候静止着的树叶，一点也没有摇摆。

“我不知道。”我实在是慌乱了一刻。

“那么犹太人回什么国呢?”

我说:“我不知道。”

春天柳条抽着芽子的时候，常常是阴雨的天气，就在雨丝里一种沉闷的鼓声来在窗外了:

“咚咚，咚咚!”

“犹太人，他就是父亲的朋友，去年巴斯哈节他是在我们家里过的。他世界大战的时候去打过仗。”

“咚咚，咚咚，瓦夏!瓦夏!”

我一面听着鼓声，一面听到喊着瓦夏，索非亚的解说在我感不到力量和微弱。

“为什么他喊着瓦夏?”我问。

“瓦夏是他的伙伴，你也会认识他……是的，就是你说的中央大街上拉手风琴的人。”

那犹太人的鼓声并不响了，但仍喊着瓦夏，那一双肩头一起耸起又一起落下，他的腿是一只长腿一只短腿。那只短腿使人看了会并不相信是存在的，那是从腹部以下就完全失去了，和丢掉一只腿的蛤蟆一样畸形。

他经过我们的窗口，他笑笑。

“瓦夏走得快哪!追不上他了。”这是索非亚给我翻译的。

等我们再开始讲话，索非亚她走到屋角长青树的旁边：

“屋子太没趣了，找不到灵魂，一点生命也感不到的活着啊！冬天屋子冷，这树也黄了。”

我们的谈话，一直继续到天黑。

索非亚述说着在落雪的一天，她跌了交，从前安得来夫将军的儿子在路上骂她“穷党”。

“……你说，那猪一样的东西，我该骂他什么呢？——骂谁‘穷党’！你爸爸的骨头都被‘穷党’的煤油烧掉了——他立刻躲开我，他什么话也没有再回答。‘穷党’，吉卜西人也是‘穷党’，犹太人也是‘穷党’。现在真真的‘穷党’还不是这些人，那些沙皇的子孙们，那些流氓们才是真真的‘穷党’。”

索非亚的情感约束着我，我忘记了已经是应该告别的时候。

“去年的巴斯哈节，爸爸喝多了酒，他伤心……他给我们跳舞，唱高加索歌……我想他唱的一定不是什么歌曲，那是他想他家乡的心的嚎叫，他的声音大得厉害哩！我的妹妹米娜问他：‘爸爸唱的是那里的歌？’他接着就唱起‘家乡’‘家乡’来了，他唱着许多家乡。可是我和米娜一点也不知道‘家乡，’我们生在中国地方，高加索，我们对它一点什么也不知道。妈妈也许是伤心的，她哭了！犹太人哭了——拉手风琴的人，他哭的时候把吉卜西女孩抱了起来。也许他们都想着‘家乡。’可是，吉卜西女孩不哭，我也不哭。米娜还笑着，她举起酒瓶来跟着父亲跳高加索舞，她一面说：‘这就是火把！’爸爸说：‘对的。’他还是说高加索舞是有火把的。米娜一定是从电影上看到过火把。……爸爸举着三弦琴。”

“爸爸坐下来，手风琴还没立刻停住。‘你很高兴吗？高加索舞很好看吗？米娜，你还没有看到过真正的高加索舞，你不是高加索的孩子！’爸爸问着她。”

索非亚忽然变了一种声音：

“不知道吧！为什么我们做‘穷党’？因为是高加索人。哈尔滨的高加索人还不多，可是没有生活好的。从前是‘穷党’，现在还是‘穷党’。爸爸在高加索的时候种田，来到中国也是种田。现在他赶马车，他是一九一二年和妈妈跑到中国来。爸爸总是说：‘那里也是一样，干活计就吃饭。’这话到现在他是不说的了……”

她父亲的马车回来了，院子里啷啷的响着铃子。

我再去看她，那是半年以后的事。临告别的时候索非亚才从床上走下地板来。

“病好了我是回国的。工作，我不怕，人是要工作的。传说，那边工作很厉害。母亲说，还是不要回去吧！可是人们没有想想，人们以为这边比那边待他还好！”

走到门外她还说：

“‘回国证’怕是难一点，不要紧，没有回国证我也是要回去的。”

她走路的样子再不像跳舞了，迟缓与艰难。

过了一个星期，我又去看她，我是带着糖果。

“索非亚是进了病院的。”她的母亲说。

“病院在什么地方？”

她的母亲说的完全是俄语，那些俄文的街名无论怎样是我所不懂的。

“可以吗？我去看看她？”

“可以，星期日可以，平常不可以。”

“医生说她是什么病？”

“肺病，很轻的肺病，没有什么要紧。回国证她是得不到的，‘穷党’回国是难的。”

我把糖果放下就走了。这次送我出来的不是索非亚，而是她的母亲。

该篇创作时间不详，首刊于1936年4月10日上海《大公报》副刊《文艺》第一二五期。署名萧红。

孤独的生活

蓝色的电灯，好像通夜也没有关，所以我醒来一次看看墙壁是发蓝的，再醒来一次，也是发蓝的。天明之前，我听到蚊虫在帐子外面嗡嗡嗡嗡的叫着，我想，我该起来了，蚊虫都吵得这样热闹了。

收拾了房间之后，想要作点什么事情。这点，日本与我们中国不同，街上虽然已经响着木履的声音，但家屋仍和睡着一般的安静。我拿起笔来，想要写点什么，在未写之前必得要先想，可是这一想，就把所想的忘了！

为什么这样静呢？我反倒对着这安静不安起来。

于是出去，在街上走走，这街也不和我们中国的一样，也是太静了，也好像正在睡觉似的。

于是又回到了房间，我仍要想我所想的；在席子上面走着，吃一根香烟，喝一杯冷水，觉得已经差不多了，坐下来吧！写吧！

刚刚坐下来，太阳又照满了我的桌子。又把桌子换了位置，放在墙角去，墙角又没有风，所以满头流汗了。

再站起来走走，觉得所要写的，越想越不应该写，好，再另计划别的。

好像疲乏了似的，就在席子上面躺下来，偏偏帘子上有一个蜂子飞来，怕它刺着我，起来把它打跑了。刚一躺下，树上又有一个蝉开头叫起。蝉叫倒也不算奇怪，但只一个，听来那声音就特别大，我把头从窗子伸出去，想看看，到底是在那一棵树上？可是邻人拍手的声音，比蝉声更大，他们在笑了。我是在看蝉，他们一定以为我是在看他们。

于是穿起衣裳来，去吃中饭。经过华的门前，她们不在家，两双拖鞋摆在木箱上面。她们的女房东，向我说了一些什么，我一个字也不懂，大概也就是说她们不在家的意思。日本食堂之类，自己不敢去，怕人看成个阿墨林①。所以去的是中国饭馆，一进门，那个戴白帽子的就说：

“伊拉瞎伊麻丝……”

① 阿墨林：上海方言，形容人笨拙。

这我倒懂得，就是“来啦”的意思。既然坐下之后，他仍说的是日本话。于是我跑到厨房去，对厨子说了：要吃什么，要吃什么。

回来又到华的门前看看，还没有回来，两双拖鞋仍摆在木箱上。她们的房东又不知向我说了些什么！

晚饭时候，我没有去找她们，出去买了东西回到家里来吃，照例买的面包和火腿。

吃了这些东西之后，着实是寂寞了。外面打着雷，天阴得混混沉沉的了。想要出去走走，又怕下雨，不然，又是比日里还要长的夜，又把我留在房间里了。终于拿了雨衣，走出去了，想要逛逛夜市，也怕下雨，还是去看华吧！一边带着失望一边向前走着，结果，她们仍是没有回来，仍是看到了两双拖鞋，仍是听到了那房东说了些我所不懂的话语。

假若，再有别的朋友或熟人，就是冒着雨，我也要去找他们，但实际是没有的。只好照着原路又走回来了。

现在是下着雨，桌子上面的书，除掉《水浒》之外，还有一本胡风译的《山灵》，《水浒》我连翻也不想翻，至于《山灵》①，就是抱着我这一种心情来读，有意义的书也读坏了。

雨一停下来，穿着街灯的树叶好像萤火似的发光，过了一些时候，我再看树叶时，那就完全漆黑了。

雨又开始了，但我的周围仍是静的，关起了窗子，只听到屋瓦滴滴的响着。

我放下了帐子，打开蓝色的电灯，并不是准备睡觉，是准备看书了。

读完了《山灵》上《声》的那篇，雨不知道已经停了多久了？那已经哑了的权龙八，他对他自己的不幸，并不正面去惋惜，他正为着铲除这种不幸才来干这样的事情的。

---

① 《山灵》：日本短篇小说集，胡风译，1936 年 4 月，上海文化生活出版社初版。

已经哑了的丈夫，他的妻来接见他的时候，他只把手放在嘴唇前面摆来摆去，接着他的脸就红了，当他红脸的时候，我不晓得那是什么心情激动了他？还有，他在监房里读着速成国语读本的时候，他的伙伴都想要说："你话都不会说，还学日文干什么！"

在他读的时候，他只是听到像是蒸气从喉咙漏出来的一样。恐怖立刻浸着了他，他慌忙的按了监房里的报知机，等他把人喊了来，他又不说什么，只是在嘴的前面摇着手。所以看守骂他："为什么什么也不说呢？混蛋！"

医生说他是"声带破裂"，他才晓得自己一生也不会说话了。

我感到了蓝色灯光的不足，于是开了那只白灯泡，准备再把《山灵》读下去。我的四面虽然更静了，等到我把自己也忘掉了时，好像我的周围也动荡了起来。

天还未明，我又读了三篇。

一九三六，八，九，东京

该篇创作于1936年8月9日，首刊于1936年8月20日《中流》（上海）第一卷第一期。署名悄吟。

一条铁路底完成

一九二八年的故事，这故事，我讲了好几次。而每当我读了一节关于学生运动记载的文章之后，我就想起那年在哈尔滨的学生运动，那时候我是一个女子中学①里的学生，是开始接近冬天的季节。我们是在二层楼上有着壁炉的课室里面读着英文课本。因为窗子是装着双重玻璃，起初使我们听到的声音是从那小小的通气窗传进来的。英文教员在写着一个英文字，他回一回头，他看一看我们，可是接着又写下去，一个字终于没有写完，外边的声音就大了，玻璃窗子好像在雨天里被雷声在抖着似的那么轰响。短板墙以外的石头道上在呼唬着的，有那许多人，我从来没有见过，使我想像到军队，又想到马群，又想像到波浪，……总之对于这个我有点害怕。校门前跑着拿长棒的童子军，而后他们冲进了教员室，冲进了校长室，等我们全体走下楼梯的时候，我听到校长室里在闹着。这件事情一点也不光荣，使我以后见到男学生们总带着对不住或软弱的心情。

“你不放你的学生出动吗？……我们就是钢铁，我们就是熔炉……”跟着就听到有木棒打在门扇上或是地板上，那乱糟糟的鞋底的响声。这一切好像有一场大事件就等待着发生，于是有一种庄严而宽宏的情绪高涨在我们的血管里。

“走！跟着走！”大概那是领袖，他的左边的袖子上围着一圈白布，没有戴帽子，从楼梯口向上望着，我看他们快要变成播音机了：“走！跟着走！”

而后又看到了女校长的发青的脸，她的眼和星子似的闪动在她的恐惧中。

“你们跟着去吧！要守秩序。”她好像被鹰类捉拿到的鸡似的软弱，她是被拖在两个戴大帽子的童子军的臂膀上。

我们四百多人在大操场上排着队的时候，那些男同学们还满院子跑着，搜索着，好像对于小偷那种形式，侮辱！侮辱！他们竟搜索到厕所。

---

① 一个女子中学：指哈尔滨东省特别区区立第一女子中学，萧红1927年至1930年在该校读初中。

女校长那昏蛋，刚一脱离了童子军的臂膀，她又恢复了那假装着女皇的架子。

“你们跟他们去，要守秩序，不能破格……不能和那些男学生们那么没有教养，那么野蛮……”而后她抬起一只袖子来，“你们知道你们是女学生吗？记得住吗？是女学生。”

在男学生们的面前，她又说了这样的话，可是一走出校门来不远，连对这侮辱的愤怒都忘记了。向着喇嘛台，向着火车站。小学校，中学校，大学校，几千人的行列……那时候我觉得我是在这几千人之中，我的脚步我觉得很有力。凡是我看到的东西，已经都变成了严肃的东西，无论马路上的石子，或是那已经落了叶子的街树。反正我是站在“打倒日本帝国主义”的喊声中了。

走向火车站必得经过日本领事馆。我们正向着那座红楼咆哮着的时候，一个穿和服的女人打开走廊的门扇而出现在闪烁的阳光里。于是那“打倒日本帝国主义”的大叫改为“就打倒你!”她立刻就把身子抽回去了。那么红楼完全停在寂静中，只是楼顶上的太阳旗被风在折合着。走在石头道街又碰到了一个日本女子，她背上背着一个小孩，腰间束了一条小白围裙，围裙上还带着花边，手中还提着一棵大白菜。我们又照样做了，不说“打倒日本帝国主义”而说“就打倒你!”因为她是走马路的旁边，我们就用手指着她而喊着。另一方面我们又用自己光荣的情绪去体会她狼狈的样子。

第一天叫做“游行”，“请愿”，道里和南岗去了这两部分市区，这市区有点像租界，住民多是外国人。

长官公署，教育厅都去过了，只是“官们”出来拍手击掌的演了一篇说，结果还是：“回学校去上课罢!”

日本要完成吉敦路①这回事情，究竟“官们”没有提到。

在黄昏里，大队分散在道尹公署的门前，在那个孤立着的灰色的建筑物前

① 吉敦路：吉林至敦化的铁路。

面，装置着一个大圆的类似喷水池的东西。有一些同学就坐在那边沿上，一直坐到星子们在那建筑物的顶上闪亮了，那个“道尹”究竟还没有出来，只看见卫兵们在台阶上，在我们的四围挂着短枪来回的在戒备着。而我们则流着鼻涕，全身打着抖在等候着。到底出来了一个姨太太，那声音我们一些些也听不见。男同学们跺着脚，并且叫着，在我听来已经有点野蛮了：

“不要她……去……去……只有官僚才要她……”

接着又换了个大太太（谁知道是什么，反正是个老一点的），不甚胖，有点短。至于说些什么，恐怕也只有她自己的圆肚子才能够听到。这还不算什么惨事，我一回头看见了有几个女同学尿了裤子的（因为一整天没有遇到厕所的原故）。

第二天没有男同学们来攫，是自动出发的，在南岗下许公路的大空场子上开的临时会议，这一天不是“游行”，不是“请愿”，而要“示威”了。脚踏车队在空场四周绕行着，学生联合会的主席是个很大的脑袋的人，他没有戴帽子，只戴了一架眼镜。那天是个落着清雪的天气，他的头发在雪花里边飞着，他说的话使我很佩服，因为我从来没有晓得日本还与我们有这样大的关系，他说日本若完成了吉敦路就可以向东三省进兵，他又说又经过高丽又经过什么……并且又听他说进兵进得那样快，也不是二十几小时？就可以把多少大兵向我们的东三省开来，就可以灭我们的东三省。我觉得他真有学问，由于崇敬的关系，我觉得这学联主席与我隔得好像大海那么远。

组织宣传队的时候，我站过去，我说我愿意宣传。别人都是被推举的，而我是自告奋勇的。于是我就站在雪花里开始读着我已经得到的传单。而后有人发给我一张小旗，过一会又有人来在我的胳臂上用扣针给我针上一条白布，那上面还卡着红色的印章，究竟那红印章是什么字，我也没有看出来。

大队开到差不多是许公路的最终极，一转弯到一个横街里去，那就是滨江县的管界。因为这界限内住的纯粹是中国人，和上海的华界差不多。宣传队走在大队的中间，我们前面的人已经站住了，并且那条横街口上站着不少的警察，学联代表们在大队的旁边跑来跑去。昨天晚上他们就说：“冲！冲！”我想这回就真的到了冲的时候了吧？

学联会的主席从我们的旁边经过，他手里提着一个银白色的大喇叭筒，他的嘴接到喇叭筒的口上，发出来的声音好像牛鸣似的：

“诸位同学！我们是不是有血的动物！我们愿不愿意我们的老百姓来给日本帝国主义做奴才……”而后他跳着，因为激动，他把喇叭筒像是在向着天空，“我们有决心没有？我们怕不怕死？”

“不怕！”虽然我和别人一样的嚷着不怕，但我对这新的一刻工夫就要来到的感觉好像一棵嫩芽似的握在我的手中。

那喇叭筒的声音到队尾去了，虽然已经遥远了，但还足够来震动我的心脏。我低下头去看着我自己的被踏污了的鞋尖，我看着我身旁的那条阴沟，我整理着我的帽子，我摹摹那帽顶的毛球。没有束围巾，也没有穿外套。对于这个给我生了一种侥幸的心情！

“冲的时候，这样轻便不是可以飞上去吗？”昨天计划今天是要“冲”的，但不知为什么，我总觉得我有点特别聪明。

大喇叭筒跑到前面去时，我就闪开了那冒着白色泡沫的阴沟，我知道“冲”的时候就到了。

我只感动我的心脏在受着拥挤，好像我的脚跟并没有离开地面而自然它就会移动似的。我的耳边闹着许多种声音，那声音并不大，也不远，也不响亮，可觉得沉重，带来了压力，好像皮球被穿了一个小洞嗞嗞的在透着气似的，我对我自己毫没有把握。

“有决心没有？”

“有决心！”

“怕死不怕死？”

“不怕死。”

这还没有反复完，我们就退下来了。因为是听到了枪声，起初是一两声，而后是接连着。大队已经完全溃乱下来，只一秒钟，我们旁边那阴沟里，好像猪似的浮游着一些人。女同学被拥进去的最多，男同学在往岸上提着她们，被提的她们满身带着泡沫和气味，她们那发疯的样子很可笑，用那挂着白沫和糟粕的戴着手套的手搔着头发，还有的和已经癫痫的人似的，她在人群中不停的跑着：那被她擦过的人们，他们的衣服上就印着各种不同的花印。

大队又重新收拾起来，又发着号令，可是枪声又响了，对于枪声，人们像是看到了火花似的那么热烈。至于“打倒日本帝国主义”，“反对日本完成吉敦路”这事情的本身已经被人们忘记了，唯一所要打倒的就是滨江县政府。到后来连县政府也忘记了，只“打倒警察，打倒警察……”这一场斗争到后来我觉得比一开头还有趣味，在那时，“日本帝国主义”，我相信我绝对没有见过，但是警察我是见过的，于是我就嚷着：

“打倒警察，打倒警察！”

我手中的传单，我都顺着风让它们飘走了，只带着一张小白旗和自己的喉咙从那零散下来的人缝中穿过去。

那天受轻伤的共有二十几个。我所看到的只是从他们的身上流下来的血还凝结在石头道上。

满街开起电灯的夜晚，我在马车和货车的轮声里追着我们本校回去的队伍，但没有赶上，我就拿着那卷起来的小旗走在行人道上。我的影子混杂着别人的影子一起出现在商店的玻璃窗上，我每走一步，我看到了玻璃窗里我帽顶的毛球也在颠动一下。

男同学们偶尔从我的身边经过，我听到他们关于受伤的议论和救急车。

第二天的报纸上躺着那些受伤的同学们的照片，好像现在的报纸上躺的伤兵一样。

以后，那条铁路到底完成了。

一九三七年十一月，二十七日。汉口

该篇首刊于《七月》半月刊（武汉）第一集第四期。署名萧红。

牙粉医病法

池田①的袍子非常可笑，那么厚，那么圆，那么胖，而后又穿了一件单的短外套，那外套是工作服的样式，而且比袍子更宽。她说：

“这多么奇怪！”

我说：“这还不算奇怪，最奇怪的是你再穿了那件灰布的棉外套，街上的人看了不知要说你是做什么的，看袍子像太太小姐，看外套像军人。”因为那棉外套是她借来的，是军用的衣服。她又穿了中国的长棉裤，又穿了中国的软底鞋。因为她是日本人，穿了道地的中国衣裳，是有点可笑。

“那就说你是从前线上退下来的好啦！并且说受了点伤。现在还没有完全好，所以穿了这样宽的衣裳。”

她笑了：“是的，是……就说日本兵在这边用刺刀刺了一个洞……”

她假装用刺刀在手腕上刺了一个洞的样子。

“刺了一个洞，又怎样呢？”我问。

“刺了一个洞而后一吹，就把人吹胖啦。”她又说，“中国老百姓，一定相信。因为一切坏事，一切奇怪的事日本人都做得出来。”

就像小孩子说的怪话一样，她自己也笑，我也笑。她笑得连杯子都举不起来的样子，我和她是在吃茶。

“你觉得奇怪吗？这是没有的事吗？我的弟弟就被吹过……”

她一听我这话，笑得用了手巾揩着眼睛：

“怎么！怎么！”

“真的，真被吹过……”我这故事不能开展下去，她在不住的笑，笑得咳嗽起来。

“你听我告诉你，那是在肚子上，可不是像你说的在手上……用一个一手指长，一分粗的玻璃管，这玻璃管就从肚脐下边一寸的地方刺进去。玻璃管连

---

① 池田：池田幸子，日本左翼作家鹿地亘的夫人。与鹿地亘在抗战时期一起从事反战工作。

着一条好几尺长的胶皮管，胶皮管的另一头有一个茶杯一般大的漏斗，从那个漏斗吹进一壶冷水去，后来死啦。”

“被吹死啦……”很不容易抑止的大笑，她又开始了。

其实是从漏斗把冷水灌进去的，因为肚子渐渐的大起来，看去好像是被气吹起来的一样。

我费了很大工夫给她解说：“我的弟弟患的是黑死病①，并且全个县城都在死亡的恐怖中。那是一种特别的治法，在医学上这种灌水法并不存在。”我又告诉她，我写《生死场》的时候把这段写上时，鲁迅先生看了都莫名其妙，鲁迅先生是研究过医学的。他说：

“在医学上可没有这样治疗法。”

既然这样说，我就更奇怪了，鲁迅先生研究过医学是真的，我的弟弟被冷水灌死了也是真的。

我又告诉池田，说那医生是天主教堂的医生，是英国人。

“你觉得外国人可靠的，那不对，中国真是殖民地，他们跑到中国来试验来啦，你想肚子灌冷水，那怎么可以？帝国主义除了枪刀之外，他们还做老百姓所看不见的……他们把中国人就看成他们试验室里的动物一样。三百个人通通用一样方法治疗，其中死了一百五，活了一百五，或是活了一百死了二百，也或者通通死掉啦！这个他们不管，他们把中国人看成动物一样，……在他们自己的国家里，随便试验是不成的呀！”

我想，这也许吧！我的弟弟或者就是被试验死的。她的话，相信是相信了，因为她不懂得医学，所以我相信得并不十分确切。

“我告诉过你，我的父亲是军医，他到满洲去的时候，关于他在中国治病，写了很多日记，上边有德文，我在学德文时，我就拿他的日记看，上面写着关于黑死病，到满洲去试试看，用各种的药，用各种的方法试试看。”

---

① 黑死病：鼠疫。14世纪，鼠疫在欧洲等地流行，当时称该病为黑死病。

“你想！这不是真的吗？还有啊！我父亲的朋友，每天到我们家来打麻将，他说：到中国去治病很不费事，因为中国人有很多的他们还没有吃过药，所以吃一点药无论什么病都治，给他们一点牙粉吃，头痛也好啦，肚子痛也好啦……”

这真是奇事，我从未听说过，怎么我们中国人是常常吃牙粉的吗？

又从吃牙粉谈到吃人肉，日本兵杀死老百姓或士兵，用火烤着吃了的故事，报纸上常常看见。这个我也相信。池田说：“日本兵吃女人的肉是可能，他们把中国女人破坏之后，用刺刀杀死，一看女人的肉很白，很漂亮，用刺刀切下一块来，一定是几个人开玩笑，用火烤着吃一吃，因为他们今天活着，明天活不活着他们不知道，将来什么时候回家也不知道，是一种变态心理……老百姓大概是他们不吃，那很脏的，皮肤也是黑的……而且每天要杀死很多……”

关于日本兵吃人肉的事情，我也相信了。就像中国人相信外国医生比中国医生好一样。

池田是生在帝国主义的家庭里，所以她懂得他们比我们懂得的更多。我们一走出那个吃茶店，玻璃窗子前面坐着的两个小孩，正在唱着：“杀掉鬼子们的头……”其实鬼子真正厉害的地方他们还不知道呢！

一九三九，一，九，重庆

该篇首刊何处不详。收入大时代书局（重庆）1940年6月初版《萧红散文》。

滑竿

黄河边上的驴子，垂着头的，细腿的，穿着自己的破乱的毛皮的，它们划着无边苍老的旷野，如同枯树根又在人间活动了起来。

它们的眼睛永远为了遮天的沙土而垂着泪，鼻子的响声永远搅在黄色的大风里，那沙沙的足音，只有在黄昏以后，一切都停息了的时候才能听到。

而四川的轿夫，同样会发出那沙沙的足音。下坡路，他们的腿，轻捷得连他们自己也不能够止住，蹒跚的他们控制了这狭小的山路。他们的血液骄傲的跳动着，好像他们停止了呼吸，只听到草鞋触着石级的声音。在山涧中，在流泉中，在烟雾中，在凄惨的飞着细雨的斜坡上，他们喊着：左手！

迎面走来的，担着草鞋的担子，背着青菜的孩子，牵着一条黄牛的老头，赶着三个小猪的女人，他们也都为着这下山的轿子让开路。因为他们走得快，就像流泉一样的，一刻也不能够止息。

一到拔坡的时候，他们的脚步声便不响了。迎面遇到来人的时候，他们喊着左手或右手的声音只有粗嘎，而一点也不强烈。因为他们开始喘息，他们的肺叶开始扩张，发出来好像风扇在他们的胸膛里煽起来的声音，那破片做的衣裳在吱吱响的轿子下面，有秩序的向左或向右的摆动。汗珠在头发梢上静静的站着，他们走得当心而出奇的慢，而轿子仍旧像要破碎了似的叫。像是迎着大风向前走，像是海船临靠岸时遇到了潮头一样困难。

他们并不是巨象，却发出来巨象呼喘似的声音。

早晨他们吃了一碗四个大铜板一碗的面，晚上再吃一碗，一天八个大铜板。甚或有一天不吃什么的，只要抽一点鸦片就可以。所以瘦弱苍白，有的像化石人似的，还有点透明。若让他们自己支持着自己都有点奇怪，他们随时要倒下来的样子。

可是来往上下山的人，却担在他们的肩上。

有一次我偶尔和他们谈起做爆竹的方法来，其中的一个轿夫，不但晓得做爆竹的方法，还晓得做枪药的方法。他说用破军衣，破棉花，破军帽，再加上火硝、硫磺就可以做枪药。他还怕我不明白枪药。他又说：

“那就是做子弹。”

我就问他：

“你怎么晓得做子弹？”

他说他打过贺龙，在湖南。

“你那时候是当官吗？当兵吗？”

他说他当兵，还当过班长。打了两年。后来他问我：

“你晓得共匪吗？打贺龙就是打共匪。”

“我听说。”接着我问他，“你知道现在的共匪已经编了八路军吗？”

“呵！这我还不知道。”

“也是打日本。”

“对呀！国家到了危难的时候，还自已打什么呢？一齐枪口对外。”他想了一下的样子，“也是归蒋委员长领导吗？”

“是的。”

这时候，前边的那个轿夫一声不响。轿杆在肩上，一会儿换换左手，一会儿又换换右手。

后边的就接连着发了议论：

“小日本不可怕，就怕心不齐。中国人心齐，他就治不了。前几天飞机来炸，炸在朝天门。那好做啥子呀！飞机炸就占了中国？我们可不能讲和，讲和就白亡了国。日本人坏呀！日本人狠哪！报纸上去年没少画他们杀中国人的图。我们中国人抓住他们的俘虏，一律优待。可是说日本人也不都坏，说是不当兵不行，抓上船去就载到中国来……”

“是的……老百姓也和中国老百姓一样好。就是日本军阀坏……”我回答他。

就快走上高坡了，一过了前边的石板桥，隔着这一个山头又看到另外的一个山头。云烟从那个山头慢慢的沉落下来，沉落到山腰了，仍旧往下沉落，一道深灰色的，一道浅灰色的，大捆的游丝似的缚着山腰。我的轿子要绕过那个有云烟的尖顶的山。两个轿夫都开始吃力了。我能够听得见的，是后边的这一个，喘息的声音又开始了。我一听到他的声音，就想起海上在呼喘着的活着的蛤蟆。因为他的声音就带着起伏，扩张，呼煽的感觉。他们脚下刷刷的声音，这时候没有了。伴着呼喘的是轿杆的竹子的鸣叫。坐在轿子上的人，随着他们沉重的脚步的起伏在一升一落的。在那么多的石级上，若有一个石级不留心踏滑了，连人带轿子要一齐滚下山涧去。

因为山上的路只有二尺多宽，遇到迎面而来的轿子，往往是彼此摩擦着走过。假若摩擦得利害一点，谁若靠着山涧的一面，谁就要滚下山涧去。山峰在前边那么高，高得插进云霄去似的。山壁有的地方挂着一条小小的流泉，这流泉从山顶上一直挂到深涧中。再从涧底流到另一面天地去，就是说，从山的这面又流到山的那面去了。同时流泉们发着唧铃铃的声音。山风阴森的浸蚀着人的皮肤。这时候，真有点害怕，可是转头一看，在山涧的边上都挂着人，在乱草中，耙子的声音刷刷的响着。原来是女人和小孩子们在收集着野柴。

后边的轿夫说：

“共匪编成了八路军，这我还不知道。整天忙生活……连报纸也不常看（他说过他在军队常看报纸）……整天忙生活对于国家就疏忽了……”

正是拔坡的时候，他的话和轿杆的声响搅在了一起。

对于滑竿，我想他俩的肩膀，本来是肩不起的，但也肩起了。本来不应该担在他们的肩上的，但他们也担起了。而在担不起时，他们就抽起大烟来担。所以我总以为抬着我的不是两个人，而像轻飘飘的两盏烟灯。在重庆的交通运转却是掌握在他们的肩膀上的，就如黄河北的驴子，垂着头的，细腿的，使马看不起的驴子，也转运着国家的军粮。

一九三九春　　歌乐山

该篇首刊何处不详。收入大时代书局（重庆）1940 年 6 月初版《萧红散文》。

放　火　者

从五月一号那天起，重庆就动了，在这个月份里，我们要纪念好几个日子，所以街上有多少人在游行，他们还准备着在夜里火炬游行。街上的人带着民族的信心，成行的大队沉静的走着。

五三的中午日本飞机二十六架飞到重庆的上空，在人口最稠密的街道上投下燃烧弹和炸弹，那一天就有三条街起了带着硫磺气的火焰。

五四的那天，日本飞机又带了多量的炸弹，投到他们上次没完全毁掉的街上和上次没可能毁掉的街道上。

大火的十天以后，那些断墙之下，瓦砾堆中仍冒着烟。人们走在街上用手帕掩着鼻子或者挂着口罩。因为有一种奇怪的气味满街散布着。那怪味并不十分浓厚，但随时都觉得是吸得到。似乎每人都用过于细微的嗅觉存心嗅到那说不出的气味似的，就在十天以后发掘的人们，还在深厚的灰烬里寻出尸体来。

断墙笔直的站着，在一群瓦砾当中，只有它那么高而又那么完整。设法拆掉它，拉倒它，但它站得非常坚强。段牌坊就站着这断墙，很远就可以听到几十人在喊着，好像拉着帆船的牵绳，又像抬着重物。

“唉呀……喔呵……唉呀……喔呵……”

走近了看到那里站着一队兵士，穿着绿色的衣裳，腰间挂着他们喝水的瓷杯，他们相同出发到前线上去差不多。但他们手里挽着绳子的另一端系在离他们很远的单独的五六丈高站着一动也不动的那断墙上。他们喊着口号一起拉它不倒，连歪斜也不歪斜，它坚强的站着。步行的人停下了，车子走慢了，走过去的人回头了，用一种坚强的眼光，人们看住了它。

被那声音招引着，我也回过头去看它，可是它不倒，连动也不动。我就看到了这大瓦场的近边，那高坡上仍旧站着被烤干了的小树。有谁能够认得出那是什么树，完全脱掉了叶子，并且变了颜色，好像是用赭色的石雕成的。靠着小树那一排房子窗上的玻璃掉了，只有三五块碎片，在夕阳中闪着金光。走廊的门开着，一切可以看得到，门帘扯掉了，墙上的镜框在斜垂着。显然的在不久之前，他们是在这儿好好地生活着，那墙壁日历上还露着四号的“四”字。

街道是哑默的，一切店铺关了门，在黑大的门扇上贴着白帖或红帖，上面写着退房或搬家。路的两旁偶尔张着席棚或布棚，里面坐着苍白着脸色的恐吓的人，用水盆子，当时在洗刷着弄脏了的胶皮鞋，汗背心……毛巾之类，这东西是从火中抢救出来的。

被炸过了的街道，飞尘卷了白沫扫着稀少的行人，行人挂着口罩，或用帕子掩着鼻子。街是哑然的，许多人生存的街毁掉了，生活秩序被破坏了，饭馆关起了门。

大瓦砾场一个接着一个，前边又是一群人在拉着断墙，这使人一看上去就要低了头。无论你心胸怎样宽大，但你的心不能不跳，因为那摆在你面前的是荒凉的，是横遭不测的，千百个母亲和小孩子是吼叫着的，哭号着的，他们嫩弱的生命在火里边挣扎着，生命和火在斗争。但最后生命给谋杀了。那曾经狂喊过的母亲的嘴，曾经乱舞过的父亲的胳臂，曾经发疯对着火的祖母的眼睛，曾经依然偎在妈妈怀里吃乳的婴儿，这些最后都被火给杀死了。孩子和母亲，祖父和孙儿，猫和狗，都同他们凉台上的花盆一道倒在火里了。这倒下来的全家，他们没有一个是战斗员。

白洋铁壶成串的仍在那烧了一半的房子里挂着，显然是一家洋铁制器店被毁了。洋铁店的后边，单独的三楼三底的房子站着，它两边都倒下去了，只有它还歪歪裂裂的支持着，楼梯分做好几段自己躺下去了，横睡在楼脚上。窗子整张的没有了，门扇也看不见了，墙壁穿着大洞，相同被打破了腹部的人那样可怕的奇怪的站着。但那摆在二楼的木床，仍旧摆着，白色的床单还随着风飘着那只巾角，就在这二十个方丈大的火场上同时也有绳子在拉着一道断墙。

就在这火场的气味还没有停息，瓦砾还会烫手的时候，坐着飞机放火的日本人又要来了，这一天是五月十二号。

警报的笛子到处叫起，不论大街或深巷，不论听得到的听不到的，不论加以防备的或是没有知觉的都卷在这声浪里了。

那拉不倒的断墙也放手了，前一刻在街上走着的那一些行人，现在狂乱了，发疯了，开始跑了，开始喘着，还有拉着孩子的，还有拉着女人的，还有脸色变白的。街上像来了狂风一样，尘土都被这惊慌的群带着声响卷起来了，沿街响着关窗和锁门的声音，街上什么也看不到，只看到跑。我想疯狂的日本法西斯刽子手们若看见这一刻的时候，他们一定会满足的吧，他们是何等可以骄傲呵，他们可以看见……

十几分钟之后，都安定下来了，该进防空洞的进去了，躲在墙根下的躲稳了。第二次警报（紧急警报）发了。

听得到一点声音，而越听越大。我就坐在公园石阶铁狮子附近，这铁狮子旁边坐着好几个老头，大概他们没有气力挤进防空洞去，而又跑也跑不远的缘故。

飞机的响声大起来，就有一个老头招呼着我：

“这边……到铁狮子下边来……”这话他并没有说，我想他是这个意思，因为他向我招手。

为了呼应他的亲切我去了，蹲在他的旁边。后边高坡上的树，那树叶遮着头顶的天空，致使想看飞机不大方便，但在树叶的空间看到飞机了，六架，六架。飞来飞去的总是六架，不知道为什么高射炮也未发，也不投弹。

穿蓝布衣裳的老头问我：“看见了吗？几架?”

我说：“六架。”

“向我们这边飞……”

“不，离我们很远。”

我说瞎话，我知道他很害怕，因为他刚说过了：“我们坐在这儿的都是善人，看面色没有做过恶事，我们良心都是正的……死不了的。”

大批的飞机在头上过了，那里三架三架的集着小堆，这些小堆在空中横排着，飞得不算顶高，一共四十几架。高射炮一串一串的发着，红色和黄色的火球像一条长绳似的扯在公园的上空。

那老头向着另外的人而又向我说：

“看面色，我们都是没有做过恶的人，不带恶像，我们不会死……”

说着他就伏在地上了，他看不见飞机，他说他老了。大概他只能看见高射炮的连串的火球。

飞机像是低飞了似的，那声音沉重了，压下来了。守卫的宪兵喊了一声口令：“卧倒。”他自己也就挂着枪伏在水池子旁边了。四边火光起来，有沉重的爆击声，人们看见半天是红光。

公园在这一天并没有落弹。在两个钟头之后，我们离开公园的铁狮子，那个老头悲惨的向我点头，而且和我说了很多话。

下一次，五月二十五号那天，中央公园便被炸了。水池子旁边连铁狮子都被炸碎了。在弹花飞溅时，那是混合着人的肢体，人的血，人的脑浆。这小小的公园，死了多少人？我不愿说出它的数目来，但我必须说出它的数目来：死伤×××人，而重庆在这一天，有多少人从此不会听见解除警报的声音了……

该篇创作于1939年6月9日，首刊于1939年7月11日《文摘战时旬刊》第五十一至五十三期合刊。署名萧红。

长 安 寺

接引殿里的佛前灯，一排一排的每个顶着一颗小灯花燃在案子上。敲钟的声音一到接近黄昏的时候就稀少下来，并且渐渐地简直一声不响了。因为烧香拜佛的人都回家去吃着晚饭。

大雄宝殿里，也同样哑默默地，每个塑像都站在自己的地盘上忧郁起来，因为黑暗开始挂在他们的脸上。长眉大仙，伏虎大仙，赤脚大仙，达摩，他们分不出那个是牵着虎的，那个是赤着脚的。他们通通安安静静地同叫着别的名字的许多塑像分站在大雄宝殿的两壁。

只有大肚弥勒佛还在笑迷迷的看着打扫殿堂的人，打扫殿堂的人把小灯放在弥勒佛脚前的缘故。

厚沉沉的圆圆的蒲团，被打扫殿堂的人一个一个的拾起来，高高的把它们靠着墙堆了起来。香火着在释迦摩尼的脚前，就要熄灭的样子，昏昏暗暗地，若不去寻找，简直看不见了似的，只不过香火的气息缭绕在灰暗的微光里。

接引殿前，石桥下的池里的小龟不再像日里那样把头探在水面上。用胡芝麻磨着香油的小石磨也停止了动转。磨香油的人也在收拾着家具。庙前喝茶的都戴起了帽子，打算回家去。冲茶的红脸的那个老头，在小桌上自己吃着一碗素面，大概那就是他的晚餐了。

过年的时候，这庙就更温暖而热气腾和的了，烧香拜佛的人东看看，西望望。用着他们特有的幽闲，摸一摸石桥的栏杆的花纹，而后研究着而想多发现几个桥下的乌龟。有一个老太婆背着一个黄口袋，在右边的跨骨上，那口袋上写着“进香”两个黑字，她已经跨出了当门的殿堂的后门，她又急急忙忙的从那后门转回去。我很奇怪的看着她，以为她掉了东西。大家想想看吧！她一翻身就跪下，迎着殿堂的后门向前磕了一个头。看她的年岁，有六十多岁，但那磕头的动作，来得非常灵活，我看她走在石桥上也照样的精神而庄严。为着过年才做起来的新缎子帽，闪亮的向着接引殿去朝拜了。佛前钟在一个老和尚手里拿着的钟锤下当当的响了三声，那老太婆就跪在蒲团上安详的磕了三个头。这次磕头却并不像方才在前面殿堂的后门磕得那样热情而慌张。我想了半天才明白，方才，就是前一刻，一定是她觉得自己太疏忽了，怕是那尊面向着后门口的佛见她怪，而急急忙忙的请他恕罪的意思。

卖花生糖的肩上挂着一个小箱子，里边装了三四样糖，花生糖，炒米糖，还有胡桃糖。卖瓜子的提着一个长条的小竹篮，篮子的一头是白瓜籽，一头是盐花生。而这里不大流行难民卖的一包一包的“瓜子大王”。青茶，素面，不加装饰的，一个铜板随手抓过一撮来就放在嘴上磕的白瓜籽，就已经十足了。所以在这庙里吃茶的人，都觉别有风味。

耳朵听的是梵钟和诵经的声音，眼睛看的是些悠闲而且自得的游庙或烧香的人；鼻子所闻到的，不用说是檀香和别的香料的气息。所以这种吃茶的地方确实使人喜欢。又可以吃茶，又可以观风景看游人。比起重庆的所有的吃茶店来都好。尤其是那冲茶的红脸的老头，他总是高高兴兴的，走路时喜欢把身子向两边摆着，好像他故意把重心一会放在左腿上，一会放在右腿上。每当他掀起茶盅的盖子时，他的话就来了，一串一串的，他说：我们这四川没有啥好的，若不是打日本，先生们请也请不到这地方。他再说下去，就不懂了，他谈的和诗句一样。这时候他要冲在茶盅的开水，从壶嘴如同一条冰落进茶盅来。他拿起盖子来把茶盅扣住了，那里边上下游着的小鱼似的茶叶也被盖子扣住了，反正这地方是安静得可喜的，一切都是太平无事。

××坊的水龙就在石桥的旁边和佛堂斜对着面。里边放置着什么，我没有机会去看，但有一次重庆的防空演习我是看过的，用人推着瓦瓦的山响的水龙，一个水龙大概可装两桶水的样子，可是非常沉重，四五个人连推带挽。若着起火来我看那水龙到不了火已经着落了。那仿佛就写着什么××坊一类的字样。惟有这些东西，在庙里算是一个不调和的设备，而且也破坏了安静和统一。庙的墙壁上，不是大大的写着观自在菩萨吗？庄严静妙，这是一块没有受到外面侵扰的重庆的唯一的地方。佛说，一花一世界，这是一个小世界，应作如是观。

但我突然的神经过敏起来——可能的有一天这上面会落下了敌人的一颗炸

弹。而可能的那两条小水龙也救不了这一场大火。那时，那些喝茶的将没有着落了，假如他们不愿意茶摆在瓦砾场上。

我顿然的感到悲哀。

一九三九，四月歌乐山

该篇首刊于1939年9月5日《鲁迅风》（上海）第十九期。署名萧红。

镀金的学说

我的伯伯，他是我童年唯一崇拜的人物。他说起话来有宏亮的声音，并且他什么时候讲话总关于正理，至少那个时候我觉得他的话是严肃的，有条理的，千真万对的。

那年我十五岁，是秋天，无数张叶子落了，回旋在墙根了！我经过北门旁在寒风里号叫着的老榆树，那榆树的叶子也向我打来。可是我抖擞着跑进屋去，我是参加一个邻居姐姐出嫁的筵席回来。一边脱换我的新衣裳，一边同母亲说，那好像同母亲吵嚷一般："妈，真的没有见过，婆家说新娘笨，也有人当面来羞辱新娘，说她站着的姿式不对，坐着的姿式不好看，林姐姐一声也不作。假若是我呀！哼！……"

母亲说了几句同情的话，就在这样的当儿，我听清伯父在呼唤我的名字。他的声音是那样低沉，平素我是爱伯父的，可是也怕他，于是我心在小胸膛里边惊跳着走出外房去。我的两手下垂，就连视线也不敢放过去。

"你在那里讲究些什么话？很有趣哩！讲给我听听。"伯伯说话的时候，他的眼睛流动着笑着，我知道他没有生气，并且我想他很愿意听我讲话。我就高声把那事又说了一遍，我且说且做出种种姿式来。等我说完的时候，我仍欢喜，说完了我把说话时跳打着的手足停下，静等着伯伯夸奖我呢！可是过了很多工夫，伯伯在桌子旁仍写他的文字。对于我好像没有反应，再等一会他对于我的讲话也绝对没有回响。至于我呢，我的小心房立刻感到压迫，我想我的错在什么地方？话讲的是很流利呀！讲话的速度也算是活泼呀！伯伯好像一块朽木塞住我的咽喉，我愿意快躲开他到别的房中去长叹一口气。

伯伯把笔放下了，声音也跟着来了："你不说假若是你吗？是你又怎么样？你比别人更糟糕，下回少说这一类话！小孩子学着夸大话，浅薄透了！假若是你，你比别人更糟糕，你想你总要比别人高一倍吗？再不要夸口，夸口是最可耻，最没出息。"

我走进母亲的房里时，坐在炕沿我弄着发辫，默不作声，脸部感到很烧很烧。以后我再不夸口了！

伯父又常常讲一些关于女人的服装的意见，他说穿衣服素色最好，不要涂粉，抹胭脂，要保持本来的面目。我常常是保持本来的面目，不涂粉不抹胭脂，也从没穿过花色的衣裳。

后来我渐渐对于古文有趣味，伯父给我讲古文，记得讲到《吊古战场文》① 那篇，伯父被感动得有些声咽，我到后来竟哭了！从那时起我深深感到战争的痛苦与残忍。大概那时我才十四岁。

又过一年，我从小学卒业就要上中学的时候，我的父亲把脸沉下了！他终天把脸沉下。等我问他的时候，他瞪一瞪眼睛，在地板上走转两圈，必须要过半分钟才能给一个答话："上什么中学？上中学在家上吧！"

父亲在我眼里变成一只没有一点热气的鱼类，或者别的不具着情感的动物。

半年的工夫，母亲同我吵嘴，父亲骂我："你懒死啦！不要脸的。"当时我过于气愤了，实在受不住这样一架机器压轧了。我问他："什么叫不要脸呢？谁不要脸！"听了这话立刻像火山一样暴裂起来。当时我没能看出他头上有火冒出没？父亲满头的发丝一定被我烧焦了吧！那时我是在他的手掌下倒了下来，等我爬起来时，我也没有哭。可是父亲从那时起他感到父亲的尊严是受了一大挫折，也从那时起每天想要恢复他的父权。他想做父亲的更该尊严些，或者加倍的尊严着才能压住子女吧？

可真加倍尊严起来了。每逢他从街上回来，都是黄昏时候，父亲一走到花墙的地方便从喉管作出响动，咳嗽几声啦！或是吐一口痰啦！后来渐渐我听他只是咳嗽而不吐痰，我想父亲一定会感着痰不够用了呢！我想做父亲的为什么必须尊严呢？或者因为做父亲的肚子太清洁?！把肚子里所有的痰都全部呕出来了？

一天天睡在炕上，慢慢我病着了！我什么心思也没有了！一班同学不升学

---

① 《吊古战场文》：骈赋，唐代诗人李华（715—766）所作。

的只有两三个，升学的同学给我来信告诉我，她们怎样打网球，学校怎样热闹，也说些我所不懂的功课。我愈读这样的信，病愈加重一点。

老祖父支住拐杖，仰着头，白色的胡子振动着说："叫樱花上学去吧！给她拿火车费，叫她收拾收拾起身吧！小心病坏了！"

父亲说："有病在家养病吧，上什么学，上学！"

后来连祖父也不敢向他问了，因为后来不管亲戚朋友，提到我上学的事他都是连话不答，出走在院中。

整整死闷在家中三个季节，现在是正月了。家中大会宾客，外祖母啜着汤食向我说："樱花，你怎么不吃什么呢？"

当时我好像要流出眼泪来，在桌旁的枕上，我又倒下了！

因为伯父外出半年是新回来，所以外祖母向伯父说："他伯伯，向樱花爸爸说一声，孩子病坏了，叫她上学去吧！"

伯父最爱我，我五六岁时他常常来我家，他从北边的乡村带回来榛子。冬天他穿皮大氅，从袖口把手伸给我，那冰寒的手呀！当他拉住我的手的时候，我害怕挣脱着跑了，可是我知道一定有榛子给我带来，我秃着头两手捏耳朵，在院子里我向每个货车夫问："有榛子没有？有榛子没有？"

伯父把我裹在大氅里，抱着我进去，他说："等一等给你榛子。"

我渐渐长大起来，伯父仍是爱我的，讲故事给我听，买小书给我看。等我入高级，他开始给我讲古文了！有时族中的哥哥弟弟们都唤来，也讲给他们听。可是书讲完他们临去的时候，伯父总是说："别看你们是男孩子，樱花比你们全强，真聪明。"

他们自然不愿意听了，一个一个退走出去。不在伯父面前他们齐声说："你好呵！你有多么聪明！比我们这一群混蛋强得多。"

男孩子说话总是有点野，不愿听，便离开他们了。谁想男孩子们会这样放肆呢？他们扯住我，要打我："你聪明，能当个什么用？我们有气力，要收拾你。""什么狗屁聪明，来，我们大家伙看看你的聪明到底在那里！"

伯父当着什么人都夸奖我："好记力，心机灵快。"

现在一讲到我上学的事，伯父微笑了：“不用上学，家里请个老先生念念书就够了！哈尔滨的女学生们太荒唐。”

外祖母说：“孩子在家里教养好，到学堂也没有什么坏处。”

于是伯父斟了一杯酒，夹了一片香肠放到嘴里，那时我多么不愿看他吃香肠呵！那一刻我是怎样恼烦着他？我讨厌他喝酒用的杯子，我讨厌他上唇生着的小黑髭，也许伯父没有观察我一下，他又说：“女学生们靠不住，交男朋友啦！恋爱啦！我看不惯这些。”

从那时起伯父同父亲是没有什么区别。变成严凉的石块。

当年，我升学了，那不是什么人帮助我，是我自己向家庭施行的骗术。后一年暑假，我从外埠回家，我和伯父的中间，总感到一种淡漠的情绪，伯父对我似乎是客气了，似乎是有什么从中间隔离着了！

一天伯父上街去买鱼，可是他回来的时候，筐子是空空的。母亲问：

“怎么！没有鱼吗?”

“哼！没有。”

母亲又问：“鱼贵吗?”

“不贵。”

伯父走进堂屋，坐在那里好像幻想着一般，后门外树上满挂着绿的叶子，伯父望着那些无知的叶子幻想，最后他小声唱起，像是有什么悲哀蒙蔽着他了！看他的脸色完全可怜起来。他的眼睛是那样忧烦的望着桌面，母亲说：

“哥哥头痛吗?”

伯父似乎不愿回答，摇着头，他走进屋倒在床上，很长时间，他翻转着，扇子他不用来摇风，在他手里乱响。他的手在胸膛上拍着，气闷着。再过一会，他完全安静下去，扇子任意丢在地板，苍蝇落在脸上，也不去搔它。

晚饭桌上，伯父多喝了几杯酒，红着颜面向祖父说：“菜市上看见王大姐了呢!”

王大姐，我们叫她王大姑。常听母亲说：“王大姐没有妈，爹爹为了贫穷去为匪，只留这个可怜的孩子住在我们家里。”伯父很多情呢！伯父也会恋爱呢，伯父的屋子和我姑姑们的屋子挨着，那时我的三个姑姑全没出嫁。

一夜，王大姑没有回内房去睡，伯父伴着她哩！

祖父不知这件事，他说：“怎么不叫她来家呢？”

“她不来，看样子是很忙。”

“呵！从出了门子总没见过，二十多年了！……二十多年了！”

祖父捻着斑白的胡子，他感到自己是老了！

伯父也感叹着：“嗳！一转眼，老了！不是姑娘时候的王大姐了！头发白了一半。”

伯父的感叹和祖父完全不同，伯父是痛惜着他破碎的青春的故事。又想一想，他婉转着说，说时他神秘的有点微笑：

“我经过菜市，一个老太太回头看我，我走过，她仍旧看我。停在她身后，我想一想，是谁呢？过会我说：‘是王大姐吗？’她转过身来，我问她：‘在本街住吧？’她垂下头，我看见她的门牙脱落了两个。她说：‘在本街住。’我叫她回来看看，她说她很忙，要回去烧饭，随后她走了，什么话也没说，提着空筐子走了！”

夜间，全家人都睡了，我偶然到伯父屋里去找一本书，因为对他，我连一点信仰也失去了，所以无言走出。

伯父愿意和我谈话似的：“没睡吗？”

“没有。”

隔着一道玻璃门，我见他无聊的样子翻着书和报，枕旁一支蜡烛，火光在起伏。伯父今天似乎是例外，同我讲了好些话，关于报纸上的，又关于什么年鉴上的。他看见我手里拿着一本花面的小书，他问：“什么书？”

“小说。”

我不知道他的话是从什么地方说起：“言情小说，《西厢》是妙绝，《红楼梦》也好。”

那夜伯父奇怪的向我笑，微微的笑，把视线斜着看住我。我忽然想起白天所讲的王大姑来了，于是给伯父倒一杯茶，我走出房来，让他伴着茶香来慢慢的回味着记忆中的姑娘吧！

我与伯伯的学说渐渐悬殊，因此感情也渐渐恶劣，我想什么给感情分开的呢？我需要恋爱，伯父也需要恋爱。伯父见着他年轻时候的情人痛苦，假若是我也是一样。

那么他与我有什么不同呢？不过伯伯相信的是镀金的学说。

该篇创作日期不详。首刊于 1934 年 6 月 14 日—28 日《国际协报》周刊《文艺》(哈尔滨)。署名田娣。

祖父死了的时候

祖父总是有点变样子，他喜欢流起眼泪来，同时过去很重要的事情他也忘掉。比方过去那一些他常讲的故事，现在讲起来，讲了一半，下一半他就说：“我记不得了。”

某夜，他又病了一次，经过这一次病，他竟说：

“给你三姑写信，叫她来一趟，我不是四五年没看过她吗？”他叫我写信给我已经死去五年的姑母。

那次离家是很痛苦的。学校来了开学通知信，祖父又一天一天的变样起来。

祖父睡着的时候，我就躺在他的旁边哭，好像祖父已经离开我死去似的，一面哭着一面抬头看他凹陷的嘴唇。

我若死掉祖父，就死掉我一生最重要的一个人，好像他死了就把人间一切“爱”和“温暖”带得空空虚虚。我的心被丝线扎住或是被铁丝绞住了。

我联想到母亲死的时候。母亲死以后，父亲怎样打我，又娶一个新母亲来。这个母亲很客气，不打我，就是骂，也是指着桌子或椅子来骂我。客气是越客气了，但是冷淡了，疏远了，生人一样。

“到院子去玩玩吧！”祖父说了这话之后，在我的头上撞了一下，“喂！你看这是什么？”黄金色的桔子落到我的手中。

夜间不敢到茅厕去，我说：“妈妈同我到茅厕去趟吧。”

“我不去！”

“那我害怕呀！”

“怕什么？”

“怕什么？怕鬼怕神？”父亲也说话了，把眼睛从眼镜上面看着我。

冬天，祖父已经睡下，赤着脚，开着钮扣跟我到外面茅厕去。

学校开学，我迟到了四天。

三月里，我又回家一次。正在外面叫门，里面小弟弟嚷着：

“姐姐回来了！姐姐回来了！”

大门开时，我就远远注意着祖父住着的那间房子。果然祖父的面孔和胡子闪现在玻璃窗里。

我跳着笑着跑进屋去。但不是高兴，只是心酸，祖父的脸色更惨淡更白了。等屋子里一个人没有时，他流着泪，他慌慌忙忙的一边用袖口擦着眼泪，一边抖动着嘴唇：

“爷爷不行了，不知早晚……前些日子好险没跌……跌死。”

“怎么跌的?”

“就是在后屋，我想去解手，招呼人，也听不见，按电铃也没有人来，就得爬啦。还没到后门口，腿颤，心跳，眼前发花了一阵就倒下去。没跌断了腰……人老了，有什么用处！爷爷是八十一岁呢!”

“爷爷是八十一岁。”

“没用了，活了八十一岁还是在地上爬呢！我想想你看不着爷爷了，谁知没有跌死，我又慢慢爬到炕上。”

我走的那天也是和我回来那天一样，白色的脸的轮廓闪现在玻璃窗里。

在院心我回头看着祖父的面孔，走到大门口，在大门口我仍可看见，出了大门，就被门扇遮断。

从这一次祖父就与我永远隔绝了。虽然那次和祖父告别，并没说出一个永别的字。

我回来看祖父，这回门前吹着喇叭，幡杆挑得比房头更高，马车离家很远的时候，我已看到高高的白色幡杆了，吹鼓手们的喇叭怆凉的在悲号。马车停在喇叭声中，大门前的白幡，白对联，院心的灵棚，闹嚷嚷许多人，吹鼓手们响起鸣鸣的哀号。

这回祖父不坐在玻璃窗里，是睡在堂屋的板床上，没有灵魂地躺在那里。我要看一看他白色的胡子，可是怎样看呢！拿开他脸上蒙着的纸吧，胡子，眼睛和嘴，都不会动了，他真的一点感觉也没有了？

我从长长的袖管里去摸他的手，手也没有感觉了。祖父这回真死去了啊！

祖父装进棺材去的那天早晨，正是后园里玫瑰花开放满树的时候。

我扯着祖父的一张被角，抬向灵前去。吹鼓手在灵前吹着大喇叭。

我怕起来，我号叫起来。

“咣咣!”黑色的，半尺厚的灵柩盖子压上去。

吃饭的时候，我饮了酒，用祖父的酒杯饮的。饭后我跑到后园玫瑰树下去卧倒，园中飞着蜂子和蝴蝶，绿草的清凉的气味，这都和十年前一样。可是十年前死了妈妈。妈妈死后我仍是在园中捕蝴蝶；这回祖父死去，我却饮了酒。

过去的十年我是和父亲打斗着生活。在这期间我觉得人是残酷的东西。父亲对我是没有好面孔的，对于仆人也是没有好面孔的，他对于祖父也是没有好面孔的。

因为仆人是穷人，祖父是老了，我是个小孩子，所以我们这些完全没有保障的人就落到他的手里。后来我看到新娶来的母亲也落到他的手里，他喜欢她的时候，便同她说笑，他恼怒时便骂她，母亲渐渐也怕起父亲来。

母亲也不是穷人，也不是老人，也不是孩子，怎么也怕起父亲来呢?

我到邻家去看看，邻家的女人也是怕男人。我到舅家去，舅母也是怕舅父。

我懂得的尽是些偏僻的人生，我想世间死了祖父，就没有再同情我的人了，世间死了祖父，剩下的尽是些凶残的人。

我饮了酒，回想，幻想……

以后我必须不要家，到广大的人群中去，但我在玫瑰树下颤慄了，人群中没有我的祖父。

所以我哭着，整个祖父死的时候我哭着。

该篇首刊于1935年7月28日《大同报》（长春）副刊《大同俱乐部》。署名悄吟。

失眠之夜

为什么要这样失眠呢！烦躁，呕心，心跳，胆小，并且想要哭泣。

我想想，也许就是故乡的思虑罢。

窗子外面的天空高远了，和白棉一样绵软的云彩低近了，吹来的风好像带点草原的气味，这就是说已经是秋天了。

在家乡那边，秋天最可爱。

蓝天蓝得有点发黑，白云就像银子做成的一样，就像白色的大花朵似的缀在天上；就又像沉重得快要脱离开天空而坠了下来似的，而那天空就越显得高了，高得再没有那么高的。

昨天，我到朋友们的地方走了一遭，听来了好多的心愿——那许多心愿综合起来，又都是一个心愿——这回若真的打回满洲去。有的说，煮一锅高粱米粥喝；有的说，咱家那地豆多么大！说着就用手比量着，这么大，碗大；珍珠米，老的一煮就开了花的，一尺来长的；还有的说，高粱米粥，咸盐豆。还有的说，若真的打回满洲去，三天三夜不吃饭，打着大旗往家跑。跑到家去自然也免不了先吃高粱米粥或咸盐豆。

比方高粱米那东西，平常我就不愿意吃，很硬，有点发涩（也许因为我有胃病的关系），可是经他们这一说，也觉得非吃不可了。

但什么时候吃呢？那我就不知道了。而况我到底是不怎样热烈的，所以关于这一方面，我终究是不怎样亲切。

但我想我们那门前的蒿草，我想我们那后园里开着的茄子的紫色的小花，黄瓜爬上了架。而那清早，朝阳带着露珠一齐来了！

我一说到蒿草或是黄瓜，三郎就向我摆手或摇头：“不，我们家，门前是两棵柳树，树荫交结着做成门形。再前面是菜园，过了菜园就是山。那金字塔形的山峰，正向着我们家的门口，而两边像蝙蝠的翅膀似的向着村子的东方和西方伸展开去。而后园黄瓜，茄子也种着，最好看的是牵牛花在石头墙的缝际爬遍了，早晨带着露水牵牛花开了……”

“我们家就不这样，没有高山，也没有柳树……只有……”我常常就这样打断他。

有时候，他也不等我说完，他就接下去。我们讲的故事，彼此都好像是讲给自己听，而不是为着对方。

只有那么一天：买来了一张《东北富源图》[①] 挂在墙上了，染着黄色的平原上站着小马，小羊，还有骆驼，还有牵着骆驼的小人；海上就是些小鱼，大鱼，黄色的鱼，红色的好像小瓶似的大肚的鱼，还有黑色的大鲸鱼；而兴安岭和辽宁一带画着许多和海涛似的绿色的山脉。

他的家就在离着渤海边不远的山脉中，他的指甲在山脉上爬着："这是大凌河……这是小凌河……哼……没有，这地图是个不完全的，是个略图……"

"好哇！天天说凌河，那儿有凌河呢！"我不知为什么一提到家乡，常常愿意给他扫兴一点。

"你不相信！我给你看。"他去翻他的书橱去了，"这不是么！大凌河……小凌河……小孩的时候在凌河沿上捉小鱼，拿到山上去，在石头片上用火烤着吃……这边就是沈家台，离我们家二里路……"因为是把地图摊在地板上看的缘故，一面说着，他一面用手扫着他已经垂在前额的发梢。

《东北富源图》就挂在床头，所以第二天早晨，我一张开了眼睛，他就抓住了我的手：

"我想将来我回家的时候，先买两匹驴，一匹你骑着，一匹我骑着……先到我姑姑家，再到我姐姐家……顺便也许看看我舅舅去……我姐姐很爱我……她出嫁以后，每回来一次临走的时候就哭一次，姐姐也哭，我也哭……这有七八年不见了！也都老了。"

那地图上的小鱼，红的，黑的，都能够看清，我一边看着，一边听着，这一次我没有打断他，或给他扫一点兴。

---

① 《东北富源图》：东北自然资源地图，1931年东北舆地学社出版，张鸿编，赵云忠绘图。

“买黑色的驴，挂着铃子，走起来……当啷啷当啷啷……”他形容着声音的时候，就像他的嘴里边含着铃子似的在响。

“我带你到沈家台去赶集。那赶集的日子，热闹！驴身上挂着烧酒瓶……我们那边，羊肉非常便宜……羊肉炖片粉……真是味道！唉呀！这有多少年没吃那羊肉啦！”他的眉毛和额头上起着很多皱纹。

我在大镜子里边看到了他，他的手从我的手上抽回去，放在他自己的胸上，而后又反背着放在枕头下面去，但很快地又抽出来。只理一理他自己的发梢又放在枕头上去。

而我呢？我想：

“你们家对于外来的所谓‘媳妇’也一样吗？”我想着就这样说了。

这失眠大概也许不是因为这个。但买驴子的买驴子，吃咸盐豆的吃咸盐豆，而我呢？坐在驴子上，所去的仍是生疏的地方，我停留着的仍然是别人的家乡。

家乡这个观念，在我本不甚切，但当别人说起来的时候，我也就心慌了！虽然那块土地在没有成为日本的之前，“家”在我就等于没有了。

这失眠一直继续到黎明，在黎明之前，在高射炮的声中，我也听到了一声声和家乡一样的震抖在原野上的鸡鸣。

八，廿二

该篇创作于1937年8月22日，首刊于1937年9月18日《七月》（上海）周刊第二期。署名萧红。

记鹿地夫妇

池田在开仗的前夜，带着一匹小猫仔来到我家的门口，因为是夜静的时候，那鞋底拍着楼廊的声音非常响亮。

“谁呀！”

这声音并没有回答，我就看到是日本朋友池田，她的眼睛好像被水洗过的玻璃似的那么闪耀。

“她怎么这时候来的呢？她从北四川路来的……”这话在我的思想里边回绕了一周。

“请进来呀！”

一时看不到她的全身，因为她只把门开了一个小缝。

“日本和中国要打仗。”

“什么时候？”

“今天夜里四点钟。”

“真的吗？”

“一定的。”

我看一看表，现在是十一点钟。

“一——二——三——四——五——”我说还有五个钟头。

那夜我们又讲了些别的就睡了。军睡在外室的小床上，我和池田就睡在内室的大床上。这一夜没有睡好，好像很热，小猫仔又那么叫，从床上跳到地上，从地上又跳到椅子上，而后再去撕着窗帘。快到四点钟的时候，我好像听到了两下枪声。

“池田，是枪声吧！”

“大概是！”

“你想鹿地怎么样，若真的今夜开仗，明天他能跑出来不能？”

“大概能，那就不知道啦！”

夜里开枪并不是事实，第二天我们吃完午饭，三个人坐在地板的凉席子上乘凉。这时候鹿地来了，穿一条黄色的短裤，白衬衫，黑色的卷卷头发，日本式的走法。走到席子旁边，很习惯的就脱掉鞋子坐在席子上。看起来他很快活，日本话也说，中国字也有。他赶快的吸纸烟，池田给他作翻译。他一着急就又加几个中国字在里面，转过脸来向我们说：

“是的，拍！拍，拍！开枪啦……”

“在什么地方开的？”我问他。

“在陆战队……边上。”

“你看见了吗？”

“看见的……”

他说话十分喜欢用手势：

“我，我，我看见啦。北四川路没有人，北四川路死啦……完全死啦！”而后他用手巾揩着汗。但是他非常快活，笑着，全身在轻松里边打着转。我看他像洗过羽毛的雀子似的振奋，因为他的眼光和嘴唇都像讲着与他不相干的同时非常感到兴味的人的一样。

夜晚快要到来了，第一发的炮声过去了。而我们四个人——池田，鹿地，萧军和我——正在吃晚饭，池田的大眼睛对着我，萧军的耳朵向旁边歪着，我则感到心脏似乎在移动。但是我们合起声音来：

“哼！”彼此点了点头。

鹿地有点像西洋人的嘴唇，扣得很紧。

第二发炮弹发过去了。

池田仍旧用日本女人的跪法跪在席子上，我们大概是用一种假象把自己平定下来，所以仍旧吃着饭。鹿地的脸色自然变得很不好看了。若是我，我一定想到这炮声就使我脱离了祖国。但是他的感情一会就恢复了。他说：

“日本这回坏啦，一定坏啦……”这话的意思是日本要打败的，日本的老百姓要倒楣的，他把这战争并不看得怎样可怕，他说日本军阀早一天破坏早一天好。

第二天他们搬到 S. 家去住的。我们这里不大方便，邻居都知道他们是日本人，还有一个白俄在法国捕房当巡捕。街上打间谍，日本警察到他们从前住过的地方找过他们。在两国夹攻之下，他们开始被陷进去。

第二天我们到S. 家去看他们的时候，他们住在三层楼上，尤其是鹿地很开心，俨俨乎和主人一样。两张大写字台，靠着窗子，写字台这边坐着一个，那边坐着一个，嘴上都叼着香烟，白金龙香烟四五罐，堆成个小塔型在桌子头上。他请我吃烟的时候，我看到他已经开始工作了。很讲究的黑封面的大本子摊开在他的面前，他说他写日记了。当然他写的是日文，我看了一下也看不懂。一抬头看到池田在那边也张开了一个大本子。我想这真不得了，这种克制自己的力量，中国人很少能够做到。无论怎样说，这战争对于他们比对于我们，总是更痛苦的。又过了两天，大概他们已经写了一些日记了。他们开始劝我们，为什么不参加团体工作呢？鹿地说：

"你们不认识救亡团体吗？我给介绍！"这样好的中国话是池田给修改的。

"应该工作了，要快工作，快工作，日本军阀快完啦……"

他们说现在写文章，以后翻成别国文字，有机会他们要到各国去宣传。

我看他们好像变成了中国人一样。

三二日之后去看他们，他们没有了。S. 说他们昨天下午一起出去就没有回来，临走时说吃饭不要等他们，至于那里去了呢？S. 说她也不知道。又过了几天，又问了好几次，仍旧不知道他们在那里。

或者被日本警察捉去啦，送回国去啦！或者住在更安全的地方，大概不能有危险吧！

一个月以后的事：我拿刀子在桌子上切葱花，准备午饭，这时候，有人打门，走进来的人是认识的，可是他一向没有来过，这次的来不知有什么事。但很快就得到结果了：鹿地昨夜又来到S. 家，听到他们并没有出危险，很高兴。但他接着再说下去就是痛苦的了。他们躲在别人家里躲了一个月，那家非赶他们离开不可，因为住居日本人，怕当汉奸看待。S. 家也很不便，当时S. 做救亡工作，怕是日本探子注意到。

“那么住到那里去呢?”我问。

“就是这个问题呀！他们要求你去送一封信，我来就是找你去送信，你立刻到S. 家去。”

我送信的地方是个德国医生，池田一个月前在那里治过病，当上海战事开始的时候，医生太太向池田说过：假若在别的地方住不方便，可以搬到她家去暂住。有一次我陪池田去看医生，池田问他：

“你喜欢希特拉①吗?”

医生说：“唔……不喜欢。”并且说他不能够回德国。

根据这点，池田以为医生是很好的人，同时又受希特拉的压迫。

我送完了信，又回到S. 家去，我上楼说：

“可以啦，大概是可以。”

回信，我并没拆开读，因为我的英文不好。他们两个从地板上坐起来。打开这信：

“随时可来，我等候着……”池田说信上写着这样的话。

“我说对么！那医生当我临走的时候还说，把手伸给他，我知道他就了解了。”

这回鹿地并不怎样神气了，说话不敢大声，不敢站起来走动。晚饭就坐在地板的席子上吃的，台灯放在地上，灯头被蒙了一块黑纱布，就在这微黑的带着神秘的三层楼上，我也和他们一起吃的饭。我端起碗来，再三的不能把饭咽下去，我看一看池田发亮的眼睛，好像她对她自己未知的命运还不如我对他们那样关心。

“吃鱼呀!”我记不得是他们谁把一段鱼尾摆在我的碗上来。

当着一个人，在他去试验他出险的道路前一刻，或者就正在出险之中，为什么还能够这样安宁呢！我实在对这晚餐不能够多吃。我为着我自己，我几次

① 希特拉：即“希特勒”。

说着多余的闲话：

“我们好像山寨们在树林里吃饭一样……”按着我还是说，“不是吗？看像不像？”

回答这话的没有人，我抬头看一看四壁，这是一间藏书房，四壁黑沉沉的站着书箱或书柜。

八点钟刚过，我就想去叫汽车，他们说，等一等，稍微晚一点更好。

鹿地开始穿西装，白裤子，黑上衣，这是一个西洋朋友给他的旧衣裳（他自己的衣裳从北四路逃出来时丢掉了）。多么可笑啊！又像贾伯林又像日本人。

“这个不要紧！”指着他已经蔓延起来的胡子对我说，“像日本人不像？”

“不像。”但明明是像。

等汽车来了时，我告诉他：

“你绝对不能说话，中国话也不要说，不开口最好，若忘记了说出日本字来那是危险的。”

报纸上登载过法租界和英租界交界的地方，常常有小汽车被验查。假若没有人陪着他们，他们两个差不多就和哑子一样了。鹿地干脆就不能开口。至于池田一听就知道说的是日本的中国话。

那天晚上下着一点小雨，记得大概我是坐在他们两个人之间，有两只小箱笼颠动在我们膝盖的前边。爱多亚路被指路灯所照，好像一条虹彩似的展开在我们的面前，柏油路被车轮所擦过的纹痕，在路警指管着的红绿灯下，变成一条红的，而后又变成一条绿的，我们都把眼睛看着这动乱交错的前方。同时司机人前面那块玻璃上有一根小棍来回的扫着那块扇形的地盘。

车子到了同孚路口了，我告诉车子左转，而后靠到马路的右边。

这座大楼，本来是有电梯的，因为司机人不在，等不及了，就从扶梯跑上去。我们三个人都提着东西，而又都跑得快，好像这一路没有出险，多半是因为这最末的一跑才做到的。

医生的小客厅里接待着鹿地夫妇：

“弄错了啦！嗯！”

我所听到的，这是什么话呢？我看看鹿地，我看看池田，再看看胖医生。

“医生弄错啦，他以为是要来看病的人，所以随时可来。”

“那么房子呢？”

“房子他没有。”池田摆一摆手。

我想这回可成问题了，我知道S. 家绝对不能再回去。找房子立刻是可能的吗？而后我说到我家里去可以吗？

池田说：“你们家那‘白俄’呀！”

医生还不错，穿了雨衣去替他们找房子去了。在这中间，非常使人恐怖。他说房子就在旁边，可是他去了好多时候没有回来。

“箱子里边有写的文章啊！老医生不是去通知捕房？”池田的眼睛好像枭鸟的眼睛那么大。

过了半点钟的样子，医生回来了，医生又把我们送到那新房子。

走进去一看，就像个旅馆，茶房非常多，说中国话的，说法国话的，说俄国话的，说英国话的。

刚一开战，鹿地就说过要到国际上去宣传，我看那时候他可差不多去到国际上了。

这地方危险是危险的，怎么办呢？只得住下了。

中国茶房问：

“先生住几天呢？”

我说住一天两天。但是鹿地说：“不！不！”只说了半段就回去了，大概是日本话又来到嘴边上。

池田有时说中国话，有时说英国话，茶房来一个，去了，又来了一个。

鹿地静静地站在一边。

大床，大桌子，大沙发，棚顶垂着沉重的带着锁链的大灯头。并且还有一个外室，好像阳台一样。

茶房都去了，鹿地仍旧站着，地心有一块花地毯，他就站在地毯的边上。

我告诉他不要说日本话，因为隔壁的房子说不定住的是中国人。

“好好地休息吧！把被子摊在床上，衣箱就不要动了，三两天就要搬的。我把这情形通知别的朋友……”往下我还有话要说，中国茶房进来了，手里端着一个大白铜盘子，上面站着两个汽水瓶。我想这个五块钱一天的旅馆还给汽水喝！问那茶房，那茶房说是白开水，这开水怎样卫生，怎样经过过滤，怎样多喝了不会生病。正在这时候，他来讲卫生了。

向中国政府办理证明书的人说，再有三五天大概就替他们领到，可是到第七天还没有消息。他们在那房子里边，简直和小鼠似的，地板或什么东西有时格格的作响，至于讲话的声音，外边绝对听不到。

每次我去的时候，鹿地好像还是照旧的样子，不然就是变了点，也究竟没变了多少，喜欢讲笑话。不知怎么想起来的，他又说他怕女人：

“女人！我害怕。别的我不怕……女人我最怕。”

“帝国主义你不怕?”我说。

“我不怕，我打死他。”

“日本警察捉你也不怕?”我和池田是站在一面的。

池田听了也笑，我也笑，池田在这几天的不安中也破例了。

“那么你就不用这里逃到那里，让日本警察捉去好啦！其实不对的，你还是最怕日本警察。我看女人并不绝顶的厉害，还是日本警察绝顶的厉害。”

我们都笑了，但是都没有高声。

最显现在我面前的是他们两个有点憔悴的颜面。

有一天下午，我陪着他们谈了两个多钟头，对于这一点点时间，他们是怎样的感激呀！我临走时说：

“明天有工夫，我早点来看你们，或者是上午。”

尤其是池田立刻说谢谢，并且立刻和我握握手。

第二天我又来迟了，池田不在房里。鹿地一看到我，就从桌上摸到一块白纸条。他摇一摇手，而后他在纸条上写着：

今天下午有巡捕在门外偷听了，一下午英国巡捕（即印度巡捕），中国巡捕，从一点钟起停到五点钟才走。

但最感动我的是他在纸条上出现着这样的字：——今天我决心被捕。

“这被捕不被捕，怎能是你决心不决心的呢？”这话我不能对他说，因为我知道他用的是日本文法。

我又问他打算怎样呢？他说没有办法，池田去到S. 家里。

那个时候经济也没有了，证明书还没有消息，租界上日本有追捕日本或韩国人的自由。想要脱离租界，而又一步不能脱离。到中国地去，要被中国人误认作间谍。

他们的生命，就像系在一根线上那么脆弱。

那天晚上，我把他们的日记、文章和诗，包集起来带着离开他们。我说：

“假使日本人把你们捉回去，说你们帮助中国，总是没有证据的呀！”

我想我还是赶快走的好，把这些致命的东西快些带开。

临走时我和他握握手，我说不怕。至于怕不怕，下一秒钟谁都没有把握。但我是说了，就像说给站在狼洞里边的孩子一样。

以后再去看他们，他们就搬了，我们也就离开上海。

一九三八，二，廿日，临汾

该篇首刊于1938年5月1日《文艺阵地》半月刊（广州）第一卷第二期。署名萧红。

寄东北流亡者

沦落在异地的东北同胞们：

当每个秋天的月亮快圆的时候，你们的心总被悲哀装满。想起高粱油绿的叶子，想起白发的母亲或幼年的亲眷。

你们的希望曾随着秋天的满月，在幻想中赊取了七次，而每次都是月亮如期的圆了，而你们的希望却随着高粱叶子萎落。但是自从“八一三”① 之后，上海的炮火响了，中国政府积极抗战揭开，“九一八”② 的成了习惯的暗淡与愁惨却在炮火的交响里换成了激动，兴奋和感激。这时，你们一定也流泪了。这是感激的泪，兴奋的泪，激动的泪。

记得抗战以后，第一个“九一八”是怎样纪念的呢？

中国飞行员在这天做了突击的工作。他们对于出云舰的袭击作了出色的功绩。

那夜里，日本神经质的高射炮手，浪费的用红色的绿色的淡蓝色的炮弹把天空染红了。但是我们的飞行员仍然以精确的技巧和沉毅的态度来攻击这摧毁文化摧毁和平的法西③魔手。几百万的市民都仰起头来寻觅，其实他们是什么也看不见的，但是他们一定要看。在那黑魆魆的天空里仿佛什么都找不到，而这里就隐藏着我们抗战的活动的每个角度。

第一个煽惑起东北同胞的思想的是：“我们就要回家去了！”

是的，家是可以回去的，而且家也是好的，土地是宽阔的，米粮是富足的。

是的，人类是何等的对着故乡寄注了强烈的怀念呵！黑人对着迪斯的痛苦

---

① “八一三”：指“八一三”淞沪抗战。

② “九一八”：指“九一八”事变。

③ 法西：即“法西斯”。

的向往，爱尔兰的诗人夏芝①想回到那有“蜂房一窠，菜畦九畴”的茵尼斯，作过水手的约翰·曼殊斐儿②狂热的愿意回到海上。

但是等待了七年的同胞们，单纯的心急是没用的，感情的焦躁不但无价值，而常常是理智的降低。要把急切的心情放在工作的表现上才对。我们的位置就是永远站在别人的前边的那个位置。我们是应该第一个打开了门而是最末走进去的人。

抗战到现在已经遭遇到最艰苦的阶段，而且也就是最后胜利接近的阶段。在美国贾克伦敦③所写的一篇短篇小说上，描写两个拳师在冲击的斗争里，只系于最后的一拳。而那个可怜的“老拳师”所以失败的原因，也只在少吃了一块“牛扒”。假若事先他能在肚里装进一块“牛扒”，胜利一定属于他的。

东北流亡同胞，我们的地大物博，决定我们的沉着毅勇，正与敌人的急功切进相反，所以最后的一拳一定是谁最沉着的就是谁打得最有力。我们应该献身给祖国作前卫的工作，就如我们应该把失地收复一样。这是无可怀疑的。

东北流亡的同胞，为了失去的土地上的高粱，谷子，努力吧！为了失去的土地上年老的母亲，努力吧！为了失去的地面上的痛心的一切的记忆，努力吧！

而且我们要竭力克服残存的那种“小地主”意识和官僚主义的余毒，赶快的加入到生产的机构里，因为“九一八”以后的社会变更，已经使你们失去了大片土地的依存，要还是固守从前的生活方式，坐吃山空，那样你们的资产将只剩了哀愁和苦闷。作个商人去，作个工人去，作一个能生产的人比作一个在

---

① 夏芝：即威廉。巴特勒·叶芝（1865—1939），又译叶慈，爱尔兰作家，爱尔兰文艺复兴运动的领袖，1923年获诺贝尔文学奖。

② 约翰·曼殊斐儿：英国女作家，现译为曼斯菲尔德（1888—1923）。

③ 贾克伦敦：美国小说家，现译为杰克·伦敦（1876—1916），主要作品有《野性的呼唤》、《马丁·伊登》等。

幻想上满足自己的流浪人，要对国家有利得多。

幻想不能泛滥，现实在残酷的抨击你的时候，逃避只会得到更坏的暗袭。

时值流亡在异乡的故友们，敬希珍重。拥护这个抗战和加强这个抗战，向前走去！

该篇创作日期不详，首刊于1938年9月18日汉口《大公报》副刊《战线》（汉口）第一九一期。署名萧红。

鲁迅先生生活散记

——为鲁迅先生三周年祭而作

青年人写信写得太草率，鲁迅先生是深恶痛绝之的。

“字不一定要写得好，但必须得使人一看了就认识，年青人现在都太忙了……他自己赶快胡乱写完了事，别人看了三遍五遍看不明白，这费了多少工夫，他不管。反正这费的工夫不是他的。这存心是不太好的。”

但他还是展读着每封由不同角落里投来的青年的信，眼睛不济时，便带起眼镜来看，常常看到夜里很深的时光。

珂勒惠支[①]的画，鲁迅先生最佩服，同时也很佩服她的做人，珂勒惠支受希特拉的压迫不准她做教授，不准她画画，鲁迅先生常讲到她。

史沫特烈[②]，鲁迅先生也讲到，她是美国女子，帮助印度独立运动，现在又在援取中国，他对这两个女子都是由衷的敬重。

鲁迅先生的笑声是明朗的，是从心里的欢喜。若有人说了什么可笑的话，鲁迅先生笑得连烟卷都拿不住了，常常是笑得咳嗽起来。

鲁迅先生喜欢吃清茶，其余不吃别的饮料。咖啡，可可，牛奶，汽水之类，家里都不预备。

鲁迅先生的休息，不听留声机，不出去散步，也不倒在床上睡觉。鲁迅先生自己说：

“坐在椅子上翻一翻书就是休息了。”

老靶子路[③]有一家小吃茶店，只有门面一间，在门面里边设座，座少，安

---

① 珂勒惠支（1867—1945）：德国版画家，雕塑家。

② 史沫特烈（1892—1950）：美国记者、作家、社会活动家。

③ 老靶子路：上海市区中部虹口、闸北两区界路。旧时因有靶场而得名，1943 年改称武进路。

静，光线不充足，有些冷落。鲁迅先生常到这吃茶店来。有约会多半是在这里边，老板是白俄，胖胖的，中国话大概他听不懂。

鲁迅先生这一位老人，穿着布袍子，有时到这里来，泡一壶红茶，和青年人坐在一道谈了一两个钟头。

有一天鲁迅先生的背后那茶座里边坐着一位摩登女子，身穿紫裙子黄衣裳，头戴花帽子……那女子临走时，鲁迅先生一看她，就用眼瞪着她，很生气的看了她半天，而后说：

“是做什么的呢？……”

鲁迅先生对于穿着紫裙子，黄衣裳，花帽子的人就是这样看法的。

鬼到底是有的是没有的？传说上有人见过，还跟鬼说过话，还有人被鬼在后面追赶过，有的稍微软弱一点的鬼，一见了人就贴在墙上，但没有一个人捉住一个鬼给大家看看。

鲁迅先生讲了他看见过鬼的故事给大家听：

“是在绍兴……”鲁迅先生说，“三十年前……”

那时鲁迅先生从日本读书回来，在一个师范学堂里也不知什么学堂里教书，晚上没有事时，鲁迅先生总是到朋友家去谈天，这朋友住得离学堂几里路，几里路不算远，但必得经过一片坟地，谈天有的时候就谈得晚了，十一二点钟才回学堂的事也常有。有一天鲁迅先生就回去得很晚，天空有很大的月亮。

鲁迅先生向着归路走得很起劲时，往远处一看，远处有一个白影。

鲁迅先生是不相信鬼的，在日本留学时是学的医，常常把死人抬来解剖的，鲁迅先生解剖过二十几个，不但不怕鬼，对死人也不怕，所以对于坟地也就根本不怕，仍旧是向前走的。

走了几步，那远处的白东西没有了，再看，突然又有了。并且时小时大，时高时低，正和鬼一样，鬼不就是变换无常的吗？

鲁迅先生有点踌躇了，到底是向前走呢？还是回过头来走？本来回学堂不止这一条路，这不过是最近的一条就是了。

鲁迅先生仍是向前走的，到底要看一看鬼是什么样，虽然那时候也怕了。

鲁迅先生那时从日本回来不久，所以还穿着硬底皮鞋，鲁迅先生决心要给那鬼一个致命的打击。等走到那白影旁边时，那白影缩小了，蹲下了，一声不响的靠住了一个坟堆。

鲁迅先生就用了他的硬皮鞋踢出去。

那白影噢的一声叫出来，随着就站起来。鲁迅先生定睛看去，他却是个人。

鲁迅先生说在他踢的时候，他是很害怕的，好像若一下不把那东西踢死，自己反而会遭殃的，所以用了全力踢出去。

原来是一个盗墓子的人在坟场上半夜作着工作。

鲁迅先生说到这里就笑了起来。

“鬼也是怕踢的，踢他一脚立刻就变成人了。”

我想，鬼若是常常让鲁迅先生踢踢，倒是好的，因为给了他一个作人的机会。

该篇创作于1939年9月22日，首刊于1939年10月1日《中苏文化》（重庆）第四卷第三期。署名萧红。

萧红作品精选·诗歌

可纪念的枫叶

红红的枫叶，
是谁送给我的！
都叫我不留意丢掉了。
若知这般别离滋味，
恨不早早地把它写上几句别离的诗。

该诗创作于1932年，作者生前未公开发表。

栽　花

你美丽的栽花的姑娘，
弄得两手污泥不嫌脏吗；
任凭你怎样的栽，
也怕栽不出一株相思的树来。

该诗创作于1932年春，作者生前未公开发表。

公　园

树大人小，
秋心沁透人心了。

该诗创作于1932年，作者生前未公开发表。

春　曲

一

那边清溪唱着，
这边树叶绿了！
姑娘啊！
春天到了。

二

我爱诗人又怕害了诗人，
因为诗人的心，
是那么美丽，
水一般地，
花一般地，
我只是舍不得摧残它，
但又怕别人摧残。
那么我何妨爱他。

三

你美好的处子诗人，
来坐在我的身边，
你的腰任意我怎样拥抱，
你的唇任意我怎样的吻，
你不敢来在我的身边吗？
诗人啊！

迟早你是逃避不了女人！

四

只有爱的踯躅美丽，
三郎，我并不是残忍，
只喜欢看你立起来又坐下，
坐下又立起，
这其间，
正有说不出的风月。

五

谁说不怕初恋的软力！
就是男性怎粗暴，
这一刻儿，
也会娇羞羞地，
为什么我要爱人！
只怕为这一点娇羞吧！
但久恋他就不娇羞了。

六

当他爱我的时候，
我没有一点力量，
连眼睛都张不开，
我问他这是为了什么？

他说：爱惯就好了，
啊！可珍贵的初恋之心。

该组诗创作于 1932 年春，收入自编诗稿中。

八　月　天

八月天来了，
牵牛花都爬满栏杆了，
遮住了我的情人啊，
你为什么不走出来给我会见呢？

我知道你是个有用的青年，
你整天工作着，计划着，
现在日西斜了，
你为什么不走出来给我会见呢？

听说你的父亲是死在工厂里，
我的父亲也是死在工厂里，
我们两个不都是一样孤独么？
为什么不出来会见？

为什么不出来呢？
你以为我是魔鬼么？
你以为我是小姐么？
我不是谁家的小姐，
我穿着与你同样褴褛的衣裳。

我也和你一样忙碌，
我也和你一样计划着，
那么你为什么不出来呢？

怕爱情烧毁你的计划么？

我期待你依遍门栏，
依遍晚风，
你赶快出来吧，我的情人。
你的计划，就是我的计划，
我们共同相思着这个计划吧。

我走进屋来，为什么眼泪流呢？
落满了襟袖。

八月天过了，
为什么牵牛花永不落呢？

该诗创作日期不详，首刊于1933年8月13日《大同报》周刊《夜哨》（长春）第一期。署名悄吟。

沙 粒

一

七月里长起来的野菜，
八月里开花了；
我伤感它们的命运，
我赞叹它们的勇敢。

二

我爱钟楼上的铜铃，
我也爱屋檐上的麻雀，
因为从孩童时代它们就是我的小歌手啊！

三

我的窗前结着两个蛛网，
蜘蛛晚餐的时候，
也正是我晚餐的时候。

四

世界那么广大！
而我却把自己的天地布置得这样狭小！

五

冬夜原来就是冷清的，
更不必再加上邻家的筝声了。

六

夜晚归来的时候，
踏着落叶而思想着远方。
头发结满水珠了，
原来是个小雨之夜。

七

从前是和孤独来斗争，
而现在是体验着这孤独，
一样的孤独，
两样的滋味。

八

本也想静静的生活，
本也想静静的工作，
但被寂寞燃烧得发狂的时候，
烟，吃吧！
酒，喝吧！
谁人没有心胸过于狭小的时候。

九

绿色的海洋，
蓝色的海洋，

我羡慕你的伟大，
我又怕你的惊险。

一〇

朋友和敌人我都一样的崇敬，
因为在我的灵魂上他们都画过条纹。

一一

今后将不再流泪了，
不是我心中没有悲哀，
而是这狂魍的人间迷惘了我了。

一二

和珍宝一样得来的友情，
一旦失掉了，
那刺痛就更甚于失掉了珍宝。

一三

我的胸中积满了沙石，
因此我所想望着的：
只是旷野，高天和飞鸟。

一四

蒙古的草原上，

和羊群一样做着夜梦，
那么我将是个牧羊的赤子了。

一五

偶然一开窗子，
看到了檐头的圆月。

一六

人在孤独的时候，
反而不愿意看到孤独的东西。

一七

生命为什么不挂着铃子？
不然丢了你，
怎能感到有所亡失？

一八

还没有走上沙漠，
就忍受着沙漠之渴，
那么，
既走上了沙漠，
又将怎样！

一九

月圆的时候，

可以看到；
月弯的时候，
也可以看到，
但人的灵魂的偏缺，
却永也看不到。

二〇

理想的白马骑不得，
梦中的爱人爱不得。

二一

东京落雪了，
好像看到了千里外的故乡。

二二

当野草在人的心上长起来时，
不必去铲锄，
也绝铲锄不了。

二三

想望得久了的东西，
反而不愿意得到。
怕的是得到那一刻的颤栗，
又怕得到后的空虚。

二四

可怜的冬朝，
无酒也无诗。

二五

失掉了爱的心板，
相同失掉了星子的天空。

二六

当悲哀，
反而忘记了悲哀，
那才是最悲哀的时候。

二七

此刻若问我什么最可怕?
我说：
泛滥了的情感最可怕。

二八

可厌的人群，
固然接近不得，
但可爱的人们又正在这可厌的人群之中；
若永远躲避着脏污，

则又永远得不到纯洁。

二九

海洋之大，
天地之广，
却恨个自的胸中狭小，
我将去了！

三〇

野犬的心情，
我不知道；
飞到异乡去的燕子的心情，
我不知道，
但自己的心情，
自己却知道。

三一

从异乡又奔向异乡，
这愿望多么渺茫，
而况送着我的是海上的波浪，
迎接着我的是异乡的风霜。

三二

只要那是真诚的，

那怕就带着点罪恶，

我也接受了。

三三

我本一无所恋，

但又觉得到处皆有所恋，

这烦乱的情绪呀！

我咒诅着你，

好像咒诅着恶魔那么咒诅。

三四

什么最痛苦，

说不出的痛苦最痛苦。

三五

烦恼相同原野上的青草，

生遍我的全身了。

三六

走吧，

还是走。

若生了流水一般的命运，

为何又希求着安息！

三七

眼泪对于我，
从前是可耻的，
而现在是宝贵的。

该组诗创作于1936年底至1937年1月初，前34首，首刊于1937年3月15日《文丛》第一卷第一号，署名悄吟。“三五、三六、三七”3首诗未公开发表，收入自编诗稿《沙粒》中。

拜　墓

跟着别人的脚迹，
我走进了墓地，
又跟着别人的脚迹，
来到了你墓边。

那天是个半阴的天气，
你死后我第一次来拜访你。

我就在你墓边竖了一株小小的花草，
但，并不是用以招吊你的亡灵，
只是说一声：久违。

我们踏着墓畔的小草，
听着附近的石匠钻刻着墓石，
或是碑文的声音。
那一刻，
胸中的肺叶跳跃起来，
我哭着你，
不是哭你，
而是哭着正义。

你的死，
总觉得是带走了正义，
虽然正义并不能被人带走。

我们走出墓门，

那送着我们的仍是铁钻击打着石头的声音，

我不敢去问那石匠，

将来他为着你将刻成怎样的碑文？

该诗创作于1937年3月8日，首刊于1937年4月23日《大公报》（上海）副刊《文艺》第三二七期。署名萧红。

一粒土泥

别人对你不能知晓，
因为你是一棵亡在阵前的小草。

这消息传来的时候，
我们并不哭得嚎啕，
我们并不烦乱着终朝，
只是猜着你受难的日子，
在何时才得到一个这样的终了？

你的尸骨已经干败了！
我们的心上，
你还活活地走着跳着，
你的尸骨也许不存在了！
我们的心上，
你还活活地说着笑着。

苍天为什么这样地迢迢！
受难的兄弟：
你怎样终止了你最后的呼吸？
你没喝到朋友们端给你的一杯清水，
你没听到朋友们呼叫一声你的名字，
处理着你的，
完全是出于我们的敌人。

朋友们慌忙的相继而出走，
只把你一个人献给了我们的敌手，
也许临行的时候，
没留给你一言半语；
也许临行的时候，
把你来忘记！
而今你的尸骨是睡在山坡或是洼地？
要想吊你，
也无从吊起！

将来全世界的土地开满了花的时候，
那时候，
我们全要记起，
亡友剑啸，
就是这开花的一粒土泥。

该诗创作于1937年6月20日，为纪念革命烈士金剑啸所作，收入1937年8月1日夜哨丛书出版社（上海）初版《兴安岭的风雪》附录中。

萧红作品精选·书信

致萧军

1936年7月18日

君先生①：

海上的颜色已经变成黑蓝了，我站在船尾，我望着海，我想，这若是我一个人怎敢渡过这样的大海！

这是黄昏以后我才给你写信，舱底的空气并不好，所以船开没有多久我时时就好像要呕吐，虽然吃了多量的胃粉。

现在船停在长崎了，我打算下去玩玩。昨天的信并没写完就停下了。

到东京再写信吧！

祝好！

莹②

七月十八日

源先生③好！

该信从日本东京发往上海。萧红1936年7月18日离开上海乘船赴日本，这是她在船上写给萧军的信。

1936年7月21日

均④：

你的身体这几天怎么样？吃得舒服吗？睡得也好？当我搬房子的时候，我想：你没有来，假若你也来，你一定看到这样的席子就要先在上面打一个滚，

---

① 君先生：萧军。

② 莹：萧红原名张廼莹，故简称莹。

③ 源先生：黄源（1906—2003），字河清，浙江海盐人，散文家、文学翻译家，早期曾任《文学》、《译文》等杂志编辑。

④ 均：萧军。

是很好的，像住在画的房子里面似的。

你来信寄到许①的地方就好，因为她的房东熟一些。

海滨，许不去，以后再看，或者我自已去。

一张桌是（和）一个椅子都是借的，屋子里面也很规整，只是感到寂寞了一点，总有点好像少了一点什么！住下几天就好了。

外面我听到蝉叫，听到踏踏的奇怪的鞋声，不想写了！也许她们快来叫我出去吃饭的时候了！

你的药不要忘记吃，饭少吃些，可以到游泳池去游泳两次，假若身体太弱，到海上去游泳更不能够了。

祝好！

别的朋友也都祝好！

莹

七月二十一日

该信从日本东京发往上海。

1936年7月26日

均：

现在我很难过，很想哭。想要写信，钢笔里面的墨水没有了，可是怎样也装不进来，抽进来的墨水一压又随着压出来了。

华②起来就到图书馆去了，我本来也可以去，我留在家里想写一点什么，但那里写得下去，因为我听不到你那登登上楼的声音了。

这里的天气也算很热，并且讲一句话的人也没有，看的书也没有，报也没

---

① 许：许粤华（1912—?）翻译家，笔名雨田，浙江海盐人。1935年夏赴日本留学，一年后归国。萧红到日本后，与许同住。

② 华：许粤华。

有，心情非常坏，想到街上去走走，路又不认识，话也不会讲。

昨天到神保町的书铺去了一次，但那书铺好像与我一点关系也没有，这里太生疏了，满街响着木屐的声音，我一点也听不惯这声音。这样一天一天的我不晓得怎样过下去，真是好像充军西伯利亚一样。

比我们起初来到上海的时候更感到无聊，也许慢慢的就好了，但这要一个长的时间，怕是我忍耐不了。不知道你现在准备要走了没有？我已经来了五六天了，不知为什么你还没有信来？

珂[①]已经在十六号起身回去了。

不写了，我要出去吃饭，或者乱走走。

吟[②]上

七月廿六十时半

该信从日本东京发往上海。

1936年8月17日

均：

今天我才是第一次自己出去走个远路，其实我看也不过三五里，但也算了，去的是神保町，那地方的书局很多，也很热闹，但自己走起来也总觉得没什么趣味，想买点什么，也没有买，又沿路走回来了。觉得很生疏，街路和风景都不同，但有黑色的河，那和徐家汇一样，上面是有破船的，船上也有女人，孩子。也是穿着破衣裳。并且那黑水的气味也一样。像这样的河恐怕巴黎也会有！

你的小伤风既然伤了许多日子也应该管它，吃点阿司匹林吧！一吃就好。

---

① 珂：张秀珂（1916—1956），萧红的胞弟，当时在日本留学。

② 吟：萧红的另一个笔名“悄吟”的简称。

现在我庄严地告诉你一件事情，在你看到之后一定要在回信上写明！就是第一件你要买个软枕头，看过我的信就去买！硬枕头使脑神经很坏。你若不买，来信也告诉我一声，我在这边买两个给你寄去，不贵，并且很软。第二件你要买一张当作被子来用的有毛的那种单子，就像我带来那样的，不过更该厚点。你若懒得买，来信也告诉我，也为你寄去。还有，不要忘了夜里不要吃东西。没有了。以上这就是所有的这封信上的重要的事情。

照相机现在你也有用了，再寄一些照片来。我在这里多少有点苦寂，不过也没什么，多写些东西也就添补起来了。

旧地重游①是很有趣的，并且有那样可爱的海！你现在一定洗海澡去了好几次了？但怕你没有脱衣裳的房子。

你再来信说你这样好那样好，我可说不定也去，我的稿费也可以够了。你怕不怕？我是和你开玩笑，也许是假玩笑。

你随手有什么我没看过的书也寄一本两本来！实在没有书读，越寂寞就越想读书，一天到晚不说话，再加上一天到晚也不看一个字我觉得很残忍，又像我从前在旅馆一个人住着②的那个样子。但有钱，有钱除掉吃饭也买不到别的趣味。

祝好。

萧上

八月十七日

该信从日本东京发往青岛。

---

① 旧地重游：萧红、萧军1934年6月至10月曾在青岛写作、生活，故称萧军去青岛是“旧地重游”。

② 我从前在旅馆一个人住着：指1932年萧红被困哈尔滨东兴顺旅馆，因欠旅馆四百多元费用，被旅馆扣为人质。

1936年8月27日

均：

我和房东的孩子很熟了，那孩子很可爱，黑的，好看的大眼睛，只有五岁的样子，但能教我单字了。

这里的蚊子非常大，几乎使我从来没有见过。

那回在游泳池里，我手上受的那块小伤，到现在还没有好。肿一小块，一触即痛。现在我每日二食，早食一毛钱，晚食两毛或一毛五，中午吃面包或饼干。或者以后我还要吃得好点，不过，我一个人连吃也不想吃，玩也不想玩，花钱也不愿花。你看，这里的任何公园我还没有去过一个，银座大概是漂亮的地方，我也没有去过，等着吧，将来日语学好了再到处去走走。

你说我快乐的玩吧！但那只有你，我就不行了，我只有工作、睡觉、吃饭，这样是好的，我希望我的工作多一点。但也觉得不好，这并不是正常的生活，有点类似放逐，有点类似隐居。你说不是吗？若把我这种生活换给别人，那不是天国了吗？其实在我也和天国差不多了。

你近来怎么样呢？信很少，海水还是那样蓝么？透明吗？浪大吗？劳山①也倒真好？问得太多了。

可是，六号的信，我接到即回你，怎么你还没有接到？这文章没有写出，信倒写了这许多。但你，除掉你刚到青岛的一封信，后来十六号的一封，再就没有了，今天已经是二十六日。我来在这里一个月零六天了。

现在放下，明天想起什么来再写。

今天同时接到你从劳山回来的两封信，想不到那小照相机还照得这样好！真清楚极了！什么全看得清，就等于我也逛了劳山一样。

说真话，逛劳山没有我同去，你想不到吗？

---

① 劳山：即崂山。

那大张的单人像，我倒不敢佩服，你看那大眼睛，大得我从来都没有看见过。

两片红叶子已经干干的了，我记得我初认识你的时候，你也是弄了两张叶子给我，但记不得那是什么叶子了。

孟①有信来，并有两本《作家》② 来。他这样好改字换句的，也真是个毛病。

“瓶子很大，是朱色，调配起来，也很新鲜，只是……”这“只是”是什么意思呢？我不懂。

花皮球走气，这真是很可笑，你一定又是把它压坏的。

还有可笑的，怎么你也变了主意呢？你是根据什么呢？那么说，我把写作放在第一位始终是对的。

我也没有胖也没有瘦，在洗澡的地方天天过磅。

对了，今天整整是二十七号，一个月零七天了。

西瓜不好那样多吃，一气吃完是不好的，放下一会再吃。

你说我滚回去，你想我了吗？我可不想你呢，我要在日本住十年。

我没有给淑奇③去信，因为我把她的地址忘了，商铺街十号还是十五号？还是内十五号呢？正想问你，下一信里告诉我吧！

那么周④走了之后，我再给你信，就不要写周转了？

我本打算在二十五号之前再有一个短篇产生，但是没能够，现在要开始一

---

① 孟：孟十还（1908—1981），原名孟斯根，辽宁人，翻译家，1936 年 4 月开始主编《作家》。

② 《作家》：文学月刊，1936 年 4 月在上海创刊，至同年 11 月停刊，共出八期。由孟十还任编辑，上海杂志公司发行。

③ 淑奇：即袁淑奇，萧红、萧军在哈尔滨时期的朋友。

④ 周：萧军在青岛的友人周学谱。

个三万字的短篇了。给《作家》十月号。完了就是童话[1]了。我这样童话来，童话去的，将来写不出，可应该觉得不好意思了。

东亚还不开学，只会说几个单字，成句的话，不会。房东还不错，总算比中国房东好。

你等着吧！说不定那一个月，或那一天，我可真要滚回去的。到那时候，我就说你让我回来的。

不写了。

祝好。

吟

八月廿七晚七时

你的信封上带一个小花我可很喜欢，起初我是用手去掀的。

东京麹町区富士见町二丁目九，五中村方

该信从日本东京发往青岛。

1936年9月4日

三郎[2]：

五十一页就算完了。自己觉得写得不错，所以很高兴。孟写信来说："可不要和《作家》疏远啊！"这回大概不会说了。

你怎么总也不写信呢？我写五次你才写一次。

---

① 童话：萧红在东京时计划创作但未写成的一部童话。

② 三郎：萧军。

肚痛好了。发烧还是发。

我自己觉得满足，一个半月的工夫写了三万字①。

补习学校还没有开学。这里又热了几天。今天很凉爽。一开学，我就要上学的，生活太单纯，与精神方面不很好。

昨天我出去，看到一个穿中国衣裳的中国女人，在街上喊住了一个汽车，她拿了一个纸条给了车夫，但没拉她。街上的人都看着她笑，她也一定和我似的是个新飞来的鸟。

到现在，我自己没坐过任何一种车子，走也只走过神保町。

冰淇淋吃得顶少，因为不愿意吃。西瓜还吃，也不如你吃得多。也是不愿意吃。影戏一共看过三次。任何公园没有去过。一天廿四小时三顿饭，一觉，除此即是在椅子上坐着。但也快活。

祝好。

吟

九．四．

该信从日本东京发往青岛。

1936年9月6日

均：

你总是用那样使我有点感动的称呼叫着我。

但我不是迟疑，我不回去的，既然来了，并且来的时候是打算住到一年，现在还是照着做，学校开学，我就要上学的。

但身体不大好，将来或者治一治。那天的肚痛，到现在还不大好。你是很健康的了，多么黑！好像个体育棒子。不然也像匹小马！你健壮我是第一高

---

① 写了三万字：指完成了短篇小说《家族以外的人》。

兴的。

黎①的刊物②怎么样？没有人告诉我。

黄③来信说《十年》④ 一册也要写稿，说你已答应写了，但那东西是个什么呢？

上海那三个孩子⑤怎么样？

你没有请王关石⑥吃一顿饭？我一想起王关石，我就想起你打他的那块石头！袁泰⑦见过？还有那个张⑧？

唐诗我是要看的，快请寄来！精神上的粮食太缺乏！所以也会有病！

不多写了！明年见吧！

莹

九月六日

该信从日本东京发往青岛。

1936 年 9 月 9 日

三郎：

稿子既已交出，这两天没有事做，所以做了一张小手帕，送给你吧！

---

① 黎：黎烈文（1904—1972），翻译家。1936 年主编《中流》。

② 刊物：指《中流》，文学半月刊，黎烈文主编，上海杂志公司发行。

③ 黄：黄源。

④ 《十年》：1936 年，开明书店为纪念创业十周年，先后出版《十年》和《十年二集》，精选老舍、巴金、沈从文、茅盾等现代作家作品。编辑曾向萧红约稿。

⑤ 三个孩子：从哈尔滨到上海的三个青年，一个姓陈，另两个姓张。

⑥ 王关石：萧军在哈尔滨的一位朋友，画家。

⑦ 袁泰：萧军在青岛编《晨报》副刊时认识的文学青年。

⑧ 张：萧军在青岛编《晨报》副刊时认识的文学青年。

《八》[1] 既已五版，但没有印花的。销路总算不错。现在你在写什么？

劳山我也不想去，不过开个玩笑就是了，吓你一跳。我腿细不细的，你也就不用骂！

临别时，我不让你写信，是指的罗里罗嗦的信。

黄[2]来信，说有书寄来，但等了三天，还不到。《江上》[3] 也有，《商市街》[4] 也有，还有《译文》[5] 之类。我是渴想着书的，一天二十四小时，既不烧饭，又不谈天，所以一休息下来就觉得天长得很。你靠着电柱读的是什么书呢？普通一类，都可以寄来的，并不用挂号，太费钱，丢是不常丢的。唐诗也快寄来，读读何妨？我就是怎样一个庄严的人，也不至于每天每月庄严到底呀？尤其是诗，读一读就像唱歌似的，情感方面也愉乐一下，不然，这不和白痴过的生活一样吗？写当然我是写的，但一个人若让他一点点也不间断下来，总是想和写，我想是办不到，用功是该用功的，但也要有一点娱乐，不然就像住姑子庵了，所以说来说去，唐诗还是快点寄来。

胃还是坏，程度又好像深了一些，饮食我是非常注意，但还不好，总是一天要痛几回。可是回去，我是不回去，来一次不容易，一定要把日文学到可以看书的时候，才回去，这里书真是多得很，住上一年，不用功也差不了。黄来信，说你十月底回上海，那末北平不去了吗？

---

① 《八》：指萧军的中篇小说《八月的乡村》，1935 年 7 月作为“奴隶丛书之二”，以荣光书局的名义，自费出版。

② 黄：黄源。

③ 《江上》：指萧军的短篇小说集，1936 年 8 月，作为巴金主编的“文学丛刊”第二集第二册，由上海文化生活出版社出版。

④ 《商市街》：萧红系列纪实散文，1936 年 8 月，作为巴金主编的“文学丛刊”第二集第十二册，由上海文化生活出版社出版。

⑤ 《译文》：文学月刊，由鲁迅、茅盾发起的翻译和介绍外国文学的刊物。

祝好！

莹

九月九日

东亚补习学校，昨天我又跑去看了一次，但看不懂，那招生的广告我到底不知道是招的什么生，过两天再去看。

该信从日本东京发往青岛。

1936年9月14日

均：

你的照片像个小偷。你的信也是两封一齐到。(七日九日两封)

你开口就说我混账东西，好，你真不佩服我？十天写了五十七页稿纸。

你既然不再北去，那也很好，一个人本来也没有更多的趣味。牛奶我没有吃，力弗肝也没有买，因为不知道外国名字，又不知道卖西洋药的药房，这里对于西洋货排斥得很，不容易买到。肚子痛打止痛针也是不行，一句话不会说，并且这里的医生要钱很多。我想买一瓶凡拉蒙预备着下次肚痛，但不知到那里去买？想问问是无人可问的。

秋天的衣裳，没有买，这里的天气还一点用不着。

我临走时说要给你买一件皮外套的，回上海后，你就要替我买给你自己。四十元左右。我的一些零碎的收入，不要他们寄来，直接你去取好了。

心情又闹坏了，不然这两天就要开始新的。但，停住了。睡觉也不好起来，想来想去。他妈的，再来麻烦，我可就不受了。

我给萧乾[①]的文章[②]，黄[③]也一并交给黎[④]了，你将来见到萧时，说一声对不住。

祝好。

荣子[⑤]

九月十四日

该信从日本东京发往青岛。

关于信封，你就一连串写下来好了，不必加点号。

1936年9月21日

均：

昨天和今天都是下雨，我上课回来是遇着毛毛雨，所以淋得不很湿。现在我有雨鞋了，但，是男人的样子，所以走在街上有许多人笑，这个地方就是如此守旧的地方，假若衣裳你不和她们穿得同样，谁都要笑你，日本女人穿西装，罗里罗嗦，但你也必得和她一样罗嗦，假若整齐一些，或是她们没有见过的，人们就要笑。

---

① 萧乾（1910—1999）：蒙古族，原名萧秉乾，小说家、记者、翻译家。有短篇小说集《篱下集》、长篇小说《梦之谷》、报告文学集《人生采访》、译著《好兵帅克》等，时任《大公报》上海版文艺编辑。

② 文章：指《王四的故事》，萧红创作于日本的短篇小说，载1936年9月20日《中流》第一卷第二期。

③ 黄：黄源。

④ 黎：黎烈文。

⑤ 荣子：萧红乳名荣华，故自称"荣子"。

上课的时间真是够多的，整个下半天就为着日语消费了去。今天上到第三堂的时候，我的胃就很痛，勉强支持过来了。

这几天很凉了，我买了一件小毛衣（二元五），将来再冷，我就把大毛衣穿上。我想我的衣裳一定可以支持到下月半。

你替我买给你自己的外套，回去就应该买。

我很爱夜，这里的夜，非常沉静，每夜我要醒几次的，每醒来总是立刻又昏昏的睡去，特别安静，又特别舒适。早晨也是好的，阳光还没晒到我的窗上，我就起来了，想想什么，或是吃点什么。这三两天之内，我的心又安然下来了。什么人什么命，吓了一下，不在乎。

孟①有信来，说我回去吧！在这住有什么意思呢？

现在我一个人搭了几次高架电车，很快，并且还钻洞，我觉得很好玩，不是说好玩，而说有意思。因为你说过，女人这个也好玩那个也好玩。上回把我丢了，因为不到站我就下来了，走出了车站看看不对，那么往那里走呢？我自己也不知道，瞎走吧，反正我记住了我的住址。可笑的是华在的时候，告诉我空中飞着的大气球是什么商店的广告，那商店就离学校不远，我一看到那大球，就奔着去了，于是总算没有丢。

信写到此地，季刊②来了。翻着看了半天，把那随笔二篇③看了半天，其中很有情感别无所取。

---

① 孟：孟十还。

② 季刊：指《文季月刊》，巴金、靳以合编。1936年12月遭国民党当局查禁而停刊。

③ 随笔二篇：指刊于1936年8月1日《文季月刊》第一卷第三期上的《随笔两篇》（《十三天》、《最后的一星期》）。

虹[1]没有信来，你告诉他也不要来信了，别人也告诉不要来信了。

这是你在青岛我给你的末一封信。再写信就是上海了。船上买一点水果带着，但不要吃鸡子，那东西不消化。饼干是可以带的。

祝好。

小鹅

九月二十一日

该信从日本东京发往青岛。

1936年10月24日

军：

关于周先生[2]的死，二十一日的报上，我就渺渺茫茫知道一点，但我不相信自己是对的，我跑去问了那唯一的熟人，她说："你是不懂日本文的，你看错了。"我很希望我是看错，所以很安心的回来了，虽然去的时候是流着眼泪。

昨夜，我是不能不哭了。我看到一张中国报上清清楚楚登着他的照片，而且是那么痛苦的一刻。可惜我的哭声不能和你们的哭声混在一道。

现在他已经是离开我们五天了，不知现在他睡到那里去了？虽然在三个月前向他告别的时候，他是坐在藤椅上，而且说："每到码头，就有验病的上来，不要怕，中国人就专会吓呼中国人，茶房就会说：验病的来啦！来啦！……"

我等着你的信来。

---

① 虹：罗烽（1909—1991），原名傅乃琦，辽宁沈阳人。中国现代小说家，东北作家群代表作家之一。1935年到上海加入"左联"，著有短篇小说集《呼兰河边》、中篇小说集《粮食》、剧本《台儿庄》等。

② 周先生：鲁迅。

可怕的是许女士[①]的悲痛，想个法子，好好安慰着她，最好是使她不要静下来，多多的和她来往。过了这一个最难忍的痛苦的初期，以后总是比开头容易平伏下来。还有那孩子[②]，我真不能够想像了。我想一步踏了回来，这想像的时间，在一个完全孤独了的人是多么可怕！

最后你替我去送一个花圈或是什么。

告诉许女士：看在孩子的面上，不要太多哭。

红

十月二十四日

该信从日本东京发往上海。后载1936年11月5日上海《中流》第一卷第五期。编辑加篇名为《海外的悲悼》。署名萧红。

1936年11月19日

均：

因为夜里发烧，一个月来，就是嘴唇，这一块那一块的破着，精神也烦躁得很，所以一直把工作停了下来。想了些无用的和辽远的想头。文章一时寄不去。

买了三张画，东墙上一张南墙上一张北墙上一张，一张是一男一女在长廊上相会，廊口处站着一个弹琴的女人。还有一张是关于战争的，在一个破屋子里把花瓶打碎了，因为喝了酒，军人穿着绿裤子就跳舞，我最喜欢的是第三张，一个小孩睡在檐下了，在椅子上，靠着软枕。旁边来了的，大概是她的母亲，在栅栏外肩着大镰刀的大概是她的父亲。那檐下方块石头的廊道，那远处

---

① 许女士：鲁迅的夫人许广平。

② 孩子：指鲁迅与许广平之子周海婴。

微红的晚天，那茅草的屋檐，檐下开着的格窗，那孩子双双的垂着的两条小腿。真是好，不瞒你说，因为看到了那女孩好像看到了我自己似的，我小的时候就是那样，所以我很爱她。

投主称王，这是要费一些心思的，但也不必太费，反正自己最重要的是工作，为大体着想，也是工作。聚合能工作一方面的，有个团体，力量可能充足，我想主要的特色是在人上，自己来罢，投什么主，谁配作主？去他妈的。说到这里，不能不伤心，我们的老将去了还不几天啊！

关于周先生的全集，能不能很快的集起来呢？我想中国人集中国人的文章总比日本集他的方便，这里，在十一月里他的全集就要出版，这真可佩服。我想找胡①、聂②、黄③等诸人，立刻就商量起来。

商市街④被人家喜欢，也很感谢。

莉⑤有信来，孩子死了，那孩子的命不大好，活着尽生病。

这里没有书看，有时候自己很生气。看看水浒吧！看着看着就睡着了，夜半里的头痛和恶梦对于我是非常坏。前夜就是那样醒来的，而不敢再睡了。

我的那瓶红色酒，到现在还是多半瓶，前天我偶然借了房东的锅子烧了点菜，就在火盆上烧的（对了，我还没告诉你，我已经买了火盆，前天是星期日，我来试试）。小桌子，摆好了，但吃起来不是滋味，于是反受了感触，我虽不是什么多情的人，但也有些感触，于是把房东的孩子唤来，对面吃了。

---

① 胡：指胡风。

② 聂：指聂绀弩（1903—1986），中国现代散文家、诗人，湖北京山人。

③ 黄：指黄源。

④ 商市街：萧红的散文集《商市街》，1936 年 8 月由上海文化生活出版社出版，当年 9 月再版。

⑤ 莉：指白朗（1912—1994），原名刘东兰，辽宁沈阳人。中国现代小说家，东北作家群代表作家之一。

地震，真是骇人，小的没有什么，上次震得可不小，两三分钟，房子格格的响着，表在墙上摇着。天还未明，我开了灯，也被震灭了，我懵里懵中的穿着短衣裳跑下楼去，房东也起来了，他们好像要逃的样子，隔壁的老太婆叫唤着我，开着门，人却没有应声，等她看到我是在楼下，大家大笑了一场。

纸烟向来不抽了，可是近几天忽然又挂在嘴上。

胃很好，很能吃，就好像我们在顶穷的时候那样，就连块面包皮也是喜欢的，点心之类，不敢买，买了就放不下。也许因为日本饭没有油水的关系，早饭一毛钱，晚饭两毛钱，中午两片面包一瓶牛奶。越能吃，我越节制着它，我想胃病好了也就是这原因。但是闲饥难忍，这是不错的。但就把自己布置到这里了，精神上的不能忍也忍了下去，何况这一个饥呢？

又收到了五十元的汇票，不少了。你的费用也不小，再有钱就留下你用吧，明年一月末，照预算是够了的。

前些日子，总梦想着今冬要去滑冰，这里的别的东西都贵，只有滑冰鞋又好又便宜，旧货店门口，挂着的崭新的，简直看不出是旧货，鞋和刀子都好，十一元。还有八九元的也好。但滑冰场一点钟的门票五角。还离得很远，车钱不算，我合计一下，这干不得。我又打算随时买一点旧画，中国是没处买的，一方面留着带回国去，一方面围着火盆来看一看，消消寂寞。均：你是还没过过这样的生活，和蛹一样，自己被卷在茧里去了。希望固然有，目的也固然有，但是都那么远和那么大。人尽靠着远的和大的来生活是不行的，虽然生活是为着将来而不是为着现在。

窗上洒满着白月的当儿，我愿意关了灯，坐下来沉默一些时候，就在这沉默中，忽然像有警钟似的来到我的心上："这不就是我的黄金时代吗？此刻。"于是我摸着桌布，回身摸着藤椅的边沿，而后把手举到面前，模模糊糊的，但确认定这是自己的手，而后再看到那单细的窗棂上去。是的，自己就在日本。

自由和舒适，平静和安闲，经济一点也不压迫，这真是黄金时代，但又是多么寂寞的黄金时代呀！别人的黄金时代是舒展着翅膀过的，而我的黄金时代，是在笼子过的。从此我又想到了别的，什么事来到我这里就不对了，也不是时候了。对了自己的平安，显然是有些不惯，所以又爱这平安，又怕这平安。

均：上面又写了一些怕又引起你误解的一些话，因为一向你看得我很弱。

前天我还给寄一信。这信就给她看看吧！

许君处，替我问候。

吟

十一月十九日

该信从日本东京发往上海。

1936年11月24日

三郎：

我忽然间想起来了，姚克[①]不是在电影方面活动吗？那个《弃儿》[②] 的脚本，我想一想很够一个影戏的格式，不好再修改和整理一下给他去上演吗？得进一步，就进一步，除开文章的领域，再另外抓到一个启发人们灵魂的境界。况且在现时代影戏也是一大部分传达情感的好工具。

这里，明天我去听一个日本人的讲演，是一个政治上的命题。我已经买了票，五角钱，听两次，下一次还有郁达夫，听一听试试。

近两天来，头痛了多次，有药吃，也总不要紧，但心情不好，这也没什么，过两天就好了。

---

① 姚克（1905—1991）：翻译家、剧作家，原名姚志伊、姚莘农，笔名姚克。

② 《弃儿》：萧军在哈尔滨时创作的一个剧本。

《桥》[1] 也出版了？那么《绿叶的故事》[2] 也出版了吧？关于这两本书我的兴味都不高。

现在我所高兴的就是日文进步很快，一本《文学案内》翻来翻去，读懂了一些。是不错，大半都懂了，两个多月的工夫，这成绩，在我就很知足了。倒是日语容易得很，别国的文字，读上两年也没有这成绩。

许的信，还没写，不知道说什么好，我怕目的是想安慰她，相反的，又要引起她的悲哀来。你见着她家的那两个老娘姨也说我问她们好。

你一定要去买一个软一点的枕头，否则使我不放心，因为我一睡到这枕头上，我就想起来了，很硬，头痛与枕头大有关系。

黑人[3]现在怎么样？

我对于绘画总是很有趣味，我想将来我一定要在那上面用功夫的。我有一个到法国去研究画的欲望，听人说，一个月只要一百元。我这个地方也要五十元的。况且在法国可以随时找点工作。

现在我随时记下来一些短句[4]，我不寄给你，打算寄给河清，因为你一看，就非成了"寂寂寞寞"不可，生人看看，或者有点新的趣味。

到墓地去烧刊物[5]，这真是"洋迷信"、"洋乡愚"，说来又伤心，写好的原稿也烧去让他改改，回头再发表罢！烧刊物虽愚蠢，但情感是深刻的。

---

① 《桥》：萧红散文、短篇小说集，1936 年 11 月由上海文化生活出版社出版，署名悄吟。

② 《绿叶的故事》：萧军诗歌、散文合集，1936 年 12 月由上海文化生活出版社出版。

③ 黑人：即舒群。

④ 短句：指萧红创作的短诗《沙粒》，后在 1937 年 3 月 15 日《文丛》第一卷第一期发表。

⑤ 烧刊物：萧军在鲁迅逝世周月时，到万国公墓鲁迅墓地把新出版的《作家》、《译文》、《中流》各烧了一本。

这又是深夜，并且躺着写信。现在不到十二点，我是睡不下的，不怪说，作了“太太”就愚蠢了，从此看来，大半是愚蠢的。

祝好。

荣子

十一日廿四日

该信从日本东京发往上海。

1936年12月15日

三郎：

我没有迟疑过，我一直是没有回去的意思，那不过偶而说着玩的。至于有一次真想回去，那是外来的原因，而不是我自己的自动。

大概你又忘了，夜里又吃东西了吧？夜里在外国酒店喝酒，同时也要吃点下酒的东西的，是不是？不要吃，夜里吃东西在你很不合适。

你的被子比我的还薄，不用说是不合用的了，连我的夜里也是凉凉的。你自己用三块钱去买一张棉花，把你的被子带到淑奇家去，请她替你把棉花加进去。如若手头有钱，就到外国店铺买一张被子，免得烦劳人。

我告诉你的话，你一样也不做，虽然小事，你就总使我不安心。

身体是不很佳，自己也说不出有什么毛病，沈女士近来一见到就说我的面孔是膨胀的，并且苍白。我也相信，也不大相信，因为一向是这个样子，就不希奇了。

前天又重头痛一次，这虽然不能怎样很重的打击了我（因为痛惯了的缘故），但当时那种切实的痛苦无论如何也是真切的感到。算来头痛已经四五年了，这四五年中头痛药不知吃了多少。当痛楚一来到时，也想赶快把它医好吧，但一停止了痛楚，又总是不必了。因为头痛不至于死，现在是有钱了，连这样小病也不得了起来，不是连吃饭的钱也刚刚不成问题吗？所以还是不回去。

人们都说我身体不好，其实我的身体是很好的，若换一个人，给他四五年间不断的头痛，我想不知道他的身体还好不好？所以我相信我自己是健康的。

周先生的画片①，我是连看也不愿意看的，看了就难过。海婴想爸爸不想？

这地方，对于我是一点留恋也没有，若回去就不用想再来了，所以莫如一起多住些日子。

现在很多的话，都可以懂了，即是找找房子，与房东办办交涉也差不多行了。大概这因为东亚学校钟点太多，先生在课堂上多半也是说日本话的。现在想起初来日本的时候，华走了以后的时候，那真是困难到极点了。几乎是熬不住。

珂，既然家有信来，还是要好好替他打算一下，把利害说给他，取决当然在于他自己了，我离得这样远，关于他的情形，我总不能十分知道，上次你的信是问我的意见，当时我也不知为什么他来到了上海。他已经有信来，大半是为了找我们，固然他有他的痛苦，可是找到了我们，能知道他接着就不又有新的痛苦吗？虽然他给我的信上说着“我并不忧于流浪”，而且又说，他将来要找一点事做，以维持生活，我是知道的，上海找事，那里找去。我是总怕他的生活成问题，又年青，精神方面又敏感，若一下子挣扎不好，就要失掉了永久的力量。我看既然与家庭没有断掉关系，可以到北平去读书，若不愿意重来这里的话。

这里短时间住住则可，把日语学学，长了是熬不住的，若留学，这里我也

① 周先生的画片：日本画家为鲁迅画的临终画像。

不赞成，日本比我们中国还病态，还干枯，这里没有健康的灵魂，不是生活。中国人的灵魂在全世界中说起来，就是病态的灵魂，到了日本，日本比我们更病态，既是中国人，就更不应该来到日本留学，他们人民的生活，一点自由也没有，一天到晚，连一点声音也听不到，所有的住宅都像空着，而且没有住人的样子。一天到晚歌声是没有的，哭声笑声也都没有。夜里从窗子往外看去，家屋就都黑了，灯光也都被关在板窗里面。日本人民的生活，真是可怜，只有工作，工作得和鬼一样，所以他们的生活完全是阴森的。中国人有一种民族的病态，我们想改正它还来不及，再到这个地方和日本人学习，这是一种病态上再加上病态。我说的不是日本没有可学的，所差的只是他的不健康处也正是我们的不健康处，为着健康起见，好处也只得丢开了。

再说另一件事，明年春天，你可以自己再到自己所愿的地方去逍遥一趟。我就只逍遥在这里了。

礼拜六夜（即十二日），我是住在沈女士住所的，早晨天还未明，就读到了报纸，这样的大变动①使我们惊慌了一天，上海究竟怎么样，只有等着你的来信。

新年好。

荣子

十二月十五日

“日本东京麹町区”只要如此写，不必加标点。

该信从日本东京发往上海。

① 大变动：指“西安事变”。

1937年4月25日

军：

现在是下午两点，火车摇得很厉害，几乎写不成字。

火车已经过了黄河桥，但我的心好像仍然在悬空着，一路上看些被砍折的秃树，白色的鸭鹅和一些从西安回来的东北军。马匹就在铁道旁吃草，也有的成排的站在运货的车厢里边，马的背脊成了一条线，好像鱼的背脊一样。而车厢上则写着津浦。

我带的苹果吃了一个，纸烟只吃了三两棵。一切欲望好像都不怎样大，只觉得厌烦，厌烦。

这是第三天的上午九时，车停在一个小站，这时候我坐在会客室里，窗外平地上尽是些坟墓，远处并且飞着乌鸦和别的大鸟。从昨夜已经是来在了北方。今晨起得很早，因为天晴太阳好，贪看一些野景。

不知你正在思索一些什么？

方才经过了两片梨树地，很好看的，在朝雾里边它们隐隐约约的发着白色。

东北军从并行的一条铁道上被运过去那么许多，不仅是一两趟车，我看见的就有三四次了。他们都弄得和泥猴一样，他们和马匹一样在冒着小雨，他们的欢喜不知是从那里得来，还闹着笑着。

车一开起来，字就写不好了。

唐官一带的土地，还保持着土地原来的颜色。有的正在下种，有的黑牛或白马在上面拉着犁杖。

这信本想昨天就寄，但没找到邮筒，写着看吧！

刚一到来，我就到了迎贤公寓，不好。于是就到了中央饭店住下，一天两块钱。

立刻我就去找周[1]的家，这真是怪事，那里有？洋车跑到宣外，问了警察也说太平桥只在宣内，宣外另有个别的桥，究竟是个什么桥，我也不知道。于是跑到宣内的太平桥，二十五号是找到了，但没有姓周的，无论姓什么的也没有，只是一家粮米铺。于是我游了我的旧居，那已经改成一家公寓了。我又找了姓胡的旧同学，门房说是胡小姐已经不在，那意思大概是出嫁了。

北平的尘土几乎是把我的眼睛迷住，使我真是恼丧，那种破落的滋味立刻浮上心头。

于是我跑到李镜之[2]七年前他在那里做事的学校去，真是七年间相同一日，他仍在那里做事，听差告诉我，他的家就住在学校的旁边，当时实在使我难以相信。我跑到他家里去，看到了儿女一大群。于是又知道了李洁吾[3]，他也有一个小孩了，晚饭就吃在他家里，他太太烧的面条。饭后谈了一些时候，关于我的消息，知道得不少，有的是从文章上得知，有的是从传言。九时许，他送出胡同来，替我叫了洋车，我自归来就寝。总算不错。到底有个熟人。

明天他们替我看房子，旅馆不能多住的，明天就有了决定。

并且我还要到宣外去找那个什么桥，一定是你把地址弄错，不然绝不会找不到的。

祝你饮食和起居一切平安。

珂同此。

荣子

四月廿五日夜一时

该信从北平发往上海。

① 周：周香谷，萧军在讲武堂时期的同学。

② 李镜之：萧红1930年在北师大女附中上学时的老师。

③ 李洁吾：萧红在北师大女附中上学时的友人。

1937年5月4日

军：

昨天又寄一信，我总觉我的信都寄得那么慢，不然为什么已经这些天了还没能知道一点你的消息？其实是我个人性急而不推想一下邮便所必须费去的日子。

连这封信，是第四封了。我想那时候我真是为别离所慌乱了，不然为什么写错了一个号数？就连昨天寄的这信，也写的是那个错的号数，不知可能不丢么？

我虽写信并不写什么痛苦的字眼，说话也尽是欢乐的话语，但我的心就像被浸以毒汁里那么黑暗，浸得久了，或者我的心会被淹死的，我知道这是不对，我时时在批判着自己，但这是情感，我批判不了，我知道炎暑是并不长久的，过了炎暑大概就可以来了秋凉。但明明是知道，明明又做不到。正在口渴的那一刻，觉得口渴那个真理，就是世界上顶高的真理。

既然那样我看你还是搬个家的好。

关于珂，我主张既然能够去江西，还是去江西的好，我们的生活还没有一定，他也跟着跑来跑去，还不如让他去安定一个时期，或者上冬，我们有一定了，再让他来，年青人吃点苦好，总比有苦留着后来吃强。

昨天我又去找周家一次，这次是宣武门外的那个桥，达智桥，二十五号也找到了，巧得很，也是个粮米店，并没有任何住户。

这几天我又恢复了夜里害怕的毛病，并且在梦中常常生起死的那个观念。

痛苦的人生啊！服毒的人生啊！

我常常怀疑自己或者我怕是忍耐不住了吧？我的神经或者比丝线还细了吧？

我是多么替自己避免着这种想头，但还有比正在经验着的还更真切的吗？我现在就正在经验着。

我哭，我也是不能哭。不允许我哭，失掉了哭的自由了。我不知为什么把自己弄得这样，连精神都给自己上了枷锁了。

这回的心情还不比去日本的心情，什么能救了我呀！上帝！什么能救救我呀！我一定要用那只曾经把我建设起来的那只手把自己来打碎吗？

祝好！

荣子

五月四日晚

所有我们的书，若有精装，请各寄一本来。

该信从北平发往上海。

1937年5月9日

军：

我今天接到你的信就跑回来写信的，但没有寄，心情不好，我想你读了也不好，因为我是哭着写的，接你两封信，哭了两回。

这几天也还是天天到李家①去，不过待不多久。

我在东安市场吃饭，每顿不到两毛，味极佳。羊肉面一毛钱一碗。再加两个花卷，或者再来个炒素菜。一共才是两角。可惜我对着这样的好饭菜，没能喝上一盅，抱歉。

六号那天也是写了一信，也是没寄。你的饮食我想还是照旧，饼干买了没有？多吃点水果。

你来信说每天看天一小时会变成美人，这个是办不到的，说起来很伤心，我自幼就喜欢看天，一直看到现在还是喜欢看，但我并没变成美人，若是真是，我又何能东西奔波呢？可见美人自有美人在。(这个话开玩笑也)

① 李家：李洁吾家。

奇是不可靠的，黑人来李家找我。这是她之所嘱。和李太太、我，三个人逛了北海。我已经是离开上海半月多了，心绪仍是乱绞，我想我这是走的败路。但我不愿意多说。

海上述林读毕，并请把安娜可林娜[①]寄来一读。还有冰岛渔夫[②]，还有猎人日记[③]。这书寄来给浩吾读。不必挂号。若有什么可读的书，就请随时寄来，存在李家不会丢失，等离上海时也方便。

我的长篇并没有计画，但此时我并不过于自责，如你所说："为了恋爱，而忘掉了人民，女人的性格啊！自私啊！"从前，我也这样想，可是现在我不了，因为我看见男子为了并不怎值得爱的女子，不但忘了人民，而且忘了性命。何况我还没有忘了性命，就是忘了性命也是值得呀！在人生的路上，总算有一个时期在我的脚迹旁边，也踏着他的脚迹。(总算两个灵魂和两根琴弦似的互相调谐过)[④]（这一句似乎有点特别高攀，故涂去。）

笔墨都买了，要写大字。但房子有是有，和人家住一个院不方便。至于立合同，等你来时再说吧！

祝你好！上帝给你健康！

荣子

五月九日

该信从北平发往上海。

---

① 安娜可林娜：俄国作家列夫·托尔斯泰（1828—1910）的长篇小说。现译为《安娜·卡列尼娜》。

② 冰岛渔夫：法国作家皮埃尔·洛蒂（1850—1923）的代表作，曾有黎烈文的中文译本。

③ 猎人日记：俄国作家伊凡·谢尔盖耶维奇·屠格涅夫（1818—1883）的代表作，现译为《猎人笔记》。

④ 前一个括号内的那句话萧红已涂去，后一个括号内为萧红自己的批注。

图书在版编目（CIP）数据

萧红作品精选 / 萧红著 .– 武汉 : 崇文书局 ,2016.1
（永不泯灭的文学经典）
ISBN 978-7-5403-4089-6
Ⅰ . ①萧…
Ⅱ . ①萧…
Ⅲ . ①中国文学 – 现代文学 – 作品综合集
Ⅳ . ① I216.2
中国版本图书馆 CIP 数据核字 (2015) 第 263577 号

永 不 泯 灭 的 文 学 经 典

萧红作品精选

责任编辑 刘丹　董颖
出版发行 崇文书局
地　　址 武汉市雄楚大街 268 号 C 座 11 层
印　　制 湖北恒泰印务有限公司
邮政编码 430070
开　　本 700 毫米 ×1000 毫米 1/16
印　　张 23.25
版　　次 2016 年 1 月第 1 版
印　　次 2016 年 1 月第 1 次印刷
定　　价 39.00 元

（如发现质量问题，影响阅读，请与承印厂调换）

崇文书局官方网站：www.cwbook.cn
崇文书局淘宝直营店：www.chongwenshuju.tao.com